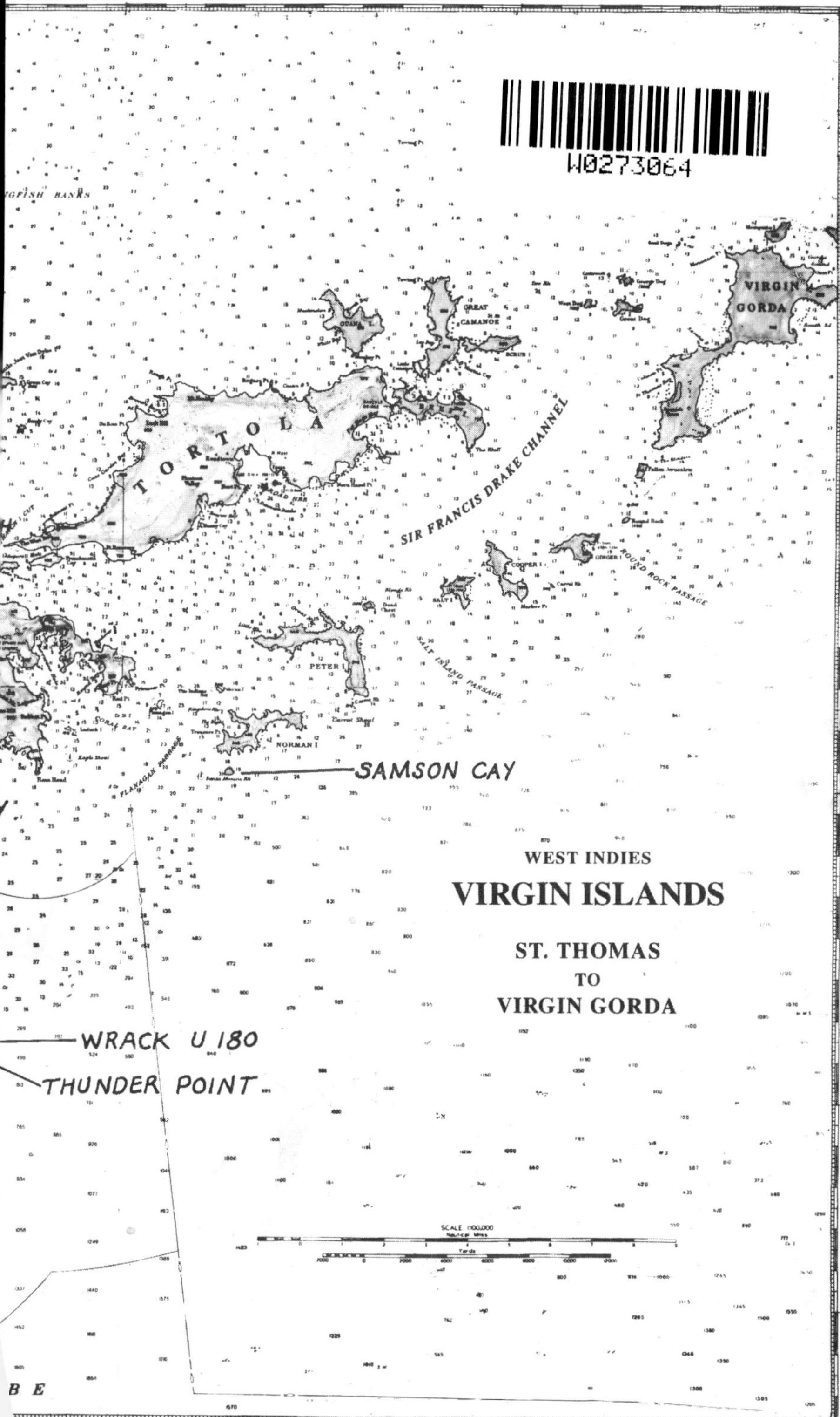
WEST INDIES
VIRGIN ISLANDS
ST. THOMAS
TO
VIRGIN GORDA
TORTOLA
VIRGIN GORDA
GREAT CAMANOE
GUANA I.
SIR FRANCIS DRAKE CHANNEL
ROUND ROCK PASSAGE
SALT ISLAND PASSAGE
COOPER I
GINGER I
SALT I
PETER I
NORMAN I
CORAL BAY
FLANAGAN PASSAGE
SAMSON CAY
WRACK U 180
THUNDER POINT

Jack Higgins

Das Geheimnis von U 180

Jack Higgins

Das Geheimnis von U 180

Roman

Aus dem Englischen
von Michael Kubiak

C. Bertelsmann

Die Originalausgabe erschien 1993 unter dem Titel
»Thunder Point« bei Michael Joseph, London

Umwelthinweis
Dieses Buch und der Schutzumschlag wurden auf
chlorfrei gebleichtem Papier gedruckt.
Die Einschrumpffolie (zum Schutz vor Verschmutzung) ist aus
umweltschonender und recyclingfähiger PE-Folie.

1. Auflage

Umschlaggestaltung: Manfred Waller
Umschlagbild: Peter Goodfellow
Satz: Uhl + Massopust, Aalen
Druck: Mohndruck, Gütersloh
Printed in Germany
ISBN 3-570-12031-7

Für meine Tochter Hannah

Ob Reichsleiter Martin Bormann, Chef der Parteikanzlei der NSDAP und Sekretär Adolf Hitlers und damit in Deutschland der mächtigste Mann nach dem Führer, in den Morgenstunden des 2. Mai 1945 tatsächlich aus dem Führerbunker in Berlin fliehen konnte oder bei dem Versuch, die Weidenhammer Brücke zu überqueren, ums Leben kam, kann nur vermutet werden. Josef Stalin glaubte, daß er mit dem Leben davonkam, Jacob Glas, Bormanns Fahrer, schwor, daß er ihn nach dem Krieg in München gesehen habe, und Eichmann erklärte noch 1960 gegenüber den Israelis, daß er am Leben sei. Simon Wiesenthal, der eifrigste Nazijäger, beharrte stets darauf, daß er lebte, und dann gab es auch noch einen Spanier, der in der SS gedient hatte und behauptete, Bormann habe gegen Kriegsende Norwegen in einem U-Boot verlassen, das nach Südamerika auslief ...

Prolog

BERLIN – FÜHRERBUNKER

30. April 1945

Die Stadt schien zu brennen, eine Hölle auf Erden. Der Untergrund bebte vom Einschlag der Granaten. Als der Tag graute, legte sich schwarzer Rauch wie ein Leichentuch über die Stadt. Im östlichen Teil Berlins hatten die Russen bereits alles unter Kontrolle, und Flüchtlinge, die von ihren Habseligkeiten zusammengerafft hatten, was sie tragen konnten, eilten in der Nähe der Reichskanzlei über die Wilhelmstraße in der verzweifelten Hoffnung, den Westen der Stadt und damit die Amerikaner zu erreichen.

Berlin war zum Untergang verurteilt, und überall herrschte namenlose Panik. Unweit der Reichskanzlei hielt eine Gruppe von SS-Leuten jeden an, der eine Uniform trug. Konnte einer der Befragten seine Anwesenheit nicht einleuchtend begründen, wurde er sofort der Fahnenflucht im Angesicht des Feindes beschuldigt und am nächsten Laternenpfahl oder Baum aufgehängt. Eine Geschützgranate flog heulend heran, von der russischen Artillerie blind abgefeuert. Entsetzte Schreie wurden laut, und Menschen rannten auseinander.

Die Kanzlei selbst war durch das Bombardement stark beschädigt worden, vor allem der hintere Teil. Aber tief unten, geschützt durch dreißig Meter dicken Beton, arbeiteten der Führer und sein Stab noch immer in einer unterirdischen, autarken Welt. Durch Radio und Funkgerät standen sie mit der Außenwelt in Verbindung.

Die Rückfront der Reichskanzlei war von Granattreffern übersät, und die einstmals wunderschönen Gärten waren nun eine unwegsame Wildnis aus entwurzelten Bäumen und Bombentrichtern. Glücklicherweise drohte kaum Gefahr aus der Luft. Eine niedrige Wolkendecke und dichter Regen verhinderten wenigstens einstweilen feindliche Flugangriffe.

Der Mann, der alleine durch den zerstörten Garten wanderte, erschien inmitten des Infernos seltsam unbeteiligt und zuckte nicht einmal zusammen, als eine weitere Granate in einen Flügel der Reichskanzlei einschlug. Während der Regen noch zunahm, klappte er seinen Mantelkragen hoch, zündete sich eine Zigarette an und hielt sie, vor dem Regen schützend, in seiner gewölbten Hand, während er seinen Weg fortsetzte.

Er war nicht sehr groß, hatte breite Schultern und ein flächiges Gesicht. In einer Gruppe Arbeiter wäre er völlig untergegangen, denn er hatte nichts an sich, was einem in Erinnerung blieb. Alles an ihm war unauffällig, von seinem schäbigen wadenlangen Soldatenmantel bis hin zu der zerbeulten Schirmmütze.

Ein Niemand, hätte man schließen können, aber dieser Mann war Reichsleiter Martin Bormann, Chef der Parteikanzlei der NSDAP und Sekretär des Führers, nach Adolf Hitler der mächtigste Mann in Deutschland. Die meisten Deutschen hatten noch nie von ihm gehört, und noch weniger hätten ihn erkannt, auch wenn er direkt vor ihnen gestanden wäre. Ganz bewußt hatte Bormann darauf geachtet, stets anonym zu bleiben und seine Macht aus dem verborgenen auszuüben.

Damit war es nun vorbei. Alles ging zu Ende, und das Finale stand unmittelbar bevor. Die Russen konnten jeden Moment hier sein. Er hatte versucht, Hitler zu überreden, nach Bayern zu fliehen, aber der Führer hatte sich geweigert und bestand darauf, Selbstmord zu begehen.

Ein Unteroffizier der SS kam aus dem Bunkereingang auf ihn zugeeilt und salutierte. »Herr Reichsleiter, der Führer sucht Sie.«

»Wo ist er?«

»In seinem Arbeitszimmer.«

»Gut, ich komme sofort.« Während sie zum Eingang gingen, schlugen mehrere Granaten in den etwas entfernt gelegenen

Seitenflügel der Reichskanzlei ein. Trümmerbrocken flogen durch die Luft. Bormann deutete mit einem Kopfnicken in die Richtung. »Panzer?«

»Ich fürchte ja, Herr Reichsleiter. Sie sind nur noch knapp einen Kilometer weit weg.«

Der Unteroffizier war jung und tapfer. Bormann klopfte ihm auf die Schulter. »Wissen Sie, wie es so schön heißt? Jeder bekommt das, was er verdient.«

Er brach in Gelächter aus, und der junge Unteroffizier fiel mit ein, während sie die Betontreppe hinunterstiegen.

Als Bormann an die Tür des Arbeitszimmers klopfte und eintrat, saß der Führer hinter dem Schreibtisch und inspizierte mit Hilfe eines Vergrößerungsglases einige Landkarten. Er blickte hoch.

»Aha, Bormann, da sind Sie ja. Kommen Sie her. Wir haben nicht mehr viel Zeit.«

»Wahrscheinlich nicht, mein Führer«, sagte Bormann unsicher. Er wußte nicht, was gemeint war.

»Diese verdammten Russen werden bald hier sein, Bormann, aber ich werde nicht auf sie warten. Stalin würde ja nichts lieber tun, als mich in einem Käfig zur Schau zu stellen.«

»Das darf niemals geschehen, mein Führer.«

»Natürlich nicht. Ich werde freiwillig aus dem Leben scheiden, und meine Frau wird mich auf dieser schweren Reise ins Ungewisse begleiten.«

Er sprach von seiner Geliebten, Eva Braun, mit der er sich um Mitternacht am 28. April hatte trauen lassen.

»Ich habe gehofft, daß Sie es sich noch einmal überlegen, ob Sie nach Bayern fliehen oder nicht«, sagte Bormann, aber diese Bemerkung entsprang eher seiner Verlegenheit und dem Wunsch, überhaupt irgend etwas zu sagen.

»Nein, mein Entschluß steht fest. Aber Sie, mein alter Freund, Sie haben noch einiges zu erledigen.«

Hitler stand auf und schlurfte um den Tisch herum, der Mann, der nur drei Jahre zuvor Europa vom Ural bis zum Ärmelkanal beherrscht hatte. Nun waren seine Wangen eingefallen, sein Uniformrock schien ihm viel zu groß zu sein, und als er Bormanns Hand ergriff, geschah dies mit einer zittrigen Gebärde. Und dennoch steckte in ihm immer noch jene geheimnisvolle Kraft. Bormann war zutiefst bewegt.

»Wie Sie befehlen, mein Führer.«

»Ich wußte immer, daß ich mich auf Sie verlassen kann. Es geht um das Kameradenwerk, das Hilfsprogramm für die alten Kämpfer.« Hitler schlurfte zu seinem Stuhl zurück. »Das ist Ihre Aufgabe, Bormann. Sie müssen dafür sorgen, daß der Nationalsozialismus als Idee überlebt. Wir haben mehrere hundert Millionen in Gold in der Schweiz und über die ganze Welt verteilt auf Nummernkonten deponiert. Sie allein wissen wo und kennen die Einzelheiten.«

»Ja, mein Führer.«

Hitler griff unter seinen Schreibtisch und holte einen mattsilbern glänzenden Aktenkoffer hervor. Bormann bemerkte die Insignien der Kriegsmarine, die in der rechten oberen Ecke eingraviert waren.

Hitler öffnete den Koffer. »Hier drin liegen die Schlüssel sowie eine Reihe anderer Dinge, die im Laufe der nächsten Jahre für Sie sehr nützlich sein werden.« Er hielt einen braunen Briefumschlag hoch. »Dies sind die Angaben zu ähnlichen Konten in Südamerika und in den Vereinigten Staaten. Dort haben wir überall Freunde, die nur auf eine Nachricht von Ihnen warten.«

»Sonst noch was, mein Führer?«

Hitler holte einen umfangreichen Aktenordner aus dem Koffer. »Dies ist das sogenannte Blaue Buch, das die Namen vieler Mitglieder der gehobenen Gesellschaft Englands enthält. Es sind Angehörige des Adels und Parlamentsmitglieder, die uns und unserem Anliegen wohlwollend gegenüberstehen. Sie finden dort auch eine Reihe unserer amerikanischen Freunde. Zu guter Letzt dies hier.« Er schob ein Kuvert über den Tisch. »Öffnen Sie es.«

Das Papier war so dick, daß es sich beinahe wie Pergament anfühlte. Der Text war in Englisch und im Jahr 1940 in Estoril, Portugal, geschrieben worden. Adressiert war er an den Führer.

Die Unterschrift am Ende stammte von seiner Königlichen Hoheit, dem Herzog von Windsor, der sich in dem Schreiben offiziell bereit erklärte, im Falle einer erfolgreichen Invasion den Thron von England zu besteigen.

»Das Windsor Protokoll«, sagte Hitler lakonisch.

»Ist es echt?« fragte Bormann verblüfft.

»Himmler selbst garantiert dafür. Er hat damals seine Agenten in Portugal an den Herzog herantreten lassen.«

Zumindest hat er es behauptet, dachte Bormann. Diese hinterhältige kleine Ratte war schon immer zu allem fähig gewesen. Er verstaute das Dokument wieder in dem Kuvert und gab es dem Führer zurück, der es zusammen mit den anderen Gegenständen wieder in den Aktenkoffer legte. »Dieser Koffer gehört zur Standardausrüstung unserer U-Boot-Kapitäne. Er besitzt einen sich selbst verriegelnden Verschluß und ist wasserdicht und feuersicher.« Er schob ihn über den Tisch. »Jetzt gehört er Ihnen.« Er blickte für einen Moment nachdenklich ins Leere. »Was für ein Schwein Himmler doch ist. Versucht tatsächlich, mit den Alliierten einen separaten Frieden zu schließen. Und gerade höre ich, daß Mussolini und seine Freundin von Partisanen in Norditalien ermordet wurden. Man hat sie an den Füßen aufgehängt.«

»Eine verrückte Welt.« Bormann wartete einige Sekunden, dann fragte er: »Wie komme ich von hier weg, mein Führer? Wir sind mittlerweile umzingelt.«

Hitler schreckte aus seinen Gedanken hoch. »Ganz einfach. Sie fliegen über die Ost-West-Allee raus. Wie Sie wissen, sind gestern kurz nach Mitternacht Feldmarschall Ritter von Greim und Hannah Reitsch mit einer Arado auf diesem Weg entkommen. Ich habe im Laufe der Nacht mit dem Kommandanten des Luftwaffenstützpunkts in Rechlin gesprochen.« Er warf einen Blick auf ein Papier, das vor ihm auf dem Tisch lag. »Ein junger Mann, ein gewisser Hauptmann Neumann, hat sich freiwillig gemeldet, nachts mit einem Fieseler Storch herzukommen. Er ist sicher gelandet und wartet auf Ihre Befehle.«

»Aber wo, mein Führer?« fragte Bormann.

»In der großen Garage von Goebbels Haus in der Nähe des

Brandenburger Tors. Von dort fliegen Sie nach Rechlin, um nachzutanken. Dann geht es weiter nach Bergen in Norwegen.«

»Nach Bergen?« Bormann konnte sich keinen Reim auf die Route machen.

»Von dort geht Ihre Reise per U-Boot weiter, nach Südamerika, und zwar nach Venezuela, um genau zu sein. Sie werden dort erwartet. Unterwegs machen Sie einmal Zwischenstation. Auch dort wartet man schon auf Sie, aber alle weiteren Einzelheiten finden Sie hier drin.« Er reichte ihm einen Umschlag. »Außerdem finden Sie darin einen von mir persönlich unterzeichneten Empfehlungsbrief, der Ihnen volle Handlungsfreiheit in meinem Namen gibt, sowie mehrere falsche Pässe.«

»Demnach starte ich schon heute nacht?« fragte Bormann.

»Nein, Sie brechen schon innerhalb der nächsten Stunde auf«, sagte Hitler ruhig. »Aufgrund des Regens und der Wolkendecke finden keine feindlichen Flugbewegungen statt. Hauptmann Neumann denkt, daß er so das Überraschungsmoment auf seiner Seite hat, und ich stimme ihm darin zu. Ich vertraue darauf, daß Ihre Mission erfolgreich verlaufen wird.«

Dem konnte nicht widersprochen werden, und Bormann nickte. »Natürlich, mein Führer.«

»Dann bleibt nur noch eine einzige Sache«, sagte Hitler. »Sie werden im Schlafzimmer nebenan jemanden finden. Bringen Sie ihn her.«

Der Mann, den Bormann dort entdeckte, trug die Uniform eines Generalleutnants der SS. Etwas an ihm kam ihm bekannt vor, und Bormann fühlte sich aus irgendeinem Grund plötzlich sehr unbehaglich.

»Mein Führer«, sagte der Mann und führte den deutschen Gruß aus.

»Fällt Ihnen die Ähnlichkeit auf, Bormann?« fragte Hitler.

In diesem Moment begriff Bormann, weshalb ihm so seltsam zumute gewesen war. Es stimmte, der General sah fast so aus wie er selbst. Nicht vollkommen, aber die Ähnlichkeit war unzweifelhaft vorhanden.

»General Strasser wird hierbleiben und Ihren Platz einnehmen«, erklärte Hitler. »Wenn es zur allgemeinen Flucht kommt, verschwindet er mit den anderen. Bis dahin kann er in der Versenkung bleiben. Bei dem Durcheinander und der Dunkelheit während der Flucht ist es kaum wahrscheinlich, daß irgend jemand etwas bemerkt.« Er wandte sich an Strasser. »Tun Sie das für Ihren Führer?«

»Von Herzen gern«, erwiderte Strasser.

»Gut, dann werden Sie jetzt die Uniformen tauschen. Sie können mein Schlafzimmer benutzen.« Hitler kam um den Schreibtisch herum und ergriff Bormanns Hände. »Ich verabschiede mich lieber jetzt schon von Ihnen, alter Freund. Wir werden einander nicht wiedersehen.«

Obwohl von Natur aus ein Zyniker, war Bormann in diesem Moment sehr bewegt. »Ich werde es schaffen, mein Führer, darauf gebe ich Ihnen mein Ehrenwort.«

»Das weiß ich.«

Hitler verließ den Raum. Als die Tür hinter ihm ins Schloß fiel, gab Bormann Strasser ein Zeichen. »Los, fangen wir an.«

Genau eine halbe Stunde später verließ Bormann den Bunker durch den Ausgang Hermann-Göring-Straße. Er trug einen schweren ledernen Soldatenmantel über seiner SS-Uniform und schleppte einen Segeltuchsack, in dem sich die Aktentasche sowie eine Garnitur Zivilkleidung befand. In einer Tasche des Mantels steckte eine Mauser-Pistole mit Schalldämpfer, eine Schmeisser-MP hing vor seiner Brust. Er ging am Tiergarten entlang, überquerte am Brandenburger Tor die Straße und gelangte zu Goebbels Haus. Wie die meisten Anwesen in dieser Gegend war es erheblich zerstört, aber das große Nebengebäude mit den Garagen schien noch weitgehend unversehrt. Die Schiebetüren waren geschlossen, aber es gab eine kleine Schlupftür, die Bormann vorsichtig öffnete.

Im Innern der Garage war es dunkel, und eine Stimme erklang: »Bleiben Sie stehen, wo Sie sind, und heben Sie die Hände hoch.«

Lampen wurden angeknipst, und Bormann sah sich einem jungen Mann in der Uniform eines Luftwaffenhauptmanns gegenüber, der an der Wand lehnte und eine Pistole auf ihn richtete. Der kleine Aufklärer Fieseler Storch stand mitten in der leeren Garage.

»Hauptmann Neumann?«

»General Strasser?« Der junge Mann atmete erleichtert auf und verstaute die Pistole in der Gürteltasche. »Gott sei Dank. Seit ich hier bin, rechne ich jede Sekunde mit den Iwans.«

»Sie kennen Ihre Befehle?«

»Natürlich. Zuerst nach Rechlin zum Auftanken und dann weiter nach Bergen. Es ist mir wirklich eine große Ehre und Freude zugleich.«

»Meinen Sie, wir haben eine Chance, von hier wegzukommen?«

»Im Augenblick geistert hier nichts in der Luft herum, was uns abschießen könnte. Zu schlechtes Wetter. Wir müssen nur auf Beschuß von unten achten.« Er grinste. »Ist Ihnen das Schicksal immer wohlgesonnen, Herr General?«

»Immer.«

»Hervorragend. Ich werfe die Maschine an, Sie steigen ein, und ich rolle auf der Straße zum Brandenburger Tor. Von dort starte ich dann in Richtung Siegessäule. Damit rechnen sie auf keinen Fall, weil der Wind in der falschen Richtung weht.«

»Ist das nicht gefährlich?« wollte Bormann wissen.

»Und wie.« Neumann kletterte in die Kabine und ließ den Motor an.

Glasscherben und Schutt bedeckten die Straße, und der Storch holperte und hüpfte an zahlreichen verblüfften Flüchtlingen vorbei, rollte zum Brandenburger Tor und drehte dann die Nase in Richtung Siegessäule. Der Regen rauschte vom Himmel.

»Los geht's«, sagte Neumann und gab Gas.

Der Storch jagte die Straße hinunter. Menschen ergriffen die Flucht und brachten sich in Sicherheit. Und plötzlich befanden sie sich in der Luft und schwenkten nach Steuerbord, um der Siegessäule auszuweichen. Bormann hörte und sah nichts von irgendwelchem Flakfeuer, das man ihnen hinterherschickte.

»Sie sind wirklich ein Glückspilz, Herr Reichsleiter«, lachte der junge Pilot.

Bormann fuhr ruckartig zu ihm herum. »Was haben Sie gesagt?«

»Es tut mir leid, wenn es etwas Falsches war«, entgegnete Neumann. »Aber ich habe Sie einmal bei einer Ordensverleihung in Berlin gesehen.«

Bormann entschied, es einstweilen auf sich beruhen zu lassen. »Machen Sie sich deshalb keine Sorgen.« Er schaute hinunter auf die Flammen und den Qualm, der vom brennenden Berlin aufstieg. »Das ist die reinste Hölle.«

»Die Götterdämmerung, Herr Reichsleiter«, sagte Neumann. »Jetzt brauchen wir nur noch ein wenig Wagner-Musik.« Dabei lenkte er den Storch in die dichten dunklen Wolken und damit in die Sicherheit.

Der zweite Teil der Reise war besonders mühsam. Sie überflogen die Ostküste von Dänemark und anschließend den Skagerrak. Vor der letzten Etappe tankten sie die Maschine auf einem kleinen Luftwaffenstützpunkt in Kristiansand noch einmal auf. Es war stockdunkel, als sie Bergen erreichten, und kalt, sehr kalt. Bei der Landung mischte sich nasser Schnee unter den Regen. Neumann hatte mit dem Stützpunkt eine halbe Stunde vorher Verbindung aufgenommen, um ihre Ankunft anzukündigen. Im Kontrollturm brannte Licht, desgleichen in den Nebengebäuden – alles andere als die angeordnete Verdunkelung. Die deutschen Besatzungstruppen in Norwegen wußten, daß das Ende unmittelbar bevorstand.

Ein Luftwaffensoldat dirigierte sie mit einer Taschenlampe zu einem Parkplatz und entfernte sich dann. Bormann konnte einen Kübelwagen erkennen, der auf sie zukam und neben dem geparkten Flugzeug, das nur eins unter vielen auf dem Flugplatz war, bremste.

Neumann schaltete den Motor aus. »Wir haben es geschafft, Herr Reichsleiter. Hier ist es etwas anders als in Berlin.«

»Sie haben Ihre Sache gut gemacht«, sagte Bormann. »Sie sind ein sehr guter Pilot.« Er stieg aus der Maschine, und Neumann reichte ihm den Segeltuchsack. »Es ist wirklich ein Jammer, daß Sie mich erkannt haben.« Mit diesen Worten zog

Bormann die Mauser mit Schalldämpfer aus der Manteltasche und schoß dem Hauptmann eine Kugel durch den Kopf.

Der Mann, der neben dem Kübelwagen wartete, war ein Marineoffizier und trug eine weiße Mütze, wie sie von U-Boot-Kommandanten bevorzugt getragen wurde. Er rauchte eine Zigarette und schnippte sie zu Boden, als Bormann sich näherte.

»General Strasser?«

»Der bin ich«, antwortete Bormann.

»Korvettenkapitän Paul Friemel.« Er salutierte lässig. »Ich kommandiere U 180.«

Bormann warf den Reisesack auf den Rücksitz des Kübelwagens und schob sich auf den Beifahrersitz. Während der andere Mann sich hinter das Lenkrad setzte, fragte der Reichsleiter: »Sind Sie bereit zum Auslaufen?«

»Natürlich, Herr General.«

»Gut, dann stechen wir sofort in See.«

»Wie Sie befehlen, Herr General«, sagte Friemel und fuhr los.

Bormann atmete tief ein. Er konnte das Meer im Wind riechen. Seltsam, anstatt müde zu sein, fühlte er sich energiegeladen. Er zündete sich eine Zigarette an und lehnte sich zurück. Dann schaute er hinauf zu den Sternen und dachte an Berlin wie an einen schlechten Traum.

1992

1. Kapitel

Kurz vor Mitternacht begann es zu regnen. Dillon lenkte den Daimler an den Straßenrand, knipste die Innenbeleuchtung an und zog seine Landkarte zu Rate. Klagenfurt lag dreißig Kilometer hinter ihm, und das hieß, daß es bis zur jugoslawischen Grenze nicht mehr weit war. Ein paar Meter entfernt stand ein Straßenschild, und er holte eine Taschenlampe aus dem Handschuhfach, stieg aus dem Wagen und ging darauf zu. Dabei pfiff er leise. Er war ein kleiner Mann, nicht größer als eins sechzig oder eins fünfundsechzig, mit Haaren, die so blond waren, daß sie fast weiß wirkten. Er trug eine alte Fliegerjacke aus schwarzem Leder mit einem weißen Schal um den Hals und dunkle Bluejeans. Das Straßenschild besagte, daß es nach Fehring in fünf Kilometern nach rechts abging. Dillon nahm gleichmütig eine Zigarette aus einem silbernen Etui, zündete sie mit einem altmodischen Zippo-Benzinfeuerzeug an und kehrte zu seinem Wagen zurück.

Es regnete jetzt sehr stark, der Straßenbelag war schadhaft, und rechts von ihm ragten hohe Berge auf. Er schaltete das Radio ein und suchte einen Sender, der die ganze Nacht hindurch Musik ausstrahlte. Gelegentlich pfiff er eine Melodie mit, bis er zu einem Tor auf der linken Straßenseite gelangte und bremste, um das Schild zu entziffern. Es brauchte unbedingt einen frischen Farbanstrich, doch die Inschrift war deutlich zu erkennen: Aero Club Fehring. Er lenkte den Wagen durch das Tor und folgte einem Fahrweg, holperte durch zahlreiche Schlaglöcher, bis er vor sich, etwas tiefer liegend, einen Flugplatz erblickte.

Er schaltete die Scheinwerfer aus und hielt an. Es war ein armseliger Ort, zwei Hangars, drei Hütten und die baufällige Karikatur eines Kontrollturms. Aber aus einem der Hangars und aus der letzten der drei Hütten drang Licht nach draußen. Er schaltete in den Leerlauf, löste die Bremse und ließ den Daimler lautlos die Gefällstrecke hinunterrollen. Auf der anderen Seite der Start- und Landebahn, gegenüber den Hangars, stoppte er. Einen Moment lang blieb er sitzen, dachte an das, was vor ihm lag, dann nahm er eine Walther PPK und ein Paar schwarzer Lederhandschuhe aus dem auf dem Beifahrersitz liegenden Aktenkoffer. Er überprüfte die Walther, klemmte sie sich hinten in den Hosenbund und streifte die Handschuhe über, während er sich anschickte, im strömenden Regen das Flugfeld zu überqueren.

Der Hangar war ein alter Bau. In seinem Innern roch es feucht und muffig, als sei er schon seit Jahren nicht mehr benutzt worden, doch das Flugzeug, das dort im matten Licht stand, eine Cessna 441 Conquest mit zwei Turbopropmotoren, sah anständig gewartet und einsatzbereit aus. Ein Mechaniker in einem Overall hatte die Verkleidung des Backbordmotors geöffnet, stand auf einer Leiter und arbeitete daran. Die Kabinentür war geöffnet, die Treppe heruntergeklappt, und zwei Männer luden Kisten ein.

Als sie wieder auftauchten, rief einer von ihnen auf deutsch: »Wir sind fertig, Doktor Wegner!«

Ein bärtiger Mann, der eine Jagdjacke trug und den Pelzkragen zum Schutz vor der Kälte hochgeschlagen hatte, trat aus einem kleinen Büro, das sich in einer Ecke des Hangars befand.

»In Ordnung, ihr könnt jetzt gehen.« Während sie sich entfernten, wandte er sich an den Mechaniker. »Irgendwelche Probleme, Tomic?«

»Nichts Besonderes, Herr Doktor, nur eine Feineinstellung.«

»Das nützt uns wenig, wenn dieser verdammte Dillon nicht endlich erscheint.« Wegner wandte sich zu dem Sprecher um, einem jungen Mann, der soeben von draußen hereingekommen war. Die Wollmütze und die Matrosenjacke, die er trug, waren vom Regen durchweicht.

»Er kommt schon«, erwiderte Wegner. »Man hat mir versichert, daß er einer Herausforderung nicht widerstehen kann, vor allem dieser nicht.«

»Ein Söldner«, schnaubte der junge Mann. »Soweit sind wir schon gesunken. Auf jemanden, der andere Menschen gegen Bezahlung tötet.«

»Da drüben sterben Kinder«, sagte Wegner. »Und die brauchen, was jetzt im Flugzeug ist. Um die Sachen dorthin zu bringen, würde ich sogar den Teufel persönlich engagieren.«

»Genau das haben Sie offensichtlich schon getan.«

»Das ist aber nicht sehr freundlich!« rief Dillon in hervorragendem Deutsch. »Das ist sogar alles andere als nett.« Mit diesen Worten trat er aus der Dunkelheit am Ende des Hangars.

Der junge Mann schob eine Hand in die Tasche, und Dillons Walther erschien blitzartig. »Ich sehe alles, mein Junge, glaub mir nur.«

Er kam heran, drehte den jungen Mann um und zog eine Mauser aus der rechten Jackentasche. »Was haben wir denn hier? Man kann heutzutage wirklich niemandem mehr trauen.«

Wegner schaltete ins Englische um. »Mr. Dillon? Mr. Sean Dillon?«

»So nennt man mich meistens.« Dillon verstaute die Mauser in seiner Gesäßtasche, holte mit der nun freien Hand ein silbernes Etui heraus und schaffte es, einhändig eine Zigarette herauszuschütteln. »Und wer sind Sie, alter Junge?« Seine Worte hatten den harten, kantigen Klang, den man nur in Ulster und nicht in der Republik Irland finden konnte.

»Ich bin Dr. Hans Wegner von der Internationalen Medikamenten-Hilfe, und das ist Klaus Schmidt von unserem Büro in Wien. Er hat uns das Flugzeug beschafft.«

»Hat er das? Nun ja, wenigstens etwas, das für ihn spricht.« Dillon zog die Mauser wieder aus der Gesäßtasche und gab sie zurück. »Zu planen und zu organisieren ist eine Sache, aber mit Waffen herumzuspielen, wenn man nicht damit umgehen kann, bringt nichts.«

Der junge Mann errötete, nahm die Mauser entgegen und

steckte sie schnell in die Tasche. Wegner glaubte, die Atmosphäre entschärfen zu müssen. »Schmidt ist schon zweimal mit Medikamenten rübergefahren«, sagte er.

»Und warum nicht diesmal?« wollte Dillon wissen, während er die Walther wieder in seinen Hosenbund schob.

»Weil dieser Teil Kroatiens gefährliches Gebiet ist«, sagte Schmidt. »Zwischen den Serben, den Moslems und den Kroaten finden deswegen heftige Kämpfe statt.«

»Verstehe.« Dillon nickte. »Dann soll ich also auf dem Luftweg das schaffen, was auf der Straße nicht möglich ist, oder?«

»Mr. Dillon, von hier bis Sabac sind es zirka einhundertachtzig Kilometer, und der Flugplatz ist noch offen. Ob Sie es glauben oder nicht, aber das Telefonnetz da drüben ist noch einigermaßen intakt. Man hat mir erklärt, daß dieses Flugzeug mehr als dreihundert Meilen pro Stunde schafft. Das heißt, daß Sie innerhalb von zwanzig Minuten dort sein können.«

Dillon lachte schallend. »Hör sich mal einer diesen Mann an! Eins ist schon mal klar, vom Fliegen haben Sie nicht die geringste Ahnung.« Er schaute zu dem Mechaniker auf der Leiter hoch. Dieser grinste ebenfalls. »Ah, Sie sprechen Englisch, mein Freund.«

»Ein wenig.«

»Tomic ist Kroate«, sagte Dr. Wegner.

Dillon sah wieder zu dem Mann hoch. »Was denken Sie denn?«

Tomic runzelte die Stirn. »Ich war sieben Jahre lang bei der Luftwaffe und kenne Sabac. Es ist ein Behelfsflugplatz, aber die Rollbahn ist immerhin asphaltiert.«

»Und der Flug?«

»Na ja, ein reiner Amateurflieger, der in dieser bösen Welt etwas Gutes tun will, dürfte keine dreißig Kilometer weit kommen.«

Dillon sah ihn ernst an. »Sagen wir einfach«, erklärte er mit leiser Stimme, »daß ich in meinem Leben selten etwas Gutes getan habe und kein Pilot von dieser Sorte bin. Wie ist das Gelände?«

»Teilweise gebirgig und dicht bewaldet. Die Wettervorhersage sieht schlecht aus, ich hab mich gerade selbst erkundigt. Aber das ist es nicht allein, es ist die Luftwaffe. Sie führen in dieser Gegend immer noch regelmäßig Aufklärungsflüge durch.«

»MiG-Jäger?« fragte Dillon.

»Stimmt genau.« Tomic schlug mit der flachen Hand auf die Tragfläche der Conquest. »Eine schöne Maschine, aber kein Gegner für eine MiG.« Er schüttelte den Kopf. »Nun ja, vielleicht sind Sie Selbstmörder aus Neigung.«

»Das reicht jetzt, Tomic«, mischte Wegner sich mit zorniger Stimme ein.

»Ach, so etwas hat man mir schon des öfteren gesagt.« Dillon lachte. »Aber machen wir weiter. Ich sehe mir lieber mal die Landkarten an.«

Während sie zum Büro gingen, sagte Wegner: »Unsere Leute in Wien haben es Ihnen hoffentlich unmißverständlich klargemacht: Ihre Dienste sind rein freiwillig. Wir brauchen unser Geld dringend für die Medikamente und den sonstigen ärztlichen Nachschub.«

»Schon verstanden«, sagte Dillon.

Sie betraten das Büro. Auf dem Schreibtisch waren einige Landkarten ausgebreitet. Dillon begann sie zu inspizieren.

»Wann wollen Sie starten?« fragte Wegner.

»Kurz vor dem Morgengrauen«, erwiderte Dillon. »Das ist die beste und ruhigste Zeit. Hoffentlich hält der Regen sich bis dahin.«

Schmidt konnte seine Neugier nicht zügeln. »Weshalb tun Sie das?« wollte er wissen. »Ich verstehe das nicht. Jemand wie Sie.« Er senkte plötzlich verlegen den Blick. »Na ja, ich kenne ein wenig Ihre Vergangenheit.«

»Tatsächlich?« erwiderte Dillon amüsiert. »Nun, es ist so, wie der liebe Doktor gesagt hat: Ich kann einer Herausforderung nicht widerstehen.«

»Und dafür setzen Sie Ihr Leben aufs Spiel?«

»Ach ja, ich hatte noch etwas vergessen.« Dillon sah von den Landkarten hoch und lächelte, und in seinem Gesicht fand eine erstaunliche Veränderung statt. Plötzlich war da ein Ausdruck von Wärme und Aufrichtigkeit, von einem ganz besonderen Charme. »Ich sollte außerdem erwähnen, daß ich einer der letzten großen Abenteurer dieser Welt bin. Und jetzt lassen Sie mich mal in Ruhe sehen, wo ich überhaupt hin soll.«

Er beugte sich wieder über die Karte und studierte sie eingehend.

Kurz vor fünf Uhr rauschte der Regen ebenso dicht wie schon in den Stunden vorher vom Himmel, und die Dunkelheit war nach wie vor undurchdringlich. Dillon stand am Eingang des Hangars und blickte hinaus. Wegner und Schmidt traten neben ihn.

Der ältere Mann setzte eine besorgte Miene auf. »Können Sie tatsächlich bei einem derartigen Wetter starten?«

»Das Problem ist die Landung, nicht der Start.« Dillon wandte sich halb zu Tomic um. »Wie sieht es aus?«

Tomic tauchte aus der Kanzel auf, sprang hinunter auf den Hallenboden und wischte seine Hände an einem Putzlappen ab. »Alles ist in bester Ordnung und funktioniert einwandfrei.«

Dillon bot ihm eine Zigarette an und sah wieder hinaus. »Und dies?«

Tomic starrte ebenfalls in die Dunkelheit. »Bevor es sich bessert, wird es eher noch schlimmer. Drüben werden Sie es mit Bodennebel zu tun haben, speziell über dem Waldgebiet. Also wundern Sie sich nicht.«

»Also, ich denke, wir sollten endlich zur Sache kommen, wie der Dieb zum Henker sagte.« Dillon schlenderte durch den Hangar zur Conquest, stieg die Treppe hinauf und inspizierte das Innere der Maschine. Sämtliche Sitze waren entfernt worden. Dafür war die Kabine nun mit olivgrünen Kisten vollgestapelt. Auf jeder Kiste war auf englisch zu lesen: Royal Army Medical Corps.

Schmidt, der ihm gefolgt war, sagte: »Wie Sie sehen können, erhalten wir unser Material aus ungewöhnlichen Quellen.«

»Das kann man wohl sagen. Was ist da drin?«

»Sehen Sie selbst.« Schmidt löste den Verschluß einer Kiste, zog ein Stück Ölpapier beiseite und deutete auf Schachteln mit Morphiumampullen. »Da drüben, Mr. Dillon, müssen sie manchmal Kinder mit Gewalt festhalten, wenn sie sie operieren. Es gibt nämlich keinerlei Betäubungsmittel. Dies hier hat sich als besonders wirksamer Ersatz erwiesen.«

»Schon verstanden«, sagte Dillon. »Machen Sie die Kiste wieder zu, und ich versuche mein Glück.«

Schmidt tat, wie ihm geheißen wurde, dann sprang er nach unten. Während Dillon die Treppe hochklappte und in die Kabine zog, rief Wegner: »Gott sei mit Ihnen, Mr. Dillon!«

»Diese Möglichkeit besteht immer«, sagte Dillon. »Wahrscheinlich ist es das erste Mal, daß ich etwas tue, womit Er einverstanden ist.« Danach schloß er die Tür und verriegelte sie.

Er schlängelte sich auf den linken Pilotensitz, ließ den Backbordmotor an, danach den Motor an Steuerbord. Die Landkarte lag neben ihm auf dem anderen Sitz, aber er hatte sie sich bereits recht gut eingeprägt. Auf dem Betonstreifen vor dem Hangar blieb er kurz stehen und sah zu, wie der Regen über die Windschutzscheibe strömte. Er führte eine kurze Überprüfung aller wichtigen Aggregate und Anzeigen durch, dann schnallte er sich an, rollte mit der Maschine zum Ende der Rollbahn und drehte die Nase in den Wind. Er schaute zu den drei Männern hinüber, die im Hangartor standen, reckte einen Daumen in die Höhe und ließ die Maschine anrollen. Das Dröhnen der Motoren wurde durchdringender, lauter, als er Gas gab. Nach wenigen Sekunden war er bereits verschwunden.

Wegner wischte sich über das Gesicht. »Mein Gott, bin ich müde.« Er wandte sich an Tomic. »Hat er eine Chance?«

Tomic zuckte die Achseln. »Ein toller Kerl. Er sicher. Wer weiß?«

»Gehen wir einen Kaffee trinken«, schlug Schmidt vor. »Wir werden ziemlich lange warten müssen.«

Tomic winkte ihm zu. »Ich komme gleich nach. Ich muß nur noch mein Werkzeug wegräumen.«

Sie eilten zur letzten Hütte. Er sah ihnen nach, wartete, bis sie im Innern des Häuschens verschwunden waren, dann machte er kehrt, lief zum Büro, nahm den Telefonhörer ab und wählte eine lange Nummer. Wie der gute Doktor bemerkt hatte, funktionierten die Telefonverbindungen jenseits der Grenze noch erstaunlich gut.

Als sich eine Stimme meldete, verfiel er ins Serbokroatische. »Hier ist Tomic, verbinden Sie mich mit Major Branko.«

Er brauchte nicht lange zu warten. »Hier ist Branko.«

»Tomic. Ich bin auf dem Flugplatz in Fehring, und ich habe etwas für Sie. Eine Cessna Conquest ist soeben gestartet. Bestimmungsort Sabac. Ich kenne sogar die Funkfrequenz.«

»Ist der Pilot bekannt?«

»Er heißt Dillon – Sean Dillon. Ein Ire, glaube ich. Ziemlich klein, hellbond, Ende Dreißig, schätze ich. Sieht nach nichts Besonderem aus. Er lächelt gern, aber seine Augen erzählen etwas anderes.«

»Ich lasse ihn durch den Geheimdienst überprüfen. Sie haben Ihre Sache gut gemacht, Tomic. Wir werden ihm einen heißen Empfang bereiten.«

Es klickte in der Leitung, und Tomic legte den Hörer wieder auf. Er holte eine Packung starker mazedonischer Zigaretten hervor und zündete eine an. Das mit Dillon tat ihm leid. Der Ire war ihm sympathisch, aber so war nun mal das Leben. Er begann, sorgfältig sein Werkzeug zusammenzuräumen.

Dillon steckte bereits in Schwierigkeiten. Er hatte nicht nur gegen eine dichte Wolkendecke und strömenden Regen zu kämpfen, sondern auch gegen dichten Nebel in nur tausend Fuß Höhe, der ihm nur kurze Blicke auf den Fichtenwald unter ihm gestattete.

»Was, zum Teufel, hast du hier eigentlich zu suchen, alter Junge?« fragte er leise. »Was versuchst du zu beweisen?«

Er fischte eine Zigarette aus seinem Etui, zündete sie an, und eine Stimme ertönte in seinem Kopfhörer. »Guten Morgen, Mr. Dillon. Herzlich willkommen in Jugoslawien.«

Das Flugzeug bezog an Steuerbord Position. Die roten Sterne auf dem Rumpf waren deutlich zu erkennen. Eine MiG 21, diese alte Kiste, wahrscheinlich der unter den russischen Verbündeten am weitesten verbreitete sowjetische Jet. Mittlerweile völlig veraltet, aber nicht in diesem Moment, wenn man Dillon gefragt hätte.

Der MiG-Pilot meldete sich wieder. »Kurs eins-zwei-vier, Mr. Dillon. Wir kommen zu einer ziemlich malerischen Burg am Rand des Waldgebietes. Sie heißt Kivo und dient in dieser Region als Hauptquartier des Geheimdienstes. Es gibt dort einen Flugplatz, und man erwartet Sie bereits. Möglich, daß man sogar ein typisch englisches Frühstück für Sie vorbereitet hat.«

»Ein irisches«, erwiderte Dillon fröhlich. »Wenn schon, dann ein irisches Frühstück. Wie könnte ich eine solche Einladung ablehnen? Dann eben eins-zwei-vier.«

Er ging auf den neuen Kurs und stieg auf zweitausend Fuß, während das Wetter leicht aufklarte. Dabei pfiff er leise vor sich hin. Ein serbisches Gefängnis war nicht gerade zu empfehlen, wenn die Geschichten, die nach Westeuropa drangen, auch nur teilweise zutrafen, aber unter den gegebenen Umständen hatte er wohl kaum eine andere Wahl. Und dann, etwa drei Kilometer entfernt, am Rand des Waldes an einem Fluß gelegen, entdeckte er Kivo, eine Burg wie aus dem Märchen, mit Türmen und Wehrmauern, umgeben von einem tiefen Graben. Die Rollbahn daneben war deutlich zu sehen.

»Wie finden Sie das?« erkundigte sich der MiG-Pilot. »Hübsch, nicht wahr?«

»Wie aus Grimms Märchen«, antwortete Dillon. »Jetzt brauchen wir nur noch einen bösen Riesen.«

»Ach, den haben wir auch, Mr. Dillon. Und jetzt gehen Sie runter und landen brav, und ich verabschiede mich.«

Dillon blickte ins Innere der Burg, entdeckte Soldaten, die zum Rand der Rollbahn rannten. Ein Jeep war bereits vorausgefahren. Dillon seufzte. Dann sprach er ins Mikrophon: »Ich würde meinen, das Leben ist eigentlich immer schön, aber ab und zu gibt es unangenehme Tage, wie zum Beispiel den heutigen. Also wirklich, warum bin ich überhaupt aus dem Bett gekrochen?«

Er zog die Steuersäule ruckartig zurück und gab Gas. Schnell stieg er höher, und der MiG-Pilot reagierte zornig. »Dillon, tun Sie, was ich Ihnen gesagt habe, oder ich schieße Sie vom Himmel.«

Dillon ignorierte ihn und blieb auf fünftausend Fuß. Er suchte den Himmel ab, und die MiG, die sich bereits an ihn gehängt hatte, näherte sich schnell und feuerte. Die Conquest schüttelte sich, als Geschosse beide Tragflächen durchschlugen.

»Dillon – seien Sie kein Narr!« brüllte der Pilot.

»Ach, das war ich doch immer.«

Dillon sank rasend schnell, fing sich bei zweitausend Fuß über dem Waldrand ab und sah deutlich Fahrzeuge, die von der Burg wegfuhren. Die MiG tauchte wieder auf, feuerte jetzt mit der Maschinenkanone, und die Windschutzscheibe der Conquest zerbarst. Wind und Regen peitschten in die Kanzel. Dillon saß regungslos da, umklammerte mit beiden Händen den Steuerknüppel. Aus einer Wunde, die von einem Glassplitter herrührte, lief ihm Blut über das Gesicht.

»Dann los«, sagte er ins Mikrofon. »Sehen wir uns mal an, wie gut du bist.«

Er ließ die Maschine nach vorne abkippen und ging in den Sturzflug über. Der Fichtenwald unter ihm raste auf ihn zu, und die MiG folgte ihm und feuerte. Die Conquest bäumte sich auf, bockte wie ein störrisches Pferd, und der Backbordmotor versagte, während Dillon die Maschine bei vierhundert Fuß abfing. Die MiG hinter ihm hatte bei ihrem Tempo keine Zeit mehr, den Kurs zu ändern. Sie pflügte ein Stück durch den Wald und endete dann in einem riesigen Feuerball.

Dillon, der die Maschine, die nur noch mit einem Motor flog, so gut wie möglich zurechttrimmte, verlor an Geschwindigkeit und sank stetig. Vor ihm etwas weiter links entdeckte er eine Lichtung. Er versuchte darauf einzuschwenken und verlor weiter an Höhe. Dabei berührte er bereits die Spitzen der Fichten. Sofort unterbrach er die Zündung und wappnete sich für den Aufprall. Am Ende waren es die Fichten, die ihn retteten. Sie bremsten seinen Flug so weit, daß er, als er auf der Lichtung eine Bauchlandung hinlegte, kaum noch nennenswertes Tempo hatte.

Die Conquest hüpfte noch zweimal vom Erdboden hoch, dann blieb sie stehen. Dillon löste die Gurte, kämpfte sich aus dem Sitz und stieß die Kabinentür auf. Kopfüber kippte er aus der Maschine, rollte durch das regennasse Erdreich, kam auf die Füße und rannte los. Dabei verstauchte er sich das Fußgelenk und stürzte wieder aufs Gesicht. Er raffte sich auf und humpelte weiter, so schnell er konnte, aber die Conquest explodierte nicht in einem Flammeninferno, sondern kauerte einfach am Rand der Lichtung im Regen, als sei sie nur müde.

Dicke schwarze Qualmwolken von der brennenden MiG breiteten sich über den Bäumen aus. Kurz darauf erschienen die ersten Soldaten auf der anderen Seite der Lichtung. Ein Jeep rollte hinter ihnen zwischen den Bäumen hervor. Das Verdeck war zusammengefaltet, und Dillon konnte einen Offizier im Wagen stehen sehen, der einen typischen für den Winter vorgesehenen Armeemantel im russischen Schnitt trug. Weitere Soldaten erschienen, einige führten Dobermannhunde an Leinen mit sich. Die Hunde bellten laut und heiser und stemmten sich gegen die Lederriemen.

Das reichte ihm. Dillon machte kehrt, um zwischen den Bäumen zu verschwinden. Dabei gab sein verstauchter Fuß nach. Eine Stimme drang aus einem Megaphon und redete ihn auf englisch an: »Ach, seien Sie doch vernünftig, Mr. Dillon. Sie wollen doch wohl nicht, daß ich die Hunde auf Sie hetze.«

Dillon hielt inne, balancierte auf seinem heilen Fuß, dann wandte er sich um, humpelte zum nächsten Baum und lehnte sich dagegen. Er fischte eine Zigarette aus seinem silbernen Etui, wahrscheinlich die letzte, und zündete sie an. Der Rauch schmeckte würzig und gut, als er in seiner Kehle kratzte. Dann wartete er auf sie.

Sie bauten sich im Halbkreis um ihn auf, Soldaten in weiten Mänteln, die ihn mit ihren Gewehren in Schach hielten. Die Hunde wehrten sich mit wütendem Gekläff gegen ihre Leinen und Halsbänder. Der Jeep fuhr heran und blieb stehen. Der Offizier, seinen Schulterstücken nach ein Major, sah auf ihn herab. Er war ein gutaussehender Mann von etwa dreißig Jahren mit einem dunkelhäutigen, düsteren Gesicht.

»Soso, Mr. Dillon, Sie haben es also tatsächlich unversehrt überstanden«, sagte er in makellosem Englisch. »Ich gratuliere Ihnen. Ich heiße übrigens Branko – John Branko. Meine Mutter war, ist, sollte ich wohl sagen, Engländerin. Sie wohnt in Hampstead.«

»Was Sie nicht sagen.« Dillon lächelte. »Sie haben da ja einen armseligen Haufen zusammengetrommelt, Major, aber trotzdem *Cead mile failte*.«

»Und was heißt das, Mr. Dillon?«

»Oh, das ist Gälisch und heißt soviel wie ›ein hunderttausendfaches Willkommen‹.«

»Das lobe ich mir, ein Verlierer mit Stil.« Branko wandte sich um und redete auf serbokroatisch mit einem massigen Feldwebel, der hinter ihm saß und ein AK-Sturmgewehr umklammerte. Der Feldwebel lächelte, sprang aus dem Jeep und ging auf Dillon zu.

Major Branko sagte: »Ich möchte Sie mit meinem Feldwebel Zekan bekannt machen. Ich habe ihm gerade erklärt, er möge Ihnen ein hunderttausendfaches Willkommen in Jugoslawien – oder Serbien, wie wir es jetzt lieber nennen – entbieten.«

Dillon wußte genau, was jetzt kam, aber er konnte überhaupt nichts tun. Der Kolben des AK traf seine linke Seite, trieb ihm die Luft aus den Lungen, während er nach vorne knickte und der Feldwebel das Knie hochriß und ihm ins Gesicht rammte. Das letzte, woran Dillon sich später erinnerte, war das Gekläff der Hunde, lautes Gelächter, und dann war da nur noch tiefste Finsternis.

Als Feldwebel Zekan Dillon durch den engen Flur trieb, schrie jemand in der Ferne, und das Geräusch wuchtiger Schläge ertönte. Dillon verlangsamte seine Schritte, aber der Feldwebel zeigte keine Gemütsregung, legte dem Iren lediglich eine Hand zwischen die Schulterblätter, stieß ihn in Richtung einer Steintreppe weiter und bedeutete ihm, hinaufzugehen. Am oberen Ende befand sich eine Eichentür, die mit Eisenbändern armiert war. Zekan öffnete sie und stieß seinen Gefangenen hindurch.

Der Raum dahinter hatte eine Decke aus Eichenbalken. An einigen Stellen hingen Teppiche an den Wänden aus Granit. Ein Feuer loderte in einem offenen Kamin, und zwei der Dobermannhunde lagen davor. Branko thronte hinter einem großen

Schreibtisch, las in einer Akte und trank gelegentlich aus einem Kristallglas. Auf dem Tisch stand außerdem ein Eiskübel mit einer Flasche darin. Branko blickte auf und lächelte, dann nahm er die Flasche aus dem Kübel und füllte ein zweites Glas.

»Krug Champagner, Mr. Dillon, Ihre Lieblingsmarke, soweit ich weiß.«

»Gibt es irgend etwas, was Sie von mir noch nicht wissen?« erkundigte sich Dillon.

»Nicht viel.« Branko hob den Aktenordner hoch und ließ ihn wieder auf den Tisch fallen. »Die Geheimdienste der meisten Länder haben die nützliche Angewohnheit, häufig miteinander zusammenzuarbeiten, selbst wenn ihre Regierungen es nicht tun. Setzen Sie sich und trinken Sie einen Schluck. Sie werden sich gleich besser fühlen.«

Dillon nahm auf dem Stuhl gegenüber dem Tisch Platz und griff nach dem Glas, das Zekan ihm reichte. Er leerte es in einem Zug. Branko lächelte, nahm eine Zigarette aus einer Packung Rothmans und schob sie über den Tisch.

»Bedienen Sie sich.« Er füllte Dillons Glas wieder auf. »Ich bevorzuge Jahrgangschampagner, Sie nicht auch?«

Dillon nickte und zündete die Zigarette an.

»Dieses kleine gewalttätige Intermezzo im Wald bitte ich zu entschuldigen«, fuhr Branko fort. »Das war nur eine Demonstration für meine Leute. Schließlich haben Sie uns eine MiG gekostet, und die Ausbildung der Piloten dafür dauert immerhin zwei Jahre. Ich weiß das, denn ich bin selbst einer.«

»Tatsächlich?« Dillon mimte Verwunderung.

»Ja. In Cranwell, unter Obhut Ihrer Britischen Königlichen Luftwaffe.«

»Nicht meiner«, korrigierte ihn Dillon.

»Aber soweit ich unterrichtet bin, wurden Sie in Ulster geboren. In Belfast, oder etwa nicht? Und ist Belfast nicht ein Teil Großbritanniens?«

»Darüber ließe sich diskutieren«, sagte Dillon. »Einigen wir uns darauf, daß ich Ire bin, und belassen wir es dabei.« Er trank erneut von seinem Champagner. »Wer hat mich verraten? Wegner oder Schmitz?« Er runzelte die Stirn. »Nein, natürlich nicht.

Die wollen doch nur Gutes tun und sind die reinsten Wohltäter. Tomic. Es war sicherlich Tomic, habe ich recht?«

»Ein guter Serbe.« Branko schenkte sich Champagner nach. »Wie um alles in der Welt sind Sie denn in diese Sache hineingeraten, ein Mann wie Sie?«

»Heißt das, Sie wissen es nicht?«

»Ich bin ganz ehrlich, Mr. Dillon. Ich wußte nur, daß Sie herkommen, mehr wirklich nicht.«

»Ich habe mich einige Tage lang in Wien aufgehalten, um ein wenig Opernmusik zu tanken. Ich liebe Mozart. Während der ersten Pause traf ich an der Bar jemanden wieder, mit dem ich mal vor einigen Jahren zu tun hatte. Er erzählte mir, diese Organisation sei an ihn herangetreten mit der Bitte um Hilfe. Sie hätten aber kein Geld, um dafür zu bezahlen.«

»Aha, jetzt verstehe ich.« Branko nickte. »Eine gute Tat in einer bösen Welt, wie Shakespeare es ausgedrückt hat? Ging es um all die armen Kinder? Diese grausamen Serben?«

»Meine Güte, Major, Sie haben aber eine Art, sich auszudrükken.«

»Eine Abwechslung für einen Mann wie Sie, denke ich.« Branko schlug den Aktenordner auf. »Sean Dillon, geboren in Belfast, verbrachte seine Kindheit in London, Vater war Witwer. Mit achtzehn Student an der Royal Academy of Dramatic Art. Sie sind sogar am Nationaltheater aufgetreten. Ihr Vater kehrte 1971 nach Belfast zurück und wurde von englischen Fallschirmjägern getötet.«

»Sie sind tatsächlich gut informiert.«

»Sie sind dann der provisorischen IRA beigetreten, wurden in Libyen in einem Camp Oberst Ghadafi ausgebildet und sind seitdem in diesem Geschäft tätig.« Branko blätterte um. »Am Ende trennten Sie sich von der IRA. Es gab wohl irgendwelche Differenzen wegen der Strategie.«

»Ein Haufen alter Weiber.« Dillon langte über den Tisch und bediente sich aus der Krug-Flasche.

»Beirut, die PLO, sogar der KGB. Sie halten wirklich eine Menge davon, Ihre Dienste möglichst weitgefächert anzubieten.« Branko lachte plötzlich verblüfft auf. »Der Unterwasserangriff auf diese beiden palästinensischen Kanonenboote in Beirut im Jahr 1990. Waren Sie dafür verantwortlich? Aber das war eine Aktion für die Israelis.«

»Ich berechne durchaus bescheidene Honorare«, sagte Dillon.

»Sie sprechen fließend deutsch, spanisch und französisch, ach ja, und gälisch.«

»Das sollten wir nicht vergessen.«

»Sie haben auch recht gute Kenntnisse in Arabisch, Italienisch und Russisch.« Branko klappte den Ordner zu. »Stimmt es, daß Sie den Mörserangriff auf Downing Street No. 10 während des Golfkriegs arrangiert haben, als der britische Premierminister, John Major, dort mit dem Kriegskabinett tagte?«

»Sehe ich aus wie jemand, der etwas Derartiges tun würde?«

Branko lehnte sich zurück und betrachtete ihn mit ernster Miene. »Wie sehen Sie sich denn selbst, mein Freund? Als gemieteter Revolverheld wie in den alten Westernfilmen? Der in die Stadt geritten kommt und alleine aufräumt?«

»Wenn ich ganz ehrlich bin, Major, dann habe ich nie darüber nachgedacht.«

»Und trotzdem haben Sie einen Job wie diesen angenommen für einen Haufen wohltätiger Amateure?«

»Wir alle machen Fehler.«

»Das haben Sie ganz sicher gemacht, mein Freund. Diese Kisten im Flugzeug. Obendrauf Morphiumampullen, darunter aber Stinger-Raketen.«

»Lieber Himmel.« Dillon lachte hilflos. »Wer hätte das gedacht?«

»Es heißt, Sie seien ein schauspielerisches Genie. Sie könnten sich völlig verändern, seien in der Lage, mit einem Blick, einer Geste eine völlig andere Person zu werden.«

»Ich glaube, Sie sprechen von Laurence Olivier.« Dillon lächelte entwaffnend.

»Und in zwanzig Jahren haben Sie noch nie das Innere einer Gefängniszelle gesehen.«

»Das stimmt.«

»Damit ist jetzt Schluß, mein Freund.« Branko öffnete eine

Schublade, holte eine Stange Rothmans Zigaretten heraus und legte sie auf den Tisch. »Hier, Sie werden sie brauchen.« Er gab Zekan ein Zeichen und sagte auf serbokroatisch: »Bringen Sie ihn zurück in seine Zelle.«

Dillon spürte die Hand des Feldwebels auf seiner Schulter. Sie zog ihn hoch und drehte ihn zur Tür um. Während Zekan diese öffnete, sagte Branko: »Eine Sache noch, Mr. Dillon. Hier ist an den meisten Tagen das Erschießungskommando frühmorgens tätig. Lassen Sie sich dadurch nicht aus der Ruhe bringen.«

»Ach ja«, sagte Dillon. »Ethnische Säuberung, so nennen Sie es doch, nicht wahr?«

»Der Grund ist viel simpler. Wir haben einfach zu wenig Platz. Schlafen Sie gut.«

Sie stiegen eine Treppe hinauf, wobei Zekan den Iren mit heftigen Stößen vor sich hertrieb. Vor einer schweren Eichentür in einem Durchgang bedeutete er Dillon stehenzubleiben. Dann holte er einen Schlüssel aus der Tasche und schloß die Tür auf. Er nickte wortlos mit dem Kopf, trat beiseite und ließ Dillon eintreten.

Der Raum war ziemlich groß. In einer Ecke stand ein Feldbett. Außerdem gab es einen Stuhl, Bücher auf einem Regalbrett an der Wand und, unglaublicherweise, eine alte Toilette. Dillon trat ans Fenster und schaute zwischen den Gitterstäben hindurch auf den Hof, etwa fünfundzwanzig Meter unter ihm, und auf den Fichtenwald in einiger Entfernung.

Er drehte sich langsam um. »Das dürfte wohl eines der besseren Zimmer sein. Wo ist der Haken?« Dann begriff er, daß er seine Zeit vergeudete, denn der Feldwebel beherrschte kein Englisch.

Als hätte er ihn durchaus verstanden, grinste Zekan und entblößte dabei seine schlechten Zähne. Er holte Dillons silbernes Zigarettenetui und das Zippo-Feuerzeug aus einer Hosentasche und legte beides auf den Tisch. Dann verließ er die Zelle, zog die Tür hinter sich zu, und der Schlüssel klirrte im Schloß.

Dillon ging wieder zum Fenster und rüttelte an den Gitterstäben. Sie schienen fest und solide zu sein. Es war ohnehin zu hoch. Er öffnete eine der Rothmans-Schachteln und zündete sich eine Zigarette an. Eines war sicher. Branko war ungewöhnlich freundlich, und dafür mußte es einen Grund geben. Er legte sich auf das Feldbett, zog an seiner Zigarette, schaute zur Decke und dachte nach.

Im Jahr 1972, angesichts der wachsenden Probleme mit dem Terrorismus und seiner Auswirkungen auf viele Bereiche des Lebens sowohl in politischer wie auch nationaler Hinsicht, verfügte der damalige britische Premierminister die Schaffung einer kleinen geheimdienstlichen Eliteeinheit, die den schlichten Namen Gruppe Vier trug. Sie sollte sich mit allen Angelegenheiten in bezug auf den Terrorismus befassen. In herkömmlichen Geheimdienstkreisen mit Verbitterung als die Privatarmee des Premierministers bezeichnet, war die Einheit nur diesem Amt allein verantwortlich.

Brigadier Charles Ferguson hatte Gruppe Vier seit ihrer Gründung geleitet und mehreren Premierministern sowohl aus dem Lager der Konservativen wie der Labour Party gedient. Er war politisch in keiner Richtung gebunden. Sein Büro befand sich im dritten Stock des Verteidigungsministeriums und sah auf die Horse Guard Avenue herunter. Ferguson saß an diesem Abend noch um neun Uhr an seinem Schreibtisch und arbeitete, als es an der Tür klopfte.

»Herein«, sagte Ferguson, erhob sich und ging zum Fenster. Er war ein großer, ziemlich unordentlich aussehender Mann mit einem Doppelkinn und zerzausten grauen Haaren. Er trug einen ausgebeulten Anzug und eine Guards-Krawatte.

Während er durch den Regen auf das Victoria Embankment und die Themse hinaussah, ging die Tür hinter ihm auf. Der Mann, der hereinkam, war Ende Dreißig, trug einen Tweedanzug und eine Brille. Der äußeren Erscheinung nach hätte er Buchhalter oder gar Schuldirektor sein können, aber Detective Inspector Jack Lane war Polizist. Zwar kein gewöhnlicher, aber doch Polizist. Nach zähen Verhandlungen hatte Ferguson es geschafft, ihn von der Special Branch bei Scotland Yard auszuleihen und ihn zu seinem persönlichen Assistenten zu machen.

»Haben Sie was für mich, Jack?« fragte er ihn nun.

»Hauptsächlich Routinekram, Brigadier. Man erzählt sich, der Generaldirektor der Sicherheitsdienste schmolle noch immer wegen der Weigerung des Premierministers, den Sonderstatus von Gruppe Vier aufzuheben.«

»Meine Güte, geben diese Leute es denn niemals auf? Ich habe doch zugesagt, sie in wichtigen Dingen auf dem laufenden zu halten und mich mit Simon Carter in Verbindung zu setzen, dem stellvertretenden Direktor, und auch mit diesem verdammten Parlamentsheini mit dem aufgeblasenen Titel. Sonderminister im Innenministerium.«

»Sir Francis Pamer, Sir.«

»Ja, also das ist alles an Kooperation, was sie aus mir herausholen können. Sonst noch was?«

Lane schmunzelte. »In der Tat – das Beste habe ich mir bis zum Schluß aufgespart. Dillon – Sean Dillon.«

Ferguson fuhr herum. »Was ist mit ihm?«

»Ich erhielt eine Nachricht von unseren Kontaktleuten in Jugoslawien. Dillon ist heute morgen mit einem Privatflugzeug abgestürzt. Er transportierte angeblich medizinischen Nachschub, nur entpuppte der sich als Stinger-Raketen. Sie halten ihn in der Burg Kivo fest. Hier steht alles.«

Er reichte ihm ein Blatt Papier, und Ferguson setzte seine halbmondförmige Lesebrille auf und studierte das Schriftstück. Schließlich nickte er zufrieden. »Zwanzig Jahre lang hat dieser Kerl niemals das Innere einer Gefängniszelle zu Gesicht bekommen.«

»Nun, jetzt sitzt er in einer drin, Sir. Ich habe seine Akte mitgebracht, wenn Sie einen Blick darauf werfen wollen.«

»Warum sollte ich? Das nützt jetzt niemandem mehr. Sie wissen ja, wie die Serben sind, Jack. Wir können die Akte ebensogut ins Fach mit den Abgängen stecken. Ach ja, Sie können jetzt Feierabend machen.«

»Gute Nacht, Sir.«

Lane ging hinaus, und Ferguson schlenderte hinüber zu seinem Barschrank und schenkte sich einen großzügigen Scotch ein. »Auf dich, Dillon«, sagte er leise. »An dieser Sache wirst du dir die Zähne ausbeißen.«

Er trank den Whisky, kehrte an den Schreibtisch zurück und arbeitete weiter.

2. Kapitel

Östlich von Puerto Rico im Karibischen Meer liegen die Jungferninseln oder Antillen, wie sie auch genannt werden, die zum Teil unter britischer Verwaltung stehen wie Tortola und Virgin Gorda. Nur durch mehr oder weniger breite Wasserstraßen von diesen getrennt befinden sich St. Croix, St. Thomas und St. John. Diese Inseln sind seit 1917 amerikanisch: Damals kauften die Vereinigten Staaten sie der dänischen Regierung für fünfundzwanzig Millionen Dollar ab. Darauf sind die Amerikaner noch heute stolz.

St. John soll angeblich 1493 von Kolumbus auf seiner zweiten Reise in die Neue Welt entdeckt worden sein. Sie ist zweifellos die malerischste Insel in der gesamten Karibik, aber nicht an diesem Abend, als ein tropischer Sturm, sozusagen das Schwanzende des Hurrikans Abel, über die alte Stadt Cruz Bay hinwegfegte. Er brachte die Boote im Hafen an ihren Ankern zum Tanzen, jagte den Regen in peitschenden Schwaden über die Hausdächer, während der Himmel von immer wiederkehrendem Donner zu explodieren schien.

Für Bob Carney, der im Haus in Chocolate Hole auf der anderen Seite der Great Cruz Bay fest schlief, war es der Klang ferner Kanonen. Er wälzte sich im Schlaf unruhig hin und her, und plötzlich war er wieder mitten in seinem alten Traum. Die Granaten schlugen um ihn herum ein, brachten die Erde zum Beben, und man hörte über allem die Schreie der Verwundeten und Sterbenden. Er hatte seinen Helm verloren und sich auf den Boden geworfen. Die Arme hatte er zum Schutz über seinen Kopf gelegt. Er spürte nicht einmal, daß er getroffen wurde, erst nachher, als der Angriff abflaute und er sich aufrichtete. Arme und Beine schmerzten von Schrapnellwunden. Seine Hände waren voller Blut. Und dann, als der Qualm sich verzog, bemerkte er einen anderen Marinesoldaten, der an einen Baum gelehnt dasaß. Beide Beine waren oberhalb der Knie abgerissen. Er zitterte am ganzen Leib, hatte eine Hand nach Carney ausgestreckt, als bitte er ihn um Hilfe. Carney schrie entsetzt auf und setzte sich abrupt in seinem Bett auf. Er war hellwach.

Der gleiche verdammte alte Traum, Vietnam, obwohl das schon so lange zurücklag. Er knipste die Nachttischlampe an und sah auf die Uhr. Erst halb drei. Seufzend stieg er aus dem Bett, reckte und streckte sich. Dann tappte er durch das dunkle Haus zur Küche, knipste das Licht an und holte sich ein Bier aus dem Kühlschrank.

Er war etwa ein Meter siebzig groß, hatte die Figur eines Athleten – keine Überraschung bei einem Mann, der früher mal Schiffskapitän und nun ein hervorragender Berufstaucher war –, und sein blondes Haar war von Salzwasser und Sonne gebleicht. Er war vierundvierzig Jahre alt, aber die meisten Leute hätten ihn um sieben oder acht Jahre jünger geschätzt.

Er ging durch das Wohnzimmer und öffnete ein Fenster zur Veranda. Regen tropfte vom Dach, und draußen auf dem Meer schlug krachend und knisternd ein Blitz ein. Carney trank einen weiteren Schluck Bier, dann stellte er die Dose beiseite und schloß das Fenster. Besser, noch etwas Schlaf zu bekommen, denn er wollte mit einer Gruppe Urlauber um halb zehn von Caneel Bay aus zum Tauchen starten. Das bedeutete, daß er wie üblich hellwach sein mußte.

Als er das Wohnzimmer durchquerte, blieb er kurz stehen, um ein gerahmtes Foto von seiner Frau Karye und seinen beiden Kindern, dem Jungen Walker und seiner kleinen Tochter Wallis, hochzunehmen. Sie waren am Tag vorher zusammen mit ihren Großeltern zu einem Urlaub nach Florida aufgebrochen. Dadurch war er während des nächsten Monats Strohwitwer. Er lächelte säuerlich, da er genau wußte, daß er sie schon bald vermissen würde, und ging wieder zu Bett.

Zur gleichen Zeit saß Henry Baker im Arbeitszimmer seines Hauses am Rande der Cruz Bay bei Gallows Point und las im Schein einer Schreibtischlampe. Er hatte die Verandatür geöffnet, weil er den Geruch des Meeres liebte. Er erregte ihn und führte ihn zurück in die Tage seiner Jugend und seines zwei Jahre dauernden Dienstes in der Marine während des Koreakrieges. Er hatte es bis zum Leutnant geschafft, war sogar mit dem Bronze Star ausgezeichnet worden und hätte Karriere machen können. Eigentlich hatten seine Vorgesetzten das von ihm erwartet, aber da waren der Buchverlag gewesen, der seiner Familie gehörte, sowie andere Verpflichtungen und die Frau, die er zu heiraten versprochen hatte. Es war kein schlechtes Leben gewesen. Keine Kinder, aber er und seine Frau waren zufrieden gewesen, bis der Krebs sie mit fünfzig Jahren dahinraffte. Danach hatte er das Interesse am Geschäft verloren und bereitwillig ein Übernahmeangebot akzeptiert, durch das er mit achtundfünfzig Jahren sehr reich, aber völlig wurzellos geworden war.

Es war ein Aufenthalt auf St. John gewesen, der zu seiner Rettung wurde. Er hatte in Caneel Bay gewohnt, dem berühmten Rock Resort nördlich von Cruz Bay. Dort war er von Bob Carney ins Sporttauchen eingeführt worden, und es war für ihn zu einer neuen Leidenschaft geworden. Er hatte sein Haus in den Hamptons verkauft, war nach St. John gezogen und hatte sein jetziges Anwesen gekauft. Sein Leben mit dreiundsechzig war völlig sorgenfrei und ausgefüllt, nicht zuletzt dank Jenny.

Er griff nach ihrem Foto. Jenny Grant, fünfundzwanzig, das Gesicht sehr gleichmütig, gelassen, große Augen über hohen Wangenknochen und kurzes dunkles Haar. Aber in diesen Augen lag noch immer ein Ausdruck der Wachsamkeit, so als erwarte sie das Schlimmste, was kaum überraschte, wenn Baker sich ihre erste Begegnung in Miami ins Gedächtnis rief. Damals hatte sie ihm auf einem Parkplatz ihren Körper angeboten, der vom Mangel an Drogen, die sie dringend brauchte, zitterte.

Als sie zusammenbrach, hatte er sie selbst ins Krankenhaus gebracht, hatte persönlich für die finanziellen Mittel gebürgt, um ihr eine Entzugstherapie zu ermöglichen. Dabei hatte er die ganze Zeit ihre Hand gehalten, war immer zur Stelle gewesen, denn sie hatte niemand anderen. Sie war eine Waise, großgezogen von einer Tante, bis diese sie im Alter von sechzehn Jahren aus dem Haus jagte. Eine leidlich gute Stimme hatte ihr geholfen, ihren Lebensunterhalt mit Auftritten in Saloons und Cocktailbars zu bestreiten. Dann kam der falsche Mann, und der Abstieg begann.

Er nahm sie mit nach St. John, aus Neugier, was das Meer und die Sonne bewirken würden. Das Arrangement hatte von Anfang an perfekt funktioniert, und zwar auf streng platonischer Basis. Er war der Vater, den sie nie gekannt hatte, sie war die Tochter, die ihm versagt geblieben war. Er kaufte ihr ein Café mit Bar namens *Jenny's Place* im Hafenviertel von Cruz Bay, und das Unternehmen wurde zu einem vollen Erfolg. Das Leben konnte nicht schöner sein, und er blieb nachts stets wach und wartete auf sie. In diesem Moment hörte er draußen den Jeep vorfahren. Die Verandatür wurde geöffnet und fiel wieder ins Schloß, und dann kam Jenny herein, lachend und mit einem Regenmantel über der Schulter. Sie schleuderte ihn auf einen Sessel, beugte sich herab und küßte Henry Baker auf die Wange.

»Mein Gott, da draußen riecht es förmlich nach Sturm.«

»Bis morgen früh hat sich alles verzogen, du wirst sehen.« Er nahm ihre Hand. »Ein guter Abend?«

»Sehr sogar.« Sie nickte. »Ein paar Touristen aus Caneel und aus dem Hyatt. Himmel, bin ich fertig.«

»An deiner Stelle würde ich schnell ins Bett gehen, es ist fast drei Uhr.«

»Du bist mir nicht böse?«

»Natürlich nicht. Vielleicht gehe ich morgen vormittag tauchen, aber bis zum Mittag bin ich sicher zurück. Wenn ich dich vermisse, komme ich zum Mittagessen runter ins Café.«

»Ich wünschte, du würdest nicht immer alleine tauchen.«

»Jenny, ich bin ein reiner Freizeittaucher, brauche keine Dekompressionsphase, weil ich mich stets innerhalb der ungefährlichen Grenzen bewege. So hat Bob Carney es mir beigebracht. Außerdem gehe ich niemals ohne meinen Marathon-Tauchcomputer ins Wasser, das weißt du genau.«

»Und ich weiß auch, daß bei jedem deiner Tauchgänge die Gefahr eines Anfalls von Taucherkrankheit besteht.«

»Stimmt, aber das Risiko ist sehr klein.« Er drückte ihre Hand. »Und jetzt begrab deine Sorgen und geh zu Bett.«

Sie hauchte ihm einen Kuß auf den Scheitel und ging hinaus. Er kehrte wieder zu seinem Buch zurück, trug es hinüber zur Couch am Fenster und streckte sich genußvoll aus. Er schien in letzter Zeit nicht sehr viel Schlaf zu brauchen. Eine der Strafen des Altwerdens, glaubte er, aber nach einer Weile fielen seine Augen zu, und er schlief ein. Das Buch rutschte auf den Fußboden.

Er schreckte aus dem Schlaf hoch. Licht drang durch die Jalousien. Für einen kurzen Moment lag er reglos da, dann sah er auf die Uhr. Kurz nach fünf. Er stand auf und ging hinaus auf die Veranda. Es dämmerte bereits, und am Horizont wurde es hell. Aber es sah irgendwie sonderbar aus, und auch das Meer war ungewöhnlich ruhig. Wahrscheinlich hing das mit dem Hurrikan zusammen, der am Abend zuvor hier durchgezogen war. Ideale Verhältnisse zum Tauchen, absolut perfekt.

Er war vergnügt und erregt zugleich, ging eilig in die Küche, setzte den Wasserkessel auf und schmierte sich ein paar Käsebrote, während das Wasser zu kochen begann. Er füllte Kaffee in eine Thermoskanne, verstaute diese zusammen mit den Broten in einem Seesack und holte seine alte Matrosenjacke von der Garderobe.

Er ließ den Jeep für Jenny zurück und schlenderte zu Fuß zum Hafen hinunter. Es war noch immer sehr still, und er begegnete nicht vielen Leuten. Unten am Dock sprang er in sein Schlauchboot, machte es los und stieß sich vom Pier ab. Dann startete er den Außenbordmotor, schlängelte sich zwischen den zahlreichen Booten hindurch bis zu seinem eigenen, der *Rhoda*, ein Sport-Fisherman mit einer Laufbrücke.

Er kletterte an Bord, band das Schlauchboot mit einer langen Leine fest und sah sich auf Deck um. Vier Preßlufttanks standen aufrecht in ihren Haltevorrichtungen; er hatte sie am Tag vorher selbst dort deponiert. Er öffnete den Deckel der Deckskiste und überprüfte seine Ausrüstung. Da war ein Tauchanzug aus Neopren, den er nur selten benutzte, denn er bevorzugte den leichteren, dreiviertellangen in Orange und Blau. Flossen, Maske sowie eine Reservemaske, denn die Linsen waren wegen seiner Fehlsichtigkeit optisch geschliffen, sowie zwei Tarierwesten, Handschuhe, Lungenautomat und sein Marathon-Computer.

»Carneys Credo«, murmelte er leise. »Überlasse nie etwas dem Zufall.«

Er ging zum Bug und löste die Bojenleine, dann kletterte er die Leiter zur Laufbrücke hoch und startete die Motoren. Sie erwachten hustend und spuckend zum Leben und liefen dann mit einem satten Brummen rund. Langsam lenkte er die *Rhoda* aus dem Hafen aufs offene Meer zu und genoß diese Augenblicke in vollen Zügen.

Er konnte unter seinen liebsten Tauchgründen auswählen. Da waren Cow & Calf, Carval Rock, Congo oder auch Eagle Shoal, wenn er länger unter Wasser bleiben wollte. Erst in der vergangenen Woche hatte er dort einen Zitronenhai gesichtet, aber das Meer war so ruhig, daß er einfach geradeaus weiterfuhr. Da war auch noch French Cap im Südwesten, vielleicht acht oder neun Meilen lang, ein wirklich herrliches Gebiet, aber er hielt einfach den Kurs, geradeaus in Richtung Süden, beschleunigte die *Rhoda* auf fünfzehn Knoten, schenkte sich einen Becher Kaffee ein und packte die Käsebrote aus. Die Sonne war mittlerweile aufgegangen, das Meer erstrahlte in makellosem Blau zwischen den Kuppen der Inseln rundum – ein atemberaubend schöner Anblick.

Mein Gott, dachte er. Was für ein Privileg, hier sein zu dürfen. Wie zum Teufel habe ich all die Jahre mein Leben nur so vergeuden können?

Er hing seinen Gedanken nach, begann über verschiedene Dinge vor sich hinzubrüten. Gut eine halbe Stunde später tauchte er schlagartig aus seinen Grübeleien auf und stellte seine Position fest.

»Himmel noch mal«, sagte er, »ich bin ja mindestens zwölf Meilen weit draußen.«

Was ziemlich nah am Rand zum Nichts war, wo alles einfach

abstürzte und die Entfernung bis zum Grund mindestens zweitausend Fuß betrug. Außer bei Thunder Point, und der Punkt, das wußte er, war hier irgendwo in der Nähe. Aber dort tauchte man nicht. Es war das gefährlichste Riff in der ganzen Region. Nicht einmal Carney tauchte dort. Starke Strömungen, eine alptraumhafte Welt aus Rissen und Kanälen. Carney hatte einmal erzählt, daß ihm vor Jahren ein alter Taucher die Gegend beschrieben hätte. Auf der einen Seite hundertachtzig Fuß tief. Dann stieg der Kamm des Riffs bis auf etwa siebzig Fuß an, und auf der anderen Seite ging es dafür zweitausend Fuß tief hinunter. Der alte Knabe war in Schwierigkeiten geraten, schaffte es gerade noch bis zur Wasseroberfläche und versuchte sein Glück dort nie wieder. Nur wenige Leute wußten, wo Thunder Point genau lag, und das Meer war da draußen normalerweise derart turbulent, daß alleine das schon ausreichte, um jeden fernzuhalten. Aber heute war es der reinste Badeteich. Baker hatte so etwas noch nie gesehen. Erregung erfaßte ihn plötzlich, und er schaltete sein Echolot ein und suchte den Grund ab. Er nahm bei den Motoren das Gas weg, und dann entdeckte er sie, die gelben, schartigen Linien auf dem schwarzen Bildschirm.

Er schaltete die Motoren aus und trieb weiter. Dabei kontrollierte er die Tiefenangaben, bis er sicher sein konnte, daß er sich über dem Kamm des Riffs in siebzig Fuß Tiefe befand. Dann kletterte er nach vorne zum Bug und ließ den Anker ins Wasser gleiten. Nach einer Weile spürte er, wie er sich auf dem Grund festsetzte und das Schiff in Position hielt. Er kletterte zurück auf die Brücke. Er war ausgesprochen fröhlich, während er sich auszog und den Taucheranzug überstreifte. Dann befestigte er den Preßlufttank an seiner Tarierweste, koppelte den Computer an die Zuleitung seiner Preßluftflasche, schlängelte sich in die Jacke, verteilte das Gewicht des Tanks sorgfältig auf seinen Schultern, spannte die Klettbandverschlüsse um seine Hüften und hängte ein Tauchernetz an seinen Gewichtsgürtel, so wie er es immer tat. Darin befand sich eine Taschenlampe, für den Fall, daß ihm irgend etwas Interessantes begegnete. Er schlüpfte in ein Paar Taucherhandschuhe, zog die Flossen an, spuckte in seine Tauchermaske, spülte sie aus, schob sie vor seinem Gesicht sorgfältig zurecht und machte einfach einen Schritt ins Wasser.

Es war unglaublich klar und blau. Er schwamm hinüber zum Ankertau, hielt kurz inne und begann dann mit dem Abstieg, indem er dem Ankertau folgte. Die Empfindung, im Weltraum zu schweben, war, wie immer, aufregend. Es war eine stille, eigene Welt, zuerst noch von Sonnenschein erfüllt, was sich jedoch schnell änderte, als er tiefer sank.

Das Riff, an dem der Anker sich festgehakt hatte, war ein Wald aus Korallen und Seegras, in dem es von Fischen aller Arten und Formen wimmelte. Plötzlich schoß ein mindestens anderthalb Meter langer Barrakuda in sein Gesichtsfeld, stoppte, wandte sich drohend zu ihm um, was aber Baker nicht im mindesten beunruhigte. Barrakudas griffen nur selten Menschen an.

Er sah auf seinen Tauchcomputer, der ihm nicht nur die Tiefe anzeigte, die er erreicht hatte, sondern ihm auch mitteilte, wie lange er sich dort ungefährdet aufhalten konnte. Dabei veränderten sich die Werte ständig entsprechend der wechselnden Tiefe während des Tauchgangs. Er befand sich auf siebzig Fuß, schaute sich suchend um und schwenkte dann nach links, wo das Riff steil bis auf hundertachtzig Fuß abfiel. Er glitt über den Grat, änderte dann jedoch seine Absicht und stieg wieder hoch. Verblüffend, wie sehr zusätzliche zehn oder fünfzehn Fuß Tauchtiefe die Zeit verkürzten, die man sich in dieser Tiefe aufhalten konnte.

Es herrschte eine verhältnismäßig starke Strömung. Er spürte, wie sie ihn zur Seite drückte, und versuchte sich vorzustellen, wie es sein mußte, wenn die Verhältnisse richtig schlecht wären, aber er hatte nicht vor, sich davon abhalten zu lassen, einen Blick in den tiefen Abgrund zu werfen. Die Riffkante an dieser Stelle war deutlich zu erkennen. Er hielt inne, stützte sich an einer Korallentraube ab und blickte an der Klippenwand entlang in einen dunkelblauen Abgrund, der sich bis in die Unendlichkeit zu erstrecken schien. Er schob sich über die

Kante, sank bis auf achtzig Fuß und schwamm in dieser Tiefe am Riffgebirge entlang.

Interessant. An den Korallenstrukturen gab es erhebliche Schäden. Große Stücke waren offenbar erst vor kurzem weggebrochen, vermutlich eine Folge des Hurrikans. Allerdings befand er sich hier auch auf einer geologischen Verwerfungslinie, und Erdbeben waren an der Tagesordnung. In einiger Entfernung erkannte er eine Stelle in der Riffwand, wo ein ganzer Überhang sich gelöst hatte. Darunter befand sich ein breiter Sims, auf dem irgend etwas lag, das so groß war, daß es mit einem Ende über die Kante hing. Baker verharrte für einen kurzen Moment, dann näherte er sich vorsichtig dem Gebilde.

In diesem Moment machte er nicht nur den aufregendsten Fund seiner bisherigen Taucherlaufbahn, sondern erlebte auch den größten Schock seines Lebens. Das Objekt, das auf dem Vorsprung ruhte und zum Teil über zweitausend Fuß Wasser hinausragte, war ein Unterseeboot.

Während seines Dienstes bei der Marine, als er auf den Philippinen stationiert war, hatte Baker auch einen Ausbildungskurs in einem Unterseeboot absolviert. Nichts Besonderes, nur ein Teil der allgemeinen Ausbildung, doch er erinnerte sich sehr gut an die Vorträge und Lehrfilme, die sie sich hatten ansehen müssen. Es war vorwiegend Material aus dem Zweiten Weltkrieg gewesen, und er erkannte sofort, was dort unter ihm lag: ein U-Boot vom Typ VII, das bei der deutschen Kriegsmarine am häufigsten eingesetzte Modell. Die äußeren Merkmale waren unverkennbar. Der Kommandoturm war zwar mit Meergewächsen überwuchert, aber als er sich näherte, konnte er die Zahl an der Seite noch gut erkennen: 180. Die Periskope von Torpedostand und Kontrollraum waren noch intakt, und es gab einen Schnorchel. Er erinnerte sich daran, gehört zu haben, daß die Deutschen im Verlauf des Krieges ihre Boote zunehmend damit ausgerüstet hatten, eine Vorrichtung, die dem Boot unter Wasser zu höheren Geschwindigkeiten verhalf, da mit seiner Hilfe die Dieselmotoren genutzt werden konnten. Etwa zwei Drittel des Bootes ruhten ab dem Heck auf dem Felsband, und der Bug schob sich hinaus ins Leere.

Er blickte hoch zu einem Schwarm pferdeäugiger Grashechte, zwischen denen Ährenfische umherhuschten. Dann schwamm er hinunter zum Kommandoturm und hielt sich an der Brückenreling fest. Dahinter befand sich die Geschützplattform mit ihrem 2-cm-Geschütz. In Richtung Bug und unterhalb seiner augenblicklichen Position sah er das Deckgeschütz, das ebenso wie der größte Teil des Bootsrumpfs mit Schwammgewächsen und vielfarbigen Korallen überkrustet war.

Wie alle Wracks war das Boot zu einem eigenen Lebensraum geworden. Überall waren die unterschiedlichsten Fische zu sehen: Schnapper mit gelben Schwänzen, Engels- und Papageienfische, Offiziersfische und viele andere. Er sah auf seinen Computer. Auf der Brücke befand er sich in fünfundsiebzig Fuß Tiefe, und er hatte höchstens zwanzig Minuten Zeit; dann mußte er wieder zur Wasseroberfläche hochsteigen.

Er ließ sich ein Stück wegtreiben, um sich aus der Distanz einen Überblick über das Boot zu verschaffen. Offenbar hatte der Überhang, der vor kurzem abgebrochen war, jahrelang eine Art Dach für das Wrack gebildet und es so an diesem Ort, der sowieso nur selten aufgesucht wurde, vor Sicht geschützt. Daß U-Boote während des Zweiten Weltkriegs in dieser Gegend operiert hatten, war allgemein bekannt. Er kannte einen alten Seebären, der immer erzählte, daß nachts ganze U-Boot-Besatzungen auf der Suche nach frischem Obst und Wasser in St. John eingefallen seien. Allerdings fiel es Baker schwer, derartige Geschichten zu glauben.

Er schwamm zur Steuerbordseite und sah, daß das Unglück mit voller Wucht zugeschlagen hatte. Ein breiter gezackter Riß, etwa fünf Meter lang, klaffte dicht unter dem Kommandoturm im Rumpf. Die armen Teufel müssen abgesoffen sein wie Steine. Er ging tiefer, hielt sich an der schartigen, mit Korallen bewachsenen Kante fest und warf einen Blick in den Kontrollraum. Dort drin war alles dunkel und unheimlich. Silbrige Fische glitten durch die Finsternis. Er holte eine Stablampe aus seinem Tauchersack und leuchtete damit ins Bootsinnere. Die Periskoprohre waren deutlich zu sehen, auch sie mit einer dikken Kruste unterseeischen Bewuchses bedeckt. Der Rest war ein Gewirr aus verbogenem Stahl, Leitungen und Rohren. Baker sah auf den Computer und stellte fest, daß er noch eine Viertelstunde Zeit hatte. Er zögerte erst, dann wagte er sich hinein.

Sowohl die hinteren wie die vorderen wasserdichten Schotten waren geschlossen, aber das war so üblich, wenn die Lage sich verschlechterte und Gefahr drohte. Er versuchte sein Glück am Verschlußrad des vorderen Schotts, aber es war hoffnungslos korrodiert und ließ sich nicht bewegen. Es gab ein paar Sauerstoffflaschen, sogar einen Gürtel mit irgendwelcher Munition und, was am grausigsten war, einige menschliche Knochen auf dem Kabinenboden. Erstaunlich, daß nach so vielen Jahren überhaupt noch solche Spuren vorhanden waren.

Plötzlich fröstelte er, und er kam sich vor wie ein Eindringling, der hier eigentlich nichts zu suchen hatte. Als er sich zum Umkehren wandte, fiel der Lichtstrahl seiner Lampe auf einen Griff in der Ecke, einem Koffergriff nicht unähnlich. Baker faßte danach, die Ablagerungen wurden aufgewirbelt, und plötzlich hatte er einen kleinen Aktenkoffer aus irgendwelchem Metall in der Hand, der ebenso mit einer Kruste aus Seepflanzen und Korallen bedeckt war wie alles andere. Jetzt reichte es ihm, und er schlängelte sich durch den Riß im Rumpf, trieb über den Grat des Riffs hinweg und schwamm auf den Anker zu.

Er erreichte das Tau und hatte gerade noch fünf Minuten Zeit. Du Idiot, schalt er sich selbst, ein solches Risiko einzugehen. Er tauchte vorschriftsmäßig auf, wobei eine Hand an der Ankerleine entlangglitt, während er den Aktenkoffer in der anderen hielt. In zwanzig Fuß Tiefe ließ er die Leine los und schwamm unter dem Boot hindurch zum Heck.

Er warf den Aktenkoffer an Bord, dann kämpfte er sich aus seiner Montur, wie immer der mühsamste Teil der Übung. Du wirst alt, Henry, sagte er sich, als er sich die Leiter hochzog und sich umwandte, um die Weste und die Preßluftflasche an Bord zu hieven.

Er zwang sich, alles so normal wie möglich zu erledigen, verstaute die Preßluftflasche sowie die übrige Ausrüstung und hielt sich an seine gewöhnliche Routine. Er trocknete sich ab, schlüpfte in Jeans und ein frisches Jeanshemd, öffnete seine Thermosflasche und schenkte sich ein wenig Kaffee ein. Dann ließ er sich in einem der Drehsessel am Heck nieder, trank einen Schluck und musterte den mit Korallen bedeckten Aktenkoffer.

Anders als auf dem übrigen Schiff beschränkte der Bewuchs sich nur auf die Oberfläche. Er holte eine Drahtbürste aus seinem Werkzeugkasten, bearbeitete damit den Koffer und erkannte sofort, daß er aus Aluminium gefertigt war. Als die Oberfläche mehr und mehr durchschien, waren in der rechten oberen Ecke der Adler und das Hakenkreuz der deutschen Kriegsmarine zu erkennen. Der Deckel wurde durch zwei Schnappverschlüsse und ein Schloß gesichert. Die Schnapper kamen ohne Schwierigkeiten hoch, doch der Deckel blieb zu. Er war offenbar verriegelt. Er fand einen großen Schraubenzieher, klemmte ihn über dem Schloß unter den Deckel und konnte diesen innerhalb weniger Sekunden aufhebeln. Das Innere war völlig trocken. Der Inhalt bestand aus ein paar Fotos und mehreren Briefen, die von einem Gummiband zusammengehalten wurden, ferner aus einem in rotes marokkanisches Leder gebundenen Tagebuch, auf dem in Gold die Insignien der Kriegsmarine eingeprägt waren.

Die Fotos zeigten eine junge Frau und zwei kleine Mädchen. Auf der Rückseite eines Bildes stand ein Datum am Beginn eines handgeschriebenen Textes auf deutsch: 8. August 1944. Der Rest ergab für ihn keinen Sinn, da er die fremde Sprache nicht beherrschte. Es gab auch einen verblichenen Schnappschuß von einem Mann in der Uniform der Kriegsmarine. Er sah aus wie dreißig und trug eine Reihe von Orden, darunter auch an seinem Hals das Ritterkreuz.

Die Tagebucheintragungen waren ebenfalls in Deutsch. Der erste Eintrag hatte das Datum 30. April 1945, und er erkannte den Namen, Bergen, wußte, daß dies ein Hafen in Norwegen war. Auf dem Vorsatzblatt stand ein Eintrag, den er verstand: Korvettenkapitän Paul Friemel, U 180 – offenbar der Kapitän und Eigentümer dieses Tagebuchs.

Baker blätterte das Buch durch und war zutiefst enttäuscht,

daß er nichts davon entschlüsseln konnte. Es gab etwa siebenundzwanzig Eintragungen, manchmal eine ganze Seite für einen Tag, manchmal mehr. Einige Male gab es Angaben zur jeweiligen Position, und Baker hatte keine Schwierigkeiten, den Daten zu entnehmen, daß die Reise das Unterseeboot durch den Atlantik nach Süden ins Karibische Meer geführt hatte.

Seltsam war die Tatsache, daß die letzte Eintragung vom 28. Mai 1945 datierte, und das ergab nicht allzuviel Sinn. Henry Baker war sechzehn Jahre alt gewesen, als der Krieg in Europa zu Ende gegangen war, und er erinnerte sich an die Ereignisse dieser Tage mit überraschender Klarheit. Die Russen waren bis nach Berlin vorgedrungen, und Adolf Hitler, der im Führerbunker unter der Reichskanzlei gefangen war, hatte am 1. Mai gegen halb elf Uhr abends zusammen mit Eva Braun, die erst seit wenigen Stunden seine Ehefrau war, Selbstmord begangen. Das war das endgültige Ende des Dritten Reichs gewesen, und kurz darauf erfolgte die Kapitulation. Wenn es sich wirklich so zugetragen hatte, was zum Teufel hatte dann U 180 bei den Jungferninseln mit einem letzten Logbucheintrag vom 28. Mai zu suchen?

Wenn er doch nur Deutsch beherrschen würde! Und darüber hinaus kannte er niemanden auf St. John, der dies tat! Andererseits, wenn er jemanden kennen würde, wäre er dann bereit, ein solches Geheimnis zu teilen? Eines war sicher: Wenn die Meldung von dem Unterseeboot und seiner Lage hinausging, dann würde es hier in wenigen Tagen von Neugierigen nur so wimmeln.

Er blätterte weiter im Tagebuch, hielt plötzlich inne und schlug eine Seite zurück. Ein Name sprang ihm in die Augen. *Reichsleiter Martin Bormann.* Baker hielt den Atem an: Martin Bormann, Chef der Kanzlei der Nazipartei und Sekretär des Führers. War er am Ende doch aus dem Bunker entwischt? Oder war er bei dem Versuch, aus Berlin zu fliehen, ums Leben gekommen? Wie viele Bücher waren darüber schon geschrieben worden?

Er blätterte langsam weiter, und dann fiel ihm ein anderer Name auf, der des Herzogs von Windsor. Baker starrte auf die

Seite. Seine Kehle war plötzlich wie ausgetrocknet. Dann schloß er das Tagebuch behutsam zu und legte es mit den Briefen und den Fotos zurück in den Aktenkoffer. Er klappte den Deckel zu, verstaute den Koffer im Ruderhaus, startete die Motoren, kletterte zum Bug und lichtete den Anker.

Was immer es war, es war etwas Bedeutendes, mußte es sein. Er hatte ein U-Boot gefunden, das drei Wochen nach Kriegsende in Europa bei den Jungferninseln gesunken war. Er hatte außerdem ein persönliches Tagebuch, das vom Kapitän geführt worden war und in dem der Namen des mächtigsten Mannes in Nazideutschland nach Hitler und der des Herzogs von Windsor auftauchte.

»Mein Gott, in was bin ich da nur hineingeschlittert?« murmelte er.

Er konnte sich natürlich an die Behörden wenden, an die Küstenwache zum Beispiel, aber es war sein Fund, das war das Problem, und er hatte wenig Lust, ihn wegzugeben. Aber was zum Teufel sollte er nun tun?

Und dann fiel es ihm ein, und er lachte schallend. »Garth Travers. Natürlich!«

Er gab Vollgas und jagte zurück nach St. John.

1951, als Leutnant in der U.S. Navy, war Baker als Verbindungsoffizier dem Zerstörer *Persephone* der British Royal Navy zugeteilt worden. Dort hatte er den Geschützoffizier Garth Travers kennengelernt, Absolvent der Universität von Oxford. Die beiden jungen Offiziere hatten sich angefreundet, und diese Freundschaft wurde während einer dunklen Nacht durch fünf gemeinsame lange Stunden im Wasser vor der koreanischen Küste gefestigt, nachdem ein Landungsboot, mit dem sie einen nächtlichen Angriff hatten durchführen wollen, auf eine Mine aufgelaufen war.

Travers hatte Karriere gemacht und sich schließlich im Range eines Konteradmirals zur Ruhe gesetzt. Seitdem hatte er mehrere Bücher über Marineangelegenheiten während des Zweiten Weltkriegs geschrieben und außerdem ein Standardwerk über die Kriegsmarine aus dem Deutschen übersetzt, das Bakers Verlag veröffentlicht hatte. Travers war genau der richtige Mann.

Er war jetzt dicht vor der Küste von St. John und bemerkte ein weiteres Sport Fisherman, das auf ihn zukam – die *Sea Raider*, Bob Carneys Boot. Es bremste, schwenkte zu ihm herum, und Baker drosselte ebenfalls die Geschwindigkeit. Vier Leute – drei Frauen und ein Mann – saßen im Heck und trugen bereits Tauchkleidung. Bob Carney stand auf der Laufbrücke.

»Guten Morgen, Henry!« rief er. »Du bist aber schon früh unterwegs. Wo warst du?«

»Am French Cap.« Baker haßte es, einen Freund zu belügen, aber er hatte keine andere Wahl.

»Sind die Verhältnisse gut?«

»Hervorragend. Der reinste Badeteich da draußen.«

»Na prima.« Carney lächelte und winkte ihm zu. »Paß auf dich auf, Henry.«

Die *Sea Raider* entfernte sich, und Baker rauschte nun mit voller Kraft in Richtung Cruz Bay davon.

Als er zum Haus kam, wußte er sofort, daß Jenny nicht da war, denn der Jeep war verschwunden. Er sah auf die Uhr. Zehn. Er ging in die Küche, holte ein Bier aus dem Kühlschrank, trug den Koffer in sein Arbeitszimmer, legte ihn auf den Tisch, zog sein Telefonverzeichnis heran und blätterte darin. Er fand schnell, was er suchte, und sah noch einmal auf die Uhr. Zehn nach zehn, das hieß, in London war es zehn nach drei Uhr nachmittags. Er nahm den Hörer ab und begann zu wählen.

In London prasselte der Regen gegen die Fenster des Hauses in der Lord North Street, wo Konteradmiral Garth Travers in einem Sessel am Kaminfeuer seines mit Büchern vollgestopften Arbeitszimmers saß, genußvoll eine Tasse Tee trank und die *Times* las. Als das Telefon klingelte, verzog er ungehalten das Gesicht, stand aber trotzdem auf und ging zum Schreibtisch.

»Mit wem spreche ich?«

»Garth? Hier ist Henry – Henry Baker.«

Travers ließ sich hinter seinem Schreibtisch in den Sessel fallen. »Herrgott im Himmel, Henry, du alter Ganove. Bist du in London?«

»Nein, ich rufe von St. John an.«

»Du klingst, als seist du nebenan.«

»Garth, ich habe ein Problem, und ich dachte, du könntest mir vielleicht helfen. Ich habe ein U-Boot gefunden.«

»Du hast was?«

»Ehrlich und wahrhaftig ein U-Boot, hier draußen in den Antillen, auf einem Riff in etwa achtzig Fuß Tiefe. Die Zahl Einhundertachtzig stand auf dem Kommandoturm. Es ist ein Typ VII.«

Travers atmete tief durch. »Ich frage dich gar nicht erst, ob du etwas getrunken hast. Aber weshalb um alles in der Welt hat niemand vorher das Ding entdeckt?«

»Garth, in den Gewässern hier liegen Hunderte von Wracks. Wir kennen nicht die Hälfte davon. Dieses liegt an einer sehr gefährlichen Stelle, wo sich niemand hinwagt. Das Boot ruht halb auf einem Sims, der bis vor kurzem von einem Überhang geschützt wurde. Wir haben gerade einen Hurrikan überstanden, und die Klippen sind erheblich beschädigt.«

»In welchem Zustand ist das Boot?«

»Im Rumpf war ein Riß, und ich konnte bis in den Kontrollraum vordringen. Dort habe ich einen Aktenkoffer gefunden. Wasserdicht und aus Aluminium.«

»Mit den eingravierten Insignien der Kriegsmarine in der rechten oberen Ecke?«

»Genau!«

»Standardausrüstung. Was sagtest du, wie war die Nummer? Hundertachtzig? Bleib mal einen Moment dran, ich sehe nach. Ich hab irgendwo ein Buch, in dem alle U-Boote aufgelistet sind, die die Kriegsmarine während des Kriegs in Dienst genommen hat. Außerdem ist da verzeichnet, was mit ihnen passiert ist.«

»Okay.«

Baker wartete geduldig, bis Travers sich wieder meldete. »Wir haben ein kleines Problem, alter Junge. Bist du sicher, daß es vom Typ VII war?«

»Absolut.«

»Nun, das Problem ist, daß Hundertachtzig ein Typ IX war, das im August von Frankreich nach Japan aufbrach, beladen mit technischem Nachschub. Es sank in der Biskaya.«

»Tatsächlich?« staunte Baker. »Wie findest du das denn? Ich habe das persönliche Tagebuch von einem Korvettenkapitän Paul Friemel in dem Koffer gefunden, und der letzte Eintrag ist vom 28. Mai 1945.«

»Aber der Krieg war doch am 8. Mai zu Ende!«

»Genau. Also was haben wir nun? Ein deutsches Unterseeboot mit einer falschen Nummer, das drei Wochen nach Ende des verdammten Krieges in den Antillen absäuft.«

»Wirklich interessant«, meinte Travers.

»Das Beste weißt du noch gar nicht, mein Freund. Erinnerst du dich noch an die wilden Geschichten über Martin Bormann, der aus Berlin geflohen sein soll?«

»Natürlich.«

»Ich kann kein Deutsch, weder lesen noch sprechen, aber ich kann seinen Namen lesen, und der steht in dem Tagebuch und noch ein weiterer Hammer für dich: Auch der Herzog von Windsor kommt darin vor.«

Travers lockerte seinen Schlips und holte tief Luft. »Henry, alter Junge, ich muß das Tagebuch sehen.«

»Ja, genau das habe ich mir auch gedacht«, sagte Baker. »Eine Maschine der British Airways startet gegen acht Uhr abends Ortszeit von Antigua. Eigentlich sollte ich sie noch erwischen. Als ich das letzte Mal damit flog, landeten wir um neun Uhr morgens in Gatwick. Vielleicht könntest du mich zu einem späten Frühstück einladen?«

»Nichts täte ich lieber«, sagte Travers und legte den Hörer zurück auf die Gabel.

Die Professional Association of Diving Instructors hat strenge Anordnungen erlassen, was das Fliegen nach Tauchgängen betrifft. Henry schlug in dem Regelverzeichnis nach und stellte fest, daß er nach einem einzigen Tauchgang bei achtzig Fuß Tiefe und ohne Dekompressionsphase mindestens vier Stunden warten sollte. Kein Problem, vor allem, wenn er nicht vor dem Nachmittag nach Antigua hinunterflog, was er sowieso nicht vorhatte.

Zuerst telefonierte er mit British Airways in San Juan. Ja, es gab noch Plätze in der ersten Klasse des BA-Flugs Nummer 252, der um zwanzig Uhr zehn in Antigua startete. Danach wählte er die Nummer von Carib Aviation in Antigua, ein Lufttaxiunternehmen, mit dem er schon früher geflogen war. Ja, sie übernähmen die Charter sehr gerne. Sie würden eine ihrer Partenavias am frühen Nachmittag nach St. Thomas schicken. Wenn sie um halb fünf zum Rückflug nach Antigua starteten, wären sie spätestens um sechs dort.

Er lehnte sich zurück und überlegte. Er würde ein Wassertaxi rüber nach Charlotte Amalie, der größten Stadt auf St. Thomas, nehmen. Vierzig Minuten, länger würde es nicht dauern. Genügend Zeit also, um zu packen und sich fertig zu machen. Aber zuerst mußte er noch mit Jenny reden.

Diesmal herrschte im Hafenviertel reger Betrieb, als er nach Cruz Bay hinunterlief. Es war eine malerische kleine Stadt, reizvoll und ein wenig heruntergekommen wirkend wie die meisten Hafenorte in der Karibik. Baker hatte sich auf den ersten Blick in den Ort verliebt und meinte manchmal scherzhaft, alles, was fehlte, wäre Humphrey Bogart, der mit einem Boot zu irgendwelchen geheimnisvollen Missionen ausläuft.

Jenny's Place lag etwas zurückgesetzt von der Straße kurz vor Moongoose Junction. Eine Treppe führte hinauf zur Veranda, und über der Tür hing eine Neonschrift. Im Innern war es kühl und schattig. Zwei große Ventilatoren rotierten an der Decke. An der langen Bartheke aus dunklem Mahagoniholz warteten hochbeinige Hocker auf Gäste, und vor der Spiegelwand hinter der Bar standen auf Glasregalen zahlreiche Flaschen aufgereiht. Ein hochgewachsener, gutaussehender Farbiger mit graumeliertem Haar polierte Gläser. Es war Billy Jones, der Barkeeper. Um die Augen hatte er faltiges Narbengewebe und ansonsten die leicht abgeflachte Nase eines Profiboxers. Seine Frau Mary war die Geschäftsführerin.

Er grinste. »Hallo, Mr. Henry, suchen Sie Jenny?«
»Richtig geraten.«
»Sie sind gerade zum Hafen, um den Fisch für heute abend auszusuchen. Sie bleiben bestimmt nicht lange weg. Kann ich Ihnen etwas anbieten?«
»Nur einen Kaffee, Billy. Ich trinke ihn draußen.«
Er ließ sich auf der Veranda in einen Rohrsessel sinken, trank seinen Kaffee und dachte über verschiedenes nach. Er war so tief in Gedanken versunken, daß er die beiden Frauen gar nicht bemerkte.
»Du bist ja schon zurück, Henry!«
Er schaute hoch und sah Jenny und Mary die Treppe heraufkommen. Mary wünschte ihm einen guten Morgen und ging in die Bar. Jenny setzte sich aufs Geländer und ließ die Beine baumeln. Sie trug ein T-Shirt und Bluejeans, was ihre gertenschlanke Figur gut zur Geltung brachte.
Sie musterte Henry stirnrunzelnd. »Ist etwas passiert?«
»Ich muß nach London«, eröffnete er ihr.
»Nach London? Wann?«
»Noch heute nachmittag.«
Sie schüttelte verständnislos den Kopf, rutschte vom Geländer und setzte sich neben ihn. »Was ist denn los?«
»Als ich heute morgen getaucht bin, ist etwas höchst Außergewöhnliches passiert. Ich habe in achtzig oder neunzig Fuß Tiefe ein Wrack gefunden.«
»Du verdammter Narr!« Sie wurde richtig zornig. »So tief zu tauchen, ganz allein und in deinem Alter! Wo war das?«
Obgleich sie nicht mit der gleichen Begeisterung tauchte wie er, begleitete sie ihn gelegentlich und kannte daher die meisten Reviere. Er zögerte. Obwohl er ihr traute, wollte er den Fundort des U-Boots einstweilen noch für sich behalten. Außerdem würde sie sicher ernsthaft böse, wenn sie erführe, daß er an einer Stelle wie Thunder Point gewesen war.
»Alles, was ich dir im Augenblick sagen kann, Jenny, ist, daß ich ein deutsches Unterseeboot aus dem Jahr 1945 gefunden habe.«
Ihre Augen weiteten sich. »Mein Gott!«

»Ich konnte hineinschwimmen. Da war ein Aktenkoffer, so ein Ding aus Aluminium. Wasserdicht. Ich fand darin das Tagebuch des Kapitäns. Es ist in Deutsch, das ich nicht verstehe. Aber ich stieß auf zwei Namen, die ich kannte.«

»Und welche?«

»Martin Bormann und der Herzog von Windsor.«

Sie sah ihn verwirrt an. »Was hat das zu bedeuten?«

»Das würde ich auch gerne wissen.« Er ergriff ihre Hand. »Erinnerst du dich noch an meinen englischen Freund, Konteradmiral Travers?«

»Du meinst den, mit dem du in Korea warst? Natürlich, du hast ihn mir doch vor zwei Jahren vorgestellt, als wir in Miami waren und er uns auf der Durchreise traf.«

»Ich habe ihn heute morgen angerufen. Er hat jede Menge Archivmaterial über die deutsche Kriegsmarine, und er hat das Boot für mich überprüft. Einhundertachtzig, das ist die Zahl, die auf dem Kommandoturm aufgemalt ist. Aber die Einhundertachtzig war ein ganz anderer Bootstyp. Außerdem ist sie 1944 in der Biskaya gesunken.«

Sie schüttelte wieder verwirrt den Kopf. »Aber was hat das zu bedeuten?«

»Seit Jahren erzählt man sich über Bormann alle möglichen Geschichten. Immer wieder heißt es, er sei gegen Kriegsende nicht in Berlin ums Leben gekommen, sondern habe überlebt. Es gibt Leute, die behaupten, ihn in Südamerika gesehen zu haben. Sie sind sich angeblich ganz sicher.«

»Und der Herzog von Windsor? Was hat der damit zu tun?«

»Keine Ahnung.« Er schüttelte den Kopf. »Ich weiß nur, daß es äußerst wichtig sein könnte und daß ich das verdammte Boot gefunden habe, Jenny – ich, Henry Baker. Ich weiß ja nicht, was in dem Tagebuch steht, aber es ist möglich, daß es von historischer Bedeutung ist.«

Er stand auf, trat ans Geländer und umklammerte es mit beiden Händen. Sie hatte ihn noch nie so erregt gesehen. Sie stand ebenfalls auf und legte ihm eine Hand auf die Schulter. »Möchtest du, daß ich dich begleite?«

»Mein Gott, nein. Das ist wirklich nicht nötig.«

»Billy und Mary kommen hier alleine zurecht.«

Er schüttelte den Kopf. »Spätestens in vier Tagen bin ich wieder zurück.«

»Na schön.« Das Lächeln fiel ihr schwer. »Dann sollten wir lieber nach Hause fahren, damit ich dir beim Packen helfen kann.«

Sein Flug mit der Partenavia der Carib Aviation verlief ohne Zwischenfälle, außer daß sie auf starken Gegenwind trafen, der sie etwas bremste, so daß sie später landeten als vorgesehen, und zwar erst um halb sieben. Als er die Zollformalitäten hinter sich hatte und mit seinem Gepäck zum Schalter der British Airways kam, war es bereits sieben Uhr. Zehn Minuten später wurde der Flug aufgerufen.

Der Service in der ersten Klasse der British Airways war wie immer exzellent. Er hatte den Aktenkoffer von Korvettenkapitän Friemel in die Kabine mitgenommen und ließ sich von der Stewardeß ein Glas Champagner bringen. Dann öffnete er den Koffer und inspizierte ihn eine Zeitlang, nicht nur das Tagebuch, sondern auch die Fotografien und die Briefe. Vor allem aber interessierte ihn das Foto des Offiziers der Kriegsmarine, vermutlich dieser Friemel. Es war das Gesicht des Feindes, aber es kam Baker nicht so vor, denn Seeleute aller Nationen hatten große Achtung voreinander, sogar im Krieg. Letzten Endes war es die See, die der Feind aller war.

Er klappte den Koffer zu und verstaute ihn im Gepäckfach über seinem Sitz, als der Start angekündigt wurde, und vertrieb sich dann die Zeit mit der Lektüre von ein oder zwei Londoner Tageszeitungen. Das Essen wurde kurz nach dem Start serviert. Nachdem das Tablett mit dem Geschirr abgeräumt worden war, machte die Stewardeß ihn darauf aufmerksam, daß jeder Sitz über einen eigenen kleinen Videoschirm verfügte, und bot ihm eine Broschüre mit einer ausführlichen Liste der verfügbaren Videofilme an.

Baker überflog sie. Wenigstens würde auf diese Art und Weise die Zeit schneller vergehen. Plötzlich fröstelte er. Ein Film wurde angeboten, von dem er schon mal gehört hatte, ein deutscher Film: *Das Boot*, eine qualvolle Geschichte vom Leben in einem U-Boot während der schlimmsten Phase des Krieges.

Gegen sein besseres Wissen bestellte er ihn und bat gleichzeitig um einen doppelten Scotch. Die Kabinencrew ging umher und zog die Fensterrollos herunter, damit die, die es wünschten, schlafen konnten. Baker schob die Videokassette ein, setzte den Kopfhörer auf und saß dort im Halbdunkel und verfolgte das Geschehen auf dem Bildschirm. Nach zwanzig Minuten verlangte er nach seinem zweiten Scotch und konzentrierte sich wieder auf den Film, eine der schrecklichsten Storys ihrer Art, die er je gesehen hatte.

Nach einer Stunde reichte es ihm. Er schaltete das Videogerät aus, kippte den Sitz nach hinten und machte es sich bequem. Dann lag er da, starrte in die Dunkelheit und dachte an Korvettenkapitän Paul Friemel und an U 180 und an dessen Ende bei Thunder Point. Was war damals wohl passiert? Nach einer Weile schlief er ein.

3. Kapitel

Als die Türklingel im Haus in der Lord North Street anschlug, war es zehn Uhr. Garth Travers öffnete selbst die Tür und sah Henry Baker im Regen stehen, einen Aktenkoffer in der einen Hand, seinen Reisekoffer in der anderen. Er trug keinen Regenmantel und hatte zum Schutz gegen das Wetter den Kragen seines Jacketts hochgeschlagen.

»Mein lieber Freund«, sagte Travers, »komm um Gottes willen rein, ehe du völlig aufweichst.« Während er die Tür schloß, fügte er hinzu: »Du wohnst natürlich hier.«

»Gerne, wenn dir das nichts ausmacht, alter Junge.«

»Es tut richtig gut, wieder so genannt zu werden«, gestand Travers ihm. »Ich zeige dir später dein Zimmer. Du brauchst erst mal ein Frühstück. Meine Haushälterin hat heute ihren freien Tag, deshalb kriegst du eins nach Art der Marine.«

»Ein Kaffee würde mir im Augenblick schon reichen«, sagte Baker.

Sie gingen in die geräumige Küche, und Travers setzte den Wasserkessel auf. Baker legte den Aktenkoffer auf den Küchentisch. »Da ist er.«

Travers untersuchte das Abzeichen der Kriegsmarine auf dem Koffer, dann sah er hoch. »Darf ich?«

»Deshalb bin ich hier.«

Travers öffnete den Koffer und blätterte schnell die Briefe durch. »Wahrscheinlich Andenken. Sie tragen unterschiedliche Daten aus den Jahren 1943 und 1944. Wie es aussieht, sind sie alle von seiner Frau.« Er nahm sich die Fotos vor. »Ritterkreuzträger? Muß ein tapferer Bursche gewesen sein.« Er betrachtete die Fotos von der Frau und den beiden kleinen Mädchen und las die handschriftliche Notiz auf der Rückseite eines der Bilder. »Mein Gott.«

»Was ist?« fragte Baker.

»Da steht: ›Meine liebe Frau Lotte und meine Töchter, Ilse und Marie, umgekommen bei einem Bombenangriff auf Hamburg, am 8. August 1944.‹«

»Allmächtiger Gott!« sagte Baker.

»Ich kann ihn leicht überprüfen. Ich besitze ein Buch, in dem alle Träger des Ritterkreuzes aufgeführt sind. Es war der höchste deutsche Orden für besonderen Mut. Kümmere du dich um den Kaffee. Ich hole inzwischen das Buch.«

Travers verließ die Küche, und Baker suchte und fand Tassen sowie eine Dose Kondensmilch im Kühlschrank. Er hatte gerade den Tisch gedeckt, als Travers mit dem Buch erschien. Er ließ sich am Tisch nieder und nahm seine Kaffeetasse.

»Da haben wir ihn schon, Paul Friemel, Korvettenkapitän, trat als Offiziersanwärter in die deutsche Marine ein, nachdem er zwei Jahre lang in Hamburg Medizin studiert hatte.« Travers nickte. »Erstaunliche Leistungen als U-Boot-Führer. Erhielt das Ritterkreuz im Juli 1944, nachdem er einen italienischen Kreuzer versenkt hatte. Die waren damals natürlich schon auf unserer Seite. Danach wurde er versetzt und mußte Aufgaben an Land in Kiel übernehmen.« Er verzog das Gesicht. »Lieber Himmel, noch ein Geheimnis. Hier steht, er sei bei einem Bombenangriff auf Kiel im April 1945 ums Leben gekommen.«

»Einen Teufel ist er«, brummte Baker.

»Genau.« Travers schlug das Tagebuch auf und warf einen Blick auf die erste Seite. »Eine sehr schöne Handschrift und ohne Probleme lesbar.« Er blätterte in dem Buch herum. »Es sind sicher nicht mehr als dreißig Seiten.«

»Soweit ich mich erinnere, sprichst du fließend Deutsch«, sagte Baker.

»Wie ein gebürtiger Deutscher, mein Lieber. Meine Großmutter mütterlicherseits stammte aus München. Paß mal auf, ich übersetze die Eintragungen direkt in den Computer. Das dürfte nicht länger als anderthalb Stunden dauern. Mach dir was zum Frühstück. Schinken und Eier liegen im Kühlschrank, und Brot findest du da drüben im Kasten. Wenn du fertig bist, komm doch in mein Arbeitszimmer.«

Nun, da er wußte, daß alles in besten Händen war, entspannte sich Baker, und er begann mit der Zubereitung des Frühstücks. Zum Essen setzte er sich an den Tisch und las in der *Times* von diesem Tag. Etwa eine Stunde später räumte er in der Küche auf und ging zu Travers ins Arbeitszimmer.

Travers saß am Computer, und seine Finger huschten über die Tastatur. Das Tagebuch stand aufgeschlagen auf einem kleinen Vorlagenhalter rechts daneben. Travers' Gesicht hatte einen seltsam konzentrierten Ausdruck.

»Na, wie läuft's?« fragte Baker aufgeräumt.

»Nicht jetzt, alter Junge, bitte.«

Baker hob die Schultern, setzte sich ans Feuer im offenen Kamin und griff nach einer Illustrierten. Es war still bis auf das Arbeitsgeräusch des Computers und auf die gelegentlichen Ausrufe von Travers. »Mein Gott!« Und ein paar Minuten später: »Nein, das kann ich nicht glauben.«

»Um Himmels willen, was ist los, Garth?« wollte Baker wissen.

»Noch eine Minute, alter Junge. Ich bin fast durch.«

Baker saß wie auf glühenden Kohlen. Nach einer Weile lehnte Travers sich mit einem Seufzer zurück. »Fertig. Ich lasse es ausdrucken.«

»Ist was Interessantes dabei?«

»Interessant?« Travers lachte rauh. »Sehr milde ausgedrückt. Also, dies ist nicht das offizielle Logbuch des Schiffs, sondern im Grunde eine sehr persönliche Schilderung der seltsamen Umstände dieser letzten Reise. Vielleicht hat er versucht, sich selbst auf irgendeine Weise abzusichern, wer weiß, aber es ist ziemlich sensationell, und das ist noch eine sehr harmlose Bezeichnung. Der Punkt ist, was tun wir damit?«

»Was in aller Welt meinst du?«

»Lies selbst. Ich gehe frischen Kaffee aufgießen«, sagte Travers, als der Drucker stoppte. Er schob die Papierbogen zusammen und reichte sie Baker, der sich wieder in den Sessel am Kamin fallen ließ und zu lesen begann.

Bergen, Norwegen, 30. April 1944. Ich, Paul Friemel, fertige diese Aufzeichnungen eher wegen der überaus seltsamen Aufgabe an, die mir übertragen wurde, als aus irgendeinem anderen Grund. Wir haben vor zwei Tagen Kiel in diesem Schiff mit der Bezeichnung U 180 verlassen. Ich führe das Kommando über ein Schiff, das während eines Bombenangriffs auf Kiel 1943 beschädigt wurde, als es sich noch im Bau befand. Ich bin mir ganz sicher, daß wir die Nummer eines gesunkenen Schiffs tragen. Meine von Großadmiral Dönitz erteilten Befehle sind präzise und unmißverständlich. Mein Passagier wird heute abend aus Berlin hierherkommen, obgleich es mir schwerfällt, das zu glauben. Er wird mir einen direkten Befehl des Führers zeigen. Von ihm erfahre ich unseren Bestimmungsort.

An dieser Stelle war im Tagebuch eine kleine Lücke. Dann folgte ein weiterer Eintrag für den Abend desselben Tages.

Ich erhielt den Befehl, mich am Flugplatz einzufinden, wo ein Fieseler Storch landete. Nach ein paar Minuten erschien ein Offizier in der Uniform eines Generals der SS und erkundigte sich, ob ich Korvettenkapitän Friemel sei. Er stellte sich mir in keiner Weise vor, allerdings war ich zu diesem Zeitpunkt sicher, daß ich ihn früher schon mal gesehen hatte.
Als wir zum Dock kamen, nahm er mich beiseite, ehe wir an Bord gingen, und reichte mir einen versiegelten Briefumschlag. Ich öffnete ihn und fand den Befehl vom Führer persönlich, den Großadmiral Dönitz in seinen Anweisungen an mich erwähnt hatte. Er lautete folgendermaßen:

Vom Führer und Reichskanzler.
Reichsleiter Martin Bormann handelt in meinem Namen in einer Angelegenheit von höchster und entscheidender Bedeutung für den Fortbestand des Dritten Reichs. Sie werden sich seinem direkten Befehl unterstellen und sich stets an Ihren heiligen Eid als Offizier der Kriegsmarine halten

und seinen Anweisungen in allen Punkten und Situationen Folge leisten.

Ich erinnere mich jetzt, Bormann einmal in Wahrnehmung einer Angelegenheit des Reichs 1942 in Berlin gesehen zu haben. Nur wenige Menschen würden den Mann erkennen, denn von all unseren Führern ist er der am wenigsten bekannte, würde ich annehmen. Er ist kleiner, als ich erwartet hätte, hat ein grobschlächtiges Gesicht und überlange Arme. Wenn man ihn in normaler Arbeitskleidung sähe, würde man ihn wahrscheinlich für einen Hafenarbeiter halten. Der Reichsleiter erkundigte sich, ob ich seine Befehlsgewalt anerkennen würde, was ich, da ich kaum eine andere Möglichkeit hatte, zu tun versprach. Er instruierte mich, daß er gegenüber den anderen Offizieren und den Mannschaften als General Strasser vorzustellen sei.

1. Mai. Obgleich die Offiziersquartiere der geräumigste Platz an Bord sind, bieten sie nur jeweils drei Personen Platz, und das auch nur, wenn eine Koje hochgeklappt ist. Ich habe dem Reichsleiter das Quartier des Offiziers vom Dienst gegeben, das sich an Backbord und hinter dem befindet, was in diesem Schiff als Offiziersmesse gilt. Es ist der einzige private Ort, den wir haben, obgleich nur ein Vorhang sein Quartier von der Messe abtrennt. Als wir Bergen mit der Abendflut verließen, kam der Reichsleiter zu mir auf die Brücke und informierte mich, daß unser Ziel Venezuela sei.

2. Mai 1945. Da das Boot mit einem Schnorchel versehen wurde, kann ich eine Reise vollkommen unter Wasser in Erwägung ziehen, obgleich ich fürchte, daß dies bei den schlechten Wetterverhältnissen im Nordatlantik wahrscheinlich nicht möglich sein wird. Ich habe einen Unterwasserkurs durch die Meerenge zwischen Island und den Färöern festgelegt und werde die Lage neu beurteilen, sobald wir im Atlantik sind.

3. Mai 1945. Habe aus Bergen per Funk die erstaunliche Nachricht erhalten, daß der Führer am 1. Mai gefallen ist, als er mutig an der Spitze unserer Streitkräfte in Berlin kämpfte mit der Absicht, den Russen den Sieg streitig zu machen.
Ich überbrachte die traurige Neuigkeit dem Reichsleiter, der sie mit, wie ich fand, verblüffender Gelassenheit aufnahm. Er wies mich danach an, die Mannschaft zu informieren und mit Nachdruck zu erklären, der Krieg gehe weiter. Eine Stunde später erfuhren wir über Funk, daß Großadmiral Dönitz in Schleswig-Holstein eine provisorische Regierung gebildet habe. Ich bezweifle, daß sie sich angesichts der Russen in Berlin und der Amerikaner und Briten auf der anderen Rheinseite lange halten kann.

Baker war mittlerweile völlig gefesselt und übersprang mehrere Seiten, deren Eintragungen sich hauptsächlich mit dem Vorwärtskommen des Schiffs befaßten.

5. Mai. Wir erhielten vom U-Boot-Oberkommando den Befehl, daß alle Unterseeboote ab 08:00 Uhr morgens das Feuer einstellen müssen. Weiterhin verlangt der Befehl, daß wir in unseren Heimathafen zurückkehren sollen. Darüber unterhielt ich mich mit dem Reichsleiter in seinem Quartier. Er wies darauf hin, daß er vom Führer autorisiert worden sei, die Reise fortzusetzen, und fragte mich, ob ich dies in Frage stelle. Ich fand darauf auf Anhieb keine Antwort, und er schlug vor, ich solle ein oder zwei Tage lang über die Situation nachdenken.

8. Mai 1945. Heute abend erreichte uns über Funk die Nachricht, die ich erwartet habe. Bedingungslose Kapitulation vor unseren Feinden. Deutschland ist geschlagen. Ich suchte erneut den Reichsleiter in seinem Quartier auf und erhielt, während ich noch mit ihm die Lage erörterte, eine verschlüsselte Nachricht aus Bergen, die mich anwies, entweder zurückzukehren oder die Reise wie befohlen

fortzusetzen. Der Reichsleiter benutzte dies als Gelegenheit, an meinen Gehorsam zu appellieren und sein Recht einzufordern, sich über die Sprechanlage an die Mannschaft zu wenden. Er enthüllte seine wahre Identität und die Tatsache, daß er im Auftrag und im Namen des Führers handle. Er erklärte, daß es für uns in Deutschland nichts mehr zu holen gebe und daß wir in Venezuela von Freunden erwartet würden. Dort biete sich für alle, die es wünschten, ein neues Leben oder die Möglichkeit, nach Deutschland zurückzukehren. Seinen Argumenten war kaum zu widersprechen, und im großen und ganzen waren meine Mannschaft und die Offiziere damit einverstanden.

12. Mai 1945. Setzten unsere Fahrt nach Süden fort und erhielten heute per Funk von der kanadischen Marine in Nova Scotia die Aufforderung an jedes noch auf See befindliche U-Boot, seine Position durchzugeben, sofort aufzutauchen und seine Fahrt unter schwarzer Flagge fortzusetzen. Im Falle einer Weigerung würden wir zu Piraten erklärt und könnten jederzeit angegriffen werden. Den Reichsleiter schien diese Nachricht überhaupt nicht aus der Ruhe zu bringen.

15. Mai 1945. Die Schnorchelvorrichtung ist im Grunde nichts anderes als ein Luftrohr, das über die Wasseroberfläche hinausragt, wenn wir in Periskoptiefe operieren. Auf diese Weise können wir unsere Dieselmotoren auch bei Unterwasserfahrt einsetzen, ohne unsere Batterien zu verbrauchen. Nach meiner Erfahrung ergeben sich aber beträchtliche Probleme beim Einsatz der Vorrichtung. Bei rauher See – und kaum ein Meer ist rauher als der Atlantik – schließt sich das Schwimmerventil. Dabei ziehen die Maschinen immer noch Luft, und die Folge ist ein rapider Druckabfall innerhalb des Schiffs, wodurch die Mannschaft in ernste Schwierigkeiten gerät. Wir haben bereits drei geplatzte Trommelfelle. Wenn wir jedoch unter Ein-

satz des Schnorchels unsere Fahrt fortsetzen, sind wir aus der Luft nicht so einfach auszumachen.

17. Mai 1945. Wir sind jetzt so weit auf den Atlantik vorgedrungen, daß ich das Risiko einer Entdeckung aus der Luft für minimal halte. Daher habe ich beschlossen, daß wir von heute an die Fahrt über Wasser fortsetzen. Wir pflügen durch die schweren Seen des Atlantiks, werden ständig überspült, und die Gefahr, in diesen Breitengraden jemandem zu begegnen, ist überaus gering.

20. Mai 1945. Der Reichsleiter hat sich für den größten Teil der Reise von allen ferngehalten und lieber auf seiner Koje gesessen und gelesen. Lediglich die Mahlzeiten hat er zusammen mit den Offizieren eingenommen. Heute hat er mich gefragt, ob er mich begleiten könne, wenn ich meine Wache antrete. Er erschien auf der Brücke in Schlechtwetterkleidung, als wir uns durch fünf bis sieben Meter hohe Wellen kämpften, was ihm großen Spaß zu machen schien.

21. Mai 1945. Ein ungewöhnlicher Tag für mich. Als der Reichsleiter sich zum Abendessen einfand, war er offenbar betrunken. Später lud er mich in sein Quartier ein. Dort holte er eine Flasche Scotch Whisky aus einem seiner Koffer und bestand darauf, daß ich mit ihm anstoße. Er trank viel, erzählte vom Führer und von den letzten Tagen im Bunker in Berlin. Als ich ihn fragte, wie er denn habe fliehen können, verriet er mir, sie hätten die Ost-West-Allee im Zentrum von Berlin als Startbahn für ein leichtes Flugzeug benutzt. Mittlerweile hatte er die Whiskyflasche geleert, zog eine seiner Reisetaschen unter seinem Bett hervor, öffnete sie, holte einen Aluminiumkoffer der Kriegsmarine, wie ich einen besitze, heraus und legte ihn auf sein Bett. Dann fand er eine zweite Flasche Whisky. Mittlerweile war er stark betrunken und berichtete von seinem letzten Gespräch mit dem Führer, der ihm die heilige Pflicht übertragen hatte, für den Fortbestand des

Dritten Reichs zu sorgen. Er sagte, eine Organisation namens Odessa Linie sei von der SS schon vor Jahren eingerichtet worden, um für den Fall einer vorübergehenden Niederlage einen Fluchtweg für die SS-Offiziere und andere Einheiten zu schaffen, die für die Fortdauer des Kampfes unersetzlich sind.

Dann erzählte er vom Kameradenwerk, einer Organisation, die sich auch nach dem Krieg für die Idee des Nationalsozialismus einsetzen soll. Einige hundert Millionen Mark seien in der Schweiz, in Südamerika und an anderen Orten sowie bei Freunden in den höchsten Regierungskreisen jedes Landes deponiert. Er nahm den Aluminiumkoffer vom Bett, klappte ihn auf und zeigte mir einen Aktenordner. Er nannte ihn das Blaue Buch. Darin stünden die Namen vieler Angehöriger des englischen Adels und des englischen Parlaments, die während der dreißiger Jahre den Führer heimlich unterstützt hatten, sowie die zahlreicher Amerikaner. Danach zog er ein Schriftstück aus einem braunen Umschlag, faltete es auseinander und zeigte es mir. Dies sei das Windsor-Protokoll, erklärte er, eine geheime Vereinbarung mit dem Führer, unterschrieben vom Herzog von Windsor, als er 1940 nach der Niederlage Frankreichs in Estoril in Portugal lebte. Darin erklärte der Herzog sich bereit, den Thron von England nach einer erfolgreichen deutschen Invasion wieder zu besteigen. Ich fragte ihn, welchen Wert ein solches Dokument habe und wie er sicher sein könne, daß es echt sei. Daraufhin geriet er in rasenden Zorn und erwiderte, es gebe auf seiner Liste in dem Blauen Buch viele, die alles mögliche tun würden, um eine Bloßstellung zu vermeiden, und daß für seine eigene Zukunft bestens gesorgt sei. Ich fragte ihn, ob er sich da ganz sicher sei, aber er lachte nur und meinte, einem englischen Gentleman könne man blind vertrauen. Mittlerweile war er so betrunken, daß ich ihm helfen mußte, sich auf seinem Bett auszustrecken. Er schlief sofort ein, und ich untersuchte den Inhalt des Koffers. Die Namen in dem Blauen Buch sagten mir überhaupt nichts, aber das Windsor-Protokoll sah wirklich echt aus. Ansonsten befanden sich in dem Koffer nur noch eine Liste von Nummernkonten und der Befehl des Führers. Ich klappte daraufhin den Koffer zu und deponierte ihn unter dem Bett beim anderen Gepäck.

An dieser Stelle unterbrach Baker die Lektüre, legte das Tagebuch auf einen Rauchtisch und trat ans Fenster.

In diesem Moment kam Garth Travers herein. »Hier ist frischer Kaffee«, sagte er. »Ich dachte mir, ich lasse dich in Ruhe lesen. Bist du fertig?«

»Ich war gerade beim 21. Mai, als er von Bormann eingeweiht wurde.«

»Das Beste kommt noch, alter Junge, ich laß dich wieder allein.« Damit ging er hinaus und schloß hinter sich die Tür.

25. Mai 1945. 500 Meilen nördlich von Puerto Rico. Ich habe die Absicht, durch die Anegada Passage bei den Leeward-Inseln ins Karibische Meer vorzudringen. Von dort aus habe ich freie Fahrt bis zur Küste von Venezuela.

26. Mai 1945. Der Reichsleiter rief mich in sein Quartier und teilte mir mit, ehe wir unser Ziel erreichten, müßten wir noch einen Zwischenstopp einlegen. Dann verlangte er die Seekarte der Jungferninseln. Die Insel, die er heraussuchte, ist sehr klein, Samson Cay, südöstlich von St. John gelegen, jedoch in britischen Hoheitsgewässern, die einige Meilen südlich von Norman Island beginnen. Er nannte mir keinen Grund für seinen Wunsch, dort haltzumachen.

27. Mai 1945. Wir sind gegen 21:00 Uhr vor der Küste von Samson Cay aufgetaucht. Nacht dunkel bei Viertelmond. Am Ufer waren einige Lichter zu erkennen. Der Reichsleiter verlangte, in einem der Schlauchboote an Land gebracht zu werden, und ich habe dazu den Maat Schröder abkommandiert. Ehe der Reichsleiter ablegte, rief er mich in sein Quartier und teilte mir mit, er erwarte, an Land von

Freunden empfangen zu werden. Als Vorsichtsmaßnahme jedoch, falls irgend etwas schiefgehen sollte, nehme er nichts mit, was irgendwie von Bedeutung sei. Er wies vor allem auf den Koffer hin, den er auf dem Bett liegen ließ, und vertraute mir einen versiegelten Briefumschlag an. Darin, so fuhr er fort, befänden sich die entsprechenden Angaben für meinen Bestimmungsort in Venezuela, falls er nicht zurückkehre, sowie der Name des Mannes, dem ich den Aktenkoffer übergeben solle. Er verfügte weiterhin, ich solle Schröder um 2.00 Uhr wieder zurückschikken, um ihn abzuholen. Falls er nicht am Strand sei, sollte ich sofort in See stechen. Er trug mittlerweile Zivilkleidung und ließ die Uniform zurück.

In diesem Moment erschien Travers wieder im Arbeitszimmer. »Immer noch nicht fertig?«

»Ich fange gerade mit der letzten Eintragung an.«

Der Admiral ging zum Barschrank und füllte Scotch in zwei Gläser. »Trink das«, sagte er und reichte Baker ein Glas. »Du wirst es brauchen.«

28. Mai 1945. Mitternacht. Ich war gerade auf der Brücke und habe festgestellt, daß eine unnatürliche Stille herrscht. So etwas habe ich noch nie zuvor erlebt. Am fernen Horizont zucken vereinzelt Blitze, und leiser Donner ist zu hören. Das Wasser hier in der Lagune ist ziemlich flach und bereitet mir Sorgen. Ich mache diese Eintragung am Kartentisch, während ich darauf warte, daß der Funkoffizier mir einen neuen Wetterbericht übermittelt.

An dieser Stelle klaffte eine Lücke, dann folgten zwei hastig hingekritzelte Zeilen.

Funkspruch von St. Thomas meldet Hurrikan, der sich schnell nähert. Wir müssen schnellstens tieferes Wasser aufsuchen und tauchen, um dem Sturm halbwegs zu entgehen. Der Reichsleiter muß es alleine riskieren.

»Nur sind die armen Teufel dem Sturm nicht entkommen«, sagte Travers. »Der Hurrikan erwischte sie, als sie noch verwundbar waren. Das Schiff muß sich die ganze Seite auf dem Riff aufgerissen haben, wo du es gefunden hast.«

»Scheint so«, meinte Baker. »Anschließend, so nehme ich an, hat die Strömung das Wrack auf dieses Felsband unter dem Überhang gedrückt.«

»Und dort lag das Boot dann all die Jahre. Seltsam, daß niemand es schon früher entdeckt hat.«

»Gar nicht seltsam«, widersprach Baker. »Es ist kein besonders gutes Tauchgebiet. Niemand wagt sich dorthin. Erstens ist es viel zu weit entfernt für Leute, die nur zum Spaß tauchen, und außerdem ist es dort gefährlich. Und noch etwas . . . wenn der letzte Hurrikan den Überhang nicht weggerissen hätte, wäre ich wahrscheinlich selbst daran vorbeigeschwommen.«

»Du hast mir noch gar nicht die genaue Position genannt«, erinnerte sich Travers.

»Nun ja, die bleibt auch meine Sache«, sagte Baker ausweichend.

Travers grinste. »Das verstehe ich, alter Junge, wirklich, aber ich muß dich darauf aufmerksam machen, daß es eine wirklich heikle Sache ist.«

»Worauf, zum Teufel, spielst du an?«

»Erstens, nach fast fünfzig Jahren voller Gerüchte und Spekulationen scheinen wir endlich den endgültigen Beweis gefunden zu haben, daß Martin Bormann tatsächlich aus Berlin fliehen konnte.«

»Na und?« sagte Baker.

»Mehr noch! Es gibt ein Blaues Buch mit den Namen von Hitler-Sympathisanten hier in England sowie den Namen einiger deiner Landsleute. Und, was noch schlimmer ist, wir wissen von dem Windsor-Protokoll.«

»Was meinst du damit?«

»Laut Tagebuch hat Bormann die Dinge in einem ähnlichen Koffer wie dem hier transportiert.« Er klopfte auf die Aluminiumhülle. »Und er hat ihn auf dem Bett im Quartier des kommandierenden Offiziers liegenlassen. Und jetzt überleg doch mal. Laut Friemels letztem Eintrag befand er sich im Kontrollraum am Kartentisch und schrieb in sein Tagebuch, als er die letzte Funkmeldung zum Hurrikan erhielt. Er stopft das Tagebuch in seinen Aktenkoffer und verschließt ihn. Er hat nur eine Sekunde Zeit dazu, dann muß er sich um Wichtigeres kümmern. Das erklärt vielleicht, weshalb du den Koffer im Kontrollraum gefunden hast.«

»Das leuchtet mir ein«, gab Baker ihm recht.

»Diese Dinger wurden konstruiert, um den Inhalt zu schützen und zu erhalten. Das heißt, wir können so gut wie sicher davon ausgehen, daß Bormanns Koffer mit dem Blauen Buch, dem Windsor-Protokoll und Hitlers persönlichem Befehl in bezug auf Bormann immer noch im Quartier des kommandierenden Offiziers liegt. Selbst nach all den Jahren könnten die Tatsachen, die in diesen Dokumenten enthalten sind, einen ganz schönen Wirbel auslösen, Henry, vor allem diese Windsor-Affäre.«

»Ich habe nicht vor, irgendwelchen Ärger zu machen«, versicherte ihm Baker.

»Ich glaube dir. Dafür kenne ich dich zu gut. Aber wenn nun jemand anderer das U-Boot findet?«

»Ich sagte doch schon, niemand wagt sich dorthin.«

»Du hast mir auch erzählt, daß du annimmst, ein Überhang sei weggebrochen, so daß das U-Boot erst jetzt zu sehen ist. Überleg mal, Henry, irgend jemand könnte ebenfalls dort tauchen, so wie du es getan hast.«

»In meinem Fall waren die Bedingungen ungemein günstig«, sagte Baker. »Ansonsten sieht es dort anders aus, Garth. Niemand treibt sich dort herum, das weiß ich, glaub mir. Aber da ist noch ein Punkt. Das Quartier des kommandierenden Offiziers liegt weiter vorne und hinter der Offiziersmesse auf der Backbordseite. Jedenfalls hat Friemel es so in seinem Tagebuch beschrieben.«

»Stimmt. Ich habe mal ein solches U-Boot vom Typ VII gesehen. Die Navy hat nach dem Krieg ein oder zwei übernommen. Die Kapitänskabine, wie sie auch genannt wurde, befand sich gegenüber den Funkräumen. Mit schnellstem Zugang zum Kontrollraum. Das war der Grund.«

»Sicher, aber ich wollte nur andeuten, daß man gar nicht dort hineinkommt. Das vordere Sicherheitsschott ist fest verriegelt.«

»Das war wohl zu erwarten. Wenn sie in Schwierigkeiten waren, hat er sicher den Befehl gegeben, jedes wasserdichte Schott im Schiff geschlossen zu halten. Die übliche Vorgehensweise.«

»Ich habe versucht, das Verschlußrad zu bewegen, aber es ist völlig festgerostet. Und das Schott ist aus massivem Stahl. Da kommt keiner rein.«

»Es gibt immer einen Weg, Henry, das weißt du.« Travers dachte einen Moment lang stirnrunzelnd nach, dann gab er sich einen Ruck. »Ich möchte das Tagebuch gerne einem Freund von mir zeigen.«

»Wen meinst du?«

»Brigadier Charles Ferguson. Wir kennen uns schon seit Jahren. Vielleicht hat er irgendeine Idee.«

»Warum willst du gerade mit ihm reden? Ist er etwas Besonderes?«

»Ja, er arbeitet beim Geheimdienst. Er leitet eine hochspezialisierte Antiterroreinheit und untersteht einzig und allein dem Premierminister. Erlaub mir, daß ich ihm das Tagebuch zeige, alter Junge. Nur um zu hören, was er von der Sache hält.«

»Okay«, sagte Baker. »Aber die genaue Position bleibt mein kleines Geheimnis.«

»Natürlich. Du kannst übrigens gerne mitkommen, wenn du willst.«

»Nein, ich glaube, ich nehme lieber ein Bad und mache dann einen Spaziergang. Nach einem so langen Flug fühle ich mich immer furchtbar. Ich kann ja später diesen Brigadier Ferguson aufsuchen, wenn du es für notwendig hältst.«

»Ganz wie du willst«, sagte Travers. »Ich laß dich allein. Du weißt ja, wo alles ist.«

Baker verließ das Zimmer, und Travers suchte Fergusons persönliche Telefonnummer im Verteidigungsministerium heraus und rief ihn an. »Charles, Garth Travers hier.«

»Mein lieber Freund, Sie habe ich eine Ewigkeit nicht mehr gesehen.«

Travers kam sofort zur Sache. »Ich denke, wir sollten uns baldmöglichst treffen, Charles. Auf meinem Tisch ist ein höchst erstaunliches Dokument gelandet.«

Ferguson reagierte gelassen wie immer. »Tatsächlich? Da müssen wir doch etwas unternehmen. Sie waren doch schon mal in meiner Wohnung am Cavendish Square, oder?«

»Natürlich.«

»Ich erwarte Sie dort in einer halben Stunde.«

Ferguson saß auf dem Sofa neben dem Kamin in seinem eleganten Wohnzimmer, und Travers saß ihm gegenüber. Die Tür öffnete sich, und Fergusons Hausdiener Kim, ein ehemaliger Gurkha-Unteroffizier, trat ein und servierte Tee. Er zog sich leise wieder zurück, und Ferguson griff nach seiner Teetasse und las weiter. Schließlich stellte er die Tasse hin und lehnte sich zurück.

»Ziemlich verrückt, nicht wahr?«

»Dann glauben Sie alles?«

»An das Tagebuch? Meine Güte, ja. Offensichtlich bürgen Sie für Ihren Freund Baker. Er ist doch kein Schwindler oder so etwas?«

»Ganz bestimmt nicht. Wir waren als Leutnants zusammen in Korea. Er hat mir das Leben gerettet. Danach war er bis vor ein paar Jahren Chef eines hochangesehenen Verlages in New York. Außerdem ist er Multimillionär.«

»Und er will die genaue Lage nicht verraten?«

»Nun, das ist doch wohl verständlich. Er ist wie ein großer Junge, der ein Abenteuer erlebt. Er hat nun mal eine erstaunliche Entdeckung gemacht.« Travers lächelte. »Am Ende wird er es uns schon sagen. Was denken Sie? Ich weiß, daß es eigentlich nicht ganz in Ihren Bereich fällt.«

»Genau darin irren Sie sich, Garth. Ich glaube, es fällt sehr wohl in meinen Bereich, denn ich arbeite für den Premierminister, und ich finde, er sollte dies hier ebenfalls sehen.«

»Einen Punkt gilt es zu klären«, sagte Travers. »Wenn Bormann tatsächlich auf Samson Cay, oder wie immer es heißt, an Land ging, dann mußte es dafür einen Grund gegeben haben. Mit wem zum Teufel war er dort verabredet?«

»Vielleicht sollte er von jemandem abgeholt werden, von einem schnellen Boot, von jemandem, der ihn bei Nacht weitertransportierte. Sie kennen ja solche Geschichten. Wahrscheinlich hat er den Aktenkoffer aus Sicherheitsgründen an Bord zurückgelassen, bis er wußte, daß alles in Ordnung war. Aber das läßt sich leicht herausbekommen. Ich werde meinen Assistenten, Detective Inspektor Lane, darauf ansetzen. Er ist ein regelrechter Bluthund.« Er schob die Blätter, auf denen der ins englische übersetzte Text des Tagebuchs ausgedruckt war, in ihren Umschlag zurück. »Haben Sie einen Moment Geduld. Ich schicke meinen Fahrer damit zur Downing Street. Der Premierminister soll sich das ansehen. Danach erkundige ich mich, wann er Zeit hat, mit uns zu reden. Ich bin gleich zurück.«

Er suchte sein Arbeitszimmer auf, und Travers schenkte sich eine weitere Tasse Tee ein. Als ihn fröstelte, stand er auf und ging ruhelos auf und ab. Schließlich blieb er am Fenster stehen und sah hinaus. Es regnete noch immer, ein wirklich trüber Tag. Er hörte ein Geräusch und drehte sich um. Ferguson war zurückgekommen.

»Er hat erst um zwei Uhr für uns Zeit, aber ich habe mit ihm persönlich gesprochen. Er wird einen schnellen Blick darauf werfen, wenn die Blätter bei ihm eintreffen. Sie und ich, mein Freund, wir werden inzwischen im Garrick ein frühes Mittagessen einnehmen. Ich habe Lane gesagt, daß er uns da fände, falls er bei seinen Nachforschungen über Samson Cay schnell etwas zutage fördert.«

»Dieses Regenschirmwetter«, sagte Travers. »Wie ich das hasse.«

»Ein kräftiger Gin mit Tonic wirkt da wahre Wunder, alter Junge.«

Im Garrick fanden sie Platz am langen Tisch im Speisesaal, wo sie einander gegenübersaßen. Nach dem Essen tranken sie in der Bar ihren Kaffee, wo Lane zu ihnen stieß.

»Ah, da sind Sie ja, Jack. Haben Sie was für mich?« wollte Ferguson wissen.

»Nichts besonders Aufregendes, Sir. Samson Cay gehört

einer amerikanischen Hotelkette namens Samson Holdings. Sie haben Hotels in Las Vegas, Los Angeles und drei in Florida, aber Samson Cay scheint das Flaggschiff zu sein. Ich habe einen Prospekt besorgt. Ein ideales Versteck für Millionäre.«

Er holte die Broschüre aus der Tasche und zeigte sie ihnen: die üblichen Bilder von weißen Stränden, Palmen und Ferienhäusern in malerischer Umgebung.

»Das reinste Paradies, wenn man dem hier trauen kann«, stellte Ferguson fest. »Es gibt sogar einen Flugplatz für kleinere Flugzeuge, wie ich sehe.«

»Und ein Spielkasino, Sir.«

»So groß kann es aber nicht sein«, wandte Travers ein. »Im Hotel gibt es doch nur Platz für hundert Gäste.«

»Nicht die Anzahl der Spieler zählt, alter Junge«, sagte Ferguson, »sondern die Einsätze, die über den Tisch wandern. Was gab es dort während des Krieges, Jack?«

»Ein Hotel existierte wohl schon immer dort. Damals befand es sich im Besitz einer amerikanischen Familie namens Herbert, die ebenfalls im Hotelbusiness tätig war. Samson Cay gehört zu den britischen Antillen, was bedeutet, daß es von Tortola kontrolliert wird. Ich habe im öffentlichen Archiv nachgefragt. Laut deren Akten stand das Hotel während des Krieges leer. Ab und zu kamen mal ein paar Fischer von Tortola dorthin, und es gab ein Hausmeisterehepaar, aber das war auch schon alles.«

»Das bringt uns nicht viel weiter, aber ich danke Ihnen trotzdem, Jack. Sie haben gute Arbeit geleistet.«

»Es würde mir helfen, wenn ich wüßte, worum es geht, Sir.«

»Später, Jack, später. Sie können jetzt wieder gehen und dafür sorgen, daß Großbritannien doch noch der sicherste Ort der Welt wird.« Lane verabschiedete sich grinsend, und Ferguson wandte sich an Travers.

»Dann mal los, alter Junge, Downing Street erwartet uns.«

Als ein Berater sie hineinführte, saß der Premierminister an seinem Schreibtisch, erhob sich aber, um seine Besucher zu begrüßen. »Brigadier.«

»Herr Premierminister«, erwiderte Ferguson. »Darf ich Ihnen Konteradmiral Travers vorstellen?«

»Sehr angenehm. Nehmen Sie Platz, Gentlemen.« Er ließ sich wieder hinter seinem Schreibtisch nieder. »Das ist ja eine unglaubliche Angelegenheit.«

»Das kann man wohl sagen, Sir«, sagte Ferguson.

»Es war ganz richtig, daß Sie mich davon in Kenntnis gesetzt haben. Die Auswirkungen auf die königliche Familie machen mir dabei die größten Sorgen.« In diesem Moment klingelte das Telefon. Er nahm den Hörer ab, lauschte einen Moment und sagte dann: »Schicken Sie sie rauf.« Während er den Hörer wieder auflegte, fuhr er fort: »Ich weiß, daß Sie gewisse Probleme mit den Sicherheitsdiensten hatten, Brigadier, aber ich denke, daß dies einer der Fälle ist, bei denen wir uns an unsere Zusage halten sollten, sie über alles zu informieren, was im gemeinsamen Interesse liegt. Sie erinnern sich doch, daß Sie einverstanden waren, mit dem Vizedirektor Simon Carter und Sir Francis Pamer zusammenzuarbeiten?«

»Ja, Sir.«

»Ich habe beide angerufen, nachdem ich das Tagebuch gelesen hatte. Sie haben unten gewartet und sich selbst einen Eindruck verschaffen können. Sie müssen gleich hier sein.«

Einen Augenblick später ging die Tür auf, und der Berater ließ die beiden Männer ein. Simon Carter, ein eher kleiner Mann mit fast schneeweißem Haar, war fünfzig Jahre alt und einer jener gesichtslosen Männer, die die Geheimdienste Großbritanniens kontrollierten und leiteten. Sir Francis Pamer war siebenundvierzig, hochgewachsen und elegant. Er trug einen blauen Flanellanzug, dazu eine Guards-Krawatte dank seiner drei Jahre Dienst als Offizier bei den Grenadiers. In seinen Mundwinkeln schien ein permanentes Grinsen zu nisten, was Ferguson als außerordentlich störend empfand.

Sie begrüßten einander mit einem Händedruck und setzten sich dann. »Nun, meine Herren?« fragte der Premierminister.

»Unter der Voraussetzung, daß es kein übler Scherz ist«, meinte Pamer, »ist das eine ganz aufregende Geschichte.«

»Es wäre eine Erklärung für viele Merkwürdigkeiten im

Zusammenhang mit der Bormann-Legende«, warf Simon Carter ein. »Arthur Axmann, der Jugendführer Hitlers, sagte aus, er habe Bormanns Leiche am Straßenrand unweit des Lehrter Bahnhofs in Berlin liegen gesehen. Und zwar nach dem Ausbruchsversuch aus dem Bunker.«

»Jetzt müssen wir wohl annehmen, daß er jemand anderen gesehen hat, der so ähnlich aussah wie Bormann«, stellte Travers fest.

»So scheint es«, pflichtete Carter ihm bei. »Daß Bormann sich in diesem U-Boot befand und überlebt hat, würde auch die zahlreichen Berichte erklären, daß er in Südamerika gesehen worden sei.«

»Simon Wiesenthal, der Nazijäger, war immer überzeugt gewesen, daß er noch lebt«, sagte Pamer. »Ehe Eichmann hingerichtet wurde, hat auch er den Israelis versichert, daß Bormann am Leben sei. Weshalb sollte jemand im Angesicht des Todes lügen?«

»Alles schön und gut, meine Herren«, ergriff nun der Premierminister das Wort, »aber offen gestanden denke ich, daß die Frage, ob Martin Bormann den Krieg überlebt hat oder nicht, doch eher von rein akademischem Interesse ist. Zugegeben, die Geschichte müßte abschnittsweise neu geschrieben werden, und auch die Zeitungen würden ein paar Schlagzeilen bekommen.«

»Und für wie viele Schlagzeilen würde die Liste in diesem Blauen Buch sorgen! Parlamentsmitglieder und hohe Adlige!« Carter schüttelte sich. »Ich wage gar nicht daran zu denken.«

»Mein lieber Simon«, meinte Pamer, »vor dem Krieg gab es eine ganze Menge Leute, die Hitlers Botschaft in gewisser Hinsicht durchaus reizvoll fanden. Auf dieser Liste befinden sich auch einige Namen aus Washington.«

»Ja, und deren Kinder und Enkel würden sich nicht gerade bedanken, wenn ihre Namen erwähnt würden. Aber was zum Teufel hatte Bormann auf Samson Cay zu suchen?«

»Dort steht jetzt ein Hotel, und zwar eine dieser Luxusherbergen, wohin die Reichen sich zurückziehen können, um ungestört zu sein«, berichtete Ferguson. »Während des Kriegs existierte dort ebenfalls ein Hotel, aber es war vorübergehend geschlossen. Wir haben in Tortola Erkundigungen eingezogen. Es gehörte einer amerikanischen Familie mit Namen Herbert.«

»Was meinen Sie denn, hinter was Bormann her war?« fragte Pamer.

»Dazu kann man nur Vermutungen äußern«, antwortete Ferguson, »aber ich habe eine Theorie. Wahrscheinlich wollte er U 180 alleine, das heißt ohne ihn, nach Venezuela weiterfahren lassen. Ich würde vermuten, daß er von jemand abgeholt werden sollte und daß Samson Cay der vereinbarte Treffpunkt war. Er ließ den Aktenkoffer zurück für den Fall, daß irgend etwas schiefging. Schließlich hatte er Friemel Instruktionen gegeben, wie er mit dem Koffer verfahren sollte, falls ihm irgend etwas zustoßen würde.«

»Alles gut und schön, Gentlemen, aber stellen Sie sich nur mal den Aufschrei vor, falls bekannt würde, daß der Herzog von Windsor eine Vereinbarung mit Hitler unterschrieben hat!« sagte der Premierminister.

»Vielleicht ist das Ganze doch nur ein Schwindel«, äußerte Pamer voller Hoffnung.

»Und wenn schon. Auf jeden Fall würden die Zeitungen ein Schlachtfest veranstalten. Und die königliche Familie hatte im vergangenen Jahr schon genug Skandale am Hals«, meinte der Premierminister.

Stille trat ein, und Ferguson sagte leise: »Schlagen Sie etwa vor, wir sollten versuchen, Bormanns Aktenkoffer zu bergen, bevor jemand anderer das tut, Herr Premierminister?«

»Das wäre wohl das Vernünftigste. Meinen Sie, das könnten Sie schaffen, Brigadier?«

Simon Carter protestierte augenblicklich. »Sir, ich muß Sie daran erinnern, daß das U-Boot in amerikanischen Hoheitsgewässern liegt.«

»Nun, ich glaube nicht, daß wir unsere amerikanischen Freunde in diese Sache hineinziehen sollten«, sagte Ferguson. »Sie hätten volles Besitzrecht am Wrack und seinem Inhalt. Stellen Sie sich nur mal vor, was sie bei einer Auktion für das Windsor-Protokoll bekommen könnten.«

Carter versuchte erneut einen Einwand. »Ich muß entschieden protestieren, Herr Premierminister. Die Aufgabe der Gruppe Vier besteht im Kampf gegen den Terrorismus.«

Der Premierminister hob achtungsgebietend eine Hand. »Genau, und ich kann mir kaum etwas Staatsgefährdenderes vorstellen als die Veröffentlichung dieses Windsor-Protokolls. Brigadier, Sie werden einen Plan entwickeln. Tun Sie, was nötig ist, und das so bald wie möglich. Halten Sie mich, den stellvertretenden Direktor und Sir Francis auf dem laufenden.«

»Demnach liegt die Angelegenheit ausschließlich in meinen Händen?« erkundigte Ferguson sich sicherheitshalber.

»Volle Autorität. Tun Sie, was Sie tun müssen.« Der Premierminister erhob sich. »Und nun müssen Sie mich wirklich entschuldigen, Gentlemen. Ich habe einen sehr vollen Terminkalender.«

Dort, wo die Downing Street in die Whitehall mündet, blieben die vier Männer stehen.

»Sie verdammter Kerl, Ferguson«, sagte Carter wütend, »Sie bekommen immer Ihren Willen, aber sorgen Sie wenigstens dafür, daß wir informiert werden. Kommen Sie schon, Francis.« Damit entfernte er sich.

Francis Pamer lächelte. »Nehmen Sie es nicht zu ernst, Brigadier, es liegt nur daran, daß er Sie haßt. Gute Jagd!« rief er noch und eilte hinter Carter her.

Travers und Ferguson schlenderten die Whitehall entlang und hielten Ausschau nach einem Taxi. Travers schüttelte verständnislos den Kopf. »Warum hat Carter etwas gegen Sie?«

»Weil ich dort, wo er versagt hat, zu oft erfolgreich war, und weil ich außerhalb des ganzen Systems stehe und nur dem Premierminister Rechenschaft schuldig bin. Das kann Carter nicht ertragen.«

»Pamer scheint ja ganz in Ordnung zu sein.«

»Habe ich auch gehört.«

»Ich nehme an, er ist verheiratet, oder?«

»Nein, ist er nicht. Offenbar ist er aber bei den Damen sehr gefragt. Seine Familie trägt einen der ältesten Baronettitel. Ich glaube, er ist der zwölfte oder dreizehnte. Besitzt ein wunderschönes Haus in Hampshire. Seine Mutter wohnt dort.«

»Und welche Verbindung hat er zu den Geheimdiensten?«

»Nun, der Premierminister hat ihn zu einem Sonderminister im Innenministerium ernannt. Er ist eine Art frei verfügbare Feuerwehr für Krisensituationen. Solange er und Carter mir nicht in die Quere kommen, kann ich damit leben.«

»Und Henry Baker – meinen Sie, er verrät uns, wo U180 liegt?«

»Natürlich wird er das, er muß es einfach.« Ferguson entdeckte ein Taxi und winkte es heran. »Kommen Sie schon, fahren wir zu ihm und fragen ihn.«

Nach dem Bad hatte Baker sich für einen Moment auf sein Bett gelegt und war dabei, müde von der langen Reise, die er hinter sich hatte, eingeschlafen. Als er schließlich aufwachte und auf die Uhr sah, war es kurz nach zwei. Er zog sich schnell an und ging nach unten.

Travers war noch nicht wieder zurück, und als Baker die Haustür öffnete, regnete es noch immer in Strömen. Trotzdem entschloß er sich zu einem Spaziergang, um seinen Kopf klar zu bekommen und über einiges in Ruhe nachzudenken. Er fühlte sich gut, aber das tat er bei Regen immer, und er war immer noch innerlich erregt über das Erlebte und darüber, wie die Dinge sich entwickelten. Er wandte sich in Richtung Millbank, hielt inne und schaute hinüber zu den Victoria Tower Gardens und zur Themse.

In St. John fuhren die Leute aus unerfindlichen Gründen auf der linken Straßenseite wie in England, und doch tat Henry Baker an jenem regnerischen Nachmittag in London genau das, was die meisten Amerikaner tun, bevor sie die Straße überqueren. Er sah nach links und lief direkt vor einen Bus der Londoner Verkehrsbetriebe, der von rechts kam. Da das Westminster Hospital in nächster Nähe lag, war der Krankenwagen innerhalb weniger Minuten dort, aber das hatte keine Bedeutung mehr, denn als Henry Baker in die Notaufnahme gebracht wurde, war er bereits tot.

4. Kapitel

In St. John war es kurz nach zehn Uhr vormittags, als Jenny Grant durchs Hafenviertel spazierte, die Treppe zur Veranda des Cafés hinaufstieg und die Bar betrat. Billy wischte gerade den Fußboden, schaute hoch und grinste.

»Ein wunderschöner Tag. Hast du schon etwas von Mr. Henry gehört?«

»Nein.« Sie sah auf ihre Uhr. »Dort ist es gerade kurz nach drei am Nachmittag, Billy. Er wird sich bestimmt bald melden.«

Mary Jones erschien am Ende der Bar. »Ein Gespräch für dich, im Büro. Aus London, England.«

Jenny lächelte strahlend. »Henry?«

»Nein, eine Frau. Nimm es an, Honey, ich hol dir inzwischen eine Tasse Kaffee.«

Jenny drängte sich an ihr vorbei und verschwand im Büro. Mary schüttete gerade ein wenig Wasser in den Kaffeefilter, als ein schriller Schrei aus dem Büro drang. Billy und Mary sahen einander entsetzt an und stürmten in den Raum.

Jenny saß hinter dem Schreibtisch und umklammerte krampfhaft den Telefonhörer. Vorsichtig fragte Mary: »Was ist los, Honey?«

»Das war eine Polizistin von Scotland Yard in London«, flüsterte Jenny. »Henry ist tot. Er hatte einen Verkehrsunfall.«

Sie begann haltlos zu weinen, und Mary nahm ihr den Telefonhörer aus der Hand. »Hallo, sind Sie noch dran?«

»Ja«, erwiderte eine neutrale Stimme. »Es tut mir leid, wenn die andere Lady zusammengebrochen ist. So etwas zu tun ist nie einfach für uns.«

»Sicher, junge Frau, Sie müssen schließlich Ihren Job erledigen.«

»Können Sie herausfinden, wo er in London gewohnt hat?«

»Warten Sie.« Mary wandte sich an Jenny. »Sie möchte die Adresse wissen, unter der er drüben zu erreichen war.«
Jenny erklärte es ihr.

Es war kurz vor fünf, und Travers wartete im Foyer der Leichenhalle in der Cromwell Road, nachdem Ferguson ihn angerufen und gebeten hatte, ihn dort zu treffen. Der Brigadier erschien wenige Minuten später.
»Tut mir leid, daß ich Sie kommen ließ, Garth, aber ich möchte die Dinge etwas beschleunigen. Der Gerichtsarzt hat eine Autopsie angeordnet, und die kann erst vorgenommen werden, nachdem er formell identifiziert wurde.«
»Ich habe mit der jungen Dame gesprochen, die bei ihm wohnt, Jenny Grant. Sie hat einen schweren Schock erlitten, will aber so schnell wie möglich herüberfliegen. Sie müßte morgen schon hier sein.«
»Ja, ich will aber nicht untätig herumhängen.« Ferguson holte ein zusammengefaltetes Schriftstück aus der Innentasche seines Jacketts. »Ich habe hier einen Beschluß von einem diensthabenden Richter, der Konteradmiral Garth Travers autorisiert, die formelle Identifikation vorzunehmen, also los, bringen wir es hinter uns.«
In diesem Moment erschien ein Helfer in Uniform. »Ist einer der Gentlemen Brigadier Ferguson?«
»Das bin ich«, meldete sich Ferguson.
»Professor Manning erwartet Sie. Hier entlang, Sir.«
Im Autopsiesaal wurde das grelle Licht der Leuchtstoffröhren von den weiß gekachelten Wänden reflektiert. Bakers Leiche lag auf einem stählernen Operationstisch, sein Kopf ruhte auf einem kantigen Würfel. Ein hochgewachsener schlanker Mann im Chirurgenkittel stand abwartend am Tisch, flankiert von zwei Assistenten. Travers stellte mit einem Gefühl des Ekels fest, daß alle drei grüne Gummistiefel trugen.
»Hallo, Sam, danke, daß Sie gekommen sind«, sagte Ferguson zur Begrüßung. »Das ist Garth Travers.«
Manning schüttelte ihm die Hand. »Können wir endlich anfangen, Charles? Ich habe Karten für Covent Garden.«

»Natürlich, alter Junge.« Ferguson holte einen Kugelschreiber hervor und legte das amtliche Faltblatt auf das freie Ende des Operationstisches. »Identifizieren Sie, Konteradmiral Travers, diesen Mann als Henry Baker, amerikanischer Staatsbürger, wohnhaft auf St. John auf den amerikanischen Antillen?«

»Jawohl, das tue ich.«

»Dann unterschreiben Sie hier.«

Travers setzte seinen Namen unter das Dokument, und Ferguson reichte die Erklärung an Manning weiter.

»Da haben Sie, was Sie brauchen, Sam. Jetzt sind Sie an der Reihe.«

Ferguson schloß die Trennscheibe seines Daimlers, damit der Fahrer ihre Unterhaltung nicht mithören konnte.

»Ein verdammt großer Schock«, sagte Travers. »Ich kann es noch gar nicht fassen.«

»Und wir befinden uns in einer ziemlich mißlichen Lage«, stellte Ferguson fest.

»Was meinen Sie?«

»Nun, die Position von U 180. Er konnte sie uns nicht mehr verraten.«

»Natürlich«, sagte Travers. »Das habe ich fast vergessen.«

»Andrerseits weiß vielleicht diese Jenny Grant etwas. Immerhin wohnt sie ja bei ihm und so weiter.«

»So eine Beziehung, wie Sie denken, war das nicht«, stellte Travers richtig. »Alles rein platonisch. Ich habe Jenny nur einmal gesehen. Eine reizende junge Frau.«

»Nun ja, hoffen wir, daß dieser Ausbund an Tugend die Antwort auf unsere Fragen hat«, sagte Ferguson.

»Und wenn nicht?«

»Dann muß ich mir eben etwas einfallen lassen.«

»Ich bin gespannt, wie Carter auf diese Sache reagiert.«

Ferguson stöhnte. »Ich glaube, ich sollte ihn lieber umgehend ins Bild setzen. Damit der Bursche nicht ungemütlich wird.« Er nahm den Hörer seines Autotelefons aus der Halterung und wählte die Nummer von Inspektor Lane.

Um genau dieselbe Zeit stieg Francis Pamer, nachdem er nach sehr schneller Fahrt in seinem Porsche Cabriolet von London den Landsitz Hatherley Court in Hampshire erreicht hatte, die breite Treppe zur Wohnung seiner Mutter im ersten Stock hinauf. Das Haus befand sich seit fünfhundert Jahren im Besitz seiner Familie, und er freute sich immer auf die Besuche dort, aber nicht heute. Es gab wichtigere Dinge, die ihn im Augenblick beschäftigten.

Als er an die Tür des Schlafzimmers klopfte und eintrat, lag seine Mutter, eine gebrechliche Frau von fünfundachtzig Jahren, mit geschlossenen Augen in ihrem prächtigen Himmelbett. Eine Krankenschwester in Tracht hielt daneben Wache.

Die Krankenschwester erhob sich. »Sir Francis, was für eine Überraschung. Wir haben Sie gar nicht erwartet.«

»Ich weiß. Wie geht es ihr?«

»Nicht gut, Sir. Der Arzt war vorhin da. Er sagte, es könnte schon nächste Woche soweit sein. Vielleicht aber auch erst in drei Monaten.«

Er nickte. »Sie können eine Pause machen. Ich möchte mich mit ihr unterhalten.« Die Krankenschwester ging hinaus, und Pamer ließ sich auf der Bettkante nieder und griff nach der Hand seiner Mutter. Sie schlug die Augen auf. »Wie geht es dir, Liebling?« fragte er.

»Oh, Francis, wie schön, daß du da bist.« Ihre Stimme klang sehr schwach.

»Ich hatte in der Nähe zu tun, Mutter, daher dachte ich, ich schaue mal vorbei.«

»Das ist nett von dir, mein Lieber.«

Pamer stand auf, zündete sich eine Zigarette an und ging zum Kamin, in dem ein Feuer brannte. »Ich habe heute über Samson Cay gesprochen.«

»Oh, hast du vor, Urlaub zu machen? Wenn du hinfährst und dieser nette Mr. Santiago ist dort, dann grüß ihn von mir.«

»Natürlich. Ich habe doch recht, nicht wahr? Es war deine Mutter, die Samson Cay in die Familie gebracht hat, oder?«

»Ja, mein Junge. Ihr Vater, George Herbert, schenkte ihr die Insel zur Hochzeit.«

»Dann erzähl mir noch mal vom Krieg, Mutter«, bat er. »Und von Samson Cay.«

»Nun, das Hotel stand die meiste Zeit des Krieges leer. Damals war es natürlich noch klein, nur ein kleines Haus im Kolonialstil.«

»Und wann bist du dorthin gezogen? Du hast nie darüber gesprochen, und ich war zu jung, um mich daran zu erinnern.«

»Im März 1945. Du wurdest im Jahr davor geboren, während diese schrecklichen deutschen Raketen in London einschlugen, die V1 und die V2. Dein Vater war nicht mehr in der Armee und arbeitete in Mr. Churchills Regierung, mein Junge, als Sonderminister, genau wie du jetzt. Er machte sich Sorgen, daß die Angriffe auf London noch lange andauern könnten, daher arrangierte er für dich und mich eine Schiffspassage nach Puerto Rico. Von dort sind wir dann nach Samson Cay weitergereist. Ich erinnere mich jetzt. Es war Anfang April, als wir dort eintrafen. Wir sind per Schiff von Tortola aus übergesetzt. Es gab dort einen alten Mann und seine Ehefrau. Neger. Sehr nett. Jackson, so hießen sie. May und Joseph.«

Ihre Stimme versagte, und er kehrte zu ihr zurück, setzte sich und nahm wieder ihre Hand. »Ist mal irgend jemand zu Besuch gekommen, Mutter? Kannst du dich noch daran erinnern?«

»Besuch?« Sie schlug die Augen auf. »Nur Mr. Strasser. So ein netter Mann. Dein Vater sagte mir, daß er vielleicht vorbeikäme. Eines Abends war er plötzlich da. Er erzählte, er sei mit einem Fischerboot von Tortola herübergekommen, und dann habe ihn der Hurrikan überrascht. Es passierte in derselben Nacht. Furchtbar. Zwei Tage lang saßen wir im Keller. Ich hab dich die ganze Zeit auf dem Arm gehabt, aber Mr. Strasser war sehr nett. So ein lieber Mann.«

»Was geschah dann?«

»Er blieb eine ganze Weile bei uns. Bis Juni, glaube ich, und dann traf dein Vater ein.«

»Und Strasser?«

»Er reiste danach ab. Er hatte geschäftlich in Südamerika zu tun, und der Krieg in Europa war zu Ende, deshalb sind wir natürlich nach England zurückgekehrt. Mr. Churchill verlor die

Wahl, und dein Vater war nicht mehr im Parlament, deshalb lebten wir hier, Liebling. Aber das Farmen war eine große Enttäuschung.«

Ihre Gedanken verwirrten sich etwas. Pamer räusperte sich. »Du hast mir mal erzählt, daß mein Vater zusammen mit Sir Oswald Mosley während des Ersten Weltkriegs im Schützengraben gesessen hat.«

»Das stimmt, mein Liebling. Sie waren enge Freunde.«

»Erinnerst du dich noch an Mosleys schwarze Hemden, Mutter, an die Britische Faschistische Partei? Hatte Vater dazu irgendeine Verbindung?«

»Lieber Gott, nein! Der arme Oswald. Er war oft übers Wochenende hier. Zu Beginn des Krieges wurde er verhaftet. Es hieß, er sei ein Freund der Deutschen. Völliger Unsinn. Er war ein richtiger Gentleman.« Ihre Stimme versiegte wieder, dann gewann sie erneut an Kraft. »Es war damals eine sehr schwere Zeit. Wie haben wir uns bemüht, daß du in Eton bleiben konntest. Es war ein großes Glück für uns, als dein Vater Mr. Santiago kennenlernte. Sie haben zusammen in Samson Cay wundervolle Dinge vollbracht. Einige Leute sagen, es sei heute der schönste Ferienort in der ganzen Karibik. Ich würde wirklich gerne noch einmal dorthin fahren!«

Ihre Augen schlossen sich, und Pamer schob ihre Hände unter die Bettdecke. »Schlaf jetzt, Mutter, es wird dir guttun.«

Er schloß die Tür leise hinter sich, ging nach unten in die Bibliothek, schenkte sich einen Scotch ein und setzte sich an den Kamin, um sich alles durch den Kopf gehen zu lassen. Der Inhalt des Tagebuchs hatte ihn über alle Maßen erschreckt, und es war ein Wunder, daß er vor Carter seine Fassung hatte bewahren können, aber die Wahrheit lag auf der Hand. Sein Vater, Mitglied des britischen Parlaments, aktiver Offizier, Angehöriger der Regierung, hatte Verbindungen zur Nazipartei unterhalten und war einer von jenen gewesen, die im Jahr 1940 eine deutsche Invasion herbeigesehnt hatten. Seine Verstrikkung mußte sehr tief gewesen sein.

Francis Pamer holte sich einen zweiten Scotch und wanderte durch den Raum. Er betrachtete die Bilder seiner Vorfahren.

Fünfhundert Jahre, eine der ältesten Familien Englands, und er war Sonderminister, hatte alle Aussichten auf eine große Karriere. Wenn es Ferguson jedoch gelingen sollte, den Aktenkoffer Bormanns aus dem U-Boot zu bergen, dann wäre er erledigt. Es gab keinen Grund, daran zu zweifeln, daß auch der Name seines Vaters in dem Blauen Buch zu finden war. Den Skandal würde er nicht überleben. Er müßte nicht nur jede Hoffnung auf eine hohe Position in der Regierung fahrenlassen, sondern auch seinen Sitz im Parlament abgeben. Danach die Mitgliedschaft in seinen Clubs. Es lief ihm eiskalt den Rücken hinunter. Was sollte er bloß tun?

Die Antwort war erstaunlich einfach. Max – Max Santiago. Max wüßte einen Weg. Er eilte in sein Arbeitszimmer, suchte die Nummer des Hotels auf Samson Cay heraus, wählte sie und fragte nach Carlos Prieto, dem Geschäftsführer.

»Carlos? Hier ist Francis Pamer.«

»Sir Francis! Was für eine Freude. Was kann ich für Sie tun? Besuchen Sie uns bald wieder?«

»Ich hoffe es, Carlos. Hören Sie, ich muß dringendst mit Señor Santiago sprechen. Wissen Sie vielleicht, wo er ist?«

»Aber sicher. Zur Zeit wohnt er im Ritz in Paris. Soweit ich weiß, ist er geschäftlich dort. In drei Tagen dürfte er wieder in Puerto Rico sein.«

»Sie sind ein Engel, Carlos.« Pamer hatte sich noch nie so erleichtert gefühlt.

Er bat die Telefonvermittlung, ihn mit dem Ritz in Paris zu verbinden, und sah auf die Uhr. Halb sechs. Er wartete ungeduldig, bis er die Stimme der Telefonistin des Ritz hörte. Er verlangte nach Santiago.

»Bitte sei da, Max«, murmelte er.

Eine Stimme meldete sich auf französisch. »Santiago hier. Wer ist da?«

»Gott sei Dank. Max, hier ist Francis. Ich muß Sie sofort sehen. Es ist etwas passiert, etwas Schlimmes. Ich brauche Ihre Hilfe.«

»Beruhigen Sie sich, Francis, regen Sie sich nicht auf. Wo sind Sie jetzt?«

»In Hatherley Court.«

»Können Sie um halb sieben in Gatwick sein?«

»Ich denke schon.«

»Fein. Ich lasse Sie dort per Charter abholen. Wir essen dann gemeinsam zu Abend, und Sie können mir alles berichten.«

Es klickte in der Leitung, und das Freizeichen war zu hören. Pamer holte seinen Reisepaß aus dem Schreibtisch sowie einen Stapel Reiseschecks. Dann ging er nach oben, öffnete die Schlafzimmertür seiner Mutter und warf einen Blick hinein. Sie schlief. Leise zog er die Tür hinter sich zu und ging hinunter ins Parterre.

In diesem Moment klingelte in seinem Arbeitszimmer das Telefon. Er eilte hin und nahm den Hörer ab. »Da sind Sie ja endlich«, meldete sich Simon Carter. »Ich suche Sie schon die ganze Zeit. Baker ist tot. Ich hab's gerade von Ferguson erfahren.«

»Mein Gott«, stieß Pamer hervor, und dann fiel ihm etwas ein. »Bedeutet das, daß jetzt niemand die Position von U 180 kennt? Daß er dieses Wissen ins Grab mitnimmt?«

»Nun, er hat Travers nichts verraten, das ist sicher. Aber offenbar kommt morgen seine Freundin herübergeflogen, eine gewisse Jenny Grant. Ferguson hofft, daß sie etwas weiß. Ich halte Sie auf jeden Fall auf dem laufenden.«

Stirnrunzelnd verließ Pamer das Arbeitszimmer und durchquerte die Halle. Aus der Küche tauchte die Krankenschwester auf. »Reisen Sie schon wieder ab, Sir Francis?«

»Eine dringende Regierungssache, Nellie. Bestellen Sie ihr schöne Grüße von mir.«

Er verließ das Haus, stieg in seinen Porsche und fuhr davon.

In Garth Travers' Wohnung in der Lord North Street beendeten der Admiral und Ferguson die Durchsuchung von Bakers Reisekoffer. »Sie haben doch nicht ernsthaft erwartet, die Positionsangabe dieses verdammten Riffs zwischen seinen Kleidern zu finden, oder?« fragte Travers.

»Es hat schon seltsamere Zufälle gegeben«, meinte Ferguson. »Das können Sie mir glauben.« Sie begaben sich ins Arbeitszimmer, wo auf dem Schreibtisch der Aluminiumkoffer lag. »Das ist das gute Stück, nicht wahr?«

»Ja.« Travers nickte.

»Werfen wir mal einen Blick hinein.«

Der Admiral öffnete ihn. Ferguson inspizierte den Brief, die Fotos und blätterte das Tagebuch durch. »Sie haben eine Kopie davon in Ihrem Computer, nicht wahr?«

»O ja, ich habe die Übersetzung direkt eingetippt.«

»Demnach steckt die Diskette noch im Gerät?«

»Ja.«

»Holen Sie sie raus und legen Sie sie in den Koffer, außerdem jede andere Kopie, die Sie noch besitzen.«

»Ich würde meinen, Charles, nach allem, was ich getan habe, ist das ein wenig viel verlangt. Außerdem ist es streng rechtlich betrachtet Bakers Eigentum.«

»Jetzt nicht mehr.«

Widerstrebend gehorchte Travers. »Und was geschieht nun?«

»Nicht viel. Ich setze mich morgen mit dieser jungen Frau in Verbindung und bringe in Erfahrung, was sie uns zu erzählen hat.«

»Und dann?«

»Ich weiß es nicht genau, aber offen gesagt, braucht Sie das nicht mehr zu interessieren.«

»Ich hatte erwartet, daß Sie so etwas sagen würden.«

Ferguson klopfte ihm auf die Schulter. »Ärgern Sie sich nicht. Kommen Sie gegen acht in die Piano Bar im Dorchester. Ich lade Sie zu einem Drink ein.«

Er verließ das Haus, ging die Eingangstreppe hinunter und stieg in den wartenden Daimler.

Während der Citation Jet von der Startbahn in Gatwick abhob, holte Francis Pamer sich einen Scotch aus der Bordbar und dachte über Max Santiago nach. Soweit er wußte, war der Mann Kubaner und gehörte einer der landbesitzenden Familien an, die von Castro 1959 aus dem Land gejagt worden waren. Der Vorname Max ging auf seine Mutter zurück, die aus Deutschland stammte. Daß er sehr viel Geld hatte, war offensichtlich, denn als er mit dem alten Joseph Pamer 1970 den Vertrag schloß, um Samson Cay Resort auf- und auszubauen, besaß er bereits eine Reihe von Hotels. Wie alt mochte er sein? Sieben- oder achtundsechzig. Alles, woran Francis Pamer sich erinnern konnte, war, daß er immer ein wenig Angst vor ihm gehabt hatte, aber das war jetzt bedeutungslos. Santiago würde wissen, was zu tun sei, und das war im Augenblick das einzig Wichtige. Er trank seinen Scotch, machte es sich bequem und vertiefte sich in die *Financial Times*, bis die Citation eine halbe Stunde später auf dem Flughafen Le Bourget in Paris landete.

Santiago stand auf der Terrasse seiner prachtvollen Suite im Ritz. Er war ein beeindruckend großer Mann, und sein Haar war trotz seines Alters noch immer völlig schwarz. Er hatte ein gleichmütiges, gebieterisches Gesicht und die Ausstrahlung eines Mannes, der daran gewöhnt ist, daß sein Wille geschieht.

Er wandte sich um, als der Zimmerkellner Pamer einließ. »Mein lieber Francis, was für eine Freude, Sie zu sehen.« Er streckte eine Hand aus. »Ein Glas Champagner. Sie brauchen es, das sehe ich deutlich.« Sein Englisch war makellos.

»Das können Sie ruhig laut sagen«, erwiderte Pamer und nahm dankbar das Kristallglas entgegen.

»Und jetzt setzen Sie sich erst einmal hin und erzählen mir, wo Ihr Problem liegt.«

Sie ließen sich am offenen Kamin nieder. Pamer hob die Schultern. »Ich weiß gar nicht, wo ich beginnen soll.«

»Nun, am Anfang natürlich.«

Was Pamer auch tat.

Als er fertig war, saß Santiago einige Zeit da, ohne ein Wort zu sagen. Pamer beobachtete ihn gespannt. »Was denken Sie?«

»Sehr unangenehm, gelinde ausgedrückt.«

»Ich weiß. Wenn diese Sache jemals herauskommen sollte – Bormann auf der Insel, meine Mutter, mein Vater.«

»Ach, Ihre Mutter hatte nicht die geringste Ahnung, wer Bormann war«, sagte Santiago. »Ihr Vater wußte es, natürlich.«

»Wie bitte?« Pamer war tief betroffen.

»Ihr Vater, der liebe alte Joseph, war sein ganzes Leben lang Faschist, Francis, und das war mein Vater auch und zudem noch ein guter Freund von General Franco. Solche Leute hielten – wie soll ich es ausdrücken? – ständig Verbindung zueinander. Ihr Vater pflegte vor dem Krieg mit Nazideutschland enge Kontakte, aber das taten auch viele andere Angehörige der englischen Oberschicht, und warum auch nicht? Welcher halbwegs vernünftige Mensch hatte den Wunsch, daß die Kommunisten an die Macht kamen? Sehen Sie sich doch nur mal an, was sie aus meinem armen Kuba gemacht haben.«

»Wollen Sie etwa behaupten, Sie wußten, daß mein Vater diese Verbindung zu Martin Bormann hatte?«

»Natürlich. Mein eigener Vater, damals noch in Kuba, war auch darin verwickelt. Ich will es Ihnen erklären, Francis. Das Kameradenwerk, die Organisation, die gegründet wurde, um der Bewegung im Fall einer Niederlage in Europa zu helfen, war, und ist immer noch, ein weltweit verzweigtes Netz. Ihr Vater und mein Vater waren nicht mehr als zwei winzige Rädchen im Getriebe dieser Maschine.«

»Das glaube ich nicht.«

»Francis, was glauben Sie denn, wie Ihr Vater es geschafft hat, Hatherley Court zu halten? Ihre Schulzeit in Eton, Ihre drei Jahre bei den Grenadier Guards, wo ist das Geld dafür hergekommen? Ihr Vater hatte noch nicht einmal mehr sein Einkommen als M.P., nachdem er seinen Sitz verlor.«

»An diese verdammte Labour Party«, murmelte Pamer voller Bitterkeit.

»Natürlich, aber im Laufe der Jahre durfte er bei, sagen wir mal, gewissen geschäftlichen Transaktionen behilflich sein. Als meine eigene Familie wegen dieses Verrückten namens Castro Kuba verlassen mußte, gab es Gelder, die uns in den Vereinigten Staaten zur Verfügung standen. Ich baute die Hotelkette auf und konnte gewisse illegale, aber lukrative Geschäfte abwikkeln.«

Pamer hatte schon immer den Verdacht gehabt, daß dabei Drogen eine Rolle gespielt hatten, und er hatte plötzlich das

Gefühl, als habe er kein Blut in den Adern, sondern nur noch Eis. »Hören Sie, davon will ich nichts wissen.«

»Aber das Geld geben Sie gerne aus, Francis.« Zum erstenmal lächelte Santiago. »Der Ausbau von Samson Cay paßte uns sehr gut. Eine wunderbare Tarnung, ein Spielplatz für die Reichen und eine perfekte Fassade, um dahinter gewisse Aktivitäten zu entwickeln.«

»Und wenn jemand versucht hätte, das Ganze einmal eingehend zu durchleuchten?«

»Warum sollte so etwas passieren? Samson Holding ist, wie der Name sagt, eine Holdinggesellschaft. Es ist genau wie bei der berühmten russischen Puppe, Francis, eine Firma in einer anderen, und der Name Pamer taucht auf keinem Firmenschild auf, und man muß sogar sehr weit zurückgehen, um den Namen Santiago zu finden.«

»Aber es war doch die Familie meiner Großmutter, der Samson Cay ursprünglich gehörte.«

»Sie meinen diese Herberts? Das liegt schon eine Ewigkeit zurück, Francis. Sehen Sie, der Name Ihrer Mutter lautete Vail, der Mädchenname ihrer Mutter wiederum lautete Herbert, das gebe ich zu. Aber ich bezweifle, daß da irgendeine Verbindung hergestellt werden könnte. Sie erwähnten, daß Ferguson im öffentlichen Archiv in Tortola nachgefragt hätte,wo man ihm mitteilte, das Hotel habe während des Krieges leergestanden.«

»Ja, ich frage mich nur, wie es zu diesem Irrtum kommen konnte.«

»Ganz einfach. Ein Angestellter wirft vierzig Jahre später einen Blick in die Akten und entdeckt eine Notiz, daß das Hotel in dieser Zeit nicht bewohnt war, Francis, und das trifft zu. Ihre Mutter ist mit Ihnen erst im April 45 eingetroffen, nur vier oder fünf Wochen vor Kriegsende. Auf jeden Fall hat es keinerlei Konsequenzen. Ich lasse meine Leute im Archiv in Tortola nachschauen. Wenn dort irgend etwas von Bedeutung sein sollte, dann wird es entfernt.«

»Das können Sie?« fragte Pamer entgeistert.

»Ich kann alles, Francis. Und nun zu diesem Konteradmiral Travers, wie lautet seine Adresse?«

»Lord North Street.«

»Gut. Ich beauftrage jemanden, der ihm einen Besuch abstattet, obgleich ich mir nicht vorstellen kann, daß sich das Tagebuch oder die Übersetzung noch in seinem Besitz befinden.«

»Ihre Leute sollen ja vorsichtig zu Werke gehen«, warnte Pamer. »Ich meine, wir wollen doch keinen Skandal.«

»Und genau den wird es geben, wenn wir das Ding nicht als erste in die Finger bekommen. Ich setze erst mal einen meiner Leute auf diese junge Frau an. Wie lautete ihr Name noch?«

»Jenny Grant.«

»Ich lasse die Flüge überprüfen, um herauszubekommen, wann sie eintrifft. Das ist ganz einfach. Sie sitzt entweder in der Maschine aus Puerto Rico oder aus Antigua.«

»Und was dann?«

Santiago lächelte. »Nun, wir wollen doch hoffen, daß sie uns etwas erzählen kann, oder nicht?«

Pamer spürte, wie ihm übel wurde. »Hören Sie, Max, Sie werden ihr doch nichts zuleide tun?«

»Mein armer alter Francis, was für eine jämmerliche Kreatur Sie doch sind.« Santiago schob ihn zur Tür und öffnete sie.

»Warten Sie an der Bar auf mich. Ich muß einige Telefongespräche führen, danach essen wir zusammen.«

Er schob ihn hinaus auf den Korridor und schloß die Tür hinter ihm.

In der Piano Bar des Dorchester herrschte reger Betrieb, als Garth Travers sie betrat, aber von Ferguson war noch nichts zu sehen. Er fand einen Ecktisch, bestellte einen Gin und Tonic und entspannte sich. Eine Viertelstunde später traf Ferguson ein.

»Ich brauche etwas Besseres«, erklärte der Brigadier und bestellte zwei Gläser Champagner. »Ich liebe diesen Laden.« Er schaute zur Spiegeldecke. »Ganz einmalig, und dieser Bursche am Klavier spielt sogar unsere Musik, nicht wahr?«

»Wollen Sie damit andeuten, daß wir Fortschritte machen?« fragte Travers.

»Ja, Lane hat sich in Gatwick bei der British Airways erkundigt. Sie kommt mit Flug 252, der in Antigua um zweiundzwanzig Uhr zehn dortiger Ortszeit startet, Ankunft hier in Gatwick um fünf nach neun Uhr morgens.«

»Das arme Mädchen«, seufzte Travers.

»Werden Sie ihr anbieten, bei Ihnen zu wohnen?«

»Natürlich.«

»Das habe ich mir gedacht.« Ferguson nickte. »Und unter Umständen wäre es wahrscheinlich besser, wenn Sie sie abholen würden. Mein Fahrer steht mit dem Daimler um halb acht vor Ihrem Haus. Ich weiß, daß es ziemlich früh ist, aber Sie wissen ja selbst, welcher Verkehr um diese Zeit herrscht.«

»Das macht mir gar nichts aus. Soll ich sie gleich zu Ihnen bringen?«

»O nein, geben Sie ihr Gelegenheit, sich erst einmal zu beruhigen, sich zurechtzufinden. Sie wird nach dem Flug müde sein. Ich kann später noch mit ihr reden.« Ferguson zögerte. »Es ist wahrscheinlich damit zu rechnen, daß sie die Leiche sehen will.«

»Liegt er noch in der Totenhalle?«

»Nein, bei einem Bestattungsunternehmen, das wir immer beauftragen, wenn es um eine Regierungssache geht. Cox and Son in der Cromwell Road. Wenn sie den Wunsch äußert, hinzufahren, dann tun Sie es ruhig. Die Leute dort sind sehr nett.«

Er winkte dem Kellner und bestellte zwei weitere Gläser Champagner.

»Was ist mit dem U-Boot, mit dem Tagebuch und den anderen Sachen? Erwähne ich ihr gegenüber etwas davon?« fragte Travers.

»Nein, überlassen Sie das mir.« Ferguson lächelte. »Und jetzt trinken Sie aus. Ich spendiere Ihnen ein Abendessen.«

Als sie in Antigua über die Treppe zur ersten Klasse hinaufstieg, hatte Jenny Grant das Gefühl, als bewege sie sich im Zeitlupentempo. Die Stewardeß, die sie freundlich begrüßte, merkte sofort, daß irgend etwas nicht stimmte. Fürsorglich brachte sie Jenny zu ihrem Platz und half ihr, es sich bequem zu machen.

»Möchten Sie etwas zu trinken? Champagner? Kaffee?«

»Eigentlich würde mir ein Brandy guttun. Ein doppelter«, erwiderte Jenny.

Die Stewardeß holte das Gewünschte. Ihre Miene zeigte nun Besorgnis. »Hören Sie, ist irgend etwas nicht in Ordnung? Kann ich Ihnen helfen?«

»Wirklich nicht«, antwortete Jenny. »Ich habe nur soeben den besten Freund, den ich je hatte, bei einem Verkehrsunfall in London verloren. Deshalb fliege ich rüber.«

Die junge Frau in der Uniform der Fluggesellschaft sah Jenny mitfühlend an. »Es sitzt niemand neben Ihnen. Nur sechs Leute haben für diesen Flug in der ersten Klasse gebucht. Niemand wird Sie belästigen.« Sie berührte leicht Jennys Arm. »Wenn Sie irgend etwas brauchen, dann melden Sie sich.«

»Ich werde versuchen, den ganzen Flug über zu schlafen.«

»Das ist für Sie sicherlich das beste.«

Die Stewardeß entfernte sich, und Jenny lehnte sich zurück. Sie trank ihren Brandy und dachte an Harry, an seine Güte, seine Hilfsbereitschaft. Er hatte ihr das Leben gerettet, das war die Wahrheit. Aber eines war seltsam – so sehr sie sich auch bemühte, aus irgendeinem Grund konnte sie sich schon jetzt nicht mehr deutlich an sein Gesicht erinnern. Tränen traten ihr in die Augen, schwermütige, bittere Tränen.

Der Daimler fuhr kurz vor halb acht vor. Travers hinterließ eine Nachricht für seine Haushälterin, Mrs. Mishra, eine Inderin, deren Ehemann einen kleinen Laden in der Nähe betrieb, in der er ihr die Situation erklärte. Dann eilte er die Treppe hinunter und stieg in Fergusons Limousine, die sofort losfuhr. Dabei passierte sie einen Lieferwagen der British Telecom, der am Ende der Straße parkte. Kurz darauf startete der Lieferwagen, rollte durch die Straße und stoppte vor Travers' Haus.

Ein Telefontechniker in weißem Overall, auf dessen linker Brusttasche der Name Smith stand, stieg aus. In der Hand trug er einen Werkzeugkasten. Der Mann ging über einen Steinplattenweg zur Rückseite des Hauses, stieg die Treppe zur Küche hinauf, stieß eine behandschuhte Hand durch die Glasscheibe, griff hinein und öffnete die Tür. Einen kurzen Augenblick später öffnete er die vordere Haustür, und ein zweiter Telecomtechniker tauchte aus dem Lieferwagen auf. Der Name auf der Brusttasche seines Overalls lautete Johnson.

Im Haus arbeiteten sie sich methodisch durch das Arbeitszimmer des Admirals, durchsuchten jede Schublade, räumten die Bücher von den Regalbrettern, hielten Ausschau nach Anzeichen für einen Safe, fanden aber nichts dergleichen.

Schließlich hielt Smith inne. »Wir vergeuden unsere Zeit. Es ist nicht da. Geh raus und öffne den Lieferwagen.«

Er trennte den Schreibcomputer des Admirals vom Stromnetz, folgte Johnson nach draußen und lud das Gerät ins Heckabteil des Lieferwagens. Dann gingen sie wieder ins Haus, und Johnson fragte: »Was sonst noch?«

»Sieh nach, ob im Wohnzimmer ein Fernseher oder ein Videorecorder steht, und dann hol seine Schreibmaschine.«

Johnson begab sich auf die Suche und befolgte die Anweisung seines Komplizen. Als er ins Wohnzimmer zurückkam, schraubte Smith gerade das Telefongehäuse wieder fest.

»Du zapfst den Fernsprecher an?«

»Warum nicht? Vielleicht hören wir etwas Interessantes.«

»Ist das klug? Wir haben es immerhin mit Geheimdienstleuten zu tun, und die sind schließlich keine Anfänger.«

»Ach was, hier sieht es aus wie nach einem ganz alltäglichen Einbruch«, erklärte ihm Smith. »Ganz egal wie, aber Mr. Santiago wünscht in dieser Sache schnelle Ergebnisse, und mit ihm sollte man sich lieber nicht anlegen, glaub mir. Und jetzt nichts wie weg.«

Mrs. Mishra, die Haushälterin des Admirals, kam normalerweise nicht vor neun Uhr, aber an diesem Morgen trat sie zufälligerweise schon etwas früher ihren Dienst an. Als sie in die Lord North Street einbog und auf das Haus zuging, einen Mantel zum Schutz vor der Kälte über ihren Sari gezogen, sah sie die beiden Männer aus dem Haus kommen.

Sie beschleunigte ihre Schritte. »Gibt es irgendwelche Probleme?«

Die Männer drehten sich zu ihr um. »Nicht, daß ich wüßte«,

antwortete Smith weltmännisch. »Wer sind Sie denn, meine Liebe?«

»Mrs. Mishra, die Haushälterin.«

»Eines der Telefone war defekt. Wir haben es repariert. Jetzt ist wieder alles in Ordnung.«

Sie stiegen in den Lieferwagen. Johnson ließ den Motor an, und sie fuhren los. Johnson schüttelte skeptisch den Kopf. »Das war Pech.«

»Nicht so schlimm. Sie ist Inderin, nicht wahr? Für sie sind wir nur zwei weiße Gesichter unter vielen.«

Smith zündete sich eine Zigarette an und lehnte sich zurück. Er genoß das Flußpanorama, das sich vor ihnen ausbreitete, als sie in Richtung Millbank fuhren.

Mrs. Mishra bemerkte nicht, daß irgend etwas vorgefallen war, weil die Tür zum Arbeitszimmer angelehnt war. Sie begab sich in die Küche, stellte ihre Handtasche auf den Tisch und fand die Nachricht des Admirals. Während sie die Worte las, spürte sie einen kühlen Luftzug, drehte sich um und entdeckte die zerbrochene Glasscheibe in der Tür.

»O mein Gott!« stieß sie entsetzt hervor.

Schnell ging sie durch die Diele und sah im Wohnzimmer nach. Dort fiel ihr sofort auf, daß der Fernseher und der Videorecorder fehlten. Der Zustand des Arbeitszimmers bestätigte ihre schlimmsten Befürchtungen, und sie griff sofort nach dem Telefonhörer und wählte neun-neun-neun, die Notrufnummer der Polizei.

Travers erkannte Jenny Grant sofort, als sie in die Ankunftshalle in Gatwick kam. Sie trug einen dreiviertellangen Tweedmantel über einer weißen Bluse und eine Bluejeans, sah müde und abgespannt aus und hatte dunkle Ränder unter den Augen.

»Jenny?« fragte er, während er auf sie zuging. »Erinnern Sie sich noch an mich? Garth Travers?«

»Natürlich erinnere ich mich an Sie, Admiral.« Sie versuchte, ein Lächeln zustande zu bringen, aber es mißlang ihr kläglich.

Er legte ihr behutsam die Hände auf die Schultern. »Sie sehen völlig übermüdet aus, meine Liebe. Kommen Sie, sehen wir zu, daß wir nach draußen kommen. Ich bin mit dem Wagen hier. Geben Sie mir Ihr Gepäck.«

Der Chauffeur verstaute den Koffer im Heck des Daimlers, und Travers setzte sich zu ihr in den Fond des Wagens. Während sie losfuhren, sagte er: »Sie wohnen natürlich bei mir, wenn Ihnen das recht ist, ja?«

»Sehr nett von Ihnen. Würden Sie mir einen Gefallen tun?« Ihre Stimme hatte fast einen flehenden Unterton. »Würden Sie mir genau schildern, was passiert ist?«

»Nach dem zu schließen, was Zeugen des Unfalls der Polizei erzählt haben, hat er einfach in die falsche Richtung geblickt und ist direkt vor den Autobus gelaufen.« Er ergriff ihre Hand. »Ich weiß wohl, wie albern das klingt, aber hier haben wir Linksverkehr.«

»Was für eine verdammt banale Art zu sterben.« Wut schwang nun in ihrer Stimme mit. »Da ist ein dreiundsechzigjähriger Mann, der nichts lieber tat, als jeden Tag zu tauchen, manchmal hundertdreißig Fuß tief und bei ziemlich riskanten Bedingungen, und der muß auf eine solch dumme und triviale Weise von der Bühne abtreten.«

»Ich weiß. Das Leben ist manchmal ein ziemlich schlechter Witz. Möchten Sie eine Zigarette?«

»Ja, gerne. Ich habe zwar vor einem halben Jahr damit aufgehört, fing aber im Flugzeug wieder an.« Sie nahm sich eine aus der Packung, die er ihr anbot, und ließ sich Feuer geben. »Ich habe noch einen weiteren Wunsch, bevor wir irgend etwas anderes tun.«

»Und der wäre?«

»Ich möchte ihn noch einmal sehen«, erklärte sie einfach und bestimmt.

»Das hatte ich erwartet«, sagte Garth Travers. »Wir fahren bereits hin.«

Alles in dem Bestattungsunternehmen war dezent und so angenehm, wie man es sich an einem solchen Ort nur wünschen konnte. Im holzgetäfelten und mit Blumen geschmückten Warteraum nahm ein älterer Mann in schwarzem Anzug und Krawatte sich ihrer an. »Kann ich Ihnen behilflich sein?«

»Mr. Cox? Ich bin Admiral Travers, und das ist Miss Grant. Ich glaube, Sie haben uns schon erwartet, nicht wahr?«

»Natürlich.« Seine Stimme war nur ein Flüstern. »Wenn Sie mir bitte folgen würden.«

An einem Gang im hinteren Teil des Gebäudes befanden sich mehrere Räume, alle mit Schiebetüren, die offen standen und durch die man Särge sehen konnte, üppig mit Blumen bedeckt. Mr. Cox ging bis zum letzten Raum am Gang. Hier war der Sarg schlicht und aus dunklem Mahagoni.

»Da ich keine genauen Anweisungen hatte, habe ich es so gut wie möglich gemacht«, sagte Cox. »Die Beschläge sind aus vergoldetem Plastikmaterial, da ich annahm, daß eine Feuerbestattung gewünscht wird.«

Er klappte den Deckel auf und schob das Gazetuch auf dem Gesicht etwas beiseite. Henry Baker sah im Tod sehr ruhig aus. Die Augen waren geschlossen, das Gesicht bleich. Jenny wollte die Gaze ganz wegziehen.

Cox schob das Tuch wieder an Ort und Stelle. »Das würde ich nicht tun, Miss.«

Sie schaute verwirrt hoch, und Travers klärte sie auf. »Es gab eine Autopsie, meine Liebe. Es mußte sein, eine gesetzliche Vorschrift. Es wird eine gerichtliche Untersuchung der Todesursache durchgeführt, verstehen Sie. Übermorgen.«

Sie nickte. »Es macht eigentlich nichts. Er ist sowieso tot. Können wir jetzt gehen?«

Im Wagen bot er ihr wieder eine Zigarette an. »Geht es wieder? Haben Sie sich gefangen?«

»Natürlich.« Sie lächelte plötzlich. »Er war ein prima Kerl, Admiral, ist es nicht das, was man bei Ihnen in England sagt? Der netteste, großzügigste Mensch, den ich je kannte.« Sie holte tief Luft. »Und wohin jetzt?«

»In mein Haus in der Lord North Street. Sie möchten sicherlich ein Bad nehmen und sich ein wenig ausruhen.«

»Ja, das wäre mir sehr recht.«

Sie ließ sich zurücksinken und schloß die Augen.

Die große Überraschung in der Lord North Street war der Polizeiwagen. Die Haustür stand weit offen, und Travers stürmte die Treppe hinauf. Er sah sofort das Durcheinander in seinem Arbeitszimmer, folgte dem Klang von Stimmen und traf Mrs. Mishra und eine junge Polizistin in der Küche an.

»Oh, Admiral«, stieß Mrs. Mishra hervor, als sie ihn sah. »Eine furchtbare Sache. Sie haben eine Menge gestohlen. Den Fernseher, Ihren Schreibcomputer und die Schreibmaschine. Das Arbeitszimmer ist ein einziges Chaos. Aber ich habe ihre Namen auf den Overalls gelesen.«

»Admiral Travers?« fragte die Polizistin. »Ich fürchte, es war einer dieser typischen Einbrüche am hellichten Tag, Sir. Sie sind durch diese Tür eingedrungen.« Sie deutete auf das Loch in der Glasscheibe.

Travers biß die Zähne zusammen. »Diese verdammten Schweine«, murmelte er.

»Sie hatten einen Telecom-Lieferwagen«, sagte Mrs. Mishra. »Telefontechniker. Ich sah sie wegfahren. Es ist einfach unfaßbar.«

»Die übliche Methode bei solchen Raubzügen, Sir«, erklärte die Polizistin, »sich als Handwerker oder Servicemann zu verkleiden.«

»Ich glaube, es besteht keine große Chance, sie zu fassen, oder?« erkundigte Travers sich.

»Ich bezweifle das, Sir, wirklich. Könnten Sie mir vielleicht noch genaue Angaben machen, was alles fehlt?«

»Ja, natürlich, eine Sekunde.« Er wandte sich zu Jenny um, die gerade die Küche betrat. »Mrs. Mishra, dies ist Miss Grant. Sie wird einige Zeit hier wohnen. Sagen Sie bitte dem Chauffeur Bescheid, er möge ihr Gepäck ins Haus bringen, und dann zeigen Sie der Dame ihr Zimmer, ja?«

»Natürlich, Admiral.«

Mrs. Mishra ging mit Jenny hinaus, und Travers sagte zu der Polizistin: »Es ist durchaus möglich, daß hinter diesem Einbruch mehr steckt, als auf den ersten Blick zu erkennen ist, Officer. Ich muß mal eben telefonieren und bin gleich wieder zurück.«

»Smith und Johnson«, sagte Ferguson. »Das finde ich richtig gut.«

»Scheint ein ganz alltäglicher Einbruchsdiebstahl zu sein, Sir«, bemerkte Lane. »Alle typischen Merkmale sind vorhanden. Sie haben nur die Dinge mitgenommen, die sich schnell zu Geld machen lassen. Den Fernsehapparat, den Videorecorder und den Rest.«

»Ziemlich aufwendig, mit einem eigenen Telecom-Wagen herumzufahren.«

»Wahrscheinlich gestohlen, Sir. Wir überprüfen das gerade.«

»Ziemlich großes Glück, daß ich Travers von dem Tagebuch und seiner Übersetzung befreit habe, falls sie etwas anderes gesucht haben als Fernsehapparate.«

»Sie glauben wirklich, daß das der Grund für den Einbruch gewesen sein könnte, Sir?«

»Ich weiß nur, Jack, daß ich schon vor langer Zeit gelernt habe, nicht mehr an Zufälle zu glauben. Überlegen Sie doch mal! Wie oft verläßt Garth Travers das Haus um halb acht in der Frühe? Sie müssen gesehen haben, wie er wegfuhr.«

»Und Sie denken, daß sie die Gegenstände zur Tarnung mitgenommen haben?«

»Ist doch möglich.«

»Aber wie sollen sie von der Existenz des Tagebuchs erfahren haben, Sir?«

»Ja, nun, das ist eben der interessante Punkt.« Ferguson runzelte die Stirn. »Mir fällt gerade etwas ein, Jack. Fahren Sie in die Lord North Street. Nehmen Sie einen Ihrer alten Freunde von der Special Branch mit, jemanden, der auf Abhörwanzen spezialisiert ist. Er soll sich mal umsehen.«

»Sie glauben wirklich . . .?«

»Ich glaube gar nichts, Jack, ich gehe lediglich alle Möglichkeiten durch. Und jetzt los, sputen Sie sich.«

Lane verabschiedete sich, und Ferguson griff nach dem Telefon, wählte die Nummer in der Lord North Street und bekam Travers direkt an den Apparat. »Wie geht es Ihrem Gast?«

»Bestens. Sie hält sich erstaunlich gut.«

Ferguson sah auf die Uhr. »Kommen Sie mit ihr gegen halb

eins in meine Wohnung am Cavendish Square. Wir können die Sache gleich in Angriff nehmen, aber verraten Sie noch nichts. Überlassen Sie alles mir.«

»Sie können sich auf mich verlassen.«

Travers legte den Hörer auf und ging hinüber ins Wohnzimmer, wo Jenny am Kaminfeuer saß und Kaffee trank. »Das alles tut mir schrecklich leid«, sagte er. »Es war ein schlimmer Empfang.«

»Aber nicht Ihre Schuld.«

Er setzte sich. »Wir gehen bald essen, aber ich möchte Sie vorher noch mit einem alten Freund von mir bekannt machen, Brigadier Charles Ferguson.«

Sie war eine kluge junge Frau und spürte sofort, daß etwas Besonderes in der Luft lag. »Kannte er Henry?«

»Nicht direkt.«

»Aber es hat etwas mit Henry zu tun, nicht wahr?«

Er beugte sich vor und tätschelte ihre Hand. »Alles zu seiner Zeit, meine Liebe, vertrauen Sie mir.«

Santiago hielt sich noch immer in seiner Suite auf, als der Mann, der sich Smith nannte, aus London anrief. »Keine Spur, Chef, nichts, was dem ähnlich sieht, was Sie beschrieben haben.«

»Das überrascht mich nicht, aber es war schon richtig, daß wir nachgesehen haben«, erwiderte Santiago. »Es ist doch alles glattgegangen, oder?«

»Klar, Chef, wir haben dafür gesorgt, daß es wie eine alltägliche Sache aussah. Ich habe das Telefon angezapft, für den Fall, daß Sie wissen wollen, was geredet wird.«

»Was haben Sie getan?« Kalte Wut klirrte in Santiagos Stimme. »Ich habe Ihnen doch erklärt, daß Geheimdienstleute in diese Angelegenheit verwickelt sind, Leute, die alles überprüfen.«

»Tut mir leid, Chef, aber ich dachte, ich täte Ihnen einen Gefallen.«

»Egal, jetzt ist es sowieso zu spät. Lassen Sie alles ruhen, was Sie im Augenblick zu tun haben, und warten Sie auf meine Nachricht.« Danach legte Santiago den Hörer auf.

Im Wohnzimmer am Cavendish Square saß Jenny am Feuer Ferguson gegenüber, während Travers am Fenster stand.

»Sie sehen also, Miss Grant«, sagte Ferguson, »es muß eine gerichtliche Untersuchung der Todesursache durchgeführt werden, und zwar ist sie für übermorgen angesetzt.«

»Und danach kann ich die Leiche haben?«

»Nun, das ist eine Sache der nächsten Angehörigen.«

Sie öffnete ihre Handtasche und holte ein Papier hervor, das sie auseinanderfaltete und ihm reichte. »Henry hat erst vor etwa einem Jahr mit dem Tauchen angefangen. Ziemlich riskant in seinem Alter. Und einmal wäre es beinahe schiefgegangen. Ihm ist in fünfzig Fuß Tiefe die Luft ausgegangen. Schön, er schaffte es bis nach oben, aber er suchte sofort seinen Anwalt auf und ließ eine Vollmachtsurkunde auf meinen Namen aufsetzen.«

Ferguson überflog das Schriftstück. »Das scheint in Ordnung zu sein. Ich sorge dafür, daß die Vollmacht dem Gerichtsarzt zugestellt wird.« Er griff neben das Sofa und holte den Aluminiumkoffer hervor. »Haben Sie das schon einmal gesehen?«

Sie blickte etwas ratlos. »Nein.«

»Oder das?« Er öffnete den Koffer und zeigte der jungen Frau das Tagebuch.

»Nein, niemals.« Sie betrachtete das Buch stirnrunzelnd. »Was ist das?«

Ferguson gab darauf keine Antwort, sondern stellte die nächste Frage. »Hat Mr. Baker Ihnen mitgeteilt, weshalb er nach London flog?«

Sie sah ihn an, blickte zu Travers und wandte sich dann wieder zu Ferguson um. »Was denken Sie, weshalb er herkam, Brigadier?«

»Weil er irgendwo vor St. John das Wrack eines deutschen Unterseeboots entdeckt hat, Miss Grant. Hat er Ihnen davon erzählt?«

Jenny Grant atmete tief durch. »Ja, Brigadier, er hat mir davon erzählt. Er sagte, er sei getaucht und habe ein U-Boot und einen Aktenkoffer gefunden.«

»Diesen Koffer«, sagte Ferguson, »mit dem Tagebuch darin. Was hat er Ihnen sonst noch erzählt?«

»Nun, es sei in Deutsch, was er nicht versteht. Aber er erkannte den Namen Martin Bormann und . . .« Sie verstummte.

»Und?« fragte Ferguson leise.

»Des Herzogs von Windsor«, sagte sie verlegen. »Ich weiß, es klingt verrückt, aber . . .«

»Überhaupt nicht verrückt, meine Liebe. Wo hat Mr. Baker das U-Boot gefunden?«

»Ich habe keine Ahnung. Er wollte es mir nicht verraten.«

Eine Pause trat ein, in der Ferguson Travers einen Blick zuwarf. Er seufzte. »Sie sind sich dessen absolut sicher, Miss Grant?«

»Natürlich bin ich mir sicher. Er sagte, er wolle es mir vorerst nicht erzählen. Er war ziemlich aufgeregt über den Fund.« Sie blickte stirnrunzelnd die Männer an. »Hören Sie, was versuchen Sie mir zu erklären, Brigadier? Was geht hier vor? Hat es etwas mit Henrys Tod zu tun?«

»Nein, überhaupt nicht«, antwortet er besänftigend und nickte Travers zu.

Der Admiral räusperte sich. »Jenny, der Tod des armen Henry war nichts als ein Unfall. Wir haben genug Zeugen dafür. Er lief direkt vor einen Bus der Londoner Verkehrsbetriebe. Der Fahrer war ein sechzigjähriger Cockney, der 1952 im Koreakrieg als einfacher Infanterist diente und mit der Tapferkeitsmedaille ausgezeichnet wurde. Es war wirklich nur ein Unfall, Jenny.«

»Sie haben also keine Ahnung, wo das U-Boot liegt?« fragte Ferguson wieder.

»Ist das wichtig?«

»Ja, es könnte wichtig sein.«

Sie zuckte die Achseln. »Ganz ehrlich nicht. Wenn Sie meine Meinung hören wollen, dann war es ganz weit draußen.«

»Weit draußen. Was meinen Sie damit?«

»Die meisten Tauchgründe, die von Touristen auf St. Thomas und St. John besucht werden, sind nicht allzuweit entfernt. Es gibt eine ganze Menge Wracks in der Region, aber die Vorstellung, daß ein deutsches U-Boot seit Kriegsende unentdeckt geblieben sein soll . . .« Sie schüttelte den Kopf. »So etwas konnte nur geschehen, wenn es irgendwo draußen lag.«

»Weiter draußen auf See?«

»Genau.«

»Und Sie haben keine Ahnung, wo?«

»Nein, ich bin keine besonders gute Taucherin, fürchte ich. Sie müssen sich an einen Experten wenden.«

»Und gibt es so einen?«

»Na klar, Bob Carney.«

Ferguson nahm einen Kugelschreiber und machte sich eine Notiz. »Bob Carney? Und wer ist das?«

»Er hat eine Konzession für Wassersport im Caneel Bay Resort. Er verbringt die meiste Zeit des Tages damit, Touristen das Tauchen beizubringen, aber er ist selbst auch ein leidenschaftlicher Taucher und sogar ziemlich berühmt. Er war auf den Ölfeldern im Golf von Mexiko, hat dort Bergungsarbeiten durchgeführt und so weiter. Sogar in den Zeitungen wurde über ihn geschrieben.«

»Tatsächlich?« fragte Ferguson. »Demnach ist er der beste Taucher der Antillen.«

»Der gesamten Karibik, Brigadier«, korrigierte sie ihn.

»Das ist ja toll.« Ferguson blickte wieder zu Travers und erhob sich dann. »Na schön. Vielen Dank für Ihre Hilfe, Miss Grant. Ich weiß, daß es nicht gerade der günstigste Augenblick ist, aber Sie müssen etwas essen. Gestatten Sie mir, daß ich Sie und Admiral Travers heute abend zum Dinner einlade.«

Sie zögerte, dann nickte sie. »Das ist sehr freundlich von Ihnen.«

»Es macht mir keine Mühe. Ich lasse Sie um halb acht mit meinem Wagen abholen.« Er geleitete sie zur Haustür. »Passen Sie auf sich auf.« Er nickte dem Admiral zu. »Ich melde mich, Garth.«

Er trank gerade eine Tasse Tee und dachte über einige Dinge nach, als Lane erschien. Der Inspektor ließ eine harte, schwarze Metallwanze auf den Salontisch fallen. »Sie hatten recht, dieser kleine Bastard war im Telefon im Arbeitszimmer versteckt.«

»Aha«, sagte Ferguson und nahm den Gegenstand hoch. »Die Sache bekommt allmählich Konturen.«

»Baker wußte von dem Tagebuch, weil er es gefunden hat, Sir, die junge Frau wußte davon, weil er es ihr erzählt hat, der Admiral wußte es, der PM hatte eine Kopie, der stellvertretende Direktor der Geheimdienste wußte es, Sir Francis Pamer wußte Bescheid.« Er hielt inne.

»Sie vergessen sich selbst, Jack.«

»Ja, Sir, aber wer von denen, die es wußten, würde sich die Mühe machen, Admiral Travers' Behausung zu durchsuchen?«

»Fragen Sie mich was Leichteres, Jack.« Ferguson seufzte. »Es ist wie ein Spinnennetz. Zwischen all den Leuten, die Sie genannt haben, gibt es zahlreiche Kommunikationsverbindungen. Gott allein weiß, wie viele es sind.«

»Was werden Sie also tun, Sir? Wir wissen ja noch nicht einmal, wo dieses verdammte U-Boot liegt. Außerdem haben wir es mit einigen ziemlich schmutzigen Dingen zu tun. Diebstahl, illegales Anzapfen eines Telefons.«

»Sie haben recht, Jack, die ganze Sache kriegt langsam eine größere Dimension.«

»Es ist vielleicht besser, den Geheimdienst einzuschalten, Sir.«

»Das wohl kaum, aber wenn Sie ins Büro zurückkehren, können Sie Simon Carter und Sir Francis anrufen und ihnen mitteilen, das Mädchen kenne den Ort nicht.«

»Aber was nun, Sir?«

»Keine Ahnung. Wir müssen jemanden hinschicken, der für uns nachschaut.«

»Jemand, der sich im Tauchen auskennt?«

»Das wäre ein Gedanke, aber wenn irgendwelche Gaunereien im Gange sind, dann muß es jemand sein, der genauso gerissen ist wie die Gegenseite.« Ferguson legte eine kurze Pause ein. »Ich muß mich korrigieren – es muß jemand sein, der noch gerissener ist.«

»Sir?« Lane war verwirrt.

Ferguson begann hilflos zu lachen. »Mein lieber Jack, ist das Leben gelegentlich nicht sonderbar? Ich verbringe Jahre damit, jemanden zu fassen, den ich abgrundtief verabscheue und den ich für immer in eine Zelle stecken möchte. Und plötzlich stelle ich fest, daß er genau die Person ist, die ich im Augenblick brauche.«

»Ich verstehe nicht, Sir.«

»Das werden Sie bald, Jack. Waren Sie schon mal in Jugoslawien?«

»Nein, Sir.«

»Gut, eine neue Erfahrung für Sie. Wir starten in aller Herrgottsfrühe. Veranlassen Sie, daß der Learjet startklar gemacht wird.«

»Und der Bestimmungsort, Sir?«

»Der Flugplatz bei der Burg Kivo, Jack. Unsere Leute sollen sich mit dem serbischen Oberkommando in Verbindung setzen und alles Notwendige klären. Ich glaube nicht, daß es Probleme geben wird.«

5. KAPITEL

In Kivo döste Dillon auf seinem Bett vor sich hin, als das Geräusch eines über der Burg kreisenden Flugzeugs ihn vollends weckte. Für einen Moment lag er still da und lauschte. Eine Veränderung im Klang der Maschine deutete an, daß die Landung eingeleitet wurde. Es handelte sich wohl um einen Jet. Er ging zum vergitterten Fenster und sah hinaus. Es regnete heftig, und als er über die Mauern hinwegblickte, sah er einen Learjet aus den Wolken auftauchen. Nach einer perfekten Landung rollte die Maschine weiter, so daß er erkennen konnte, daß sie keinerlei Markierungen trug. Als sie außer Sicht verschwand, holte er sich eine Zigarette aus der Packung auf dem Tisch und fragte sich dabei, wer wohl der Besucher sein mochte.

Ein lautes Kommando drang zu ihm herauf, gefolgt von knatterndem Gewehrfeuer. Er kehrte zum Fenster zurück, konnte jedoch nur einen Teil des Hofs unter sich einsehen. Ein oder zwei Soldaten erschienen, und Gelächter erklang. Wahrscheinlich hatte der General wieder mal ein paar Zellen frei gemacht, und er überlegte, wie viele arme Teufel wohl diesmal vor der Wand ihr Leben lassen mußten. Weiteres Gelächter ertönte, und dann rollte ein Armeelastwagen durch sein Gesichtsfeld und verschwand.

»Diesmal steckst du ganz schön in der Tinte, alter Junge«, murmelte er leise. »In verdammt dicker Tinte.« Er wandte sich vom Fenster ab, legte sich aufs Bett, rauchte seine Zigarette zu Ende und dachte über seine Lage nach.

In Paris war Santiago gerade im Begriff, seine Suite wegen einer Verabredung zum Mittagessen zu verlassen, als das Telefon klingelte. Es war Francis Pamer. »Ich habe vorhin schon mal versucht, Sie zu erreichen, aber Sie waren nicht da«, begann Pamer.

»Geschäfte, Francis, deshalb bin ich hier. Was haben Sie für mich?«

»Carter hat sich bei mir gemeldet. Er hat mit Ferguson gesprochen. Er sagte, das Girl kenne die genaue Lage des U-Bootes nicht. Sie wisse wohl über seine Existenz Bescheid, denn Baker hätte ihr vor seiner Abreise von seiner Entdeckung erzählt, doch er hätte nicht verraten, wo das verdammte Ding liegt.«

»Glaubt Ferguson ihr?«

»Offensichtlich«, antwortete Pamer. »Zumindest hat Carter diesen Eindruck gewonnen.«

»Und was hat Ferguson jetzt vor?«

»Keine Ahnung. Er hat Carter lediglich mitgeteilt, er halte ihn auf dem laufenden.«

»Was ist mit der Frau? Wo wohnt sie?« wollte Santiago wissen.

»Bei Admiral Travers in der Lord North Street. Morgen findet eine gerichtliche Untersuchung der Ursache des Todes von Baker statt. Sobald die vorüber ist, überläßt Ferguson ihr die Leiche.«

»Ich verstehe«, sagte Santiago.

»Was halten Sie davon, Max?«

»Von der jungen Frau, meinen Sie? Weiß ich nicht. Möglich, daß sie die Wahrheit sagt. Andrerseits könnte sie aber auch lügen, und es gibt nur einen Weg, das herauszufinden.«

»Woran denken Sie?«

»Nun, indem man sie fragt, Francis, natürlich auf angemessene Art und Weise. Ein wenig Überredungskunst, sanft oder auch etwas anders, kann Wunder wirken.«

»Um Gottes willen, Max«, setzte Pamer an, aber Santiago schnitt ihm das Wort ab.

»Tun Sie, was getan werden muß. Informieren Sie mich über Fergusons Pläne, während ich mich um das Girl kümmere. Ich hatte vorgehabt, schon morgen nach Puerto Rico zurückzukehren, aber ich bleibe noch ein oder zwei Tage länger hier. Unterdessen sage ich meinen Leuten in San Juan Bescheid, sie sollen die *Maria Blanco* startklar machen, daß sie jederzeit in See stechen kann. Sobald wir mit Sicherheit davon ausgehen können, daß Ferguson irgendein Unternehmen auf den Antillen plant, gehe ich runter nach Samson Cay und benutze die Insel als Operationsbasis.«

Pamer war wie gelähmt. »Lieber Himmel, Max, ich weiß nicht, was ich machen soll. Wenn das herauskommt, dann bin ich fertig, tot und begraben.«

»Aber es kommt nicht heraus, Francis, weil ich dafür sorge. Ich habe mir gewünscht, Sie als Mitglied des Kabinetts zu sehen. Es ist sehr nützlich, einen Freund zu haben, der am Ministertisch sitzt. Ich lasse nicht zu, daß es dazu kommt, also machen Sie sich keine Sorgen.«

Santiago legte den Hörer auf, dachte kurz nach, nahm ihn wieder ab und wählte die Nummer seines Hauses in San Juan auf der Insel Puerto Rico.

Dillon las in einem Buch und hatte sich das Kissen unter den Kopf geschoben, als der Schlüssel im Schloß klirrte, die Tür aufschwang und Major Branko eintrat. »Ah, da sind Sie ja«, sagte er.

Dillon schenkte sich die Mühe aufzustehen. »Wo sollte ich wohl sonst sein?«

»Klingt ja ein wenig bitter«, stellte Branko fest. »Immerhin weilen Sie immer noch unter den Lebenden. Das ist doch wohl Grund genug für ein wenig Dankbarkeit, würde ich meinen, oder?«

»Was wollen Sie?« fragte Dillon.

»Ich habe Ihnen Besuch mitgebracht, wohl kaum ein alter Freund, aber ich würde mir an Ihrer Stelle gut anhören, was er zu sagen hat.«

Er trat beiseite. Dillon schwang die Beine vom Bett, stellte die Füße auf den Boden und schickte sich an aufzustehen, als Ferguson die Zelle betrat, gefolgt von Jack Lane.

»Heilige Mutter Gottes!« sagte Dillon, und Branko verließ die Zelle und schloß die Tür hinter sich.

»Na, Dillon, da sind Sie aber ganz schön auf die Nase gefallen?« Ferguson wischte mit seinem Hut den Staub vom einzigen Stuhl in der Zelle und setzte sich. »Wir sind uns bisher noch nie persönlich begegnet, aber ich denke, Sie wissen, wer ich bin?«

»Der verdammte Brigadier Charles Ferguson«, sagte Dillon. »Chef von Gruppe Vier.«

»Und das ist Detective Inspector Jack Lane, mein Assistent. Ich habe ihn von der Special Branch bei Scotland Yard ausgeliehen, deshalb mag er Sie nicht.«

Lane lehnte sich mit steinerner Miene an die Wand und verschränkte die Arme vor der Brust. Dillon lächelte entwaffnend. »Wirklich?«

»Sehen Sie ihn sich genau an, Jack«, sagte Ferguson. »Der große Sean Dillon, früher mal Soldat der IRA, Meisterattentäter, besser als Carlos, meinen viele.«

»Ich schaue ihn an, Sir, und alles, was ich sehe, ist ein gemeiner Mörder.«

»Jaja, aber dieser ist ein ganz besonderer, Jack, er ist der Mann mit den tausend Gesichtern. Er hätte der zweite Laurence Olivier sein können, wenn er sich nicht den Waffen verschrieben hätte. Er kann sich vor Ihren Augen verwandeln. Bedenken Sie doch, er inszenierte während des Golfkriegs den Versuch, den Premierminister mitsamt dem Kriegskabinett in der Downing Street auszulöschen, wie wohl niemand besser weiß als Sie, Jack. Bei Gott, mit der Sache haben Sie uns ganz schön eingeheizt, Dillon.«

»War mir ein Vergnügen.«

»Aber jetzt sitzen Sie hinter Gittern«, stellte Lane fest.

Ferguson nickte. »Zwanzig Jahre, Jack, zwanzig Jahre, ohne daß man ihn nur einmal am Kragen gehabt hätte, und wo landet er letzten Endes?« Er sah sich in der Zelle um. »Sie müssen völlig den Verstand verloren haben, Dillon. Medizinischen Nachschub für die Kranken und Sterbenden? Sie?«

»Wir alle haben unsere schwachen Stunden.«

»Dazu auch noch Stinger Raketen. Demnach haben Sie noch nicht einmal die Ladung überprüft. Offenbar haben Sie einiges an Klasse eingebüßt.«

»Na schön, die Show ist vorbei«, unterbrach Dillon ihn. »Was wollen Sie?«

Ferguson stand auf und spazierte zum Fenster. »Sie haben gerade da unten im Hof Kroaten erschossen. Wir haben es gehört, als wir vom Flugplatz hierhergefahren wurden. Sie haben die Leichen in einem Lastwagen weggeschafft, während wir auf den Hof kamen.« Er wandte sich um. »Eines schönen Morgens, Dillon, sind Sie an der Reihe. Es sei denn, natürlich, Sie sind vernünftig.«

Dillon fischte sich eine Zigarette aus einer der Rothmans Schachteln und zündete sie mit seinem Zippo an. »Soll das heißen, daß ich eine Wahl habe?« fragte er gelassen.

»So könnte man es ausdrücken.« Ferguson setzte sich wieder. »Sie schießen ziemlich gut, Dillon, können ein Flugzeug lenken, beherrschen mehrere Sprachen. Aber mich interessiert die Unterwassermission, die Sie für die Israelis durchgeführt haben. Das waren doch Sie, der vor Beirut diese PLO-Schiffe in die Luft gejagt hat, oder?«

»Was Sie nicht sagen«, entgegnete Dillon und klang sehr irisch.

»Oh, um Gottes willen, Sir, lassen wir diesen Bastard doch hier verfaulen!« stöhnte Lane.

»Nun kommen Sie schon, seien Sie nicht dumm. Sie waren es doch, oder?« wollte Ferguson wissen.

»Natürlich, wie immer«, gestand Dillon.

»Gut. Und jetzt zu unserem Anliegen. Ich habe einen Job, der einen Mann mit Ihren seltsamen Talenten erfordert.«

»Er meint einen Gauner«, warf Lane ein.

Ferguson ignorierte ihn. »Ich weiß nicht genau, was im Augenblick vor sich geht, aber es könnte jemand nötig sein, der auf eigene Faust handelt, wenn es eng wird. Im Augenblick bin ich mir nicht sicher, ob es soweit kommt, aber es wäre möglich. Was ich jedoch genau weiß, ist, daß im richtigen Moment beachtliche Taucherfähigkeiten von großem Vorteil wären.«

»Und wo soll das alles stattfinden?«

»Auf den amerikanischen Antillen.« Ferguson stand auf. »Die Entscheidung liegt bei Ihnen, Dillon. Sie können hierbleiben und erschossen werden, oder Sie können sofort raus und mit dem Inspector und mir nach Hause fliegen.«

»Und was meint Major Branko dazu?«

»Da gibt es keine Probleme. Ein netter Kerl. Seine Mutter wohnt im Hampstead. Er hat von diesem jugoslawischen Chaos die Nase voll, und wer sollte ihm das verübeln? Ich werde zusehen, daß ich ihm in England politisches Asyl verschaffe.«

Dillon staunte. »Gibt es denn nichts, was Sie nicht tun können?«

»Nicht, daß ich wüßte.«

Dillon zögerte. »Ich werde drüben in England gesucht, das wissen Sie.«

»Sie werden völlig reingewaschen, mein Wort drauf, was unseren Inspector hier mit heiligem Zorn erfüllt, aber so ist das nun mal. Natürlich heißt das, daß Sie genau tun müssen, was man von Ihnen verlangt.«

»Natürlich.« Dillon hob seine Fliegerjacke vom Bett hoch und schlüpfte hinein. »Zu Befehl.«

»Ich dachte mir, daß Sie vernünftig sind. Und jetzt lassen Sie uns endlich von diesem gräßlichen Ort verschwinden.« Mit diesen Worten schlug Ferguson mit seinem Stock gegen die Zellentür.

Dillon klappte nach beendeter Lektüre das Tagebuch zu und reichte es Ferguson, der auf der anderen Seite des Ganges saß und ihn prüfend musterte.

»Interessant«, sagte Dillon.

»Ist das alles, was Sie dazu zu sagen haben?«

Der Ire griff in den Barbehälter, fand eine Miniflasche Scotch, entleerte sie in einen der Plastikbecher und fügte Wasser hinzu. »Welchen Kommentar erwarten Sie von mir? Na schön, Henry Bakers Tod war tragisch, aber er ist doch sehr glücklich gestorben. Daß er U 180 gefunden hat, muß das Tollste gewesen sein, das ihm je widerfahren ist.«

»Meinen Sie?«

»Es ist der Traum eines jeden Tauchers, Brigadier, ein Wrack zu entdecken, das vorher noch niemand je gesehen hat, am liebsten vollgestopft mit spanischen Dublonen. Aber soviel Glück kann man nicht immer haben, da muß man mit einem einfachen Wrack schon zufrieden sein.«

»Tatsächlich?«

»Sind Sie noch nie getaucht?« Dillon lachte. »Dumme Frage. Da unten ist eine ganz andere Welt. Man empfindet ganz anders, und es gibt nichts Vergleichbares.« Er trank einen Schluck von seinem Whisky. »Zu dieser Frau, die Sie erwähnten, Jenny Grant – sie behauptet, er habe ihr nicht mitgeteilt, wo das U-Boot liegt?«

»Richtig.«

»Glauben Sie ihr?«

Ferguson seufzte. »Ich fürchte ja. Normalerweise glaube ich niemandem, aber sie hat etwas ganz Besonderes an sich.«

»Sie fallen wohl auf Ihre alten Tage auf ein hübsches Gesicht herein, was?« spottete Dillon. »Das ist immer ein Fehler.«

»Seien Sie nicht albern, Dillon«, schnappte der Brigadier ungehalten. »Sie ist eine nette junge Frau, und sie hat das gewisse Etwas, das meine ich. Sie können sich ja selbst überzeugen. Wir werden heute abend mit ihr und Garth Travers dinieren.«

»Na schön.« Dillon nickte. »Wenn sie also nicht weiß, wo das verdammte Ding liegt, was erwarten Sie dann von mir? Was soll ich tun?«

»Fliegen Sie auf die Antillen und suchen Sie es, das ist es, was ich von Ihnen erwarte, Dillon. Keine große Zumutung, das kann ich Ihnen versichern. Ich war vor ein paar Jahren mal auf St. John. Ein wunderschönes Fleckchen.«

»Um dort Urlaub zu machen?«

»Sie machen dort keinen Urlaub, Sie tun nur so als ob. Sie arbeiten für Ihren Lebensunterhalt.«

»Brigadier«, sagte Dillon geduldig, »die See ist verdammt groß. Haben Sie eine Vorstellung, wie schwierig es ist, ein Schiff zu lokalisieren, das irgendwo dort unten liegt? Selbst in der Karibik, wo die Sicht unter Wasser sehr gut ist, könnten Sie es aus dreißig Metern Entfernung glatt übersehen.«

»Ihnen wird was einfallen, Dillon. Besteht nicht darin Ihre besondere Begabung?«

»Lieber Himmel, es ist geradezu rührend, welches Vertrauen Sie in mich setzen. Na schön, kommen wir zur Sache. Was ist mit Bakers Tod? Sind Sie sicher, daß es ein Unfall war?«

»Das steht völlig außer Frage. Es gab Zeugen. Er schaute einfach nur in die falsche Richtung und lief genau in den Bus. Der Fahrer, muß ich hinzufügen, ist über jeden Verdacht erhaben.«

»Gut, was ist mit dem Einbruch in das Haus dieses Admiral Travers'? Mit der Abhörwanze in seinem Telefon?«

Ferguson nickte. »Da fängt es erheblich an zu stinken. Die Anzeichen deuten auf einen Einbruch aufgrund günstiger Umstände hin, aber die Wanze erzählt eine ganz andere Geschichte.«

»Wer könnte dahinterstecken?«

»Das weiß Gott allein, Dillon, aber mein Instinkt sagt mir, daß da draußen irgendwer herumschleicht und nichts Gutes im Schilde führt.«

»Aber was genau?« fragte Dillon. »Das ist der Punkt.«

»Sie werden sicherlich auf diese Frage eine Antwort finden.«

»Wann soll ich denn Ihrer Meinung nach in Richtung Antillen aufbrechen?«

»In zwei oder drei Tagen. Wir werden sehen.« Ferguson schob sich ein Kissen in den Nacken.

»Und wo wohne ich, solange ich noch in London bin?« erkundigte sich Dillon.

»Ich arrangiere es, daß Sie bei Admiral Travers in der Lord North Street unterkommen. Einstweilen können Sie Ihre Kooperationsbereitschaft beweisen, indem Sie auf das Girl aufpassen.« Ferguson streckte sich in seinem Sitz aus. »Und jetzt Schluß mit der Diskussion. Nehmen Sie ein wenig Rücksicht, ich brauche nämlich ein bißchen Schlaf.«

Er verschränkte die Arme und schloß die Augen. Dillon leerte seinen Plastikbecher und ließ sich das Angebot durch den Kopf gehen.

Ferguson schlug noch einmal die Augen auf. »Ach, Dillon, eine Sache noch.«

»Was ist?«

»Dr. Wegner und dieser junge Dummkopf, Klaus Schmidt, die Leute, mit denen Sie in Fehring zu tun hatten? Das waren wohlmeinende Amateure, aber der Mann, mit dem Sie in Wien zusammentrafen und der den Kontakt zu Ihnen herstellte, Farben hieß er, nicht wahr? Er handelte in meinem Sinne. Ich gab ihm den Auftrag, Sie irgendwie ins Spiel zu bringen, und dann fand ich jemanden, der ebenfalls für mich arbeitete und Sie an die Serben verriet.«

»Ob Sie es glauben oder nicht, Brigadier, aber ein ähnlicher Verdacht ist mir auch schon gekommen. Ich nehme an, die Stinger Raketen waren Ihre Idee?«

»Ich wollte Sie endlich mal hinter Gittern sehen«, gab Ferguson zu und zuckte die Achseln. »Aber wissen Sie, diese Sache jetzt hat damit überhaupt nichts zu tun. Es ist Ihr Glück, daß sich alles so entwickelt hat und sich für Sie diese Gelegenheit ergab.«

»Andernfalls hätten Sie mich dort verfaulen lassen.«

»Das wohl nicht. Früher oder später hätte man Sie erschossen.«

»Ach, was macht es jetzt noch aus?« sagte Dillon. »Man könnte sagen, am Ende wendet sich immer noch alles zum Guten, wenn man es genau bedenkt.«

Es regnete immer noch heftig, als Dillon in der Lord North Street kurz vor sechs am Küchentisch saß und zusah, wie Jenny Grant Tee zubereitete. Nachdem sie einander vorgestellt worden waren, hatte Ferguson sich mit Travers ins Arbeitszimmer zurückgezogen.

Die junge Frau drehte sich um und lächelte ihn an. »Möchten Sie vielleicht einen Toast?«

»Nein, danke. Haben Sie etwas dagegen, wenn ich rauche?«

»Überhaupt nicht.« Sie kümmerte sich um den Tee. »Sie sind Ire, aber Ihre Sprache klingt ganz anders.«

»Nordirland«, präzisierte er. »So nennt man Ulster und die sechs anderen Counties.«

»Das Land der IRA?«

»Stimmt genau«, sagte er ruhig.

Sie schenkte Tee ein. »Und was genau tun Sie hier, Mr. Dillon?

Gehe ich recht in der Annahme, daß der Brigadier möchte, daß Sie mich im Auge behalten?«

»Wie kommen Sie darauf?«

Sie ließ sich ihm gegenüber am Tisch nieder und nippte vorsichtig an ihrem Tee. »Weil Sie so aussehen wie jemand, der solche Dinge tut.«

»Und woher kennen Sie solche Leute, Miss Grant?«

»Nennen Sie mich Jenny«, sagte sie. »Ich kannte alle möglichen Männer, Mr. Dillon, und sie waren gewöhnlich von der falschen Sorte.« Sie brütete einige Sekunden lang vor sich hin. »Aber Henry hat mich aus all dem gerettet.« Sie schaute hoch, und ihre Augen schimmerten feucht. »Und jetzt ist er nicht mehr da.«

»Noch eine Tasse?« Er griff nach der Kanne. »Und was treiben Sie auf St. John?«

Sie machte einen tiefen Atemzug und gab sich Mühe, halbwegs unbeschwert zu klingen. »Ich besitze dort ein Café und eine Bar namens *Jenny's Place*. Sie müssen mich irgendwann mal besuchen.«

»Wissen Sie was?« Dillon lächelte. »Ich glaube, ich werde Sie glatt beim Wort nehmen.« Er leerte seine Teetasse und schenkte sich eine frische ein.

Im Arbeitszimmer reagierte Travers völlig entgeistert. »Du lieber Himmel, Charles, von der IRA? Ich bin zutiefst geschockt.«

»Sie können geschockt sein, soviel Sie wollen, Garth, aber ich brauche diese Ratte. Ich hasse es, das einzugestehen, aber er ist gut, sehr gut sogar. Ich habe die Absicht, ihn nach St. John zu schicken, sobald ich einige Dinge geklärt habe. In der Zwischenzeit kann er hierbleiben und Ihren Leibwächter spielen, falls irgend etwas Unvorhergesehenes passieren sollte.«

»Wie Sie meinen«, sagte Travers widerstrebend.

»Falls die Kleine ihm entsprechende Fragen stellt, soll er erzählen, er sei Taucher und ich hätte ihn gebeten, uns in dieser Sache behilflich zu sein.«

»Meinen Sie, sie glaubt das? Ich halte sie für eine ziemlich clevere junge Frau.«

»Ich wüßte nicht, weshalb sie das nicht glauben sollte. Er ist tatsächlich Taucher – unter anderem.« Ferguson stand auf. »Übrigens, war vorhin ein Mann aus meiner Abteilung hier, der die Wanze wieder in Ihr Telefon eingesetzt hat und Ihnen ein Mobiltelefon gab?«

»Ja, der war da.«

Ferguson öffnete die Tür des Arbeitszimmers, und die beiden Männer begaben sich in die Küche, wo Jenny und Dillon noch immer am Tisch saßen und sich unterhielten. Ferguson nickte beiden zu. »Schön, ihr zwei, dann bis später. Wir treffen uns gegen acht zum Dinner. Im River Room im Savoy, denke ich.« Er sah Travers fragend an. »Ist Ihnen das recht?«

Dillon zuckte hilflos die Achseln. »Ein Laden, wo man in Schlips und Kragen erscheinen muß, und ich habe nur das, was ich am Leib trage.«

»Ist ja schon gut, Dillon, morgen dürfen Sie erst mal einkaufen gehen«, sagte Ferguson schicksalsergeben und wandte sich an Travers. »Sehr günstig, daß Sie genauso klein sind wie er, Garth. Ich glaube, Sie werden sicherlich einen Blazer für ihn finden. Bis später.«

Die Haustür fiel hinter ihm ins Schloß, und Dillon grinste. »Immer in Eile, dieser Mann.«

Travers gab sich einen Ruck. »Na schön«, sagte er widerwillig, »kommen Sie mit, damit ich Ihnen zeige, wo Sie schlafen, und damit Sie sich etwas zum Anziehen aussuchen können.«

Er ging hinaus, und Dillon zwinkerte Jenny zu und folgte ihm.

Nicht allzuweit entfernt bog der falsche Telefontechniker, der sich Smith nannte, in eine Gasse ein, in der ein ramponiert aussehender Lieferwagen parkte, und klopfte an die Hecktür. Sie wurde von Johnson geöffnet, und Smith stieg zu ihm in den Wagen. Dort waren verschiedene Tonbandgeräte und ein Empfänger aufgebaut.

»Gibt es was?« fragte Smith.

»Nichts. Die Haushälterin hat Lebensmittel bestellt und einem Handwerker Bescheid gesagt, er möge doch die Waschmaschine reparieren. Der Admiral hat die Londoner Stadtbibliothek angerufen, um ein Buch zu bestellen, und dann hat er im Army und Navy Club wegen irgendeiner Veranstaltung im nächsten Monat nachgefragt. Unheimlich langweilig das Ganze. Und was ist bei dir?«

»Ich habe bis eben das Haus beobachtet, und Ferguson ist erschienen.«

»Bist du sicher?«

»Kein Zweifel, er war es. Die Fotos, die Mr. Santiago uns geschickt hat, sind sehr gut. Er kam mit einem Mann.«

»Kennen wir ihn?«

»Nein. Klein, hellblondes Haar, schwarze Fliegerjacke aus Leder. Er ist dageblieben, als Ferguson wegfuhr.«

»Und was tun wir jetzt?«

»Wir lassen das Tonband laufen. Ich kann es ja morgen früh abhören, ob was Interessantes dabei ist. Ich behalte das Haus im Auge, damit du Feierabend machen kannst. Falls sie ausgehen, folge ich ihnen und melde mich bei dir per Autotelefon.«

»Okay«, sagte Johnson. »Ich stoße später wieder zu dir.«

Sie verließen den Lieferwagen, er schloß ab, und jeder ging seiner Wege.

Ferguson war noch nicht da, als der Admiral, Dillon und Jenny das Savoy betraten und gleich zum River Room weitergingen. Es war jedoch ein Tisch reserviert worden, und der Chefkellner führte sie hin.

»Ich denke, wir sollten uns schon einen Drink bestellen«, sagte Travers.

Dillon wandte sich an den Weinkellner. »Eine Flasche Krug.« Er lächelte Travers freundlich an. »Ich bevorzuge die Grande Cuvée.«

»Ach tatsächlich?« bemerkte der Admiral steif.

»Ja.« Dillon bot Jenny, die eine schlichte weiße Bluse und einen schwarzen Rock trug, eine Zigarette an. »Sie sehen bezaubernd aus.« Seine Stimme hatte sich verändert, und für diesen kurzen Moment war er der perfekte englische Gentleman mit Public-School-Akzent und allem, was dazugehört.

»Können Sie nicht mal für fünf Minuten so bleiben, wie Sie sind?« fragte sie.

»Mein Gott, wäre das aber langweilig. Kommen Sie, wir tanzen.« Er griff nach ihrer Hand und führte sie zur Tanzfläche.

»Sie sehen aber auch nicht übel aus«, sagte sie.

»Na ja, der Blazer paßt, aber die Marinekrawatte finde ich etwas störend.«

»Sie mögen wohl keine staatlichen Institutionen?«

»Stimmt nicht ganz. Als ich das erste Mal in den River Room kam, gehörte ich zu einer berühmten Institution, der Royal Academy of Dramatic Art.«

»Treiben Sie einen Scherz mit mir?« fragte sie.

»Nein. Ich war nur ein Jahr lang als Student dort, und anschließend bot man mir einen Job beim Nationaltheater an. Ich spielte den Lyngstrand in Ibsens *Die Frau vom Meere*, den Mann, der ständig so schwindsüchtig herumhustet.«

»Und danach?«

»Ach, da gab es familiäre Verpflichtungen. Ich mußte nach Irland zurück.«

»Wie schade. Und was tun Sie zur Zeit?«

Wenigstens dieses Mal konnte er die Wahrheit erzählen. »Ich habe medizinischen Nachschub nach Jugoslawien geflogen.«

»Oh, Sie sind Pilot.«

»Zeitweise. Ich hatte schon eine Menge Berufe: Metzger, Bäcker, Kerzenmacher, Taucher.«

»Taucher?« Sie machte aus ihrer Überraschung kein Hehl. »Tatsächlich. Sie nehmen mich nicht auf den Arm?«

»Nein, weshalb sollte ich?«

Sie lehnte sich zurück, während sie über die Tanzfläche kreisten. »Wissen Sie, ich habe bei Ihnen ein ganz seltsames Gefühl.«

»Was meinen Sie?«

»Nun, es klingt wahrscheinlich verrückt, aber wenn jemand mich bäte, mich über Sie zu äußern, würde ich aus irgendeinem völlig unlogischen Grund sagen, daß Sie Soldat sind.«

Dillons Lächeln war ein wenig gequält und schief. »Wodurch habe ich mich verraten?«

»Dann habe ich also recht.« Sie freute sich über ihre Treffsicherheit. »Sie waren mal Soldat.«

»Ich denke, man könnte es so ausdrücken.«

Die Musik verstummte. Er brachte sie an den Tisch zurück und entschuldigte sich. »Ich gehe nur mal nachsehen, welche Zigarettenmarken es an der Bar gibt.«

In seiner Abwesenheit sagte der Admiral: »Meine Liebe, es hat wirklich keinen Sinn, sich mit so einem Typen auf irgend etwas einzulassen.«

»Ach, seien Sie doch nicht so ein Snob, Admiral.« Sie zündete sich eine Zigarette an. »Mir kommt er unheimlich nett vor. Er hat vor kurzem noch medizinische Güter nach Jugoslawien geflogen, und er war mal Soldat.«

Travers schnaubte und platzte mit der Wahrheit heraus. »Soldat der verdammten IRA.«

Sie erstarrte. »Das kann nicht Ihr Ernst sein.«

»Ein ganz berüchtigter Bursche«, ereiferte sich Travers. »Schlimmer als Carlos. Sie haben jahrelang da drüben auf ihn gewartet. Er ist nur aus dem einzigen Grund hier, weil Charles mit ihm ein Abkommen getroffen hat. Er wird uns in dieser Sache behilflich sein, indem er nach St. John fliegt und dort das Unterseeboot sucht. Offenbar ist der verdammte Bursche auch noch Taucher.«

»Ich glaub's einfach nicht.«

Als Dillon aus der Bar trat, traf er Ferguson, der soeben eingetroffen war, und sie kamen zusammen an den Tisch.

»Sie sehen gut aus, meine Liebe«, sagte Ferguson zu Jenny. »Die Untersuchung der Todesursache ist übrigens morgen auf halb elf angesetzt. Sie brauchen nicht hinzugehen, da Garth die formelle Identifikation schon vorgenommen hat.«

»Ich würde aber gerne teilnehmen«, sagte sie.

»Na schön, wenn Sie wollen.«

»Wie lange dauert es dann, bis er zur Feuerbestattung freigegeben wird?«

»Das wollen Sie?«

»Seine Asche, ja«, sagte sie ruhig. »Keine Totenmesse. Henry war Atheist.«

»Tatsächlich?« Ferguson zuckte die Achseln. »Nun, Sie sollten sich von unseren Leuten helfen lassen, die können es nämlich praktisch im Handumdrehen erledigen.«

»Morgen nachmittag?«

»Ich nehme es an.«

»Fein. Wenn Sie das arrangieren könnten, wäre ich Ihnen sehr dankbar. Wenn Sie gleich das Essen bestellen, dann hätte ich gerne Kaviar als Vorspeise, dann ein Steak medium und einen gemischten Salat.«

»Jetzt schon?« fragte Ferguson.

»Ich genieße nun mal das Leben.« Sie griff nach Dillons Hand. »Und ich würde gern wieder tanzen.« Sie lächelte. »Ich habe nicht oft Gelegenheit, mit einem IRA-Killer Foxtrott zu tanzen.«

In dem kleinen Gerichtssaal in Westminster hielten sich am folgenden Vormittag nicht mehr als fünf oder sechs Personen auf. Jenny saß mit Travers und Ferguson in der ersten Reihe, und Dillon stand im hinteren Teil des Raumes neben dem Türsteher des Gerichtssaals. Er trug wieder seine Fliegerjacke. Eine kurze Pause entstand, als eine der Personen, die ganz vorne saßen, an den Richtertisch trat und irgendein Formular vom Gerichtsschreiber entgegennahm. In diesem Moment betraten Smith und Johnson den Gerichtssaal und nahmen auf der anderen Seite des Mittelgangs in gleicher Höhe wie Dillon Platz. Sie waren beide halbwegs angemessen mit Sakko und Krawatte bekleidet, aber ein Blick auf sie reichte Dillon völlig aus. Für so etwas hatte er einen Instinkt.

Der Gerichtsschreiber begann die Prozedur. »Erheben Sie sich für den Gerichtsarzt Ihrer Majestät.«

Der Gerichtsarzt war alt, hatte weißes Haar und trug einen grauen Anzug. Jenny war überrascht. Sie hatte mit Richterroben gerechnet. Er schlug den Aktenordner vor sich auf dem Tisch auf. »Ich habe die mir vorgelegten Fakten zur Kenntnis genommen und halte die Einberufung einer Jury für nicht erforderlich. Ist Brigadier Charles Ferguson im Gerichtssaal anwesend?«

Ferguson erhob sich. »Jawohl, Sir.«

»Wie ich sehe, haben Sie in dieser Angelegenheit für das Verteidigungsministerium einen D-Antrag gestellt. Dieses Gericht geht davon aus, daß dafür ausreichende Gründe vorliegen, die die nationale Sicherheit betreffen. Daher erkenne ich den Antrag an und werde in diesem Fall entsprechend verfahren. Ich mache außerdem die hier anwesenden Vertreter der Presse darauf aufmerksam, daß bei Strafe verboten ist, Einzelheiten eines Verfahrens, dem die Geheimhaltungsstufe D zugebilligt wurde, der Öffentlichkeit zugänglich zu machen.«

»Danke, Sir.« Ferguson setzte sich wieder.

»Da die der Polizei zur Verfügung stehenden Zeugenaussagen in dieser unerfreulichen Sache völlig eindeutig sind, ist lediglich eine offizielle Identifikation des Verstorbenen notwendig, um den Fall abzuschließen.«

Der Gerichtsschreiber nickte Travers zu, der nun aufstand und in den Zeugenstand trat. Der Gerichtsarzt warf einen Blick in seine Unterlagen. »Sie sind Konteradmiral Garth Travers?«

»Der bin ich, Sir.«

»In welcher Beziehung standen Sie zu dem Verstorbenen?«

»Er war ein guter Freund, der in St. John auf den amerikanischen Antillen lebt und seinen Urlaub hier verbrachte. Zu dieser Zeit wohnte er in meinem Haus in der Lord North Street.«

»Sie haben bereits die offizielle Identifikation vorgenommen?« Der Gerichtsarzt nickte. »Ist Miss Jennifer Grant anwesend?« Sie stand zögernd auf. »Mir liegt hier eine auf Ihren Namen lautende Vollmachtsurkunde vor. Erheben Sie Anspruch auf die Leiche?«

»Das tue ich, Sir.«

»So soll es geschehen. Mein Gerichtsschreiber wird die notwendige Verfügung aufsetzen und Ihnen aushändigen. Das Gericht spricht Ihnen sein Beileid aus, Miss Grant.«

»Vielen Dank.«

Während sie sich setzte, rief der Gerichtsschreiber: »Erheben Sie sich für den Gerichtsarzt Ihrer Majestät.«

Die Anwesenden leisteten der Aufforderung Folge, und der Gerichtsarzt verließ den Saal. Travers wandte sich zu Jenny um. »Alles in Ordnung, meine Liebe?«

»Es geht schon.« Ihr Gesicht war jedoch sehr blaß.

»Gehen wir«, sagte Travers. »Charles besorgt nur die Verfügung. Er kommt nach.«

Sie gingen an Dillon vorbei und hinaus auf den Gerichtsflur. Smith und Johnson erhoben sich ebenfalls und verließen mit den anderen Zuhörern den Saal, während Ferguson zum Platz des Gerichtsschreibers ging.

Draußen schien die Sonne. Dennoch erschauerte Jenny und zog den Kragen um ihren Hals zusammen. »Es ist kalt.«

»Ein heißes Getränk wäre jetzt genau das richtige für Sie.« Travers musterte sie besorgt.

Dillon stand auf der obersten Treppenstufe, als Ferguson neben ihm erschien. Smith und Johnson waren an der Bushaltestelle in einiger Entfernung stehengeblieben. Smith holte eine Zigarette heraus, und Johnson gab ihm Feuer.

Dillon machte Ferguson auf die Männer aufmerksam. »Kennen Sie die beiden?«

»Warum, sollte ich?« fragte der Brigadier.

In diesem Moment hielt der Bus, Smith und Johnson und ein paar andere Leute stiegen ein, und der Bus fuhr weiter. »Brigadier, ich habe all die Jahre nur überleben können, weil ich mich auf meinen Instinkt verlassen konnte. Und der sagt mir, daß wir es hier mit zwei üblen Burschen zu tun haben. Was hatten sie überhaupt bei der Verhandlung zu suchen?«

»Möglich, daß Sie recht haben, Dillon. Andererseits gibt es viele Leute, die solchen Gerichtsverhandlungen beiwohnen, weil sie es als willkommene Gratisunterhaltung empfinden.«

»Hält man so etwas für möglich?«

Der Daimler fuhr am Fuß der Treppe vor. Jack Lane stieg aus und kam zu ihnen herauf. »Ist alles wunschgemäß gelaufen, Sir?«

»Ja, Jack.« Ferguson reichte ihm den Gerichtsbeschluß. »Geben Sie das dem alten Cox. Teilen Sie ihm mit, die Feuerbestattung soll heute nachmittag stattfinden.« Er sah Jenny fragend an. »Ist Ihnen drei Uhr recht?«

Sie nickte und war noch bleicher als vorher.

Ferguson wandte sich an Lane. »Sie haben es gehört. Übrigens, im Gerichtssaal waren auch zwei Männer. Dillon kamen sie verdächtig vor.«

»Wie denn das?« fragte Lane und ignorierte den Iren. »Trugen sie etwa schwarze Hüte auf dem Kopf? Oder ein Schild um den Hals?«

»Mein Gott, hören Sie sich das mal an!« sagte Dillon. »Was für ein Witzbold!«

Lane verzog mißmutig das Gesicht, holte einen Briefumschlag aus der Tasche und reichte ihn Ferguson. »Hier ist das, was Sie haben wollten, Sir.«

»Dann geben Sie es ihm.«

Lane drückte den Umschlag Dillon in die Hand. »Das ist verdammt noch mal viel mehr, als Sie verdient haben.«

»Was haben wir denn da?« Dillon schickte sich an, den Umschlag zu öffnen.

»Sie brauchen doch etwas zum Anziehen, nicht wahr?« sagte Ferguson. »Da drin finden Sie eine Kreditkarte und tausend Pfund.«

Dillon holte eine Plastikkarte heraus, eine American-Express-Platinkarte mit seinem Namen darauf. »Heilige Mutter Gottes, ist das nicht ein wenig übertrieben, sogar für Sie, Brigadier?«

»Lassen Sie sich das nur nicht zu Kopfe steigen. Es gehört alles zu der neuen Rolle, die ich mir für Sie ausgedacht habe. Sie werden die Einzelheiten noch früh genug erfahren.«

»Gut«, meinte Dillon. »Dann mache ich mich mal auf den Weg. Ich habe ja jetzt etwas Taschengeld.«

»Und vergessen Sie nicht, zwei Reisekoffer zu besorgen, Dillon«, sagte Ferguson. »Sie werden Sie brauchen. Und leichte Kleidung, denn um diese Jahreszeit ist es da drüben ziemlich heiß. Ach ja, und wenn es Ihnen nicht allzu schwerfällt, dann versuchen Sie auszusehen wie ein Gentleman.«

»Warten Sie auf mich!« rief Jenny und drehte sich zu den beiden anderen Männern um. »Ich begleite Dillon. Ich habe sonst nichts zu tun, und es hilft mir, die Zeit totzuschlagen. Wir sehen uns wieder bei Ihnen, Admiral.«

Sie lief die Treppe hinunter und eilte hinter Dillon her. »Was denken Sie?« fragte Travers.

»Ach, sie weiß, was sie will. Sie wird darüber hinwegkommen«, erwiderte Ferguson. »Und jetzt haben wir einiges zu tun.« Er ging voraus hinunter zum Wagen.

Während der Daimler über die Whitehall in Richtung Verteidigungsministerium rollte, summte das Autotelefon. Lane, der auf dem Klappsitz mit dem Rücken zum Fahrer saß, nahm den Hörer ab, meldete sich und sah dann Ferguson fragend an, während er eine Hand auf die Sprechmuschel legte.

»Der stellvertretende Direktor, Brigadier. Er möchte gerne auf den neuesten Stand gebracht werden und wissen, wie es läuft. Er fragte, ob Sie sich mit ihm und Sir Francis im Parlament treffen können. Zum Nachmittagstee auf der Terrasse.«

»Um drei Uhr ist die Einäscherung angesetzt«, sagte Ferguson.

»Sie brauchen nicht zu kommen«, meldete Travers sich zu Wort. »Ich kümmere mich schon darum.«

»Aber ich will kommen«, beharrte Ferguson. »Es gehört sich so. Die Kleine braucht unsere Unterstützung.« Und an Lane gewandt: »Von halb fünf bis fünf. Das ist alles, was ich anbieten kann.«

Lane traf die Verabredung, und Travers nickte anerkennend. »Das finde ich sehr anständig von Ihnen, Charles.«

»Ich und anständig?« Ferguson grinste verschlagen. »Ich nehme Dillon mit und stelle ihn den beiden vor. Denken Sie mal, Sean Dillon auf der Terrasse des Parlaments! Ich kann es kaum erwarten, Simon Carters Gesicht zu sehen.« Und er begann schallend zu lachen.

Dillon und Jenny fuhren zu Harrods. »Ich soll aussehen wie ein Gentleman, hat er gesagt«, erinnerte er sie. »Was schlagen Sie vor?«

»Einen halbwegs eleganten Anzug für alle Gelegenheiten, grauer Flanell vielleicht, und einen Blazer. Einen flotten, leichten Leinensakko und dazu passende Hosen. Um diese Jahreszeit wird es in St. John heiß, sehr heiß sogar.«

»Ich richte mich ganz nach Ihnen«, versicherte er ihr.

Am Ende saßen sie mit zwei Koffern voller Einkäufe in der Bar in der obersten Etage. »Es ist seltsam, wenn man eine vollständige Garderobe kaufen muß«, sagte sie. »Socken, Oberhemden, Unterwäsche. Was um alles in der Welt ist mit Ihnen passiert?«

»Sagen wir einfach, ich mußte ziemlich überhastet aufbrechen.« Er winkte einem Kellner und bestellte zwei Gläser Champagner und Sandwiches mit Räucherlachs.

»Sie trinken wohl gerne Champagner«, stellte sie fest.

Dillon lächelte. »Ein großer Mann hat mal gesagt, es gibt nur zwei Dinge, die einen im Leben niemals im Stich lassen: Champagner und Rühreier.«

»Das ist doch lächerlich, Rühreier sind doch schnell wieder weg. Wie sieht es denn mit Menschen aus? Können Sie sich nicht auf die verlassen?«

»Ich hatte nie ausreichend Gelegenheit, das herauszufinden. Meine Mutter starb während meiner Geburt, und ich war ihr erstes Kind, daher hatte ich keine Brüder und Schwestern. Dann war ich Schauspieler. Auch dort gab es nur wenige Freunde. Im allgemeinen würde ein Schauspieler sogar seine eigene Großmutter verraten, wenn er dafür eine bestimmte Rolle bekäme.«

»Sie haben Ihren Vater nicht erwähnt. Lebt er noch?«

»Nein, er kam einundsiebzig in Belfast ums Leben. Er geriet während einer Schießerei ins Kreuzfeuer. Eine englische Militärpatrouille hat ihn erwischt.«

»Und deshalb sind Sie der IRA beigetreten?«

»Könnte man so sagen.«

»Gewehre und Bomben – halten Sie das für die richtige Antwort?«

»Es gab mal einen berühmten Iren namens Michael Collins, der Anfang der zwanziger Jahre den Freiheitskampf der Iren anführte. Er zitierte damals Lenin und sagte immer: Die Aufgabe des Terrorismus besteht darin zu terrorisieren. Es ist der einzige Weg, wie ein kleines Land sich gegen eine große Nation wehren und gleichzeitig auf einen Sieg hoffen kann.«

»Es muß aber doch bessere Methoden geben«, widersprach sie. »Die Menschen sind im Grunde anständig. Nehmen Sie

Henry. Ich war eine Streunerin, Dillon, vollgepumpt mit Drogen, und ging in Miami auf den Strich. Jeder Mann konnte mich haben, solange der Preis stimmte, und dann tauchte Henry Baker auf, ein anständiger und gütiger Mann. Er half mir aus dem Drogennebel heraus, kümmerte sich um mich, nahm mich mit nach St. John in sein Haus und verschaffte mir eine Existenzgrundlage.« Sie war den Tränen nahe. »Und er hat mich niemals um etwas gebeten, Dillon, hat mich kein einziges Mal angefaßt. Ist das nicht seltsam?«

Ein Leben, das ihn ständig in Bewegung hielt und ihn zwang, stets allem Ärger um Nasenlängen voraus zu sein, hatte Dillon nur wenig Zeit für Frauen gelassen. Ab und zu gab es Gelegenheiten, einem Drang zu gehorchen, ein Bedürfnis zu befriedigen, aber nie mehr als das, und er hatte sich und anderen darin nichts vorgemacht. Aber nun, da er Jenny Grant gegenübersaß, empfand er eine Wärme und eine Zuneigung, die ihm völlig unbekannt waren.

Mein Gott, Sean, reiß dich zusammen und verlieb dich nicht in sie, dachte er. Aber er streckte den Arm aus und ergriff ihre Hand. »Das geht vorbei, meine Liebe, alles geht irgendwann vorbei, das ist das einzig Sichere in diesem vertrackten Leben. Und jetzt beißen Sie in Ihr Sandwich. Es wird Ihnen guttun.«

Das Krematorium befand sich in Hampstead. Es war ein einfaches rotes Klinkergebäude, das von einer hübschen Parklandschaft umgeben war. Pappeln wiegten sich im Wind, Rosenbeete und zahlreiche Blumenrabatten bildeten dezente Farbtupfer. Der Daimler stoppte vor dem Gebäude, und Dillon, Ferguson, Travers und die junge Frau stiegen aus. Mr. Cox, gekleidet in einen schwarzen Anzug, erwartete sie oben auf der Treppe.

»Da Sie keinen Gottesdienst gewünscht haben, war ich so frei, den Sarg schon vorzubereiten«, sagte er.

»Vielen Dank«, sagte Jenny.

Sie folgte ihm und stützte sich dabei auf Travers' Arm.

Ferguson und Dillon bildeten die Nachhut. Die Kapelle war sehr schlicht, ein paar Stuhlreihen, ein Lesepult, ein Kruzifix an der Wand. Der Sarg stand auf einem mit Samt bezogenen Podest und wies mit dem Kopfende auf einen mit Vorhängen bedeckten Abschnitt der Wand. Musik von einem Tonbandgerät drang aus Lautsprechern, eintöniges, kitschiges Zeug. Alles wirkte sehr deprimierend.

»Möchten Sie den Verstorbenen noch einmal sehen?« fragte Mr. Cox Jenny.

»Nein, danke.«

Sie hatte völlig trockene Augen, während Cox auf einen Knopf in einem Kasten an der Wand drückte. Der Sarg rollte zuckend vor und verschwand hinter den Vorhängen.

»Was ist dort?« wollte Jenny wissen.

»Die Verbrennungskammer.« Cox schien verlegen zu sein. »Die Öfen.«

»Wann bekomme ich die Asche?«

»Am Spätnachmittag. Was beabsichtigen Sie damit zu tun? Einige Leute streuen die Asche ihrer Verstorbenen gerne in besonders schönen Gärten aus, aber wir haben auch eine Anlage, wo die Urne mit einem entsprechenden Namensschild aufgestellt werden kann.«

»Nein, ich nehme sie mit.«

»Das wird im Augenblick nicht möglich sein. Es dauert noch einige Zeit, fürchte ich.«

Travers ergriff das Wort. »Sicherlich können Sie die Asche in einem angemessenen Gefäß zu meinem Haus in der Lord North Street bringen lassen.« Es war ihm sichtlich unangenehm.

Cox nickte. »Natürlich.« Er wandte sich an Jenny. »Ich nehme an, Sie fliegen bald wieder zurück in die Karibik, Miss Grant? Wir beschaffen Ihnen ein geeignetes Behältnis.«

»Vielen Dank. Können wir jetzt gehen?« fragte sie Ferguson.

Travers und Jenny stiegen in den Daimler, und Dillon blieb oben auf der Treppe stehen. Ein Wagen parkte unweit der Einfahrt zum Krematorium, und Smith stand daneben und sah zu ihnen herüber. Dillon erkannte ihn sofort wieder, aber im gleichen Moment stieg Smith in den Wagen, der eilig davonfuhr.

Als Ferguson aus der Kapelle trat, hielt Dillon ihn für einen Moment zurück. »Einer der beiden Männer, die ich bei unserem

Gerichtstermin sah, stand gerade da drüben. Er ist soeben weggefahren.«

»Tatsächlich? Konnten Sie die Autonummer erkennen?«

»Dazu hatte ich keine Gelegenheit, so wie der Wagen da drüben parkte. Ich glaube, es war ein blauer Renault. Sie scheinen sich deswegen keine Sorgen zu machen.«

»Weshalb sollte ich? Ich habe doch Sie, oder etwa nicht? Und jetzt beruhigen Sie sich, und steigen Sie in den Wagen.« Während sie losfuhren, tätschelte er Jennys Hand. »Alles in Ordnung, meine Liebe?«

»Ja, es geht mir gut, machen Sie sich keine Sorgen.«

»Ich habe nachgedacht«, sagte Ferguson zu ihr. »Wenn Henry Ihnen die genaue Position des U-Bootes nicht genannt hat, kennen Sie vielleicht jemanden, mit dem er sich darüber unterhalten haben könnte?«

»Nein«, erklärte sie mit Nachdruck. »Wenn er mir nichts gesagt hat, dann hat er niemandem etwas gesagt.«

»Einem anderen Taucher vielleicht? Er hatte doch sicherlich Freunde oder kannte einen anderen Taucher, der uns unter Umständen helfen könnte.«

»Höchstens Bob Carney«, sagte sie. »Er kennt die Antillen wie seine Westentasche.«

»Und er ist Taucher?«

»Er hat Henry das Tauchen beigebracht. Er hat außerdem alles mögliche getan. Er war mit dem Marinecorps in Vietnam, dann hat er als Taucher auf den Ölfeldern gearbeitet. Er lebt schon einige Jahre auf St. John.«

»Wenn also überhaupt jemand uns behilflich sein könnte, dann wäre er das, oder?« fragte Ferguson.

»Ich nehme es an, aber ich würde mich nicht zu sehr darauf verlassen. Da draußen gibt es eine Unmenge von Wasser.«

Der Daimler bog in die Lord North Street ein und bremste. Travers stieg als erster aus und reichte Jenny beim Aussteigen eine Hand. Ferguson winkte ihm zu. »Dillon und ich haben noch einiges zu tun. Wir sehen uns später.«

Dillon sah den anderen Mann verblüfft an. »Was soll das denn heißen?«

»Ich habe eine Verabredung mit dem stellvertretenden Direktor der Security Services, Simon Carter, und einem Sonderminister namens Sir Francis Pamer – auf der Terrasse des Parlaments. Ich muß sie über meine Pläne auf dem laufenden halten, und ich dachte, es ist vielleicht ganz interessant, wenn ich Sie mitnehme. Immerhin versucht Carter schon seit Jahren, Sie zu erwischen.«

»Heilige Mutter Gottes«, sagte Dillon. »Sie sind schon ein ganz schön gerissener Bursche, Brigadier.«

Ferguson nahm den Hörer des Autotelefons ab und wählte Lanes Nummer im Verteidigungsministerium. »Jack, es geht um einen Amerikaner namens Bob Carney, wohnt zur Zeit auf St. John, arbeitet als Taucher, Marinecorps-Veteran aus Vietnam. Alles, was Sie über ihn beschaffen können. Die CIA müßte Ihnen behilflich sein können.«

Er drückte den Hörer wieder in die Halterung, und Dillon sah ihn fragend an. »Und was haben Sie jetzt vor, Sie alter Fuchs?«

Aber Ferguson gab keine Antwort. Er faltete die Hände auf seinem Bauch und schloß die Augen.

6. Kapitel

Das Unterhaus wurde schon des öfteren als exklusivster Club Londons bezeichnet, und zwar im wesentlichen wegen seiner Vorzüge, die, zusammen mit der anderen Kammer, dem Oberhaus, sechsundzwanzig Restaurants und Bars einschließen, die allesamt durch Steuern subventionierte Speisen und Getränke anbieten.

Es gibt immer eine Schlange von Menschen, von Polizisten beaufsichtigt, die auf Einlaß warten, nicht nur Touristen, sondern auch Wähler, die ihre Parlamentsabgeordneten sprechen wollen. Jeder muß warten, bis er an die Reihe kommt, egal wer, und daher standen Ferguson und Dillon ebenfalls in der Schlange und rückten nur langsam vor.

»Wenigstens sehen Sie einigermaßen präsentabel aus«, stellte Ferguson fest und betrachtete kritisch Dillons zweireihigen Blazer und die graue Flanellhose.

»Dank Ihrer Amex-Karte«, verriet ihm Dillon. »Man hat mich bei Harrods wie einen Millionär behandelt.«

»Tatsächlich?« sagte Ferguson trocken. »Ist Ihnen eigentlich bewußt, daß Sie eine Krawatte der Guards Brigade tragen?«

»Sicher, ich wollte Sie schließlich nicht enttäuschen, Brigadier. Waren die Grenadiers nicht Ihr Regiment?«

»Frecher Kerl!« sagte Ferguson, während sie die Einlaßkontrolle erreichten.

Sie war nicht nur, wie an solchen Orten üblich, mit Leuten des internen Wachdienstes besetzt, sondern mit sehr großen Polizisten, deren Effizienz außer Zweifel stand. Ferguson nannte den Grund seines Besuchs und zeigte seinen Sicherheitsausweis vor.

»Wunderbar«, sagte Dillon. »Sie sehen alle aus, als seien sie zwei Meter groß, wie es sich für richtige Polizisten gehört.«

Sie gelangten in die zentrale Eingangshalle, wo die Leute mit Gesprächsterminen auf ihre MPs warteten. Hier herrschte ein lebhafter Betrieb, und Ferguson ging weiter, zunächst durch einen anderen Korridor, dann eine Treppe hinunter. Schließlich betraten sie die Terrasse über der Themse.

Auch hier hielten sich zahlreiche Leute auf, einige mit einem Drink in der Hand, und genossen das Stadtpanorama. Links befand sich die Westminster Bridge, gegenüber auf der anderen Flußseite das Embankment. Eine Reihe hoher, ziemlich viktorianisch anmutender Lampen stand entlang der Brustwehr. Der synthetische teppichähnliche Bodenbelag war grün, doch ein Stück weiter wechselte er zu Rot, wobei eine klare Linie die beiden Bereiche voneinander trennte.

»Warum dieser Farbwechsel?« erkundigte sich Dillon.

»Alles im Unterhaus ist grün«, erklärte Ferguson. »Die Teppiche, die Lederbezüge der Stühle und Sessel. Rot ist die Farbe des Oberhauses. Der Teil der Terrasse dort drüben gehört zum Oberhaus.«

»Mein Gott, ihr Engländer haltet aber konsequent an eurem Klassensystem fest, Brigadier.«

Während Dillon eine Zigarette mit dem Zippo-Feuerzeug anzündete, gab Ferguson ihm ein Zeichen. »Da sind sie schon. Benehmen Sie sich anständig, seien Sie einfach mal ein netter Kerl.«

»Ich werde mir Mühe geben«, versprach Dillon, während Simon Carter und Sir Francis Pamer herankamen.

»Überall diese Leute«, beschwerte sich Pamer. »Wie auf einem Wochenmarkt. Also, was ist jetzt, Brigadier? Wo stehen wir in der Sache?«

»Setzen wir uns, und ich erzähle es Ihnen. Dillon hier wird die Dinge an der Front regeln.«

»Na schön«, sagte Pamer. »Worauf haben Sie Appetit? Eine Tasse Tee?«

»Ein anständiger Drink wäre mehr nach meinem Geschmack«, entgegnete Ferguson. »Außerdem habe ich wenig Zeit.«

Pamer ging voraus zur Bar, und sie fanden in einer Ecke einen freien Tisch. Er und Carter bestellten Gin und Tonic, Ferguson Scotch. Dillon lächelte den Kellner freundlich an. »Ich hätte gern einen irischen Whiskey mit Wasser, Bushmills, wenn es den hier gibt.«

Er hatte ganz bewußt mit Ulster-Akzent gesprochen, und Carter runzelte die Stirn. »Dillon, sagten Sie? Ich glaube nicht, daß wir uns schon einmal begegnet sind.«

»Nein«, bestätigte Dillon fröhlich. »Allerdings nicht deshalb, weil Sie es nicht gewollt hätten, Mr. Carter. Sean Dillon.«

Carters Gesicht war blaß geworden, und er fuhr zu Ferguson herum. »Soll das vielleicht ein schlechter Witz sein?«

»Nicht daß ich wüßte.«

Carter verstummte, als der Kellner ihre Drinks brachte, und fuhr fort, sobald der Mann sich außer Hörweite befand. »Sean Dillon? Ist er der, für den ich ihn halte?«

»Der und kein anderer«, erwiderte Dillon.

Carter beachtete ihn gar nicht. »Und Sie bringen diesen Schurken ausgerechnet hierher, Ferguson? Einen Mann, den der Geheimdienst seit Jahren jagt?«

»Das kann schon sein«, räumte Ferguson gelassen ein. »Aber er arbeitet jetzt für die Gruppe Vier, und zwar habe ich das kraft meines Amtes so verfügt. Können wir jetzt weitermachen?«

»Ferguson, Sie gehen zu weit!« Carter schäumte vor Wut.

»Ja, das wird mir oft vorgeworfen, aber kommen wir doch zum geschäftlichen Teil. Ich wollte Sie ins Bild setzen, was bisher geschehen ist. Es gab einen Einbruchsdiebstahl in der Lord North Street. Möglich, daß er echt war, es kann aber auch ein Vorwand gewesen sein. Auf jeden Fall haben wir im Telefon eine Wanze entdeckt, die auf eine Art Gegenpartei hindeutet. Haben Sie vielleicht irgendwelche Agenten auf diesen Fall angesetzt?« fragte er Carter.

»Ganz bestimmt nicht. Darüber hätte ich Sie informiert.«

»Interessant. Als wir heute vormittag bei der Verhandlung zur Feststellung von Bakers Todesursache waren, bemerkte Dillon zwei Männer, die ihn mißtrauisch machten. Einen von ihnen entdeckte er wenig später vor dem Krematorium.«

Carter runzelte die Stirn. »Wer könnte das sein?«

»Keine Ahnung, aber das ist ein weiterer Grund, weshalb Dillon an der Sache mitarbeitet. Die Frau besteht noch immer darauf, nicht zu wissen, wo das Unterseeboot liegt.«

»Glauben Sie ihr?« meldete Pamer sich mit einer Frage zu Wort.

»Natürlich«, antwortete Dillon. »Sie ist nicht gerade der Typ, der zum Lügen neigt.«

»Und Sie kennen sich darin natürlich blendend aus«, sagte Carter bissig.

Dillon hob die Schultern. »Weshalb sollte sie lügen? Welchen Sinn hätte es für sie?«

»Aber sie muß etwas wissen«, sagte Pamer. »Zumindest muß sie irgendeinen Hinweis liefern können.«

»Wer weiß?« sagte Ferguson. »Aber beim derzeitigen Stand der Dinge müssen wir davon ausgehen, daß sie nichts weiß.«

»Und was geschieht als nächstes?« wollte Carter wissen.

»Dillon wird nach St. John reisen und dort aktiv werden. Die Frau erwähnte einen Taucher, einen Mann namens Carney, Bob Carney. Er war ein guter Freund Bakers. Offenbar kennt er die Gegend wie seine Westentasche. Die Frau kann die beiden miteinander bekannt machen und ihn bitten, uns zu helfen.«

»Aber es gibt keine Garantie, daß er das verdammte Ding auch findet«, sagte Pamer.

»Nun, wir werden abwarten müssen, nicht wahr?« sagte Ferguson und schaute auf die Uhr. »Wir müssen jetzt gehen.«

Er stand auf und ging voraus. Vor der Mauer am Rand der Terrasse blieben sie stehen. Carter sagte: »Das wär's dann?«

»Ja«, erklärte Ferguson. »Dillon und die Frau werden voraussichtlich morgen oder übermorgen nach St. John aufbrechen.«

»Ich kann nicht behaupten, daß mir das gefällt.«

»Niemand bittet Sie darum.« Ferguson nickte Dillon zu. »Gehen wir.«

Er entfernte sich, und Dillon lächelte die beiden zurückbleibenden Männer strahlend an. »Es war für mich geradezu sensationell, aber eine Sache noch, Mr. Carter.« Er beugte sich über die Brustwehr und blickte hinunter auf die braunen Fluten der Themse. »Nur fünf Meter, schätze ich, wahrscheinlich noch weniger, wenn Flut herrscht. All diese Sicherheitsleute an der Tür, und hier überhaupt nichts. Ich würde an Ihrer Stelle mal darüber nachdenken.«

»Ich kann zwar nicht selbst schwimmen, habe es nie gelernt, aber da draußen herrscht eine Strömung von zwei Knoten«, sagte Pamer. »Das sollte doch ausreichen, um die Wölfe abzuhalten, oder?«

Dillon entfernte sich, und Carter sagte kopfschüttelnd: »Ich kriege eine Gänsehaut, wenn ich daran denke, daß dieses miese kleine Schwein sich hier bewegen kann wie ein freier Mann. Ferguson muß komplett verrückt sein.«

Pamer nickte. »Ich verstehe, worauf Sie hinauswollen, aber was denken Sie über die Frau? Glauben Sie ihr?«

»Ich bin mir nicht sicher«, sagte Carter. »Aber Dillon hat nicht ganz unrecht. Weshalb sollte sie lügen?«

»Demnach sind wir genausoweit wie vorher.«

»Das würde ich nicht gerade behaupten. Sie kennt die Gegend, sie kannte Baker sehr gut, sie wußte, wo er sich am liebsten aufhielt, welche Orte er gerne aufsuchte und so weiter. Selbst wenn sie nicht den genauen Ort kennt, könnte sie ihn vielleicht zusammen mit diesem Carney, dem Taucher, finden.«

»Und mit Dillon, natürlich.«

»Ja, aber den vergesse ich lieber ganz schnell, und unter diesen Umständen könnte ich durchaus einen weiteren Drink gebrauchen.« Mit diesen Worten machte Carter kehrt und ging voraus in die Bar.

In seiner Suite in Paris hörte Max Santiago geduldig zu, als Pamer ihm den Verlauf des Treffens auf der Terrasse des Parlamentsgebäudes schilderte.

»Erstaunlich«, stellte er fest, als Pamer geendet hatte. »Wenn dieser Dillon wirklich so ein Mann ist, wie Sie ihn beschreiben, dann dürfte er ein gefährlicher Gegner sein.«

»Aber was ist mit dem Girl?«

»Das weiß ich nicht, Francis, wir werden sehen. Ich melde mich.«

Er legte kurz den Telefonhörer auf, nahm ihn wieder ab und rief Smith in London an. Als dieser sich meldete, erklärte er ihm genau, was zu tun war.

Es war kurz nach sechs, und Dillon saß im Arbeitszimmer am Kamin und las die Abendzeitung, als die Türklingel anschlug. Er ging hinaus, um zu öffnen. Draußen stand der alte Mr. Cox. Ein Leichenwagen parkte am Bordstein. Der Bestattungsunternehmer hielt einen Karton in der Hand.

»Ist Miss Grant zu sprechen?«

»Moment, ich hole sie«, sagte Dillon.

»Nicht nötig.« Cox reichte ihm den Karton. »Die Asche des Verstorbenen. Sie befindet sich in einer Urne. Übermitteln Sie ihr mein tiefes Mitgefühl.«

Er kehrte zu seinem Leichenwagen zurück, und Dillon schloß die Tür. Der Admiral hatte das Haus schon früh verlassen, um an einer Veranstaltung in seinem Club teilzunehmen, aber Jenny hielt sich in der Küche auf. Dillon rief sie, und sie kam in die Diele.

»Was ist los?«

Er hielt den Karton hoch. »Mr. Cox war gerade da und hat dies für Sie gebracht.« Er ging ins Arbeitszimmer und stellte den Karton auf den Tisch. Sie trat neben ihn und betrachtete den Karton, dann öffnete sie den Deckel und holte den Inhalt heraus. Es war keine klassische Urne, sondern nur ein rechteckiger Kasten aus dunklem Stahl, desen Deckel mit einer Klammer verriegelt war. Auf einem Messingschild stand geschrieben: *Henry Baker 1929–1992.*

Sie stellte den Kasten auf den Tisch und ließ sich in einen Sessel sinken. »Das ist also alles, was am Ende übrigbleibt, Asche in einer Stahlkassette.«

In diesem Moment zerbrach ihre Selbstkontrolle, und sie begann haltlos zu weinen. Dillon legte nur für einen kurzen Moment seine Hände auf ihre Schultern. »Lassen Sie die Tränen einfach laufen, es wird Sie erleichtern. Ich mache Ihnen eine Tasse Kaffee.« Er wandte sich um und begab sich in die Küche.

Einen Moment lang saß die Frau da, und es war, als könne sie nicht mehr atmen. Sie mußte raus, mußte an die frische Luft. Sie erhob sich, ging durch die Diele, nahm den alten Trenchcoat des Admirals vom Garderobenhaken und zog ihn über. Als sie die Haustür aufriß, begann es gerade zu regnen. Sie zurrte den Gürtel fest und eilte die Straße hinunter. Smith, der mit Johnson im Lieferwagen saß, sah sie an der Gassenmündung vorbeirennen.

»Na prima«, sagte er. »Dann wollen wir mal . . .« Er stieg aus und folgte ihr. Johnson ebenfalls.

Dillon ging durch die Diele zum Arbeitszimmer, die Tasse Kaffee in der Hand, und bemerkte zuerst die Stille. Er betrat das Arbeitszimmer, stellte die Tasse ab und kehrte in die Diele zurück.

»Jenny?« rief er. Dann entdeckte er, daß die Haustür einen Spaltbreit offen stand.

»Um Gottes willen«, stieß er hervor und schnappte sich seine Fliegerjacke. Draußen war die Straße leer und verlassen, keine Spur von Jenny. Er mußte sich schnell entscheiden und auf sein Glück vertrauen, wandte sich nach links und sprintete in Richtung Great Peter Street.

Es regnete jetzt heftiger, und er blieb für einen kurzen Augenblick an der Ecke stehen, schaute nach rechts und dann nach links und entdeckte sie am Ende der Straße. Sie wartete auf eine Lücke im Verkehrsstrom, hatte Glück und eilte weiter zu den Victoria Tower Gardens am Fluß. Dillon sah aber auch noch etwas anderes, nämlich Smith und Johnson, die ebenfalls die Straße überquerten. Auf diese Entfernung konnte er sie zwar nicht genau erkennen, aber sein Verdacht reichte aus. Er stieß einen wütenden Fluch aus und rannte los.

Es war fast dunkel, als Jenny zur Mauer ging und auf die Themse hinabsah. Ein in See stechender Frachter glitt flußabwärts, und seine roten und grünen Positionslichter waren deutlich zu erkennen. Jenny machte mehrere tiefe Atemzüge, um sich zu sammeln, und fühlte sich gleich besser. Erst in diesem Moment hörte sie hinter sich ein Geräusch, spürte eine Bewegung. Sie fuhr herum und sah Smith und Johnson, die langsam auf sie zukamen.

Sie wußte sofort, daß sie in Gefahr war. »Was wollen Sie?« fragte sie und wich zurück.

»Kein Grund Angst zu haben, Schätzchen«, sagte Smith. »Nur eine kleine Unterhaltung, mehr wollen wir nicht. Ein paar Antworten.«

Sie fuhr herum, wollte davonrennen, aber Johnson hatte blitzschnell reagiert. Mit ein paar Schritten holte er sie ein, packte ihre Arme und drückte sie mit dem Rücken gegen die Mauer. »Jenny, nicht wahr? So heißt du doch, oder?« knurrte er, und während sie sich verzweifelt gegen seinen Griff wehrte, grinste er. »Ich mag das, mach ruhig so weiter.«

»Laß das«, befahl Smith ihm. »Kannst du denn nie an was anderes denken als an das, was du in der Hose hast?« Johnson gehorchte, hielt Jenny aber weiterhin fest. Smith musterte sie. »Es geht um dieses U-Boot bei den Antillen. Erwartest du im Ernst, daß wir glauben, du wüßtest nicht, wo es liegt?«

Sie bäumte sich auf, versuchte sich loszureißen, und Johnson sagte: »Na los doch, antworte lieber, sonst prügel ich es aus dir heraus.«

Da erklang eine Stimme aus der Dunkelheit. »Laßt sie los. Möchte nicht wissen, aus welchem Loch ihr gekrochen seid. Nachher fängt sie sich noch etwas Ansteckendes.«

Dillons Feuerzeug flackerte auf, während er die Zigarette anzündete, die in seinem Mundwinkel klebte. Er machte ein paar Schritte, und Smith kam ihm entgegen. »Wenn du Ärger willst, den kannst du haben, du kleiner Scheißer.« Er holte zu einem mächtigen Schwinger aus.

Dillon wich lässig zur Seite aus, fing die Faust am Handgelenk auf und drehte sie ruckartig herum, so daß Smith gepeinigt aufschrie und in die Knie ging. Dillons geballte Faust kam wie ein Dampfhammer herunter, traf den ausgestreckten Unterarm und zerbrach ihn. Smith schrie erneut auf und kippte auf die Seite.

Johnson ging in Kampfhaltung. »Du mieser Bastard.«

Er stieß Jenny zur Seite und holte in einer fließenden Bewegung eine Automatik aus der linken Manteltasche. Dillon reagierte schnell, blockte den Arm ab, so daß der einzige Schuß, den Johnson abfeuern konnte, in den Boden schlug. Gleichzeitig vollführte der Ire eine halbe Drehung, riß den Mann über sein ausgestrecktes Bein und rammte den Absatz seines Schuhs so wuchtig nach unten, daß er Johnson zwei Rippen brach.

Johnson krümmte sich vor Schmerzen, und Dillon hob die Automatik auf. Es war eine alte italienische Beretta, kleines Kaliber, möglicherweise eine .22er.

»Damenpistole«, grinste Dillon. »Aber sie reicht aus.« Er kauerte sich neben Johnson. »Für wen arbeitest du, Sonny?«

»Sag kein Wort!« ächzte Smith.

»Wer behauptet, daß ich das vorhatte?« Johnson spuckte Dillon ins Gesicht. »Verpiß dich.«

»Wie du meinst.«

Dillon drehte ihn auf den Bauch, preßte die Pistolenmündung in seine linke Kniekehle und drückte ab. Johnson stieß einen entsetzlichen Schrei aus, und Dillon griff ihm brutal in die Haare und riß den Kopf zurück.

»Soll ich das gleiche auch auf der anderen Seite machen? Wenn du willst, sorge ich dafür, daß du nur noch mit Krücken laufen kannst.«

»Nein«, stöhnte Johnson. »Wir arbeiten für Santiago – Max Santiago.«

»Tatsächlich?« sagte Dillon. »Und wo finde ich den?«

»Er lebt in Puerto Rico, aber seit kurzem ist er in Paris.«

»Seid ihr in der Lord North eingebrochen?«

»Ja.«

»Bist ein braver Junge. Du siehst doch, wie einfach es war.«

»Du dämliches Arschloch«, sagte Smith zu Johnson. »Du hast uns gerade unser eigenes Grab gegraben.«

Dillon schleuderte die Beretta über die Ufermauer in die Themse. »Ich würde eher sagen, daß er sehr vernünftig war. Das Westminster Hospital ist von hier nicht weit entfernt. Sie haben dort eine erstklassige Unfallabteilung, und auch noch gratis, sogar für Tiere, wie ihr es seid, und alles dank des National Health Service.«

Er drehte sich um, sah Jenny, die ihn völlig benommen anstarrte, und ergriff ihren Arm. »Kommen Sie, meine Liebe, wir gehen nach Hause.«

Während sie sich entfernten, brüllte Smith ihnen nach: »Dafür rechne ich noch mit dir ab, Dillon!«

»Das wirst du nicht«, erwiderte Dillon. »Du wirst das Ganze als nützliche Erfahrung verbuchen und hoffen, daß Max Santiago es genauso sieht.«

Sie verließen den Park und warteten am Gehsteigrand auf eine Lücke im Verkehr. Dillon sah die junge Frau besorgt an. »Alles klar?«

»Mein Gott!« sagte sie völlig entgeistert. »Was für ein Mensch sind Sie, Dillon, daß Sie so etwas tun können?«

»Sie hätten mit Ihnen Schlimmeres gemacht, meine Liebe.«

Er ergriff ihre Hand und lief mit ihr über die Straße.

Als sie das Haus erreicht hatten, ging sie sofort nach oben auf ihr Zimmer, und Dillon setzte in der Küche den Wasserkessel auf. Während er darauf wartete, daß das Wasser zu kochen begann, dachte er nach. Max Santiago? Ein kleiner Fortschritt und etwas, in das Ferguson seine Zähne schlagen konnte. Er hörte, daß Jenny wieder die Treppe herunterkam und ins Arbeitszimmer ging. Er kochte Kaffee und stellte Tassen auf ein Tablett. Als er das Arbeitszimmer betrat, stand sie am Schreibtisch und telefonierte.

»British Airways? Wann geht heute die letzte Maschine nach Paris?« Eine kurze Pause trat ein. »Um halb zehn? Können Sie mir noch einen Platz reservieren – Grant – Jennifer Grant. Ja, ich hole das Ticket am Schalter ab. Ja, Flugsteig vier, Heathrow.«

Sie legte den Hörer auf und drehte sich zu Dillon um, der das Tablett auf dem Schreibtisch abstellte. »Sie ergreifen die Flucht, nicht wahr?«

»Ich halte das nicht mehr aus. Ich weiß nicht, was vor sich geht. Erst Ferguson, und jetzt diese Männer und diese Pistole. Ich muß immerzu daran denken. Außerdem wollte ich sowieso weg. Aber ich tue es lieber jetzt, solange ich es noch kann.«

»Nach Paris?« fragte er. »Ich hab Sie telefonieren gehört.«

»Das ist nur eine Zwischenstation. Dort gibt es jemanden, den ich treffen muß und dem ich das hier geben will.« Sie hob die schwarze Box hoch, die die sterblichen Überreste Bakers enthielt. »Henrys Schwester.«

»Schwester?« wiederholte Dillon stirnrunzelnd.

»Ich bin wahrscheinlich die einzige Person, die weiß, daß er eine hatte. Dafür gibt es ganz besondere Gründe, deshalb fragen Sie mich nicht, und fragen Sie auch nicht, wohin genau ich gehe.«

»Verstehe.«

Sie schaute auf die Uhr. »Es ist sieben, Dillon, und die Maschine startet um halb zehn. Ich kann es noch schaffen, aber erzählen Sie Ferguson nichts, jedenfalls nicht, bevor ich wirklich in der Luft bin. Helfen Sie mir, Dillon, bitte.«

»Dann sollten Sie keine Zeit vergeuden, indem Sie darüber reden«, sagte er. »Holen Sie Ihr Gepäck, und ich rufe in der Zwischenzeit ein Taxi.«

»Tun Sie das, Dillon? Wirklich?«

»Ich bringe Sie hin.«

Sie machte auf dem Absatz kehrt und verließ den Raum. Dillon seufzte und sagte leise: »Du dämlicher Idiot, was ist in dich gefahren?« Und er nahm den Telefonhörer ab.

Im Wartezimmer der kleinen Privatklinik in der Farsley Street war es sehr still. Smith saß auf einem Stuhl mit gerader Lehne an der Wand. Sein rechter Unterarm war eingegipst und ruhte in einer Schlinge. Die halbe Stunde nach ihrer Begegnung mit Dillon war ein einziger Alptraum gewesen, denn aus Angst vor der Polizei hatten sie es nicht gewagt, ein öffentliches Krankenhaus aufzusuchen. Daher hatte er den Lieferwagen aus der Gasse an der Lord North Street holen müssen und war von da einhändig zu den Victoria Tower Gardens gefahren, um Johnson zu bergen.

Dr. Shah tauchte aus dem Operationsraum auf. Er war ein kleinwüchsiger, grauhaariger Pakistani mit grüner Chirurgenhaube und ebenso grünem Kittel. Ein Mundschutz hing um seinen Hals.

»Wie geht es ihm?« erkundigte sich Smith.

»So gut, wie man es bei jemandem mit zertrümmerter Kniescheibe erwarten kann. Er wird wohl für den Rest seines Lebens nur noch humpeln können.«

»Dieser verdammte irische Bastard«, sagte Smith.

»Ihr Jungs schafft es einfach nicht, euch aus allem Ärger herauszuhalten, was? Weiß Mr. Santiago schon Bescheid?«

»Warum sollte er.« Smith durchfuhr ein eisiger Schreck. »Diese Sache hat sowieso nichts mit ihm zu tun.«

»Na ja, ich dachte nur. Er hat mich neulich aus Paris angerufen, daher weiß ich, daß er im Lande ist.«

»Diese Sache geht ihn nichts an.« Smith erhob sich. »Ich verschwinde nach Hause. Ich komme morgen her und sehe nach ihm.«

Er ging durch die Glastür hinaus. Shah sah ihm nach, dann ging er am Empfangspult vorbei, das um diese Tageszeit unbesetzt war, und begab sich in sein Büro. Er war stets darauf bedacht, sich nach allen Seiten abzusichern. So zog er das Telefon zu sich heran, hob den Hörer ab und rief Santiago im Ritz in Paris an.

Um acht trafen sie in Heathrow ein. Jenny holte ihr Ticket am Reservierungsschalter, besorgte sich die Bordkarte für den Flug und gab den Koffer ab, behielt aber die Urne bei sich.

»Haben wir noch Zeit für einen Drink?« fragte Dillon.

»Warum nicht?«

Sie schien sich jetzt etwas besser zu fühlen und wartete auf ihn in einer Nische der Bar, bis er mit einem doppelten irischen Whisky und einem Glas Weißwein zu ihr kam. »Sie fühlen sich besser, das merke ich«, stellte er fest.

»Es tut gut, wieder unterwegs zu sein, alles hinter sich lassen zu können. Was werden Sie Ferguson erzählen?«

»Bis morgen früh nichts.«

»Werden Sie ihm verraten, daß ich nach Paris geflogen bin?«

»Es wäre sinnlos, das nicht zu tun. Ein Anruf bei British Airways, und er erfährt es aus dem Passagiercomputer.«

»Das macht nichts, denn dann bin ich schon weit weg. Und was ist mit Ihnen?«

»Meine nächste Station heißt St. John. Morgen oder übermorgen.«

»Gehen Sie zu Bob Carney«, sagte sie. »Erklären Sie ihm, ich hätte Sie zu ihm geschickt, und melden Sie sich bei Billy und Mary Jones. Sie führen das Café und die Bar, solange ich weg bin.«

»Was ist mit Ihnen? Wann sind Sie wieder zurück?«

»Das weiß ich wirklich nicht. In ein paar Tagen, in einer Woche. Kommt darauf an, wie ich mich fühle. Ich melde mich bei Ihnen, wenn ich zurückkomme und Sie noch immer dort sein sollten.«

»Ich weiß noch nicht, wo ich wohnen werde.«

»Es ist sehr leicht, jemanden in St. John zu finden.«

Der Flug wurde aufgerufen, und sie leerten ihre Gläser. Er begleitete sie zur Sicherheitskontrolle. »Es tut mir leid, wenn ich Ihnen jetzt Ärger mit dem Brigadier bereite«, sagte sie.

»Wird mir ein Vergnügen sein«, beruhigte er sie.

»Sie sind ein verrückter Kerl, Dillon.« Sie küßte ihn auf die Wange. »Irgendwie beängstigend, aber Gott sei Dank sind Sie auf meiner Seite. Wir sehen uns.«

Dillon schaute ihr nach, dann eilte er zur nächsten Telefonzelle, holte eine Karte mit Telefonnummern heraus, die Ferguson ihm gegeben hatte, und wählte die Nummer am Cavendish Square. Kim meldete sich und teilte ihm mit, der Brigadier diniere im Garrick Club. Dillon bedankte sich, verließ das Flughafengebäude und stieg ins erste Taxi in der Schlange.

»Nach London«, sagte er. »Zum Garrick Club. Sie wissen doch, wo das ist?«

»Klar, Meister.« Der Fahrer studierte im Innenspiegel Dillons am Hals offenes Hemd. »Sie vergeuden Ihre Zeit, Meister, so wie Sie angezogen sind. Die lassen Sie niemals rein. Dort brauchen Sie ein Jackett und eine Krawatte. Außerdem ist der Zutritt nur für Mitglieder und geladene Gäste gestattet.«

»Das werden wir noch sehen«, sagte Dillon zu ihm. »Bringen Sie mich erst mal hin.«

Als sie den Garrick Club erreichten, stoppte der Taxifahrer am Bordstein und drehte sich auf seinem Sitz halb um. »Soll ich warten, Meister?«

»Warum nicht? Ich bin sowieso gleich wieder draußen, wenn es stimmt, was Sie erzählt haben.«

Dillon stieg die Treppe hinauf und blieb am Empfangstisch stehen. Der livrierte Portier war reserviert höflich. »Kann ich Ihnen helfen, Sir?«

Dillon bemühte sich um seinen feinsten Public-School-Akzent. »Ich möchte zu Brigadier Charles Ferguson. Mir wurde gesagt, er sei heute zum Dinner hier. Ich muß ihn dringend sprechen.«

»Ich fürchte, ich darf Sie nicht einlassen. Wir schreiben für unsere Gäste Jackett und Krawatte vor, aber wenn Sie einen Augenblick warten wollen, lasse ich dem Brigadier eine Nachricht überbringen. Wie war der Name, Sir?«

»Dillon.«

Der Portier nahm den Hörer des Haustelefons ab und redete mit jemandem. Dann legte er auf. »Er kommt gleich, Sir.«

Dillon ging in die Halle, betrachtete die prachtvolle Treppe und die Ölgemälde an den Wänden. Nach einer Weile erschien Ferguson, blickte über das Geländer zu ihm hinunter und kam dann die Stufen herabgeeilt.

»Was um alles in der Welt wollen Sie, Dillon? Ich sitze gerade beim Essen.«

»O mein Gott, Euer Ehren.« Dillon wechselte mühelos in die Rolle des unterwürfigen Iren über. »Es ist überaus freundlich von Ihnen, mich zu empfangen, ein großer Mann wie Sie, und dann noch an einem so eleganten Ort.«

Der Portier machte ein erschrockenes Gesicht, und Ferguson ergriff Dillon beim Arm und zog ihn hinaus auf die Eingangstreppe. »Hören Sie endlich auf, den Narren zu spielen. Wahrscheinlich ist mittlerweile mein Steak ungenießbar.«

»Schlecht für Ihr Alter, Sir, rotes Fleisch.« Dillon zündete sich mit seinem Zippo eine Zigarette an. »Ich habe herausbekommen, wer unser Gegner ist.«

»Du liebe Güte, wer denn?«

»Ich habe nur einen Namen, mehr nicht. Santiago – Max Santiago. Er lebt in Puerto Rico, hält sich zur Zeit aber in Paris auf. Sie haben übrigens auch den Einbruch durchgeführt.«

»Wie haben Sie das herausbekommen?«

»Ich hatte eine kurze Begegnung mit unseren beiden Freunden, Sie wissen schon.«

Ferguson nickte. »Ich verstehe. Ich hoffe, Sie brauchten niemanden zu töten?«

»Würde ich so etwas tun? Das überlasse ich Ihnen, Brigadier, ich mache jetzt lieber Schluß und gehe mal früh zu Bett.«

Er ging die Treppe hinunter zu seinem Taxi. »Ich hab's Ihnen ja gesagt, Meister«, grinste der Taxifahrer.

»Na schön«, lenkte Dillon ein. »Man kann ja nicht immer Sieger sein. Bringen Sie mich zur Lord North Street.« Und er lehnte sich zurück und sah hinaus auf das abendliche London.

Jack Lane, erst vor kurzem geschieden, wohnte in einer kleinen Mietwohnung in der West End Lane am Rand von Hampstead. Er hatte soeben eine tiefgefrorene Pizza in seinen Mikrowellenherd geschoben, als das Telefon klingelte. Seine Stimmung sackte augenblicklich auf den Tiefpunkt.

»Jack? Hier ist Ferguson. Dillon hatte einen kleinen Disput mit diesen beiden verdächtigen Typen, die beim Gericht und später vor dem Krematorium waren. Sie arbeiten für einen Max Santiago, wohnhaft in Puerto Rico, zur Zeit aber in Paris.«

»Ist das alles, Sir?«

»Das reicht doch. Begeben Sie sich ins Büro. Erkundigen Sie sich, ob der französische Geheimdienst etwas über ihn hat, dann fragen Sie bei der CIA und beim FBI an und was Ihnen sonst noch einfällt. Er muß in irgendeinem Computer drin sein. Haben Sie etwas über diesen Carney, den Taucher, erfahren?«

»Ja, Sir. Ein interessanter Mann in mehr als einer Hinsicht.«

»Schön, Sie können mich ja morgen ins Bild setzen, aber diese Santiago-Sache erledigen Sie bitte sofort. In den Staaten sind Sie uns gegenüber um fünf Stunden zurück, vergessen Sie das nicht.«

»Ich werde es versuchen, Sir.«

Lane legte mit einem Seufzer den Hörer auf, öffnete den Mikrowellenherd und betrachtete bedauernd seine Pizza. Ach zum Teufel, er hatte sowieso nichts Besseres zu tun, und auf dem Weg ins Ministerium konnte er sich immer noch irgendwo eine Portion Fish and Chips holen.

Smith saß in seiner Wohnung, trank gerade einen Schluck von seinem zweiten Scotch und starrte wütend auf seinen eingegipsten Unterarm. Er fühlte sich furchtbar schlecht, und allmählich setzten heftige Schmerzen ein. Er füllte Scotch nach, als das Telefon klingelte.

Santiagos Stimme war unverkennbar. »Haben Sie etwas für mich?«

»Noch nicht, Mr. Santiago.« Smith überlegte krampfhaft, was er sagen sollte. »Vielleicht morgen.«

»Shah hat mich angerufen. Johnson hat einen Schuß abbekommen, und Ihnen hat man den Arm gebrochen. Verdammter irischer Bastard, so haben Sie ihn, glaube ich, genannt. Vermutlich war es Dillon, oder?«

»Hm, nun ja, Mr. Santiago, wir sind ihm begegnet. Wir hatten das Girl, wissen Sie, und er überraschte uns. Er bedrohte uns mit einer Pistole.«

»Tat er das?« erwiderte Santiago trocken. »Und was haben Sie geantwortet, als er nach Ihrem Auftraggeber fragte?«

Smith reagierte instinktiv. »Kein Sterbenswörtchen, Sir, es war Johnson, der ...«

Er verstummte, und Santiago sagte: »Fahren Sie fort, erzählen Sie mir ruhig alles.«

»Na schön, Mr. Santiago, dieser dämliche Idiot hat Dillon Ihren Namen genannt.«

Für einen kurzen Moment herrschte Totenstille, dann meldete Santiago sich wieder. »Ich bin enttäuscht von Ihnen, mein Freund, sehr enttäuscht.« Es klickte in der Hörmuschel, und die Leitung war tot.

Smith wußte, was das bedeutete. Einhändig packte er einen Koffer, holte die tausend Pfund, die er in einer Zuckerdose in der Küche aufbewahrte, und verließ fluchtartig die Wohnung.

Zwei Minuten später saß er hinter dem Lenkrad des Lieferwagens und fuhr, so gut es mit einer Hand ging, davon. Er kannte eine alte Freundin in Aberdeen, die schon immer eine Schwäche für ihn gehabt hatte. Schottland war jetzt genau die richtige Gegend für ihn.

In der Privatklinik saß Shah an seinem Schreibtisch mit dem Telefonhörer am Ohr. Nachdem er eine Weile zugehört hatte, legte er auf, seufzte tief und verließ das Büro. Er schlurfte in den kleinen Medikamentenraum neben dem Operationssaal, schraubte eine Injektionsspritze zusammen und füllte sie aus einem Fläschchen, das er aus dem Medizinschrank holte.

Als er die Zimmertür am Ende des Korridors öffnete, schlief Johnson tief und fest. Er war an einen intravenösen Tropf angeschlossen. Shah blieb einen Moment lang vor seinem Bett stehen und betrachtete ihn, dann entblößte er seinen linken Unterarm und stach die Injektionsnadel ein. Nach ein paar Sekunden setzte bei Johnson die Atmung aus. Shah untersuchte ihn auf irgendwelche weiteren Lebenszeichen, konnte keine mehr feststellen und ging wieder hinaus. Am Empfangspult blieb er stehen, nahm den Hörer des dortigen Telefons und wählte eine Nummer.

Eine Stimme meldete sich. »Deepdene Bestattungsservice. Wie können wir Ihnen behilflich sein?«

»Hier ist Shah. Ich habe etwas abzuholen.«

»Transportfertig?«

»Ja.«

»Wir sind in einer halben Stunde da.«

»Vielen Dank.«

Shah legte den Hörer auf und kehrte in sein Büro zurück. Dabei summte er leise eine Melodie vor sich hin.

Es war fast elf Uhr, als Travers in die Lord North Street zurückkehrte und Dillon alleine im Arbeitszimmer antraf. Der Ire las in einem Buch. »Ist Jennifer schon zu Bett gegangen?« erkundigte Travers sich.

»Vor mehr als einer Stunde. Sie war sehr müde.«

»Das wundert mich nicht. Das Girl hat verdammt viel durchgemacht. Haben Sie noch Lust auf einen Schlaftrunk, Dillon? Einen irischen Whiskey kann ich Ihnen zwar nicht anbieten, aber einen guten Single Malt, was meinen Sie?«

»Ist mir recht.«

Travers füllte zwei Gläser, reichte seinem Gast eins und ließ sich ihm gegenüber nieder. »Cheers. Was lesen Sie da?«

»Epiktet.« Dillon hielt das Buch hoch. »Er war ein griechischer Philosoph aus der Schule der Stoiker.«

»Ich weiß, wer er war, Dillon«, sagte Travers geduldig. »Ich bin nur überrascht, daß Sie es wissen.«

»Er sagt hier, daß ein Leben, das man nicht auf die Probe stellt, nicht wert ist, gelebt zu werden. Würden Sie dem zustimmen, Admiral?«

»Solange es nicht bedeutet, daß man Bomben auf unschuldige Menschen wirft im Namen irgendeines heiligen Anliegens oder Leute in den Rücken schießt, dann stimme ich dem zu.«

»Gott vergebe Ihnen, Admiral, aber ich habe niemals in meinem Leben eine Bombe in der Weise gelegt, wie Sie es gerade beschrieben haben, oder jemanden in den Rücken geschossen.«

»Gott sollte mir wirklich vergeben, Dillon, aber aus irgendeinem obskuren Grund neige ich dazu, Ihnen zu glauben.« Travers leerte sein Glas und stand auf. »Gute Nacht«, sagte er und ging hinaus.

Es lief besser, als Smith erwartet hatte, und schon bald hatte er ein Gefühl dafür gewonnen, wie er am besten einhändig seinen Wagen lenkte, nämlich nur mit den Fingern seiner rechten Hand am unteren Teil des Lenkrads. Der Regen war natürlich keine Hilfe, und hinter Waterford verfehlte er eine Abzweigung zur Autobahn und fand sich plötzlich auf einer langen dunklen Straße wieder. Plötzlich flammten hinter ihm Scheinwerfer auf.

Ein Fahrzeug näherte sich schnell und machte Anstalten, ihn zu überholen. Es war ein großer schwarzer Lastwagen, und Smith fluchte, hatte plötzlich Todesangst, da er genau wußte, was das alles zu bedeuten hatte. Wie wild kurbelte er am Lenkrad. Der Lastwagen vollführte einen seitlichen Schlenker und rammte ihn von der Seite. Der Lieferwagen verlor die Bodenhaftung, schleuderte von der Fahrbahn, brach durch einen Zaun und überschlug sich zweimal, als er einen zwanzig Meter tiefen steilen Abhang hinunterstürzte. Knirschend und ächzend kam der Wagen zur Ruhe. Smith, der noch bei Bewußtsein war, lag halb auf der Seite und roch das Benzin, als der geborstene Tank auslief.

Ein Geräusch ertönte, als ob jemand den Abhang hinunterrutschte, dann hörte Smith Schritte. »Hilfe!« stöhnte er. »Ich bin noch hier drin!«

Jemand riß ein Zündholz an. Es war das letzte, was er wahrnahm. In einem letzten entsetzlichen Augenblick wurde das brennende Zündholz durch die Dunkelheit geschnippt, und das Benzin explodierte in einem Feuerball.

7. KAPITEL

In Paris im Flughafen Charles de Gaulle war es fast Mitternacht, als Jenny Grant ihren Koffer vom Förderband holte, eilig die Halle durchquerte und einen Schalter der Avis-Autovermietung fand.

»Gott sei Dank, Sie haben noch geöffnet«, sagte sie, während sie ihren Reisepaß und ihren Führerschein hervorkramte.

»Aber natürlich«, erwiderte die junge Frau hinter dem Schalter auf englisch. »Wir warten immer bis zur letzten Ankunft des Tages, auch wenn es eine Verspätung gibt. Wie lange wollen Sie den Wagen mieten, Mademoiselle?«

»Vielleicht eine Woche. Ich weiß es noch nicht genau, aber ich bringe ihn wieder hierher zurück.«

»Gut.« Das Mädchen füllte die Formulare aus und machte einen Abdruck von Jennys Kreditkarte. »Kommen Sie, ich zeige Ihnen Ihren Wagen.«

Zehn Minuten später saß Jenny hinter dem Lenkrad einer Citroën-Limousine und lenkte sie nach Westen, in Richtung Normandie, wo ihr Ziel lag. Die Urne mit Henrys Asche stand neben ihr auf dem Beifahrersitz. Sie strich leicht mit einer Hand darüber, dann konzentrierte sie sich wieder auf die Straße vor ihr. Sie hatte einen weiten Weg vor sich, mußte wahrscheinlich die ganze Nacht durchfahren. Aber das machte ihr nichts aus, denn London und die schrecklichen Ereignisse der letzten paar Tage lagen nun hinter ihr, und sie war frei.

Dillon stand schon früh auf und briet in der Küche gegen halb acht Eier mit Speck, als Travers, in seinen Morgenmantel gehüllt, hereinkam.

»Das riecht aber gut«, sagte der Admiral. »Ist Jenny schon auf?«

»Um ganz ehrlich zu sein, Admiral, von ihr habe ich schon länger nichts mehr gehört.« Dillon schüttete kochendes Wasser in eine Porzellantasse. »Bitte sehr, eine köstliche Tasse Tee.«

»Lassen Sie das jetzt. Wovon reden Sie?«

»Trinken Sie erst mal Ihren Tee, und dann erzähle ich es Ihnen. Alles fing damit an, daß sie sich aufgeregt hat und einen Spaziergang unternahm.«

Dillon kümmerte sich um seine Eier mit Speck, während er die Ereignisse der vorangegangenen Nacht schilderte. Als er fertig war, saß der Admiral da und machte ein finsteres Gesicht. »Sie nehmen sich aber einige Freiheiten heraus, Dillon.«

»Ihr reichte es, Admiral«, erklärte Dillon ihm. »So einfach ist das, und ich sah keinen Grund, weshalb ich sie hätte aufhalten sollen.«

»Und sie wollte Ihnen nicht verraten, wohin sie verreist?«

»Zuerst einmal nach Paris, das ist alles, was ich weiß. Danach zu einem unbekannten Ziel, um Bakers Schwester aufzusuchen. Sie bringt ihr die Asche, das ist offensichtlich.«

»Ja, glaube ich auch.« Travers seufzte müde. »Das muß ich Ferguson erzählen. Es wird ihm nicht gefallen, ganz und gar nicht.«

»Na ja, es wird allmählich Zeit, daß er entdeckt, wie unfair diese Welt sein kann«, sagte Dillon und schlug die Morgenzeitung auf.

Travers seufzte ein zweites Mal und gab offenbar auf. Er ging in sein Arbeitszimmer und ließ sich hinter dem Tisch nieder. Erst dann griff er widerstrebend nach dem Telefon.

Es war kurz nach neun Uhr, als Jenny in Briac, einem Dorf knapp acht Kilometer von Bayeux entfernt, vor dem Kloster der Barmherzigen Schwestern bremste. Sie war die ganze Nacht gefahren und völlig übermüdet. Das Eisentor stand offen, daher fuhr sie hindurch und stoppte auf einer kiesbestreuten halbrunden Auffahrt vor der Treppe, die zum Eingang des wunderschönen alten Gebäudes hinaufführte. Eine junge Novizin, die eine weiße Arbeitskutte über ihrem Gewand trug, harkte den Kies.

Jenny stieg mit der Urne unter dem Arm aus. »Ich möchte die Mutter Oberin sprechen. Es ist sehr dringend. Ich habe einen weiten Weg hinter mir.«

Die junge Frau erwiderte in gutem Englisch: »Ich glaube, sie ist in der Kapelle. Wir schauen mal nach, ja?«

Sie ging voraus durch einen gepflegten Garten zu einer kleinen Kapelle, die etwas abseits vom Hauptgebäude stand. Die Tür knarrte, als sie aufschwang. Es war ein schattiger Ort. Ein Bild von der Mutter Gottes wurde von zahlreichen Kerzen beleuchtet, und der Duft von Weihrauch war geradezu überwältigend. Die junge Novizin ging zu einer Nonne, die betend vor dem Altar kniete, und sagte etwas im Flüsterton zu ihr. Dann kam sie zurück.

»Sie hat gleich Zeit für Sie.«

Sie ging hinaus, und Jenny wartete. Nach einer Weile machte die Mutter Oberin ein Kreuzzeichen, stand auf, drehte sich um und kam auf Jenny zu. Sie war eine hochgewachsene Frau um die Fünfzig mit gütigem und ernstem Gesicht. »Ich bin die Mutter Oberin. Wie kann ich Ihnen behilflich sein?«

»Schwester Maria Baker?«

»Das ist richtig.« Die Nonne war ein wenig verwirrt. »Kenne ich Sie, meine Liebe?«

»Ich bin Jenny – Jenny Grant. Henry hat mir erzählt, er habe mit Ihnen über mich gesprochen.«

Schwester Maria Baker lächelte jetzt. »Sie sind also Jenny.» Dann wurde ihre Miene besorgt. »Irgend etwas stimmt nicht, das spüre ich. Was ist los?«

»Henry ist tot. Er hatte in London einen Verkehrsunfall.« Jenny hielt die Urne hoch. »Ich habe Ihnen seine sterblichen Überreste mitgebracht.«

»O mein Gott.« Tiefer Schmerz legte sich auf das Gesicht von Schwester Maria Baker. Dann bekreuzigte sie sich und nahm die Urne entgegen. »Möge er in Frieden ruhen. Es war sehr lieb von Ihnen, daß Sie hergekommen sind.«

»Ja, aber das war nicht der einzige Grund. Ich weiß nicht mehr, was ich tun soll. So viele schlimme Dinge sind passiert.«

Jenny brach in Tränen aus und ließ sich auf den nächsten

Betstuhl sinken. Schwester Maria Baker legte eine Hand auf ihren Kopf. »Was ist los, meine Liebe, erzählen Sie es mir.«

Als Jenny ihren Bericht beendet hatte, war die Stille in der Kapelle beinahe greifbar. Schwester Maria Baker räusperte sich. »Rätsel über Rätsel. Nur eins ist eigentlich völlig sicher – Henrys unglückliche Entdeckung dieses Unterseebootes scheint für viele Menschen von entscheidender Bedeutung zu sein.«

»Ich weiß«, sagte Jenny, »und ich muß nach St. John zurückkehren, und wenn auch nur, um Sean Dillon zu helfen. Er ist ein schlechter Mensch, Schwester, das weiß ich, und doch ist er so freundlich, so gütig zu mir. Ist das nicht seltsam?«

»Eigentlich nicht, meine Liebe.« Schwester Maria Baker zog sie vom Betstuhl hoch. »Ich vermute, daß dieser Mr. Dillon sich nicht mehr so sicher ist, ob das, wofür er gekämpft hat, immer das richtige war. Aber das kann jetzt warten. Sie brauchen ein paar Tage vollkommene Ruhe. Sie brauchen Zeit, um nachzudenken, und das ist ein ärztlicher Rat. Ich bin nämlich Ärztin, müssen Sie wissen. Wir sind ein Orden, der Krankenpflege betreibt. Und jetzt suchen wir erst einmal ein Zimmer für Sie.« Sie verließen zusammen die tröstende Stille der kleinen Kapelle.

Als Dillon und Travers kurz vor Mittag in die Wohnung am Cavendish Square eingelassen wurden, saß Ferguson am Kaminfeuer und las in einem Aktenordner. Jack Lane stand am Fenster und schaute hinaus.

»Gott schütze alle, die hier sind«, sagte Dillon beim Eintreten.

Ferguson bedachte ihn mit einem eisigen Blick. »Sehr witzig, Dillon.«

»Na ja, die richtige Antwort lautet eigentlich, ›Gott schütze auch Sie‹«, erwiderte Dillon, »aber diesmal will ich nicht so streng sein.«

»Was zum Teufel haben Sie sich eigentlich gedacht?«

»Sie wollte weg, Brigadier, sie hatte genug von allem, so einfach ist das. Dieser Überfall durch die beiden Affen in den Victoria Tower Gardens hat ihr den Rest gegeben.«

»Daraufhin haben Sie beschlossen, ihr zu helfen.«

»Nicht ihr, sondern ihren Bedürfnissen, Brigadier.« Dillon zündete sich eine Zigarette an. »Sie erzählte mir, sie wolle Bakers Schwester besuchen, und bat mich, sie nicht zu fragen, wo das ist. Sie sagte, sie habe ganz spezielle Gründe dafür, die sie nicht nennen wollte.«

»Wundert es Sie zu erfahren, daß Lane alles durchgeforstet hat und nirgendwo einen Hinweis darauf finden kann, daß Baker eine Schwester hat?«

»Aber überhaupt nicht. Jenny sagte, sie sei wahrscheinlich die einzige Person, die wisse, daß er eine Schwester hatte. Vermutlich gibt es da irgendein düsteres Familiengeheimnis.«

»Sie flog also nach Paris und ist dort wer weiß wohin verschwunden?«

Lane ergriff nun das Wort. »Wir haben das auf Charles de Gaulle überprüfen lassen. Sie hat am Avis-Schalter einen Wagen gemietet.«

»Und danach?« Ferguson war von kalter Wut erfüllt.

Dillon schüttelte den Kopf. »Ich hab Ihnen doch gesagt, daß sie genug hatte.«

»Aber wir brauchen sie, verdammt noch mal.«

»Sie wird nach St. John zurückkehren, wenn sie dazu bereit ist. In der Zwischenzeit müssen wir zusehen, wie wir es ohne sie schaffen.« Dillon zuckte die Achseln. »Man kann im Leben nicht alles haben, nicht einmal Sie.«

Ferguson funkelte ihn wütend an. Er war aufrichtig erbost, dann gab er sich einen Ruck. »Wenigstens haben wir so was wie eine Spur. Erzählen Sie es ihm, Jack.«

»Max Santiago. Er ist die treibende Kraft hinter einer Hotelgruppe in den Vereinigten Staaten. Lebt in Puerto Rico. Sie betreiben Hotels in Florida, Las Vegas und verschiedenen anderen Orten sowie zwei Spielkasinos.«

»Ist das zuverlässig?« fragte Dillon.

»Ja, den ersten Erfolg hatte ich beim FBI. Die Angaben stammen aus deren illegaler geheimer roter Informationsakte. Die Akte ist deswegen illegal, weil darin Leute aufgeführt sind, denen man überhaupt keine Gesetzesübertretung nachweisen kann.«

»Und warum sollte Santiago darinstehen?«

»Aufgrund des Verdachts, daß er Verbindungen zum kolumbianischen Drogenkartell unterhält.«

»Tatsächlich?« Dillon lächelte. »So ein Hund.«

»Es wird noch schlimmer. Die Samson Cay Holding Company, die in den USA und in der Schweiz registriert ist, muß man über drei andere Firmen zurückverfolgen, ehe man auf den Namen Santiago stößt.«

»Samson Cay?« Dillon beugte sich vor. »Das ist aber interessant. Eine direkte Verbindung. Aber weshalb?«

Lane hatte auch darauf eine Antwort. »Santiago ist dreiundsechzig. Er stammt aus einer alten Adelsfamilie, wurde in Kuba geboren. Sein Vater war General und hatte mit Batista zu tun. Die Familie konnte praktisch im letzten Moment fliehen, als Castro 1959 die Macht ergriff. Sie erhielten in Amerika Asyl und wurden schließlich auch eingebürgert. Aber laut der FBI-Akte ist besonders interessant, daß sie damals nicht mehr besaßen als die Kleider, die sie am Leib trugen.«

»Ich verstehe«, sagte Dillon. »Wie konnte demnach der gute alte Max eine Hotelkette hochziehen, die mehrere Millionen wert sein dürfte? Die Verbindung zur Drogenszene reicht da als Erklärung nicht aus. Die kolumbianischen Drogengeschäfte sind allesamt jüngeren Datums.«

»Die Antwort lautet darauf, daß niemand etwas weiß.«

Travers hatte schweigend zugehört. Er machte ein ziemlich verwirrtes Gesicht. »Wo ist denn nun die Verbindung? Zu Samson Cay und zu U 180 und Martin Bormann und was da noch alles da ist.«

»Die FBI-Akte brachte mich dazu, mich an die CIA zu wenden«, berichtete Lane weiter. »Die haben ihn nämlich auch im Computer, allerdings aus anderen Gründen. Offenbar war Santiagos Vater ein guter Freund Francos in Spanien, ein absolut fanatischer Faschist.«

»Was die Verbindung zu 1945, dem Kriegsende in Europa und Martin Bormann herstellen könnte«, sagte Ferguson.

Dillon nickte. »Jetzt sehe ich klar. Das Kameradenwerk, die Hilfsorganisation für die alten Kämpfer.«

»Möglich.« Der Brigadier nickte. »Mehr als wahrscheinlich. Man braucht sich nur einen Punkt anzusehen. Santiago und sein Vater kommen völlig pleite nach Amerika, und dennoch können sie sich genügend Geld beschaffen, um groß ins Geschäft einzusteigen. Wir wissen mit einiger Sicherheit, daß die nationalsozialistische Partei überall auf der Welt Millionen gebunkert hat, um ihren Fortbestand zu gewährleisten.« Er zuckte die Achseln. »Es sind zwar nur Vermutungen, aber es erscheint einleuchtend.«

»Bis auf eine Sache«, sagte Dillon.

»Und das wäre?«

»Woher wußte Santiago, daß Baker U 180 gefunden hat? Mehr noch, wie konnte er wissen, daß Baker nach London kam und in der Lord North Street beim Admiral wohnte? Und daß auch Jenny und ich schließlich dort waren? Er erscheint in jeder Hinsicht bestens informiert zu sein, Brigadier.«

»Ich muß zugeben, an dem, was Dillon sagt, ist etwas dran«, warf Travers ein.

»Das sehe ich auch so, und wir werden uns später darum kümmern. Aber einstweilen müssen wir so gut wie möglich mit dem weitermachen, was wir haben. Sie starten morgen in die Karibik.«

»So wie wir es geplant haben?« fragte Dillon.

»Genau. Mit der British Airways nach Antigua und von da aus weiter nach St. John.«

»Halten Sie es für wahrscheinlich, daß Max Santiago auch dort auftaucht?« wollte Dillon wissen. »Bisher hatte er seine Finger in allem, was passiert ist.«

»Das müssen wir abwarten.«

»Wie ich schon erwähnte«, unterbrach Lane den Brigadier. »Er lebt in Puerto Rico, und das liegt sehr günstig zu den Antillen. Offenbar besitzt er eine dieser sündhaft teuren Motorjachten.« Er warf einen Blick in seine Akten. »Die *Maria Blanco*. Sie hat einen Kapitän und eine Mannschaft von sechs Leuten.«

»Wenn er tatsächlich auftaucht, dann müssen Sie sich etwas einfallen lassen«, sagte Ferguson. »Deshalb fliegen Sie ja auch runter. Sie haben Ihre Platinkarte und Travellerschecks für fünfundzwanzigtausend Dollar. Ihre Tarnung ist ganz simpel. Sie sind ein reicher Ire.«

»Ich wußte gar nicht, daß es so etwas gibt.«

»Seien Sie nicht albern, Dillon«, wies Ferguson ihn zurecht. »Sie sind ein reicher Ire mit einer Firma in Cork. Elektronik, Computer und so weiter. Wir haben uns etwas Nettes für Sie ausgedacht. Wenn Sie in Antigua ankommen, wartet ein Wasserflugzeug auf Sie. Sie können doch ein Wasserflugzeug lenken, oder?«

»Ich könnte sogar einen Jumbo fliegen, wenn es sein müßte, Brigadier, aber das wissen Sie doch.«

»Stimmt. Was für eine Maschine war es noch mal, Jack?«

»Eine Cessna 206, Sir.« Lane wandte sich an Dillon. »Offenbar hat sie Schwimmer und Räder, so daß Sie sowohl auf dem Land als auch im Wasser landen und starten können.«

»Ich kenne diesen Typ«, sagte Dillon. »Ich habe solche Flugzeuge schon mehrmals geflogen.«

»Das Zentrum des Geschehens auf St. John ist eine Stadt namens Cruz Bay«, fuhr der Inspektor fort. »Früher gab es dort einen Wasserflugzeugservice, deshalb existieren im Hafen eine Rampe und die entsprechenden Einrichtungen.«

Ferguson gab den Schnellhefter weiter. »Die Dokumentenabteilung hat sich für Sie richtig angestrengt. Zwei Reisepässe, irisch und britisch, auf Ihren richtigen Namen. Da Sie in Belfast geboren sind, haben Sie ein Anrecht auf beide. Dann eine Berufspilotenlizenz der C. A. A. mit Wasserflugzeuggenehmigung.«

»Die denken wirklich an alles«, stellte Dillon anerkennend fest.

»Sie finden in dem Umschlag auch Ihre Tickets und die Travellerschecks. Sie wohnen in Caneel Bay, einem der feudalsten Ferienorte der Welt. Ich war selbst mal vor ein paar Jahren dort. Ein Paradies, Dillon, Sie sind wirklich ein Glückspilz. Die Anlage befindet sich auf einer privaten Halbinsel, nicht allzuweit von Cruz Bay entfernt.«

Dillon klappte den Hefter auf und blätterte einige Broschüren durch. »Auf einer abgesperrten Halbinsel gelegen, sieben

Strände, drei Restaurants«, las er laut vor. »Das scheint für mich genau das Richtige zu sein.«

»Es ist für jeden das Richtige«, sagte Ferguson. »Die besten Ferienhäuser sind 7E und 7D. Botschafter steigen dort ab, Dillon, und Filmstars. Ich glaube, Kissinger hat sogar mal in 7E gewohnt. Auch Harry Truman.«

»Ich bin überwältigt«, sagte Dillon.

»Es dürfte zu Ihrer Tarnung beitragen.«

»Eine Sache noch«, sagte Lane. »Es ist eine alte Tradition, daß in den Ferienhäusern keine Telefone installiert sind. Es gibt eine Menge öffentlicher Fernsprecher auf dem Gelände, aber wir haben Ihnen ein tragbares Telefon besorgt. Sie erhalten es, wenn Sie dort ankommen.«

Dillon nickte. »Schön, dann bin ich also da. Und was tue ich dann?«

»Das liegt ganz an Ihnen«, sagte Ferguson. »Wir haben gehofft, daß das Girl ebenfalls dort ist, um Ihnen vielleicht zu helfen, aber dank Ihrer völlig falschen Zuvorkommenheit müssen wir einstweilen darauf verzichten. Ich würde jedoch vorschlagen, daß Sie Verbindung mit diesem Taucher aufnehmen, den sie erwähnt hat, diesem Bob Carney. Er hat eine Firma namens Paradise Watersports mit Sitz in Caneel Bay. Sie finden seinen Prospekt ebenfalls in Ihren Unterlagen.«

»Dort können ganz normale Touristen das Tauchen erlernen«, erklärte Lane.

Dillon fand die Broschüre und überflog sie. Sie war recht hübsch gestaltet mit hervorragenden Unterwasserfotos. Am interessantesten war jedoch ein Bild von Bob Carney selbst am Steuer eines Bootes. Er sah gut aus, war braungebrannt und wirkte topfit.

»Donnerwetter«, sagte Dillon. »Wenn man einen Schauspieler suchte, der diesen Burschen darstellen soll, hätte man ernste Probleme.«

Ferguson nickte. »Ein interessanter Mann, dieser Carney. Erzählen Sie mal, Jack.«

Lane klappte einen weiteren Hefter auf.

»1948 in Mississippi geboren, verbrachte aber den größten

Teil seiner Jugend in Atlanta. Ehefrau, Karye, ein Junge, acht Jahre, Walker, ein Mädchen von fünf namens Wallis. Er besuchte ein Jahr lang die Universität von Mississippi, dann ging er zu den Marines und wurde nach Vietnam geschickt. Er war zweimal dort, 68 und 69.«

»In der Zeit muß es besonders schlimm gewesen sein«, sagte Dillon.

»Gegen Ende seines Dienstes war er bei der 2nd Combined Action Group, einer Spezialeinheit. Er wurde verwundet, bekam zwei Purple Hearts, die Tapferkeitsmedaille der Vietnamkämpfer, und wurde für den Bronze Star vorgeschlagen. Daraus wurde aber nichts.«

»Und danach wandte er sich dem Tauchen zu?«

»Anfangs nicht. Er ging auf die Georgia University mit einem Stipendium des Marine Corps und studierte Philosophie. Besuchte danach eine Fachschule für Ozeanographie.«

»Sonst noch was?«

Lane warf einen Blick in seine Aufzeichnungen. »Er hat ein Kapitänspatent bis sechzehnhundert Tonnen, unternahm im Golf von Mexiko Versorgungsfahrten zu den Bohrinseln, arbeitete außerdem als Schweißer und Taucher auf den Ölfeldern. 79 kam er nach St. John.« Lane klappte den Schnellhefter zu.

»Das ist also Ihr Mann«, sagte Ferguson. »Sie müssen ihn irgendwie auf unsere Seite bekommen, Dillon. Bieten Sie ihm irgendwas an. Geld ist kein Problem, innerhalb vernünftiger Grenzen, versteht sich.«

Dillon lächelte. »Sie überraschen mich, Brigadier. Bei einem Mann wie Carney steht Geld nie ganz oben auf der Liste.«

»Sei es, wie es sei.« Ferguson stand auf. »Das wär's dann. Ich sehe Sie noch mal, ehe Sie morgen früh aufbrechen. Wann startet seine Maschine, Jack?«

»Um neun Uhr, Sir. Ankunft in Antigua um kurz nach zwei Ortszeit.«

»Dann sehe ich Sie doch nicht mehr.« Ferguson seufzte. »Ich glaube, ich muß Sie einigermaßen stilvoll verabschieden. Kommen Sie um halb acht mit ihm in den Garrick Club, Garth. Aber jetzt müssen Sie mich entschuldigen.«

»Er fließt ja über vor Herzlichkeit«, sagte Dillon zum Admiral, während sie auf die Straße hinaustraten.

»Meinen Sie wirklich?«, erwiderte Travers und winkte mit dem Regenschirm ein Taxi herbei.

Etwa eine Stunde später traf Ferguson mit Simon Carter in einer gemütlichen Kneipe namens St. George nicht weit vom Verteidigungsministerium zusammen.

Er bestellte einen Gin mit Tonic. »Ich dachte, ich sollte Sie lieber auf den neuesten Stand bringen«, sagte er. »Es ist eine ganze Menge passiert.«

»Dann erzählen Sie mal«, forderte Carter ihn auf.

Und Ferguson tat ihm den Gefallen und berichtete vom Angriff auf Jenny durch Smith und Johnson, von Santiago, von Jennys Flug nach Paris, alles. Als er geendet hatte, saß Carter nachdenklich da.

»Diese Santiago-Sache – sehr interessant, wirklich sehr interessant. An dem, was Ihr Jack Lane vermutet, könnte etwas dran sein. Ich meine den faschistischen Aspekt, General Franco und so weiter.«

»Passen würde es sicher, aber Dillon hat recht. Nichts von alldem erklärt, weshalb Santiago so gut informiert zu sein scheint.«

»Und was haben Sie mit ihm vor?«

»Offiziell kann ich überhaupt nichts tun«, sagte Ferguson. »Er ist amerikanischer Staatsbürger, ein millionenschwerer Geschäftsmann und Unternehmer und in den Augen der ganzen Welt hoch angesehen. Diese Angaben in den Akten des FBI und der CIA sind letztendlich vertraulich.«

»Hinzu kommt, daß wir die Amerikaner in keiner Weise in diese Affäre mit hineinziehen wollen«, hob Carter hervor.

»Um Himmels willen, das wäre wirklich das letzte, was wir uns wünschen.«

»Demnach sind wir also in Dillons Hand?« fragte der stellvertretende Direktor.

»Ich weiß, und es gefällt mir auch nicht.« Ferguson erhob sich. »Klären Sie Pamer über den Stand der Dinge auf, ja?«

»Natürlich«, versprach Carter. »Vielleicht kann dieser Carney, der Taucher, den Sie erwähnten, Dillon einen heißen Tip geben.«

»Ich informiere Sie«, sagte Ferguson und empfahl sich.

In Paris kleidete Santiago sich gerade an, um zu einem Festbankett in die amerikanische Botschaft zu fahren, als das Telefon klingelte. Er zupfte seine schwarze Krawatte vor dem Spiegel zurecht, dann nahm er den Hörer ab. Pamer war am anderen Ende, und Santiago hörte schweigend zu, während er über die neuesten Vorgänge informiert wurde.

»Sie kennen also Ihren Namen, Max.« Pamer war schrecklich aufgeregt. »Und alles nur dank dieser verdammten Kerle, die für Sie arbeiten.«

»Die sind nur noch Schnee von gestern«, versuchte Santiago ihn zu beruhigen.

»Was soll das heißen?«

»Stellen Sie sich nicht dumm, Francis, Sie sind doch schon ein großer Junge. Also benehmen Sie sich auch so.«

Pamer war entsetzt. »Na schön, Max, aber was sollen wir jetzt tun?«

»Sie können mir überhaupt nichts anhaben, Francis, ich bin amerikanischer Bürger, und sie wollen sicher nicht die amerikanische Regierung auf die Affäre aufmerksam machen. Eigentlich verstößt Ferguson sogar gegen geltende Gesetze, indem er Dillon zu einer Operation auf das Hoheitsgebiet eines anderen Landes schickt. Das U-Boot liegt schließlich immer noch in amerikanischen Gewässern, vergessen Sie das nicht.«

»Also, was tun Sie?«

»Ich fliege morgen früh nach Puerto Rico, dann geht es per Schiff runter nach Samson Cay, von wo ich meine weiteren Schritte plane. Dillon muß entweder im Hyatt oder in Caneel Bay absteigen, wenn er in einem Hotel wohnen will, und darüber wird uns ein simpler Telefonanruf Aufschluß geben. Ich tippe auf Caneel Bay, wenn er versuchen möchte, den Taucher, diesen Carney, für sich zu gewinnen.«

»Das denke ich auch.«

»Das mit dem Mädchen ist großes Pech. Aber sie wird schon irgendwann wieder auftauchen, und ich habe immer noch das Gefühl, als könne sie der Schlüssel zu allem sein. Möglich, daß sie mehr weiß, als ihr bewußt ist.«

»Wollen wir es hoffen.«

»Speziell für Sie, Francis, hoffe ich das auch.«

Dillon, in seinem Blazer und mit einer Guards-Krawatte angemessen ausstaffiert, stieg hinter Travers die imposante Treppe des Garrick Clubs hinauf. »Mein Gott, hier gibt es ja mehr Porträts als in der Nationalgalerie«, staunte er und folgte Travers in die Bar, wo Ferguson auf sie wartete.

»Ah, da sind Sie ja«, sagte er. »Ich bin Ihnen um ein Glas voraus. Ich dachte mir, wir sollten mit Champagner anfangen, Dillon, um Ihnen eine gute Reise zu wünschen. Soweit ich mich erinnere, bevorzugen Sie Krug.«

Sie saßen in der Ecke, und der Barkeeper brachte die Flasche, öffnete sie und füllte drei Gläser. Ferguson bedankte sich, dann holte er einen Briefumschlag aus der Tasche und schob ihn über den Tisch. »Nur für den Fall, daß es größere Schwierigkeiten gibt. Darin finden Sie Namen und Adresse eines meiner Bekannten in Charlotte Amalie, der größten Stadt auf St. Thomas. Man könnte ihn als Großhändler für Hardware bezeichnen.«

»Hardware?« Travers sah den Brigadier etwas ratlos an. »Für was um alles in der Welt braucht er einen Computer?«

Dillon verstaute den Briefumschlag in seiner Blazertasche. »Sie sind wirklich ein netter Kerl, Admiral. Mögen Sie immer so bleiben.«

Ferguson prostete Dillon zu. »Viel Glück, mein Freund, Sie werden es brauchen.« Er leerte sein Glas. »Und jetzt habe ich Hunger.«

Da war etwas in seinen Augen, ein Funkeln, ein ganz bestimmter Ausdruck, der andeutete, daß mehr hinter der Sache steckte, viel mehr sogar, sagte sich Dillon. Aber er stand trotzdem gehorsam auf und verließ hinter Travers und dem Brigadier die Bar.

In Briac, im Kloster der Barmherzigen Schwestern, saß Jenny allein in der hintersten Reihe Betstühle der Kapelle, stützte die Arme auf die Rückenlehne des Stuhls vor sich, schaute versonnen ins flackernde Kerzenlicht und dachte nach. Die Tür knarrte, als sie geöffnet wurde, und Schwester Maria Baker kam herein.

»Da sind Sie ja. Sie sollten längst im Bett liegen.«

»Ich weiß, Schwester, aber ich fand keine Ruhe und wollte über einiges nachdenken.«

Schwester Maria Baker ließ sich neben ihr nieder. »Über was, zum Beispiel?«

»Da wäre erst mal Dillon. Er hat viele schlimme Dinge getan. Er war unter anderem Mitglied der IRA, und dann seine Reaktion, als mich gestern abend die beiden Männer angriffen.« Sie erschauerte. »Er war so kalt, so brutal, so gefühllos, und trotzdem war er mir gegenüber die Güte in Person.«

»Und?«

Jenny sah die Ordensschwester an. »Ich bin keine gute Christin. Im Gegenteil, als Henry mich auflas, war ich eine große Sünderin, aber ich möchte Gott verstehen, wirklich und wahrhaftig.«

»Und wo ist das Problem?«

»Warum läßt Gott zu, daß es überall Gewalt und Mord gibt? Warum erlaubt er es, daß ein Mensch wie Dillon so brutal sein kann?«

»Die Antwort darauf ist wirklich einfach, mein Kind. Was Gott uns Menschen zugesteht, ist der freie Wille. Er gibt uns allen die Freiheit der Wahl. Ihnen, mir und all den Dillons auf der ganzen Welt.«

»Das habe ich auch schon gedacht.« Jenny seufzte. »Aber ich muß nach St. John zurück, und nicht nur, um Dillon zu helfen, sondern auch wegen Henry.«

»Weshalb ist Ihnen das so wichtig?«

»Weil Henry mir nicht mitgeteilt hat, wo er das U-Boot entdeckt hat. Das heißt, daß das Geheimnis mit ihm gestorben ist, und trotzdem habe ich das seltsame Gefühl, als sei genau das nicht der Fall. Als sei die Information irgendwo in St. John, aber ich kann keinen klaren Gedanken fassen. Es fällt mir einfach nicht ein, Schwester.«

Ein Ausdruck der Bitterkeit stahl sich wieder in ihr Gesicht, und Schwester Maria Baker ergriff ihre Hand. »Jetzt ist es aber genug. Sie brauchen Schlaf. Ein paar Tage Ruhe werden sicher wahre Wunder wirken. Danach werden Sie sich erinnern, was Sie jetzt offenbar nicht schaffen, ich verspreche es Ihnen. Und jetzt bringe ich Sie zu Bett.«

Am nächsten Morgen holte Fergusons Daimler Dillon um halb acht Uhr ab, um ihn nach Gatwick zu bringen. Travers bestand darauf, ihn zu begleiten.

Um diese morgendliche Stunde erfolgte die Fahrt aus der Stadt hinaus ziemlich zügig. Schon um halb neun konnte Dillon durch die Paßkontrolle gehen und sich der Sicherheitsüberprüfung unterziehen.

»Der Flug wurde bereits aufgerufen, wie ich sehe«, sagte Travers.

»Scheint so.«

»Sehen Sie, Dillon«, begann Travers verlegen. »Wir werden wohl nie im gleichen Boot sitzen, von wegen der IRA und allem, was Sie sonst getrieben haben und noch treiben, aber ich möchte Ihnen für das danken, was Sie für die junge Frau getan haben. Ich habe sie gemocht – sogar sehr gemocht.«

»Ich auch.«

Travers reichte ihm die Hand. »Seien Sie vorsichtig. Dieser Santiago scheint ein übler Bursche zu sein.«

»Ich werde mir Mühe geben, Admiral.«

»Noch eine andere Sache.« Travers klang noch verlegener als vorher. »Charles Ferguson ist ein guter Freund, aber er ist auch der verschlagenste, hinterlistigste Bursche, den ich in meinem ganzen Leben je kennengelernt habe. Halten Sie auf jeden Fall die Augen offen.«

»Das werde ich, Admiral, das werde ich«, sagte Dillon, schaute dem Admiral nach, als dieser sich entfernte, wandte sich dann um und ging durch die Sperre.

Ein netter Mensch, dachte er, während der Jumbo abhob und in den Steigflug überging. Ein anständiger Kerl, aber er ließ sich nicht zum Narren halten, und er hatte recht. Hinter dieser Sache steckte weitaus mehr, als auf den ersten Blick zu erkennen war, und es war völlig klar, daß Ferguson wußte, was gespielt wurde. *Verschlagener, hinterlistiger Bursche.* Eine treffende Beschreibung.

»Na ja, ich kann mindestens genauso hinterlistig sein«, murmelte Dillon und nahm dankend das Glas Champagner an, das die Stewardeß ihm anbot.

8. Kapitel

Dank eines kräftigen Rückenwindes dauerte der Flug nach Antigua knapp über acht Stunden, und sie landeten um kurz nach zwei Uhr Ortszeit. Es war heiß, richtig heiß, was nach London besonders deutlich zu spüren war. Dillon fühlte sich ausgesprochen beschwingt und schritt vor allen anderen auf das Flughafengebäude zu. Er trug eine schwarze Cordhose und ein Jeanshemd, seine schwarze Fliegerjacke hatte er lässig über eine Schulter gelegt. Als er den Eingang erreichte, entdeckte er eine junge Farbige in heller Uniform, die ein Schild mit seinem Namen hochhielt.

Dillon blieb stehen. »Ich bin Dillon.«

Sie lächelte. »Ich bin Judy. Willkommen in Antigua, Mr. Dillon. Ich begleite Sie durch den Zoll und helfe Ihnen bei den Einreiseformalitäten, danach bringe ich Sie zu Ihrem Flugzeug.«

»Sind Sie von der Flugzeugvermietung?« fragte er, während sie durch die verschiedenen Kontrollen geschleust wurden.

»Ja. Ich muß Ihren Pilotenschein prüfen, und es müssen einige Formulare für die Luftfahrtbehörden ausgefüllt werden. Aber das können wir tun, während wir auf Ihr Gepäck warten.«

Zwanzig Minuten später fuhr sie mit ihm in einem Servicebus zur anderen Seite der Rollbahn. Ein Mechaniker namens Tony in einem weißen Overall saß neben ihr. Die Cessna parkte in einer Reihe von Privatflugzeugen und war wegen ihrer Schwimmer, unter denen Räder hervorschauten, eine auffällige Erscheinung.

»Damit sollten Sie keine Schwierigkeiten haben«, sagte Tony, während er Dillons beide Koffer verstaute. »Sie fliegt so friedlich wie ein Storch. Natürlich, viele Leute haben Angst, zwischen den Inseln mit nur einem Motor unterwegs zu sein, aber das Schöne an diesem Baby ist ja, daß man damit auch im Wasser runtergehen kann.«

»Oder auch noch woanders«, sagte Dillon.

Tony lachte, deutete in die Kabine. »Da liegt ein Verzeichnis mit allen Inseln und den sich darauf befindenden Flugplätzen. Unser Chefpilot hat Ihren Kurs von hier bis nach Cruz Bay auf St. John eingezeichnet. Ziemlich direkt. Ungefähr zweihundertfünfzig Meilen. Flugzeit etwa anderthalb Stunden.« Er warf einen Blick auf seine Uhr. »Sie müßten es bis halb fünf schaffen.«

»Es ist amerikanisches Territorium, aber der Zoll und die Einwanderungsbehörden erwarten Sie schon. Sie treffen sie an der Rampe in Cruz Bay. Wenn Sie nahe genug sind, dann melden Sie sich in St. Thomas, und die geben weiter, daß Sie im Anflug sind. Ach ja, für Sie steht außerdem ein Jeep bereit.« Judy lächelte. »Ich glaube, das war's auch schon.«

»Vielen Dank für alles.« Dillon schenkte ihr sein ganz besonders charmantes Lächeln und schüttelte Tony die Hand.

Einen Moment später saß er im Pilotensessel und schloß die Tür. Er schnallte sich an, rückte den Kopfhörer zurecht, dann ließ er den Motor an und rief den Tower. Ein kleines Privatflugzeug war gerade im Begriff zu landen, und der Tower wies ihn an zu warten. Danach erteilten sie ihm die Starterlaubnis, und er rollte zum Ende der Startbahn. Dillon wartete einen Moment, bekam dann das Startsignal und gab Gas. Er jagte über die Startbahn und zog im richtigen Moment die Steuersäule nach hinten. Mühelos stieg die Cessna über dem azurblauen Meer in den Himmel.

Etwa eine Stunde später landete Max Santiago in St. Juan. Ein Angestellter des Flughafens geleitete ihn durch die Paßkontrolle und den Zoll und brachte ihn hinaus zu der Stelle, wo sein Chauffeur, Algaro, mit der schwarzen Mercedes-Limousine auf ihn wartete.

»Stets zu Ihren Diensten, Señor«, begrüßte er seinen Chef auf spanisch.

»Schön, dich zu sehen, Algaro«, sagte Santiago. »Wurde alles wie gewünscht vorbereitet?«

»O ja, Señor. Ich habe die übliche Kleidung zusammengepackt und sie heute morgen selbst zur *Maria Blanco* runtergebracht. Kapitän Serra erwartet Sie schon.«

Algaro war nicht besonders groß, einsfünfundsechzig oder einssiebzig, aber ungemein kräftig. Sein Haar war derart kurz geschnitten, daß er beinahe kahl aussah. Eine Narbe, die sich vom Winkel seines linken Auges bis hinunter zum Mund zog, trug zu seiner düsteren und bedrohlichen Ausstrahlung bei, die ihn trotz seiner grauen Chauffeursuniform umgab. Er war Santiago uneingeschränkt ergeben, weil dieser ihn zwei Jahre zuvor, nachdem er eine Prostituierte erstochen hatte, vor einer lebenslangen Zuchthausstrafe retten konnte, indem er großzügig Geld nicht nur an Anwälte, sondern auch an korrupte Beamte verteilte.

In diesem Moment erschien das Gepäck. Während die Gepäckträger es verstauten, sagte Santiago: »Gut. Du brauchst mich nicht mehr zum Haus zu bringen. Ich gehe direkt auf das Schiff.«

»Wie Sie wünschen, Señor.« Sie fuhren los, fädelten sich in den Verkehrsstrom auf der Hauptstraße ein, und Algaro sagte: »Kapitän Serra erwähnte, Sie wollten zwei Taucher in der Mannschaft haben. Dafür wurde Sorge getragen.«

»Hervorragend.« Santiago griff nach der örtlichen Zeitung, die neben ihm auf dem Sitz lag, und schlug sie auf.

Algaro beobachtete ihn im Innenspiegel. »Gibt es ein Problem, Señor?«

Santiago lachte. »Du bist wie ein Raubtier, Algaro. Du kannst Verdruß geradezu wittern.«

»Aber deshalb haben Sie mich doch eingestellt, Señor.«

»Ganz richtig.« Santiago faltete die Zeitung zusammen, nahm eine Zigarette aus einem eleganten goldenen Etui und zündete sie an. »Ja, mein Freund, es gibt ein Problem, ein Problem namens Dillon.«

»Darf ich mehr über ihn erfahren, Señor?«

»Weshalb nicht? Wahrscheinlich mußt du dich – wie soll ich

es ausdrücken – für mich um ihn kümmern, Algaro.« Santiago lächelte. »Also hör gut zu und merk dir, was du von ihm erfährst, denn dieser Mann ist gut, Algaro, sehr gut sogar.«

Es war ein makelloser Nachmittag. Am grenzenlosen blauen Himmel waren nur vereinzelte Wolken zu sehen, als Dillon in fünftausend Fuß Höhe über dem Karibischen Meer dahinschwebte. Es war ein reines Vergnügen für ihn, hinabzublicken auf das Meer, das ständig seine Farbe zwischen Grün und Blau wechselte, auf einzelne Boote, auf die Riffe und die Untiefen, die aus dieser Höhe deutlich auszumachen waren.

Er überflog die Inseln Nevis und St. Kitts, gab dem örtlichen Flugplatz seine Position durch und erreichte dann die kleine holländische Insel Saba, die er ebenfalls überflog. Er hatte kräftigen Rückenwind und kam ziemlich zügig vorwärts, besser als er erwartet hatte. Nach seinem Start in Antigua war kaum eine Stunde verstrichen, als St. Croix an Backbord auftauchte.

Kurz darauf schob sich der Hauptstrang der Antillen aus dem vor Hitze flimmernden Dunst, um ihn zu begrüßen. An Backbord lag St. Thomas, die kleinere Landmasse von St. John an Steuerbord. Dahinter war Tortola zu erkennen. Er zog die Karte zu Rate und sah Peter Islands hinter Tortola und, östlich von St. John, Norman Island. Noch weiter nach Süden folgte dann Samson Cay.

Dillon meldete sich beim Flugplatz von St. Thomas und informierte den Tower über seine bevorstehende Ankunft. Der Fluglotse gab sein Okay. »Landung in Cruz Bay wurde bereits angekündigt. Zoll- und Einreiseformalitäten werden an Ort und Stelle abgewickelt.«

Dillon ging in den Sinkflug über, drehte nach Steuerbord, fand Samson Cay, ohne lange suchen zu müssen, und überflog die Anlage in tausend Fuß Höhe. Er sah einen Hafen, in dem mehrere Yachten lagen, einen Pier, Ferienhäuser und einen Hotelkomplex, der inmitten eines Palmenhains lag. Der Flugplatz befand sich im Norden, hatte keinen Tower, sondern nur einen Luftsack an einem hohen Mast. Menschen aalten sich dort unten am Strand. Einige erhoben sich und winkten ihm. Er wackelte mit den Tragflächen, blieb weiter auf Kurs und schwebte fünfzehn Minuten später auf Cruz Bay zu und vollführte vor dem Hafen eine perfekte Landung.

Er lenkte die Maschine in den Hafen und fand die Rampe ohne große Schwierigkeiten. Mehrere uniformierte Beamte und ein oder zwei andere Leute standen dort, alle farbig. Die Maschine trieb auf die Gruppe zu, dann ließ Dillon die Räder herunter, rollte die Rampe hinauf und unterbrach die Zündung des Motors. Einer der Beamten in Zolluniform hielt zwei keilförmige Holzklötze an einem Lederriemen bereit. Er bückte sich und schob sie hinter die Räder.

Dillon kletterte heraus. »Lafayette, da wären wir.«

Alle lachten belustigt, und die Vertreter der Einwanderungsbehörde überprüften seinen Paß, fanden den irischen völlig in Ordnung, während die Männer des Zolls sein Gepäck kontrollierten. Alles verlief reibungslos, und man trennte sich in bestem Einvernehmen und unter Bekundungen gegenseitiger Wertschätzung. Während die Beamten sich entfernten, trat eine junge Frau in Uniform, diesmal in hellem Pink, die geduldig etwas abseits gewartet hatte, auf ihn zu.

»Ich habe den bestellten Jeep hergebracht, Mr. Dillon. Wenn Sie vielleicht die Übergabe quittieren und mir Ihren Führerschein zeigen würden, können Sie gleich losfahren.«

»Das ist sehr nett von Ihnen«, sagte Dillon und trug seine Koffer zu dem Wagen und verstaute sie auf dem Rücksitz.

Während er den Mietvertrag unterschrieb, sagte die junge Frau: »Leider hatten wir im Augenblick keinen Wagen mit Automatik zur Verfügung. Ich könnte Ihnen morgen einen bereitstellen. Dann bekomme ich nämlich einen zurück.«

»O nein, vielen Dank. Mir ist es lieber so. Ich schalte gerne selbst.« Er lächelte. »Kann ich Sie irgendwo absetzen?«

»Das wäre wunderbar.« Sie stieg ein und nahm neben ihm Platz. Nach etwa dreihundert Metern, als er auf der Straße einbog, sagte sie: »Das reicht schon.«

Auf der anderen Straßenseite befand sich ein luxuriös aussehender Gebäudekomplex. »Was ist denn das?« wollte er wissen.

»Moongoose Junction, unsere Version eines Einkaufszentrums, aber weitaus hübscher. Dort gibt es auch eine sehr schöne Bar und zwei hervorragende Restaurants.«

»Ich werd's mir mal irgendwann ansehen.«

Sie stieg aus. »Biegen Sie nach links ab, und folgen Sie der Hauptstraße. Caneel Bay ist nur zwei Meilen entfernt. Es gibt einen Parkplatz für Gäste. Von dort ist es zu Fuß nicht mehr weit bis zur Rezeption.«

Die *Maria Blanco* hatte Santiago zwei Millionen Dollar gekostet und war sein liebstes Spielzeug. Er hielt sich viel lieber auf der Yacht auf als in seinem prächtigen Haus über der Stadt St. Juan, vor allem seitdem seine Frau vor zehn Jahren an Krebs gestorben war. Das Schiff verfügte über jeden erdenklichen Luxus und brauchte, um operieren zu können, einen Kapitän und fünf oder sechs Matrosen als Mannschaft.

Santiago saß auf dem Oberdeck, genoß die Sonne und eine Tasse exquisiten Kaffees. Algaro stand hinter ihm; der Kapitän, Julian Serra, ein stämmiger Mann mit schwarzem Bart und in Uniform, saß ihm gegenüber. Wie die meisten Angestellten Santiagos arbeitete er schon seit mehreren Jahren für ihn und war des öfteren an höchst fragwürdigen Aktivitäten beteiligt gewesen.

»Wie Sie sehen, Serra, ergibt sich für uns ein gewisses Problem. Dieser Dillon wird sich bestimmt an diesen Taucher, Bob Carney, heranmachen, wenn er in St. John ankommt.«

»Wracks sind unter Wasser bekanntermaßen überaus schwierig zu finden, Señor«, erklärte ihm Serra. »Ich habe schon von Experten gehört, daß sie nicht selten das Gesuchte um wenige Meter verfehlt haben. Es ist wirklich nicht einfach. Und da draußen haben wir eine ganze Menge weites Meer.«

»Sie haben sicher recht«, sagte Santiago. »Ich glaube noch immer, daß die junge Frau eine Antwort auf unsere Fragen haben muß. Aber sie läßt sich mit ihrer Rückkehr sicherlich Zeit. Unterdessen können wir Mr. Dillon ja eine recht drastische Überraschung bereiten.« Er lächelte Algaro an. »Meinst du, das könntest du besorgen, Algaro?«

»Mit Vergnügen, Señor«, sagte Algaro.

»Gut.« Santiago wandte sich wieder an Serra. »Wie steht es mit der Mannschaft?«

»Guerra ist erster Bootsmann. Wie üblich sind Solona und Mugica dabei. Außerdem habe ich zwei Männer mit hinreichender Taucherfahrung engagiert, Javier Noval und Vicente Pinto.«

»Sind sie zuverlässig?«

»Absolut.«

»Und wir werden in Samson Cay erwartet?«

»Ja, Sir, ich habe persönlich mit Prieto gesprochen. Wollen Sie dort wohnen?«

»Ich denke schon. Wir können natürlich jederzeit vor dem Paradise Beach in Caneel vor Anker gehen. Ich überlege es mir.« Santiago leerte seine Kaffeetasse und stand auf. »Na schön, dann nichts wie los.«

Dillon freundete sich mit Caneel in dem Augenblick an, als er dort eintraf. Er parkte den Jeep und machte sich auf den Weg. Auf einer Felsnase über ihm sah er ein wunderschön gelegenes Restaurant, rund und zu allen Seiten hin offen. Am Fuß des Felsens befanden sich die Überreste einer Zuckerfabrik aus der Zeit der Plantagen. Die Vegetation war üppig, überall wiegten sich Palmen in der sanften Brise. Er hielt inne, als er links von sich und etwas zurückgesetzt einen Souvenirladen entdeckte. Auf einem Schild über dem Eingang stand zu lesen: *Paradise Watersports* – Carneys Laden, soweit er sich an die Broschüre erinnern konnte. Er ging hinüber und riskierte einen kurzen Blick. Wie erwartet waren im Schaufenster die verschiedensten Tauchanzüge ausgestellt. Die Ladentür war jedoch verschlossen.

Am Rezeptionspult in der Hotelhalle warteten drei oder vier Leute vor ihm, bis sie an die Reihe kamen, daher stellte er sein Gepäck ab und ging wieder nach draußen, um sich umzusehen. Als erstes entdeckte er einen großzügigen Barbereich, rundum offen, aber unter einem ausladenden, scheunenähnlichen Dach, geradezu lebensnotwendig in einer Gegend, in der plötzliche, heftige Regenschauer an der Tagesordnung waren.

Dahinter erstreckte sich Caneel Bay, wo Boote unterschiedlichen Typs vor Anker lagen. An dem einladend mit Palmen gesäumten Strand entspannten sich Touristen in der Abendsonne, und auf dem Wasser kreuzten noch ein oder zwei Windsurfer. Dillon sah auf die Uhr. Es war schon fast halb sechs, und er wollte gerade zum Empfangspult zurückkehren, als er ein Boot einlaufen sah.

Es war ein Sport Fisherman mit Laufbrücke, schnittig und strahlend weiß, aber Dillons Interesse wurde geweckt durch ein Dutzend Preßluftflaschen, die im Heck in ihren Halterungen befestigt waren. Vier Personen waren auf dem Deck damit beschäftigt, ihre Ausrüstungen in geräumige Tauchsäcke zu packen. Carney, nur mit Jeans bekleidet, stand auf der Brücke am Ruder. Sein nackter Oberkörper war tiefbraun, und das blonde Haar war von der Sonne gebleicht. Dillon erkannte ihn von dem Foto in dem Prospekt.

Langsam schlenderte er zum Ende des Piers, während Carney das Schiff heranmanövrierte. Einer der Tauchschüler warf eine Leine herüber, die Dillon auffing und fachgerecht an einem Poller in Höhe des Schiffshecks festmachte. Dann ging er nach vorne zum Bug, wo das Schiff mehrmals gegen seine Fender prallte, streckte die Hand aus und schnappte die andere Leine auf. Dillon zündete sich mit seinem Zippo eine Zigarette an, und Carney schaltete die Maschinen aus und kam von der Brücke herunter. »Danke«, rief er von der Leiter.

Dillon winkte. »War mir ein Vergnügen, Captain Carney.« Dann wandte er sich um und ging über den Pier davon.

Eine der Angestellten am Empfang brachte ihn in einem kleinen Servicebus zu seinem Cottage. Das Gelände war das reinste Paradies. Man sah nicht nur gepflegte Rasenflächen und Palmen, sondern auch alle erdenklichen tropischen Pflanzen.

»Die gesamte Halbinsel ist Privatgelände«, erklärte die junge Frau, während sie über eine schmale Straße rollten. »Wir verfügen über insgesamt sieben Strände. Und wie Sie sehen, sind die meisten Gästehäuser um sie herum angeordnet.«

»Bisher habe ich nur zwei Restaurants entdeckt«, meinte Dillon.

»Ja, Sugar Mill und Beach Terrace. Aber am Ende der Halbinsel gibt es noch ein drittes, Turtle Bay, ein etwas eleganteres, Krawatte ist dort erwünscht. Turtle Bay ist ideal, um dort seinen abendlichen Drink zu nehmen, denn man hat einen wundervollen Blick über die Windward Passage auf Dutzende kleiner Inseln sowie auf Carval Rock und Whistling Cay. Natürlich viel weiter entfernt sehen Sie Jost Van Dyke und Tortola, aber das sind schon die britischen Antillen.«

»Klingt richtig idyllisch«, stellte er fest.

Sie bremste und hielt neben einem zweistöckigen Gebäude mit Flachdach an, das von Bäumen und dichtem Buschwerk umgeben war. »Da sind wir. Cottage sieben.«

Eine Treppe führte zur oberen Etage. »Es ist demnach kein separates Haus?« fragte Dillon.

Sie öffnete die Tür zu einer kleinen Vorhalle. »Manchmal mieten die Gäste es ganz, aber hier in diesem Bereich ist es unterteilt. Sieben D und Sieben E.«

Die Türen lagen einander gegenüber. Sie schloß 7 D auf und ging voraus. Es gab ein luxuriöses Duschbad sowie eine Bar mit eigenem Kühlschrank. Das Wohnschlafzimmer war riesig und geschmackvoll eingerichtet. Die Fenster waren mit Jalousien versehen, und an der Decke drehten sich zwei große Ventilatoren.

»Ist es so in Ordnung?« fragte sie.

»Ich denke schon.« Dillon deutete mit einem Kopfnicken auf das überdimensional große Bett. »Mein Gott, man muß ja Langstreckenläufer sein, wenn man seine Frau in diesem Ding finden will.«

Die Angestellte lachte, öffnete die Flügeltür zur Terrasse und trat hinaus. Es gab einen geräumigen Sitzbereich und einen etwas schmaleren Teil um die Ecke vor den anderen Fenstern. Ein mit Bäumen gesäumter Grashang führte zu einem kleinen Sandstreifen hinunter. Drei oder vier hochseetüchtige Yachten ankerten in einiger Entfernung vom Ufer.

»Paradise Beach«, sagte die Hotelangestellte.

Rechts von ihnen war ein weiterer Strand zu erkennen mit einer Reihe Häuser dahinter. »Was ist das?« erkundigte er sich.

»Scott Beach und Turtle Bay. Sie brauchen zu Fuß eine Viertelstunde bis dorthin, aber es gibt auch einen regelmäßig verkehrenden Bus mit Haltestellen überall auf dem Gelände.«

Es klopfte an der Tür. Sie ging ins Haus und öffnete dem Pagen mit dem Gepäck. Dillon folgte ihr, und sie wandte sich um. »Ich glaube, das ist alles.«

»Ich wollte ein Telefon haben«, sagte Dillon. »In den Häusern gibt es doch keins, oder?«

»Aber ja, das hätte ich beinahe vergessen.« Sie klappte ihre Schultertasche auf, holte ein drahtloses Telefon mit Reserveakku und Ladegerät heraus und legte alles zusammen mit einer Karte auf den Tisch. »Ihre Nummer ist darauf vermerkt. So, jetzt kann ich nur hoffen, daß das wirklich alles war.«

Dillon hielt für sie die Tür auf. »Vielen Dank.«

»Ach ja, eine Sache noch, unser Direktor, Mr. Nicholson, bat mich, ihn zu entschuldigen, daß er Sie nicht persönlich begrüßen konnte. Er hatte dringend auf St. Thomas zu tun.«

»Nicht schlimm. Ich denke, wir sehen uns später.«

»Ich glaube, er ist auch Ire wie Sie«, sagte die junge Frau und verabschiedete sich.

Als Dillon allein war, öffnete er den Kühlschrank unter der Zimmerbar und entdeckte jede Art von Drinks, die ihm auf Anhieb einfielen, darunter auch zwei kleine Flaschen Champagner. Er öffnete eine, schenkte sich ein Glas ein, ging hinaus auf die Terrasse und sah auf das Wasser hinab.

»Nun, alter Junge, so läßt es sich einigermaßen aushalten«, sagte er leise und schlürfte genußvoll den Champagner.

Am Ende war das Funkeln der Sonnenstrahlen auf den Wellen natürlich zu verlockend, und er ging ins Haus und schlüpfte in eine Badehose. Kurz darauf lief er zu dem kleinen Strand hinunter, den er ganz für sich allein hatte. Das Wasser war unglaublich warm und sehr klar. Er watete hinein und begann zu schwimmen. Plötzlich entstand rechts von ihm eine Turbulenz im Wasser, und eine ausgewachsene Schildkröte tauchte auf. Sie musterte ihn neugierig und paddelte dann ohne große Hast davon.

Dillon lachte schallend, dann schwamm er träge hinaus in

Richtung der ankernden Yachten, machte aber nach ungefähr fünfzig Metern kehrt, um wieder zurückzuschwimmen. Hinter ihm glitt die *Maria Blanco* durch die Einfahrt der Caneel Bay und ging in etwa dreihundert Metern Entfernung vor Anker.

Santiago hatte seine Pläne hinsichtlich Samson Cay erst in dem Moment geändert, als Kapitän Serra ihm eine Nachricht aus dem Funkraum vorlegte. Ein Telefonanruf vom Schiff zum Land hatte ergeben, daß Dillon bereits in Caneel Bay eingetroffen war.

»Er wohnt in Cottage sieben«, sagte Serra.

»Interessant«, sagte Santiago. »Das ist das beste Haus der gesamten Hotelanlage.« Er dachte kurz nach, trommelte mit den Fingern auf der Tischplatte und traf dann seine Entscheidung. »Ich kenne es gut. Es steht direkt am Paradise Beach. Wir gehen dort vor Anker, Serra, zumindest für heute.«

»Wie Sie meinen, Señor.«

Serra kehrte auf die Brücke zurück, und Algaro, der an der Heckreling gestanden hatte, schenkte Santiago eine weitere Tasse Kaffee ein.

Santiago massierte sein Kinn. »Du gehst heute abend an Land. Nimm jemand mit. Auf dem Parkplatz von Moongoose Junction steht der Landrover, den Serra immer benutzt. Er gibt dir die Schlüssel.«

»Und was soll ich tun, Señor?«

»Fahr nach Caneel und versuch herauszubekommen, was Dillon vorhat. Wenn er das Gelände verlassen sollte, dann folge ihm.«

»Soll ich ihm Schwierigkeiten machen?« fragte Algaro hoffnungsvoll.

»Aber nur ein wenig, Algaro.« Santiago lächelte. »Mach's nicht zu drastisch.«

»Mit Vergnügen, Señor«, sagte Algaro und schenkte ihm noch Kaffee nach.

Dillon hatte nicht viel Lust auf formelle Eleganz. Er trug ein lässiges weißes Baumwollhemd und eine cremefarbene Leinenhose, beides von Armani, als er durch den hereinbrechenden Abend nach Caneel Bay spazierte. In seiner Tasche steckte eine kleine Taschenlampe, die er von der Hoteldirektion erhalten hatte, damit er sich auch in der Dunkelheit auf dem Gelände zurechtfand, aber es war eine so sternenklare Nacht, daß er sie nicht brauchte. Im Terrace-Beach-Restaurant herrschte bereits reger Betrieb, was normal war, denn Amerikaner aßen gern früh zu Abend, das wußte Dillon. Er ging zur Rezeption, tauschte einen Travellerscheck gegen fünfhundert Dollar ein und versuchte dann sein Glück in der Bar.

Er hatte sich noch nie für die typisch karibischen Rum-und-Fruchtsaft-Drinks begeistern können und entschied sich für einen altmodischen Wodka-Martini-Cocktail, den eine freundliche dunkelhäutige Serviererin umgehend an seinen Tisch brachte. Die Mitglieder einer Band packten auf einer kleinen Bühne gerade ihre Instrumente aus, und in der Ferne funkelten die Lichter von St. Thomas. Es war wirklich idyllisch, und er konnte sehr leicht vergessen, daß er eigentlich hergekommen war, um einen Job zu erledigen. Er leerte sein Glas, zeichnete die Rechnung ab und ging weiter zum Restaurant, wo er sich beim Chefkellner meldete und einen Tisch zugewiesen bekam.

Die Speisekarte war eine einzige Versuchung. Er bestellte gegrillte Seemuscheln, einen Salat und anschließend einen halben Hummer. Es gab zwar keinen Krug-Champagner, aber eine halbe Flasche Veuve Cliquot rundete die Mahlzeit perfekt ab.

Um neun Uhr schlenderte er wieder hinunter zur Rezeption. Algaro saß in einem der Ledersessel in der Halle und las in der *New York Times*. Hinter dem Empfangstisch saß die junge Angestellte, die Dillon zu seinem Cottage gebracht hatte.

Sie lächelte. »Alles wunschgemäß, Mr. Dillon?«

»Einfach perfekt. Sagen Sie, kennen Sie eine Bar namens *Jenny's Place*?«

»Natürlich. Sie finden sie am Hafen, kurz hinter Moongoose Junction stadteinwärts.«

»Sie ist doch sicherlich lange geöffnet, nicht wahr?«

»Gewöhnlich bis etwa zwei Uhr morgens.«

»Vielen Dank.«

Er verließ die Halle und schlenderte über den Pier. Dabei zündete er sich eine Zigarette an. Algaro folgte ihm, eilte am Parkplatz des Sugar Mill entlang bis zu der Stelle, wo der Landrover parkte. Felipe Guerra, der Maat der *Maria Blanco,* saß hinter dem Lenkrad.

Algaro schob sich neben ihn auf den Beifahrersitz. Guerra sah ihn fragend an. »Hast du ihn gefunden?«

»Ich hätte ihn anfassen können, so nahe war ich bei ihm. Er erkundigte sich nach dieser Bar, *Jenny's Place*. Kennst du sie? Sie liegt am Hafen in Cruz Bay.«

»Klar.«

»Sehen wir sie uns mal an. Ich habe den Eindruck, er will dem Laden einen Besuch abstatten.«

»Vielleicht können wir ihm zu etwas Abwechslung verhelfen«, sagte Guerra grinsend und startete den Motor.

Dillon fuhr an Moongoose Junction vorbei, fand *Jenny's Place,* wendete und kehrte zum Parkplatz des Einkaufszentrums zurück. Dann bummelte er durch die warme Nachtluft zum Hafen, stieg die Treppe zur Bar hoch, warf einen Blick auf die Neonreklame und trat ein. Drinnen herrschte reger Betrieb. Mary Jones nahm die Bestellungen auf, während zwei Serviererinnen, eine weiß, die andere schwarz, sich hektisch bemühten, ihre Gäste zu bedienen. Auch an der Bar drängten sich die Gäste, aber Billy Jones schien keine Probleme zu haben, sie alleine zu betreuen.

Dillon fand am Ende des Tresens einen freien Hocker und wartete geduldig, bis Billy sich um ihn kümmern konnte. »Irischen Whiskey, egal, welche Marke, und Wasser.«

Er bemerkte Bob Carney, der am anderen Ende der langen Bar saß, ein Glas Bier vor sich stehen hatte und sich mit zwei Männern unterhielt, die aussahen wie Seeleute. Carney drehte sich gerade zum Tresen hin, um nach seinem Bier zu greifen, spürte Dillons Blicke und runzelte die Stirn.

Billy brachte den Whiskey, und Dillon sagte: »Sie sind sicher Billy Jones, nicht wahr?«

Der Barkeeper wurde wachsam. »Und wer sind Sie?«

»Mein Name ist Dillon – Sean Dillon. Ich wohne in Caneel. Jenny sagte, ich solle mal vorbeischauen und hallo sagen.«

»Tatsächlich?« Billy blickte mißtrauisch. »Wann haben Sie denn mit Miss Jenny gesprochen?«

»In London. Ich war mit ihr bei der Einäscherung von Henry Baker.«

»Wirklich?« Billy wandte sich um und gab seiner Frau ein Zeichen. »Komm mal her!« Sie nahm eine Bestellung auf und erschien dann an der Bar. »Das ist meine Frau Mary. Wiederholen Sie bitte, was Sie mir gerade erzählt haben.«

»Ich war in London mit Jenny zusammen.« Dillon streckte eine Hand aus. »Gestatten, Sean Dillon. Ich war bei Bakers Beerdigung. Es war keine große Feier. Sie sagte, er sei Atheist gewesen, und so wohnten wir nur der Einäscherung bei.«

Mary bekreuzigte sich. »Gott lasse ihn in Frieden ruhen, aber er wollte es wohl so. Und was ist mit Jenny? Wie geht es ihr?«

»Sie war sehr betroffen«, sagte Dillon. »Sie erzählte mir, Baker habe eine Schwester.«

Mary runzelte die Stirn und warf ihrem Mann einen vielsagenden Blick zu. »Das wußten wir nicht. Sind Sie ganz sicher, Mister?«

»O ja, er hatte wohl eine Schwester, die in Frankreich lebt. Jenny wollte nicht verraten, wo, sondern flog einfach von London nach Paris. Sie wollte die sterblichen Überreste der Schwester übergeben.«

»Und wann kommt sie zurück?«

»Sie sagte nur, sie brauche noch ein paar Tage, um seinen Tod zu verarbeiten. Da ich vorhatte herzukommen, bat sie mich, vorbeizuschauen und guten Tag zu sagen.«

»Nun, vielen Dank«, erwiderte Mary. »Wir haben uns schon große Sorgen gemacht.« Ein Gast an einem der Tische rief nach ihr. »Ich muß gehen. Wir können uns später unterhalten.«

Sie entfernte sich, und Billy grinste. »Ich werde auch gebraucht, aber bleiben Sie nur, Mann, bleiben Sie.«

Er bediente drei lärmende Gäste, und Dillon trank genußvoll von seinem Whiskey und blickte sich in der Bar um. In einer

Ecknische saßen Algaro und Guerra und tranken Bier. Sie sahen nicht zu ihm herüber. Dillons Blick ruhte nur für einen kurzen Moment auf ihnen und wanderte dann weiter, aber er hatte Algaro aus der Halle im Caneel wiedererkannt: das kurzgeschorene Haar, das brutale Gesicht, die Narbe vom Auge bis zum Mund.

»Judas Ischariot, wie er leibt und lebt«, murmelte Dillon, der im Laufe der Jahre auf sehr drastische Weise gelernt hatte, niemals an Zufälle zu glauben.

Die beiden Männer, mit denen Carney sich unterhalten hatte, waren weggegangen, und er saß nun allein an der Bar. Dillon leerte sein Glas und schob sich an der Bar entlang durch die Gästeschar. »Was dagegen, wenn ich mich zu Ihnen setze?«

Carneys blaue Augen leuchteten geradezu in seinem braungebrannten Gesicht. »Sollte ich?«

»Dillon, Sean Dillon.« Er setzte sich. »Ich wohne im Caneel. Cottage sieben. Jenny Grant sagte, ich solle Sie aufsuchen.«

»Sie kennen Jenny?«

»Ich habe sie in London kennengelernt«, erzählte Dillon. »Ihr Freund, Henry Baker, kam dort bei einem Unfall ums Leben.«

»Davon habe ich gehört.«

»Jenny kam rüber wegen der gerichtlichen Untersuchung der Todesursache und wegen der Beerdigung.« Dillon nickte Billy Jones zu, der zu ihnen kam. »Ich bekomme noch einen irischen. Und Captain Carney geben Sie, was er haben möchte.«

»Ein Bier«, sagte Carney. »Hat sie ihn in London beerdigen lassen?«

»Nein«, erwiderte Dillon. »Er wurde eingeäschert. Er hat wohl eine Schwester in Frankreich.«

»Das wußte ich gar nicht.«

»Jenny sagte, nur wenige wüßten das. Er hatte sicherlich seine Gründe dafür. Nun, sie wollte seine sterblichen Überreste dieser Schwester übergeben. Ich sah sie zum letztenmal, als sie nach Paris flog. Sie sagte, sie käme in ein paar Tagen hierher zurück.«

Billy brachte den Whiskey und das Bier. Carney bedankte sich mit einem Kopfnicken. »Und Sie machen hier Urlaub?«

»Genau. Ich bin heute abend angekommen.«

»Dann waren Sie der Mann mit der Cessna?«

Dillon nickte. »Ich bin von Antigua rübergeflogen.«

»Bleiben Sie länger?«

»Kommt darauf an.« Dillon zündete sich eine Zigarette an. »Ich möchte hier ein wenig tauchen, und Jenny empfahl mir, ich solle mich an Sie wenden. Sie meinte, Sie seien der Beste.«

»Nett von ihr.«

»Sie sagte, Sie hätten Henry einiges beigebracht.«

»Das stimmt.« Carney nickte versonnen. »Henry war ein guter Taucher, ein wenig verrückt, aber trotzdem ganz gut.«

»Warum verrückt?«

»Es ist nie gut, wenn man alleine taucht, man sollte immer einen zweiten Mann bei sich haben. Aber Henry wollte das nicht hören. Er zog einfach los, wenn ihm danach war, und so etwas tut man einfach nicht, wenn man regelmäßig taucht. Es kann immer etwas passieren, ganz gleich, wie umsichtig man plant.« Carney trank von seinem Bier und blickte Dillon prüfend an. »Aber ich würde meinen, daß ich Ihnen das nicht erklären muß, Mr. Dillon.«

»Na ja, am Ende war es ein ordinärer Verkehrsunfall, dem er in London zum Opfer fiel. Er hat in die falsche Richtung geblickt und ist vor einen Autobus gelaufen. Er war sofort tot.«

Carney hob die Schultern. »Kennen Sie das alte arabische Sprichwort? Jeder hat ein Rendezvous in Samarra. Entgeht man dem Tod an dem einen Ort, erwischt es einen an einem anderen. Wenigstens war es für Henry schnell vorbei.«

»Eine ziemlich philosophische Haltung«, stellte Dillon fest.

Carney lächelte. »Ich bin ein sehr philosophischer Mensch, Mr. Dillon. Ich war zweimal in Vietnam. Seitdem empfinde ich alles als ein Geschenk. Sie wollen also tauchen?«

»Richtig.«

»Sind Sie gut?«

»Es geht so«, erwiderte Dillon. »Aber ich lerne gerne dazu.«

»Okay. Dann treffen wir uns morgen gegen neun in Caneel.«

»Ich brauche aber eine Ausrüstung.«

»Kein Problem, ich mache für Sie morgen den Laden auf.«

»Prima.« Dillon trank seinen Whiskey. »Dann bis morgen früh.« Er zögerte. »Eine Sache noch ... sehen Sie die beiden Typen da hinten in der Nische? Ich meine vor allem den häßlichen Burschen mit der Narbe. Wissen Sie zufälligerweise, wer das ist?«

»Klar«, entgegnete Carney. »Sie arbeiten auf einer großen Motorjacht aus Puerto Rico, die manchmal hier anlegt. Sie gehört einem Mann namens Santiago. Gewöhnlich liegt das Schiff in Samson Cay, das ist drüben auf der britischen Seite. Der jüngere der beiden ist der Bootsmann, Guerra, der andere ist ein gefährlicher Bastard namens Algaro.«

»Wie kommen Sie darauf, daß er gefährlich ist?«

»Vor etwa neun Monaten hat er vor einer Bar beinahe einen Fischer umgebracht. Er hatte Glück, daß man ihn nicht ins Gefängnis steckte. Sie haben ihn zu einer ziemlich hohen Geldstrafe verdonnert, aber sein Boß hat alles bezahlt, wie ich hörte. Man sollte um den Kerl einen großen Bogen machen.«

»Ich werd's mir merken.« Dillon stand auf. »Wir sehen uns morgen früh.« Er suchte sich einen Weg durch das Gedränge und verließ die Bar.

Billy kam zu Carneys Platz. »Willst du noch ein Bier, Bob?«

»Etwas zu essen wäre mir lieber«, sagte Carney. »Was hältst du von ihm?«

»Dillon? Er sagte, er habe Jenny in London getroffen. Da er herkommen wollte, habe Jenny gemeint, er solle vorbeischauen und hallo sagen.«

»Das sind aber verdammt viele Zufälle.« Carney griff nach seinem Glas und bemerkte, daß Algaro und Guerra sich erhoben und hinausgingen. Beinahe wäre er ihnen gefolgt, aber zum Teufel damit, es war nicht sein Problem, worum es auch gehen mochte. Außerdem machte Dillon den Eindruck, als könnte er sehr gut auf sich selbst aufpassen. Dessen war er sich absolut sicher.

Während Dillon Cruz Bay hinter sich ließ und herunterschaltete, um den steilen Berg hinter der Stadt hinaufzufahren, dachte er über Carney nach. Ein sympathischer Mann, ruhig und still und mit einer Menge innerer Kraft und Energie.

Als er den Gipfel des Berges erreichte, tauchte im Rückspiegel plötzlich ein Scheinwerferpaar auf, das sich schnell näherte. Er rechnete damit, überholt zu werden, als aber das Fahrzeug dicht hinter ihm blieb, wußte er, daß er in Schwierigkeiten war. Instinktiv trat er aufs Gaspedal und machte einen Satz vorwärts, fuhr dabei an der Abzweigung nach Caneel Bay vorbei.

Das Fahrzeug, ein Landrover, war ihm überlegen und tauchte schließlich rechts neben ihm auf. Dillon sah kurz Algaros Gesicht, das vom Armaturenbrett beleuchtet wurde, dann setzte der Landrover sich vor ihn. Dillon riß das Steuerrad herum, und der Wagen fuhr von der Straße ins Gebüsch, rollte einen kurzen Abhang hinunter und blieb stehen.

Dillon warf sich aus dem Jeep und robbte hinter einen Baum. Der Landrover war stehengeblieben, und für einen Moment herrschte Stille. Plötzlich erklang ein Schuß. Schrotkugeln prasselten über Dillons Kopf ins Geäst des Baums.

Dann herrschte wieder Stille. Schließlich war lautes Gelächter zu hören, und eine Stimme rief: »Willkommen auf St. John, Mr. Dillon!« Danach entfernte sich der Landrover.

Dillon wartete, bis das Motorengebrumm in der Nacht verhallte, dann stieg er wieder in den Jeep, schaltete den Vierradantrieb zu, lenkte den Wagen den Abhang zur Straße hinauf und fuhr zurück zur Abzweigung nach Caneel Bay.

In London war es halb vier Uhr morgens, als das Telefon neben Charles Fergusons Bett in seiner Wohnung am Cavendish Place klingelte. Er war sofort wach und nahm den Hörer ab.

»Ferguson.«

Dillon stand auf der Terrasse, in der einen Hand einen Drink, das drahtlose Telefon in der anderen. »Ich bin's«, sagte er, »mit einem Gruß von den paradiesischen Antillen. Nur sind sie im Augenblick leider nicht so paradiesisch.«

»Verdammt noch mal, Dillon, wissen Sie, wie spät es ist?«

»Ja, gerade rechtzeitig für ein paar Fragen und hoffentlich die richtigen Antworten. Zwei ziemlich üble Burschen haben gerade versucht, mich von der Straße zu fegen, mein Freund, und raten Sie mal, wer diese Kerle sind. Matrosen von Santiagos Yacht, der *Maria Blanco*. Sie haben außerdem mit einer Schrotflinte auf mich geschossen.«

Ferguson richtete sich auf und schlug die Bettdecke zurück. »Sind Sie ganz sicher?«

»Natürlich bin ich das.« Dillon war eigentlich nicht verärgert, aber er tat so, als wäre er es. »Hören Sie mal, Sie hinterlistiger Kerl, ich will wissen, was hier vorgeht. Ich bin erst ein paar Stunden hier, und schon kennen sie meinen Namen. Da diese Burschen ebenfalls hier herumschleichen, würde ich meinen, daß sie mich erwartet haben. Wie ist das möglich, Brigadier?«

»Keine Ahnung«, erwiderte Ferguson. »Mehr kann ich dazu im Augenblick nicht sagen. Ist sonst alles zu Ihrer Zufriedenheit?«

»Brigadier, ich breche gleich in lautes Gelächter aus«, sagte Dillon. »Aber ja, es ist alles bestens. Das Cottage ist sehr hübsch, der Blick geradezu göttlich, und morgen früh fahre ich mit Bob Carney raus zum Tauchen.«

»Prima, machen Sie so weiter, und passen Sie auf sich auf.«

»Ich soll auf mich aufpassen?« fragte Dillon höhnisch. »Ist das alles, was Sie mir raten können?«

»Hören Sie auf zu jammern, Dillon«, wiegelte Ferguson ab. »Sie sind doch noch unversehrt, oder?«

»Im großen und ganzen ja.«

»Sehen Sie! Sie wollten Ihnen nur einen kleinen Schreck einjagen, mehr nicht.«

»Mehr nicht, sagt er. Hört, hört.«

»Überlassen Sie alles weitere mir. Ich melde mich.«

Ferguson legte den Hörer auf, knipste die Nachttischlampe aus und dachte einige Minuten nach. Nach einer Weile schlief er wieder ein.

Dillon ging hinter die kleine Küchenbar, wo er Tee- und Kaffeebeutel fand. Er setzte Wasser auf und kochte sich eine Tasse Tee. Damit ging er hinaus auf die Terrasse und blickte hinunter auf die Bucht, wo auf einigen Yachten Licht brannte. Hinter der ganzen Sache steckte mehr, als auf den ersten Blick zu vermuten war, davon war er mehr denn je überzeugt. Und die Schrotflinte hatte ihm überhaupt nicht gefallen. Er war sich richtig nackt vorgekommen. Darauf gab es natürlich nur eine Antwort, nämlich ein Besuch bei der Adresse in St. Thomas, die Ferguson ihm mitgegeben hatte. Es war der Hardware-Spezialist. Er würde sich am Nachmittag darum kümmern.

Sobald sie wieder an Bord waren, erstattete Algaro seinem Boß Bericht. Als er geendet hatte, nickte Santiago zufrieden. »Das habt ihr gut gemacht.«

Algaro war besorgt. »Er wird doch wohl nichts unternehmen, Señor, ich meine bei der Polizei?«

»Natürlich nicht. Er möchte nicht, daß die Behörden erfahren, weshalb er hier ist, das ist ja das Schöne. Dieses U-Boot liegt in amerikanischen Gewässern, daher müßte es eigentlich der Küstenwache gemeldet werden. Aber das wäre wohl das letzte, was Dillon und dieser Brigadier Ferguson wollen.«

Algaro nickte. »Verstehe.«

»Geh jetzt schlafen!« rief ihm Santiago nach.

Algaro entfernte sich, und Santiago trat an die Reling. Er konnte in Cottage sieben Licht sehen. Nach ein paar Sekunden erlosch es. »Schlafen Sie gut, Mr. Dillon«, sagte er leise, machte kehrt und ging nach unten in seine Kabine.

9. Kapitel

Am folgenden Morgen erschien Ferguson gegen neun Uhr in der Downing Street. Er brauchte nur fünf Minuten zu warten, bis ein Assistent ihn nach oben brachte und ihn ins Arbeitszimmer des Premierministers einließ. Dieser saß gerade an seinem Schreibtisch und unterschrieb einige Schriftstücke.

Er blickte auf. »Ah, da sind Sie ja, Brigadier.«

»Sie wollten mich sprechen, Herr Premierminister.«

»Ja, mir sitzen der stellvertretende Direktor der Security Services und Sir Francis wegen dieser Antillen-Affäre im Nacken. Stimmt es, was sie mir erzählen? Haben Sie diesen Dillon engagiert, damit er die Sache in die Hand nimmt?«

»Ja«, erwiderte Ferguson ruhig.

»Einen Mann mit so einer Vorgeschichte? Können Sie mir verraten, weshalb?«

»Weil er für den Job genau der Richtige ist, Sir. Glauben Sie mir, ich finde an Dillons Vergangenheit auch nichts Bewundernswertes. Sein Wirken für die IRA vor einigen Jahren ist uns durchaus bekannt, obgleich ihm nichts bewiesen werden konnte. Das gleiche gilt für seine Aktivitäten in der internationalen Szene. Er ist ein Killer, den jeder mieten kann, Herr Premierminister. Sogar die Israelis haben ihn eingesetzt, wenn es ihnen gerade paßte.«

»Ich kann nicht behaupten, daß mir das gefällt. Ich denke, Carter hat mit seiner Meinung durchaus recht.«

»Ich kann ihn zurückpfeifen, wenn Sie das wünschen.«

»Aber Sie würden es lieber nicht tun, oder?«

»Ich finde, er ist für diese Affäre genau der richtige Mann. Um ganz offen zu sein, es ist eine schmutzige Angelegenheit, und seit unserem letzten Gespräch gibt es klare Anzeichen dafür, daß er sich mit Leuten herumschlagen muß, die ein sehr schmutziges Spiel treiben.«

»Ich verstehe.« Der Premierminister seufzte. »Na schön, Brigadier, ich überlasse die Entscheidung Ihnen. Aber versuchen Sie wenigstens, mit Carter Frieden zu schließen.«

»Das werde ich, Herr Premierminister«, versprach Ferguson und verabschiedete sich.

Jack Lane wartete im Daimler. Während der Wagen losfuhr, sagte er: »Und um was ging es?«

Ferguson berichtete. »Er hat natürlich nicht ganz unrecht.«

»Sie wissen ja, wie ich denke, Sir, ich war von Anfang an dagegen. Ich traue Dillon nicht über den Weg.«

»Eines ist an Dillon interessant«, sagte Ferguson. »Er war stets für eine ganz seltsame Art von Ehrgefühl bekannt. Wenn er einmal sein Wort gibt, dann hält er es um jeden Preis ein und erwartet von den anderen, daß sie das gleiche tun.«

»Das zu glauben fällt mir schwer, Sir.«

»Ja, ich denke, den meisten geht es so.«

Ferguson griff nach dem Autotelefon und wählte die Nummer von Carters Büro. Er war nicht dort, weil er gerade mit Pamer im Unterhaus verabredet war.

»Übermitteln Sie ihm auf der Stelle eine Nachricht«, bat Ferguson Carters Sekretärin. »Lassen Sie ihm ausrichten, ich müsse beide Herren dringend sprechen. Ich bin in einer Viertelstunde auf der Terrasse des Parlaments.« Er legte den Hörer auf. »Sie können mich gerne begleiten, Jack. Sie waren noch nie auf der Terrasse, oder doch?«

»Was haben Sie vor, Sir?«

»Warten Sie ab, Jack, warten Sie ab.«

Regen trieb in feinen Schleiern über die Themse und vertrieb die Menschen von der Terrasse. Bis auf einige wenige, die mit ihren Drinks unter den Markisen Schutz gesucht hatten, waren alle in die Bars und Cafés umgezogen.

Ferguson stand an der Seitenwand und hielt einen großen Schirm in der Hand, den sein Chauffeur ihm gegeben hatte. Er bot Lane ebenfalls Schutz vor Nässe.

»Erstarren Sie nicht vor Ehrfurcht angesichts dieser Erhabenheit, Jack? Das ist schließlich die Mutter aller Parlamente.« Ferguson lächelte.

»Ganz bestimmt nicht, wenn mir der Regen in den Kragen läuft, Sir.«

»Aha, da sind sie ja.« Sie wandten sich um und sahen Carter und Pamer im Eingang zur Terrasse stehen. Carter hatte einen schwarzen Regenschirm bei sich, den er nun aufspannte. Er und Pamer kamen zu den beiden wartenden Männern herüber.

Ferguson deutete mit einer ausholenden Geste um sich. »Ist das nicht gemütlich?«

»Ich bin nicht in der Stimmung, um auf Ihre seltsame Art von Humor einzugehen, Ferguson. Was wollen Sie?« Carters Stimme hatte einen scharfen Unterton.

»Ich war gerade beim P. M. Wie ich hörte, haben Sie sich mal wieder über mich beschwert, alter Junge. Es hat Ihnen nichts genutzt. Er meinte, ich solle weitermachen wie bisher und meiner eigenen Nase vertrauen.«

Carter kochte vor Wut, aber er schaffte es, sich unter Kontrolle zu halten, und warf einen mißtrauischen Blick auf Lane. »Wer ist das?«

»Mein derzeitiger Assistent, Detective Inspector Jack Lane. Ich hab ihn mir von der Special Branch ausgeliehen.«

»Das verstößt gegen die Vorschriften. Dazu sind Sie nicht berechtigt.«

»Das mag schon sein, aber ich gehöre nicht zur Mannschaft auf Ihrem Dampfer. Ich führe mein eigenes Schiff, und da meine Zeit knapp ist, sollten wir endlich zur Sache kommen. Dillon ist gestern abend gegen fünf Uhr Ortszeit in St. John eingetroffen. Er wurde von zwei Angehörigen der Mannschaft auf Santiagos Schiff, der *Maria Blanco*, angegriffen. Sie drängten ihn mit seinem Jeep von der Straße ab und schossen auf ihn.«

»Mein Gott!« stieß Pamer entsetzt hervor.

Carter runzelte die Stirn. »Ist ihm was passiert?«

»O nein. Unser Dillon ist der reinste Gummiball, er kommt immer wieder zurück. Ich denke, sie haben es nicht ernst gemeint. Sie wollten ihn wohl nur warnen. Interessant ist natürlich die Frage, woher die Kerle seinen Namen kannten und wußten, daß er auf den Antillen ist.«

»Langsam, langsam«, sagte Pamer, »Sie wollen doch nicht etwa behaupten, daß es bei uns eine undichte Stelle gibt?«

Carter gab ihm ein Zeichen. »Immer mit der Ruhe, Francis, merkwürdig ist das schon. Dieser Santiago ist wirklich zu gut informiert.« Er wandte sich an Ferguson. »Was werden Sie jetzt tun?«

»Eigentlich dachte ich an einen kurzen Urlaub«, erwiderte Ferguson. »Sie wissen schon, Sonne, Meer, Sand und Palmen. Die Antillen sollen um diese Jahreszeit das reinste Paradies sein.«

Carter nickte. »Sie halten mich auf dem laufenden?«

»Natürlich, alter Junge.« Ferguson lächelte und nickte Lane zu. »Gehen wir, Jack, wir haben viel zu tun.«

Auf der Rückfahrt zum Ministerium bat Ferguson seinen Chauffeur, vor einer Imbißbude auf dem Victoria Embankment anzuhalten. »Hier gibt es den besten Tee in ganz London, Jack.«

Der Inhaber begrüßte ihn wie einen alten Freund. »Mistwetter, nicht wahr, Brigadier?«

»Am Hook war es schlimmer, Fred«, entgegnete der Brigadier und ging mit seiner Tasse Tee zur Mauer am Themseufer.

Während Lane seine Tasse Tee in Empfang nahm, fragte er Fred: »Was meinte er mit Hook?«

»Das war ein ziemlich schlimmer Ort, ich würde meinen, der schlimmste Vorposten in ganz Korea. Dort gab es so viele Gefallene, daß man jedesmal, wenn neue Gräben ausgehoben wurden, auf frische Arme und Beine stieß.«

»Sie kannten den Brigadier schon damals?«

»Ob ich ihn kannte? Ich war Zugführer, als er Leutnant war. Er bekam sein erstes Military Cross dafür, daß er mich unter feindlichem Feuer auf dem Rücken in Sicherheit schleppte.« Fred grinste. »Deshalb bekommt er seinen Tee bei mir umsonst.«

Lane war beeindruckt. Er trat neben Ferguson und lehnte sich unter dem Schirm gegen die Begrenzungsmauer. »Sie haben da einen richtigen Fan, Sir.«

»Fred? Das sind doch alles nur dumme Kriegsgeschichten. Hören Sie einfach nicht hin. Ich brauche wohl den Learjet. Damit müßte ich es direkt bis nach St. Thomas schaffen.«

»Ich glaube, nachdem die RAF diese neuen Tanks eingebaut hat, vergrößert die Reichweite sich auf mindestens viertausend Meilen, Sir.«

»Dann klappt es ja.« Ferguson schaute auf seine Uhr. »Kurz nach zehn. Der Learjet soll sofort vorbereitet werden, damit ich nicht später als um ein Uhr von Gatwick aus starten kann, Jack. Höchste Priorität. Wenn man die Zeitdifferenz berücksichtigt, könnte ich schon zwischen fünf und sechs Uhr Ortszeit in St. Thomas sein.«

»Soll ich mitkommen, Sir?«

»Nein, Sie halten hier die Stellung.«

»Sie brauchen eine Unterkunft, Sir. Ich kümmere mich darum.«

Ferguson schüttelte den Kopf. »Ich habe schon in Caneel etwas reservieren lassen, wo ich Dillon untergebracht habe.«

»Sie meinen, Sie haben mit dem, was passiert ist, schon vorher gerechnet?«

»So könnte man es ausdrücken.«

»Also, Sir«, sagte Lane in ratloser Verzweiflung. »Was genau ist eigentlich im Gange?«

»Wenn Sie das herausgefunden haben, Jack, dann verraten Sie es mir.« Ferguson leerte seine Tasse, kehrte zur Bude zurück und stellte sie auf die Theke. »Vielen Dank, Fred.« Er wandte sich an Lane. »Kommen Sie, Jack, wir müssen weiter. Es gibt noch einiges zu erledigen.« Damit stieg er in den Daimler.

Santiago war früh auf den Beinen. Er hatte bereits ein Bad im Meer hinter sich und saß am Tisch im Heck seines Schiffs beim Frühstück, als Algaro ihm das Telefon brachte.

»Es ist Sir Francis«, sagte er.

»Ein wundervoller Morgen hier«, meldete Santiago sich. »Und wie ist es in London?«

»Kalt und naß. Ich wollte gerade ein schnelles Mittagessen einnehmen, und dann habe ich einen ganzen Nachmittag mit irgendwelchen Ausschußsitzungen vor mir. Hören Sie, Max, Carter war beim Premierminister und hat versucht, Ferguson zurückpfeifen zu lassen, weil er Dillon engagiert hat.«

»Ich hätte nicht gedacht, daß Carter so dumm ist. Kann Ferguson immer noch so weitermachen, wie er es für richtig hält?«

»Ja, der P. M. steht voll und ganz hinter ihm. Schlimmer ist aber, daß er sich mit Carter und mir getroffen hat und uns erzählte, Dillon sei bereits am ersten Tag in St. John angegriffen worden. Was, um alles in der Welt, hat das zu bedeuten?«

»Meine Leute sind ihm nur ein wenig auf die Zehen getreten, Francis. Schließlich, und das haben Sie mir selbst mitgeteilt, weiß er über mich Bescheid.«

»Ja, aber jetzt interessiert Ferguson brennend die Frage, woher Sie wußten, daß Dillon auf den Antillen ist. Er sagte, Sie seien viel zu gut informiert, und Carter stimmte ihm darin zu.«

»Hat er irgendwelche Andeutungen darüber gemacht, woher ich seiner Meinung nach meine Informationen beziehe?«

»Nein, aber er deutete an, daß er für ein paar Tage nach St. John komen wolle, um Dillon zu helfen.«

»Tatsächlich? Das wird sicherlich interessant. Ich freue mich schon darauf, ihn zu treffen.«

Pamer konnte die Angst in seiner Stimme kaum mehr unterdrücken. »Verdammt noch mal, Max, die wissen, daß Sie in die Sache verwickelt sind. Was meinen Sie, wie lange es noch dauert, bis sie auch auf mich kommen?«

»Sie sitzen in keiner der Firmen im Aufsichtsrat, und Ihr Vater tat es auch nicht. Nirgendwo wurde und wird der Name Pamer erwähnt, und das Schöne an der ganzen Geschichte ist, daß es sich um einen Privatkrieg handelt. Wie ich Ihnen schon erklärt habe, will Ferguson sicher nicht die amerikanischen Behörden auf die Affäre aufmerksam machen. Wir sind nichts anderes als zwei Hunde, die sich um denselben Knochen streiten.«

»Ich mache mir trotzdem Sorgen«, sagte Pamer. »Kann ich irgend etwas tun?«

»Versorgen Sie mich weiterhin mit Informationen, Francis,

und behalten Sie die Nerven. Mehr erwarte ich nicht von Ihnen.«

Santiago legte den Hörer auf. Algaro räusperte sich. »Noch ein wenig Kaffee, Señor?«

Santiago nickte. »Brigadier Ferguson ist im Anmarsch.«

»Hierher nach Caneel?« Algaro grinste. »Und was soll ich mit ihm tun, Señor?«

»Ach, ich denke mir etwas aus«, erwiderte Santiago und trank seinen Kaffee. »In der Zwischenzeit können wir uns mal erkundigen, was unser Freund Dillon heute morgen im Schilde führt.«

Guerra näherte sich Caneel Beach in einem Schlauchboot und in Begleitung von einem der Taucher, einem jungen Mann namens Javier Noval. Sie trugen Schwimmshorts, T-Shirts und Sonnenbrillen und sahen aus wie ganz normale Touristen. Zwischen den anderen Booten am Pier legten sie an. In diesem Moment erschien Dillon am Ende des Docks, bekleidet mit einem schwarzen Trainingsanzug. Er trug ein paar Handtücher.

»Das ist er«, sagte Guerra zu Noval. »Folge ihm. Ich bleibe außer Sicht, für den Fall, daß er sich noch von gestern an mein Gesicht erinnern kann.«

Bob Carney lud die Preßluftflaschen von einem Transportkarren auf ein kleines Tauchboot. Als er sich umwandte, entdeckte er Dillon, winkte ihm und ging ihm auf dem Pier entgegen. Dabei kam er an Noval vorbei, der stehengeblieben war, um sich eine Zigarette anzuzünden. Er befand sich damit in Hörweite der beiden anderen Männer.

Carney sagte: »Sie werden noch ein paar Dinge brauchen. Kommen Sie, wir gehen schnell in den Laden.«

Sie entfernten sich. Noval wartete einen Moment, dann folgte er ihnen.

Es gab ein ganzes Sortiment hervorragender Ausrüstungsgegenstände. Dillon entschied sich für einen dreiviertellangen Anzug in Schwarz und Grün aus beschichtetem Nylon, der nicht zu schwer war für diese Breiten. Dazu kamen eine Tauchermaske, Schwimmflossen und Handschuhe.

»Haben Sie das schon mal ausprobiert?« Carney klappte einen Karton auf. »Ein Marathon-Tauchcomputer. Das Wunderwerk der Technik. Automatische Angaben über Tauchtiefe, verstrichene Tauchzeit und die noch verbleibende Zeitspanne für ein sicheres Auftauchen. Der Computer verrät einem sogar, wie lange man warten sollte, bis man sich wieder in ein Flugzeug setzen kann.«

»Das ist das Richtige für mich«, erklärte Dillon ihm. »Ich war noch nie besonders gut in Kopfrechnen.«

Carney stellte die Liste zusammen. »Ich lasse das mit auf Ihre Hotelrechnung setzen.«

Dillon zeichnete die Rechnung ab. »Und was haben Sie jetzt geplant?«

»Ach, nichts Anstrengendes. Sie werden sehen.« Carney lächelte. »Wir sollten aber endlich aufbrechen«, sagte er und ging voraus nach draußen.

Noval sprang in das Schlauchboot. »Der andere Mann heißt Carney. Er hat eine Tauchkonzession und betreibt eine Tauchschule. *Paradise Watersports*.«

»Dann wollen sie also rausfahren und tauchen?«

»Scheint so. Dillon war mit ihm im Laden und hat sich eine Ausrüstung gekauft.« Er schaute hoch. »Da kommen sie schon.«

Dillon und Carney gingen über ihnen vorbei und stiegen ins Tauchboot. Ein paar Sekunden später ließ Carney den Motor an, und Dillon machte die Leinen los. Das Boot glitt aus der Bucht hinaus, wobei es sich zwischen den zahlreichen anderen Booten, die dort ankerten, hindurchschlängelte.

»Auf dem Boot steht kein Name«, stellte Guerra fest.

»*Privateer*, so heißt es«, klärte Noval ihn auf. »Ich habe einen der Strandwächter gefragt. Wie du weißt, bin ich vorwiegend in Puerto Rico getaucht, aber ich habe schon von diesem Carney gehört. Er ist eine große Nummer.«

Guerra nickte. »Okay. Wir sollten jetzt lieber verschwinden und Señor Santiago melden, was hier vorgeht.«

Die *Privateer* machte zwanzig Knoten bei einer See, die eigentlich hätte ruhiger sein können. Dillon mußte sich festhalten, schaffte es aber immerhin, sich mit einer Hand eine Zigarette anzuzünden.

»Werden Sie leicht seekrank?« fragte Carney.

»Nicht daß ich wüßte!« rief Dillon, um sich gegen den Motorenlärm durchzusetzen.

»Gut, es wird nämlich noch schlimmer, bevor es ruhiger wird. Aber wir haben es nicht mehr weit.«

Wogen rollten auf sie zu, lang und steil. Die *Privateer* ritt über sie hinweg und stürzte in die Täler hinab. Dillon, der einen sicheren Halt hatte, betrachtete das unglaubliche Panorama, die unzähligen Inseln ringsum. Schließlich näherten sie sich einer kleineren Insel, steuerten direkt darauf zu und gelangten in das ruhige Wasser einer Bucht.

»Congo Cay«, sagte Carney. »Äußerst angenehmer Tauchgrund.« Er ging nach hinten zum Heck, warf den Anker und kehrte zurück. »Es gibt nicht viel zu erklären. Zehn bis dreißig Meter tief. Wenig Strömung. Es gibt ein Riff, etwa hundert Meter lang. Wenn Sie nicht tiefer tauchen wollen, können Sie auf diesem Felsrücken bleiben.«

»Klingt nach einem Ort, den Sie gerne Ihren Neulingen zeigen«, sagte Dillon und schlüpfte in seinen schwarz-grünen Taucheranzug.

»Ja«, gab Carney ungerührt zu.

Schnell und geschickt legte Dillon seine Ausrüstung an und schnallte sich zum Schluß seinen Bleigurt um die Taille. Carney hatte bereits Preßluftflaschen an ihren Tarierwesten befestigt und half Dillon dabei, die Verschlüsse der Weste zu schließen, wobei er auf dem Bootsrand saß. Dillon streifte seine Handschuhe über.

»Wir treffen uns am Anker«, sagte Carney.

Dillon nickte, setzte seine Maske auf, vergewisserte sich, daß der Lungenautomat funktionierte und ließ sich dann nach hinten ins Meer fallen. Er schwamm unter dem Bootskiel hindurch, bis er das Ankertau sah, und sank an ihm entlang abwärts. Dabei ließ er sich Zeit für den Druckausgleich in den Ohren.

Er erreichte den Felswall, hielt sich am Anker fest und sah zu, wie Carney durch einen dichten Schwarm Ährenfische zu ihm herabsank. In diesem Moment geschah etwas Ungewöhnliches. Ein Schwarzspitzenriffhai von etwa drei Metern Länge kam aus dem Halbdämmer herausgeschossen, wirbelte den Fischschwarm vor sich durcheinander, umkreiste Carney und verschwand dann genauso schnell, wie er aufgetaucht war.

Carney gab mit Zeigefinger und Daumen das Okayzeichen. Dillon antwortete genauso und folgte ihm, als er am Riff entlang in die Tiefe vordrang. Leuchtendgelbe Röhrenschwämme waren überall zu sehen, und als sie über die Riffkante glitten, erblickten sie zahlreiche orangefarbene Schwämme, die sich auf den Felsen festgesetzt hatten. Die Korallengebilde waren bunt und prächtig anzusehen. Einmal hielt Carney inne, deutete in eine Richtung, und Dillon entdeckte einen riesigen Adlerrochen, der in einiger Entfernung vorbeischwebte, wobei die Flügel wie in Zeitlupe auf und ab schlugen.

Es war ein sehr ruhiger, genußvoller Tauchgang, aber nichts Besonderes, und nach etwa einer halben Stunde begriff Dillon, daß sie den Kreis geschlossen hatten, denn das Ankertau kam wieder in Sicht. Er folgte Carney ohne Mühe und gemütlich am Tau entlang nach oben und schwamm unter dem Bootskiel hindurch zum Heck. Carney schwang sich geschickt vom Heck her ins Boot und zog seine Ausrüstung aus dem Wasser. Dillon schnallte seine Weste auf, schlüpfte heraus, und Carney beugte sich über den Bootsrand und hievte Weste und Preßluftflasche an Bord. Dillon folgte Sekunden später.

Carney befestigte sofort frische Preßluftflaschen an den Westen und zog dann den Anker hoch. Dillon legte sich ein Badetuch über die Schultern und zündete sich eine Zigarette an. »Dieser Riffhai«, sagte er, »passiert so etwas häufiger?«

»Eigentlich nicht«, antwortete Carney.

»Von so etwas könnte man glatt einen Herzinfarkt bekommen.«

»Ich tauche schon so viele Jahre«, erzählte Carney. »Aber mit Haien habe ich noch niemals Probleme gehabt.«

»Nicht einmal mit einem großen weißen?«

»Wie oft sieht man denn schon so einen? Nein, hauptsächlich stößt man auf Ammenhaie, und die sind wirklich unproblematisch. Hier gibt es ab und zu mal einen Schwarzspitzenriff- oder einen Zitronenhai. Sicher, sie können gefährlich werden, aber soweit kommt es kaum. Wir sind groß, und sie sind groß, und im Grunde wollen sie nichts mit uns zu tun haben. Abgesehen davon, hat es Ihnen Spaß gemacht?«

»Es war ganz hübsch.« Dillon zuckte die Achseln.

»Was wohl bedeutet, daß Sie etwas Aufregenderes erleben wollen.« Carney startete den Motor. »Okay, dann fahren wir mal zu einer Stelle für Fortgeschrittene«, entschied er, gab Gas und lenkte die *Privateer* wieder hinaus aufs offene Meer.

Sie passierten in einiger Entfernung die *Maria Blanco*, die immer noch vor Paradise Beach ankerte. Guerra hielt sich an Deck auf und suchte die Umgebung mit dem Fernglas ab. Er erkannte das Boot und meldete es Kapitän Serra, der die Seekarte zu Rate zog und dann aus einer Schublade im Kartentisch ein Buch über die Tauchgründe in den Antillen herausholte.

»Beobachte ihn weiter«, wies er Guerra an und blätterte das Buch durch.

»Sie sind vor Anker gegangen«, gab Guerra durch, »und haben den Tauchwimpel gesetzt.«

»Carval Rock«, sagte Serra. »Dort tauchen sie jetzt.«

In diesem Moment kam Algaro herein und hielt die Tür für Santiago auf. »Was ist los?«

»Carney und Dillon tauchen da draußen, Señor.« Serra deutete auf die Stelle und reichte Santiago das Fernglas.

Santiago konnte nur zwei Männer sehen, die sich im Heck der *Privateer* bewegten. »Das kann doch wohl nicht die Stelle sein«, sagte er, »oder etwa doch?«

»Unmöglich, Señor«, versicherte ihm Serra. »Ein einfacher Tauchgrund ist es nicht, aber gerade dort herrscht das ganze Jahr über reger Tauchbetrieb.«

»Ganz egal«, sagte Santiago. »Machen Sie die Barkasse klar. Wir sehen es uns mal genauer an. Dann können wir gleich überprüfen, was Ihre beiden Taucher, Noval und Pinto, leisten.«

»In Ordnung, Señor, ich bereite alles vor.« Nach diesen Worten ging Serra hinaus, gefolgt von Guerra.

Algaro hatte noch eine Frage: »Soll ich mitfahren, Señor?«

»Warum nicht?« sagte Santiago. »Selbst wenn Dillon dich sehen sollte, macht es gar nichts aus. Er weiß, daß es dich gibt.«

Der Felsen bot einen prachtvollen Anblick, wie er sich aus der bewegten See erhob. Seevögel aller Art saßen auf der Felskante, Möwen sanken im starken Wind majestätisch langsam zur Wasseroberfläche herab.

»Carval Rock«, sagte Carney. »Gilt als Gebiet für Fortgeschrittene. Tiefe etwa dreißig Meter. Auf der anderen Seite liegt das Wrack einer Cessna, die dort vor ein paar Jahren abgestürzt ist. Außerdem gibt es ein paar schöne Schluchten, Spalten, ein oder zwei kurze Tunnels und wunderschöne Fels- und Korallenformationen. Das Problem ist die Strömung. Sie wird durch die Gezeitenbewegung im Pillsbury Sound ausgelöst.«

»Wie stark?« fragte Dillon, während er seinen Gewichtsgürtel schloß.

»Ein oder zwei Knoten sind ganz normal. Mehr als zwei Knoten lassen sich schwimmend nicht mehr bewältigen.« Er sah hinüber und schüttelte den Kopf. »Ich würde meinen, daß es heute mindestens drei Knoten sind.«

Dillon hob seine Weste mit der Preßluftflasche hoch, stellte sie auf den Bootsrand und schlüpfte ohne fremde Hilfe hinein. »Klingt ja interessant.«

»Wie Ihr Begräbnis.«

Carney legte seine eigene Ausrüstung an. Als Dillon sich über den Bootsrand beugte, um seine Tauchmaske auszuspülen, sah er ein weißes Boot herankommen. »Wir bekommen Gesellschaft.«

Carney drehte sich um. »Das bezweifle ich. Kein Tauchlehrer, den ich kenne, würde mit seinen Leuten bei der heutigen Strömung hier ins Wasser gehen. Er würde sich eine einfachere Stelle aussuchen.«

Die Wellen waren jetzt ziemlich hoch. Die *Privateer* tanzte am Ankertau auf und nieder. Dillon ließ sich ins Wasser fallen, überprüfte seine Luftversorgung und schwamm dann hinab in Richtung eines, wie er meinte, dichten Waldes. Auf dem Grund wartete er, bis Carney ihn erreicht hatte, ihm zuwinkte und auf den Felsen zusteuerte. Dillon folgte ihm und staunte über die Strömung, die sich ihm entgegenstemmte. Dabei bemerkte er eine Kette weißer Bläschen links von sich und sah einen Anker herabsinken.

Auf der Barkasse saß Santiago im Steuerhaus, während Serra zum Bug ging und den Anker setzte. Algaro war Noval und Pinto dabei behilflich, ihre Tauchgeräte anzulegen.

Serra sagte schließlich: »Sie sind startbereit, Señor, wie lauten Ihre Befehle?«

»Sag ihnen, sie sollen sich einfach nur umschauen«, sagte Santiago. »Keinen Ärger. Sie sollen Carney und Dillon in Ruhe lassen.«

»Wie Sie wünschen, Señor.«

Die beiden Taucher saßen nebeneinander im Heck. Serra nickte, und gemeinsam kippten sie nach hinten ins Wasser.

Aufgrund der starken Strömung hatte Dillon zunehmend Schwierigkeiten, Carney über das Korallengebirge in einen Kanal zu folgen, der zur anderen Seite der Felsen führte. Die Schubkraft war enorm, und Carney drückte sich mit dem Bauch dicht an die Felsen und zog sich mit behandschuhten Händen vorwärts, wobei er sich einen Handgriff nach dem anderen suchte. Dillon folgte ihm dichtauf, so daß die Flossen des anderen Mannes nur gut einen Meter von ihm entfernt waren.

Sie kamen zu einer Art Schwelle. Carney schwebte einen Moment lang völlig reglos im Wasser, dann zog er sich hindurch. Dillon hatte das gleiche Problem und sah sich einem fast übermächtigen Gegendruck ausgesetzt. Er krallte sich in die Felswand und arbeitete sich mit quälender Langsamkeit vorwärts, Zentimeter für Zentimeter, und plötzlich war er durch und drang in eine völlig andere Welt ein.

Die Wasseroberfläche befand sich ungefähr fünfzehn Meter über ihm, und als er weiterschwamm, fand er sich plötzlich inmitten eines Schwarms Tarpons wieder, von denen jeder mindestens anderthalb Meter lang war. Es gab außerdem gelbe Zackenbarsche, Ritterfische, Bonitos, Königsmakrelen und einige Barrakudas.

Carney tauchte auf der anderen Seite hinab, wo die Felswand abfiel, und Dillon folgte ihm. Er holte Carney ein und spürte die Strömung, während sie sich umdrehten und beobachteten, wie zwei Taucher versuchten, die Felsöffnung zu überwinden. Der eine schaffte es beinahe, dann verlor er den Halt und wurde gegen den anderen getrieben, und sie verschwanden zur anderen Seite.

Carney setzte seinen Weg fort, und Dillon hielt sich dicht hinter ihm. Sie sanken bis auf fünfundzwanzig Meter, wo die heftige Strömung sie in aufrechter Haltung an der Felswand vorbeiriß.

Wolken von Ährenfischen hüllten sie ein. Es war wie in einem Traum, und Dillon hatte noch nie zuvor beim Tauchen eine derartige Erregung verspürt. Es schien endlos so weiterzugehen. Dann jedoch ließ die Strömung nach, und Carney benutzte seine Flossen wieder, um aufzusteigen.

Dillon schwamm hinter ihm durch eine Schlucht, die in eine weitere überging. Das Wasser erschien ihm wie schwarzes Glas. Er blickte auf seinen Computer und stellte zu seiner Überraschung fest, daß sie schon fünfundzwanzig Minuten unten waren.

Sie gingen nun auf Distanz zum Felsen, befanden sich dabei nur einen Meter über einem Wald aus Seetang und gelangten zu einem Tau mit Anker. Carney bremste, um ihn zu inspizieren, wandte sich dann um und schüttelte den Kopf. Er schwamm weiter nach links und gelangte schließlich zu ihrem eigenen Anker. Sie stiegen langsam auf, lösten sich in fünf Meter Tiefe vom Tau und schwammen hinüber zu einer Bootsseite und tauchten auf.

Carney beugte sich herunter, um Dillons Flasche hochzuhieven, und der Ire setzte einen Fuß auf die erste Sprosse der kleinen Leiter, zog sich hoch und schwang sich über die Bordwand. Während Carney ihre Preßluftflaschen verstaute, streifte Dillon seinen Taucheranzug ab.

»Phantastisch!«

Carney grinste. »Nicht schlecht, oder?«

Er wandte sich um und blickte zu der Barkasse hinüber, die an Backbord ankerte und am Ankertau in der bewegten See tanzte. Dillon kratzte sich am Kopf. »Ich möchte bloß wissen, was mit den beiden Tauchern ist, die versucht haben, durch den Kanal zu schwimmen.«

»Sie haben es wohl nicht geschafft, nehme ich an. Da unten ging es ganz schön wild zu.« Die Barkasse schwang herum, so daß sie den Bug erkennen konnten. »Das ist übrigens die Barkasse der *Maria Blanco*«, fügte Carney hinzu.

»Was Sie nicht sagen.«

Dillon trocknete sich langsam mit einem Badetuch ab und blickte hinüber zur Yacht. Er erkannte Algaro sofort, der neben Serra am Heck stand. Dann kam Santiago aus dem Steuerhaus.

»Wer ist der Knabe im Blazer und mit der Mütze?« wollte Dillon wissen.

Carney kniff die Augen zusammen. »Das ist Max Santiago, der Eigner. Ich hab ihn schon ein- oder zweimal in St. John gesehen.«

Santiago schaute zu ihnen herüber, und aus einem Impuls hob Dillon einen Arm und winkte. Santiago winkte zurück. Im gleichen Moment tauchten Noval und Pinto auf.

»Es wird Zeit zurückzufahren«, sagte Carney und ging zum Bug, um den Anker einzuholen.

Auf dem Rückweg sagte Dillon: »Die *Maria Blanco*, wo würde sie ankern, wenn sie hier ist? In Caneel Bay?«

»Eher vor Paradise Beach.«

»Können wir mal nachschauen?«

Carney sah ihn prüfend an, dann wandte er den Blick ab. »Warum nicht? Ist ja Ihre Charter.«

Dillon holte die Wasserflasche aus der Kühlbox, trank und reichte sie dann an Carney weiter. Dann zündete er sich eine Zigarette an. Nachdem Carney getrunken hatte, gab er die Flasche zurück.

»Sie sind früher schon mal getaucht, Mr. Dillon.«

»Stimmt«, gab Dillon zu.

Sie waren jetzt dicht vor Paradise, und Carney drosselte den Motor. Die *Privateer* fuhr zwischen zwei hochseetüchtigen Yachten hindurch, die dort vertäut waren, und kam dann zur *Maria Blanco*. »Da ist sie«, sagte er.

Zwei Angehörige der Mannschaft arbeiteten an Deck und blickten gelangweilt herüber, als sie vorbeituckerten. »Mein Gott«, staunte Dillon. »Dieses Prachtstück muß ja ein ziemlich großes Loch in Santiagos Kasse gerissen haben. Zwei Millionen, würde ich schätzen.«

»Wenn das reicht . . .«

Carney ging wieder auf volle Kraft und schlug nun einen direkten Kurs auf Caneel Beach ein. Dillon nahm einen Zug von seiner Zigarette und lehnte sich an die Wand der Kajüte. »Gibt es viele interessante Wracks in dieser Gegend?«

»Einige schon«, erwiderte Carney. »Da ist die *Cartanser Senior* vor Buck Island bei St. Thomas. Sie ist ein alter Frachter, nach dem sehr gerne getaucht wird, und wir haben die *General Rodgers*. Sie wurde von der Küstenwache versenkt, um sie endlich loszuwerden.«

»Nein, ich dachte an etwas Interessanteres«, sagte Dillon. »Ich meine, Sie kennen doch diese Gegend wie Ihre Westentasche. Wäre es möglich, daß hier auf irgendeinem Riff ein Wrack liegt, auf das Sie bisher noch nicht gestoßen sind?«

Carney bremste ihre Fahrt, als sie in die Bucht einliefen.

»Möglich ist alles, der Ozean ist groß.«

Die *Privateer* schob sich seitwärts an den Pier heran. Dillon schnappte sich die Heckleine, sprang an Land und band sie fest. Das gleiche tat er mit der anderen Leine, während Carney den Motor abstellte. Dann kehrte Dillon an Bord zurück und zog seinen Trainingsanzug an.

Carney lehnte am Ruder und schaute ihm zu. »Mr. Dillon, ich

weiß nicht, was hier vor sich geht. Ich weiß nur, daß Sie ein verdammt guter Taucher sind, und das bewundere ich. Auf dieses Gerede über Wracks kann ich mir keinen Reim machen, und das will ich auch gar nicht, weil ich mein ruhiges Leben liebe. Aber ich will Ihnen einen guten Rat geben, und zwar im Hinblick auf Max Santiago ...«

»Und der wäre?« Dillon fuhr fort, seine Tauchausrüstung in einen Gerätesack aus Netzgewebe zu packen.

»Es könnte sehr ungesund sein. Ich habe Dinge von ihm gehört, die nicht sehr schön sind. Viele Leute könnten Ihnen das gleiche erzählen. Zum Beispiel über die Art und Weise, wie er sein Geld verdient.«

»Soweit ich gehört habe, ist er Hotelbesitzer.« Dillon lächelte entwaffnend.

»Es gibt auch noch andere Geschäfte, zum Beispiel mit kleinen Flugzeugen oder sehr schnellen Booten, die nachts nach Florida rasen, aber was soll's, Sie sind schließlich ein erwachsener Mann.« Carney zuckte die Schultern. »Wollen Sie noch mal mit mir tauchen?«

»Darauf können Sie sich verlassen. Ich habe heute nachmittag in St. Thomas zu tun. Wie komme ich dorthin?«

Carney deutete zur anderen Seite des Piers, wo eine sehr große Barkasse gerade ablegte. »Das ist die Hotelfähre, aber die haben Sie wohl verpaßt.«

»Verdammt!«

»Mr. Dillon, Sie sind mit Ihrem eigenen Wasserflugzeug in Cruz Bay angekommen, und die Rezeption, die mich über derartige Dinge auf dem laufenden hält, teilte mir mit, daß Sie mit der Platinkarte von American Express bezahlen.«

»Was soll ich dazu sagen? Sie haben mich erwischt«, erwiderte Dillon freundlich.

»Wassertaxis sind teuer, aber nicht für jemanden mit Ihren Mitteln und Möglichkeiten. An der Rezeption wird man Ihnen eins bestellen.«

»Danke.« Dillon sprang auf den Pier und blieb stehen. »Vielleicht sollte ich Sie heute zu einem Drink einladen. Sehe ich Sie in *Jenny's Place*?«

»Zum Teufel, dort hänge ich im Augenblick jeden Abend herum«, sagte Carney. »Sonst würde ich glatt verhungern. Meine Frau und die Kinder sind nämlich in Urlaub.«

»Dann treffen wir uns dort«, sagte Dillon, wandte sich um und ging über den Pier zur Hotelrezeption.

Das Wassertaxi bot zwölf Passagieren Platz, aber er war der einzige Fahrgast. Gefahren wurde es von einer Frau in Bluejeans, die am Ruder saß und St. Thomas mit beachtlichem Tempo ansteuerte. Der Motor war sehr laut, was eine Unterhaltung unmöglich machte, aber das kam Dillon sehr entgegen. Er saß da, rauchte eine Zigarette und dachte darüber nach, wie die Dinge mit Algaro, Max Santiago und der *Maria Blanco* für ihn bisher gelaufen waren.

Er wußte über Santiago Bescheid, aber Santiago wußte auch einiges von ihm, und das war ein Punkt, der noch der Erklärung bedurfte. Es lag beinahe etwas Kameradschaftliches in der Art und Weise, wie Santiago bei Carval Rock sein Winken erwidert hatte.

»Da wären wir!« rief die Fahrerin über die Schulter. Dillon blickte hoch und sah, daß sie sich dem Hafen von Charlotte Amalie näherten.

Die Hafenpromenade war mit schmucken Gebäuden in Weiß- und Pastelltönen sowie mit Läden und Restaurants jeder Art gesäumt. Der Ort war ursprünglich eine dänische Kolonie gewesen, und dieser Einfluß war der Architektur stellenweise noch anzusehen.

Er folgte einer schmalen Nebenstraße namens Drakes Passage mit malerischen Geschäften auf beiden Seiten, in denen von Designerkleidung bis zu Gold und Schmuck alles angeboten wurde, und gelangte zur Main Street. Er suchte die Adresse heraus, die Ferguson ihm gegeben hatte, und ging über die Straße zu einem Taxistand.

»Können Sie mich zur Cane Street bringen?« fragte er den ersten Fahrer.

»Ich will Ihnen nicht unnötig Ihr Geld abknöpfen, Freund«,

erwiderte der Mann freundlich. »Gehen Sie einfach noch ein Stück weiter bis zur Back Street. Dort biegen Sie ab, und die dritte Straße links ist dann die Cane.«

Dillon bedankte sich bei ihm und schlug den beschriebenen Weg ein. Es war heiß, sehr heiß, die Menschen drängten sich auf den Gehsteigen, der Verkehr kam in den engen Straßen nur mühsam vorwärts, aber die Cane Street war, nachdem er in sie eingebogen und ein Stück weit gegangen war, ruhig und schattig. Das Haus, zu dem er wollte, befand sich am Ende der Straße. Es war aus Holz, weiß gestrichen, und davor gab es einen winzigen Garten. Stufen führten zu einer Veranda empor, auf der ein älterer farbiger Mann mit grauem Haar in einem Schaukelstuhl saß und eine Zeitung las.

Als Dillon erschien, sah er hoch. »Was kann ich für Sie tun?«

»Ich möchte zu Earl Stacey«, antwortete Dillon.

Der Mann musterte ihn über den oberen Rand seiner Lesebrille hinweg. »Sie wollen mir doch den Tag nicht mit irgendwelchen Rechnungen verderben, oder?«

»Ferguson meinte, ich solle mal bei Ihnen vorbeischauen«, sagte Dillon. »Brigadier Charles Ferguson. Mein Name ist Dillon.«

Der andere Mann lächelte und nahm die Brille ab. »Ich habe Sie schon erwartet. Kommen Sie hier entlang.« Er ging voraus und stieß eine Tür auf, die ins Haus führte.

»Ich bin allein, seit meine Frau im vorigen Jahr gestorben ist.« Stacey öffnete eine Tür, knipste eine Lampe an und ging eine Treppe in einen Keller hinunter. Holzregale reichten bis zur Decke, darin waren Farbeimer und -dosen gestapelt. Die unteren Fächer wurden von Schränken eingenommen. Er griff in ein Fach, löste irgendeinen Haken oder Riegel und zog dann das ganze Regal zurück wie eine Tür, hinter der sich ein weiterer Raum öffnete. Er knipste die nächste Lampe an.

»Willkommen in meiner guten Stube.«

Alle möglichen Waffen waren hier zu sehen, Gewehre, Maschinenpistolen, Munitionskisten. »Dieser Anblick ist für mich wie Weihnachten«, gestand Dillon dem Farbigen.

»Verraten Sie mir nur, was Sie haben wollen, und Ferguson zahlt die Rechnung, so wurde es vereinbart.«

»Zuerst ein Gewehr«, sagte Dillon. »Vielleicht ein Armalite. Mir gefällt die zusammenklappbare Schulterstütze.«

»Da habe ich etwas Besseres, nämlich ein AK-Sturmgewehr, ebenfalls mit zusammenklappbarer Schulterstütze. Feuert automatisch, wenn Sie es wollen. Das Magazin faßt dreißig Schuß.« Er nahm die Waffe aus einem Ständer und reichte sie seinem Besucher.

»Ja, ganz prima«, lobte Dillon. »Ich nehme sie, dazu zwei Reservemagazine. Dann brauche ich noch eine Handfeuerwaffe, am liebsten eine Walther PPK mit einem Carswell-Schalldämpfer. Auch dafür zwei Reservemagazine.«

»Kein Problem.«

Stacey öffnete eine große Schublade unter der Werkbank. Darin befand sich ein ganzes Sortiment von Handfeuerwaffen. Er suchte eine Walther heraus und reichte sie Dillon zur Begutachtung. »Sonst noch etwas?«

Da lag ein billig aussehendes Plastikhalfter, aus dem der Griff einer Pistole herausragte, und Dillons Interesse war geweckt. »Was ist das?«

»Das ist so was wie ein fünftes As im Ärmel.« Stacey nahm es aus der Schublade. »Der Metallstreifen auf der Rückseite ist ein Magnet. Man kann es unter allem befestigen, das aus Metall ist. Die Waffe selbst ist nichts Besonderes, eine .22er Belgian, halbautomatisch, sieben Schuß, aber ich habe sie mit Hohlmantelpatronen geladen. Die durchschlagen sogar Knochen.«

»Ich nehme sie«, sagte Dillon. »Eine Sache noch – haben Sie zufälligerweise C4-Sprengstoff?«

»Wie die Bergungsleute ihn unter Wasser einsetzen?«

»Genau.«

»Nein, aber ich sage Ihnen, was ich habe, etwas, das genausogut ist, nämlich Semtex. Haben Sie schon mal von dem Zeug gehört?«

»O ja«, entgegnete Dillon. »Ich glaube, ich kann behaupten, daß ich mich mit Semtex bestens auskenne. Es ist eins der erfolgreicheren Produkte der Tschechoslowakei.«

»Das bevorzugte Kampfmittel der Terroristen.« Stacey nahm einen Karton aus dem Regal. »Die Palästinenser, die IRA, all diese Typen benutzen es. Wollen Sie es unter Wasser einsetzen?«

»Nur um ein Loch in ein Wrack zu sprengen.«

»Dann brauchen Sie auch Zündkabel, einen Fernzünder, aber ich hab auch ein paar Zündstifte da. Sie funktionieren sehr zuverlässig. Sie brauchen nur die Kappe abzubrechen. Ich habe einige, die auf acht Minuten geeicht sind, und andere mit dreißig Minuten Verzögerung.« Er schob alle Gegenstände auf dem Tisch zusammen. »Alles?«

»Ein Nachtsichtgerät wäre noch ganz nützlich und ein Fernglas.«

»Damit kann ich ebenfalls dienen.« Er zog eine andere Schublade auf. »Da haben Sie, was Sie suchen.«

Das Nachtsichtgerät war klein, aber leistungsstark, und konnte bei Bedarf wie ein Teleskop ausgezogen werden. Das Fernglas war von Zeiss und ein Taschenmodell. »Hervorragend«, nickte Dillon.

Stacey suchte eine olivgrüne Armeetasche hervor, öffnete sie, legte zuerst das AK-Sturmgewehr hinein und dann die anderen Teile. Er schloß die Tasche und verließ mit Dillon den Raum. Danach schob er das Wandregal wieder an Ort und Stelle. Dillon folgte ihm die Kellertreppe hinauf und hinaus auf die Veranda.

Stacey reichte ihm die Tasche. »Mr. Dillon, ich habe den Eindruck, Sie wollen einen dritten Weltkrieg entfesseln.«

»Vielleicht kommt es vorher zum Waffenstillstand«, grinste Dillon. »Wer weiß?«

»Ich wünsche Ihnen viel Glück, mein Freund.«

Danach setzte er sich in seinen Sessel, klemmte sich die Lesebrille auf die Nase und griff nach der Zeitung. Dillon ging durch den kleinen Vorgarten auf die Straße und schlug den Weg zum Hafen ein.

Er schlenderte gerade zu dem Teil des Hafens, von wo die Wassertaxis starteten, als er bemerkte, daß die Caneel-Fähre eingetroffen war. Der Kapitän stand oben an der Reling, als Dillon die Gangway hinaufging.

»Sie wohnen in Caneel, Sir?«

»Das tue ich.«

»Wir laufen bald aus. Gerade kam die Nachricht, daß noch jemand vom Flugplatz herüberkommt.«

Dillon ging in die Passagierkabine, stellte die Tasche auf einen Sitz und nahm dankend einen Rumpunsch entgegen, der ihm von einem Mannschaftsangehörigen gereicht wurde. Er schaute aus dem Fenster und sah einen großen Taxibus mit einem einzigen Fahrgast vorfahren. Dann ließ er sich neben seiner Tasche nieder und nippte an seinem Getränk. Ein Matrose kam herein und stellte zwei Koffer in die Ecke. Danach verriet ein scharrendes Geräusch, daß die Gangway eingezogen wurde, und der Kapitän begab sich ins Ruderhaus und startete die Maschinen. Dillon warf einen Blick auf die Uhr. Halb sechs. Er stellte seinen Plastikbecher auf den Tisch, zündete sich eine Zigarette an und spürte gleichzeitig, wie jemand sich neben ihm auf die Sitzbank fallen ließ.

»Das freut mich aber, Sie hier zu treffen, mein Lieber«, sagte Charles Ferguson. »Verdammt heiß, nicht wahr?«

10. Kapitel

Dillon nahm ein kurzes Bad am Paradise Beach und war sich durchaus bewußt, daß die *Maria Blanco* immer noch draußen vor Anker lag. Danach kehrte er ins Cottage zurück, duschte und schlüpfte in eine marineblaue Leinenhose und ein kurzärmeliges Baumwollhemd. Er verließ seine Suite, durchquerte die Halle und klopfte an die Tür von 7E.

»Herein!« rief Ferguson.

Dillon trat ein. Raumaufteilung und Einrichtung waren ähnlich wie bei ihm, lediglich das Bad schien geringfügig größer zu sein. Ferguson, in grauer Flanellhose und einem weißen Hemd, stand vor dem Spiegel des kleinen Ankleidezimmers und band seine Guards-Krawatte zu einem makellosen Windsorknoten.

»Ah, da sind Sie ja«, sagte er, griff nach einem marineblauen zweireihigen Blazer und zog ihn an. »Wie sehe ich aus, mein Lieber?«

»Wie einer Anzeige von Gieves & Hawkes entsprungen. So stellt man sich den typischen Engländer auf Reisen vor.«

»Nur weil Sie Ire sind, brauchen Sie sich nicht ständig unterlegen zu fühlen«, riet ihm Ferguson. »Einige sehr vernünftige Leute waren Iren, Dillon. Meine Mutter, zum Beispiel, vom Herzog von Wellington ganz zu schweigen.«

»Der mal gesagt hat, nur weil man in einem Stall zur Welt gekommen ist, muß man nicht gleich annehmen, daß man ein Pferd ist«, bemerkte Dillon spitz.

»Mein Gott, hat er das wirklich gesagt? Sehr unglücklich.« Ferguson setzte sich einen Panamahut auf und ergriff einen Malakkastock mit silberner Krücke.

»Ich wußte gar nicht, daß Sie einen Stock brauchen«, sagte Dillon.

»Den habe ich während des Koreakriegs gekauft. Er hat einen

Stahlkern und ist an der Spitze mit Blei beschwert. Ach ja, da ist noch eine nette Einrichtung.«

Er drehte an der silbernen Krücke und zog einen etwa zwanzig Zentimeter langen stählernen Dolch aus dem Holzschaft.

»Sehr interessant«, meinte Dillon.

»Ja, nun, wir sind schließlich in der Fremde und fern der Heimat. Ich nenne das Ding meine Saufeder.« Ein leises Klicken erklang, als Ferguson den Dolch in den Stock zurückschob. »Was ist denn nun – bieten Sie mir noch einen schnellen Drink an, ehe wir losziehen, oder nicht?«

Dillon hatte sich vom Zimmerservice einen Vorrat an Krug liefern lassen. Mehrere kleine Flaschen lagen in einem der Kühlschränke bereit. Er füllte zwei Gläser und ging zu Ferguson hinaus auf die Terrasse. Auf dem Weg dorthin nahm er das Zeiss-Fernglas mit.

»Diese große weiße Motorjacht da draußen ist die *Maria Blanco*.«

»Tatsächlich?« Dillon reichte ihm das Fernglas, und der Brigadier schaute hindurch. »Das ist ja schon eher ein kleiner schwimmender Palast.«

»So kommt es einem vor.«

Ferguson hielt sich das Glas noch immer vor die Augen. »Als junger Mann war ich im Koreakrieg in untergeordneter Stellung tätig. Ein Jahr reinste Hölle. Ich absolvierte einen Teil meiner Dienstzeit auf einem Posten namens Hook. Es war genauso wie im Ersten Weltkrieg. Kilometerweise Gräben, Stacheldraht, Minenfelder und Tausende von Chinesen, die ständig reinwollten. Sie beobachteten uns, und wir beobachteten sie. Es war wie ein Spiel, ein besonders häßliches Spiel, das ziemlich häufig in nackte Gewalt überging.« Er seufzte und ließ das Fernglas sinken. »Was, zum Teufel, quatsche ich da, Dillon?«

»Ach, ich denke, Sie reden wie die Katze um den heißen Brei, um mir klarzumachen, daß Sie glauben, daß auch Santiago uns beobachtet.«

»So was Ähnliches. Erzählen Sie mir, was bis jetzt alles passiert ist, und lassen Sie nichts aus, nicht eine einzige verdammte Kleinigkeit.«

Als Dillon geendet hatte, füllte er das Glas des Brigadier wieder auf, während Ferguson dasaß und sich alles noch einmal durch den Kopf gehen ließ.

»Was meinen Sie, wie der nächste Schritt aussehen soll?« fragte Dillon.

»Nun, nachdem Sie sich bei Stacey Ihre Ausrüstung geholt haben, nehme ich an, daß Sie ganz scharf auf eine direkte Begegnung sind, oder?«

»Ich habe gewisse Vorsichtsmaßnahmen ergriffen, mehr nicht«, sagte Dillon. »Und ich brauchte das Semtex, um mir den Weg ins U-Boot freizusprengen.«

»Falls wir es finden«, meinte Ferguson nachdenklich. »Und bisher haben wir auch noch nichts von der Frau gehört und gesehen.«

»Sie wird schon irgendwann auftauchen.«

»Und in der Zwischenzeit?«

»Ich möchte Carney noch ein wenig bearbeiten. Wir brauchen ihn ganz dringend auf unserer Seite.«

»Würde es helfen, wenn man ihm Geld anbietet?«

»Wohl kaum. Wenn ich mich nicht täusche, ist Carney genau der Typ Mann, der eine Sache nur dann tut, wenn er sie wirklich tun will oder wenn er es für richtig hält.«

»O mein Gott«, seufzte Ferguson. »Der Himmel schütze mich vor den Romantikern dieser Welt.« Er stand auf und schaute auf seine Uhr. »Jetzt brauche ich erst einmal etwas für den Magen, Dillon. Wo sollen wir essen?«

»Wir könnten uns in den Turtle Bay Dining Room setzen. Dort geht es zwar sehr formell zu, aber das Essen ist hervorragend. Ich habe einen Tisch reservieren lassen.«

»Sehr schön, dann nichts wie hin, und ziehen Sie um Gottes willen endlich ein Jackett an. Ich möchte nicht, daß die Leute meinen, ich hielte einen Strandläufer frei.«

Aus der dichter werdenden Dunkelheit der Caneel Bay schob sich ein Schlauchboot von der *Maria Blanco* neben Carneys Sport Fisherman, die *Sea Raider*. Das einzige Geräusch war das leise Tuckern des Außenbordmotors. Serra saß am Bug, Algaro im

Heck. Als sie gegen den Rumpf der *Sea Raider* stießen, schwang der letztere sich über die Reling und ging ins Ruderhaus. Er holte ein winziges elektronisches Kästchen aus der Tasche, griff hinter das Armaturenbrett, bis er Metall fand, und befestigte es mit Hilfe des Magneten an dieser Stelle.

Einen Augenblick später saß er wieder im Schlauchboot. »Und nun hin zu dem kleinen Tauchboot, der *Privateer*«, sagte er. Serra schwenkte herum und hielt darauf zu.

Max Santiago, bekleidet mit einem weißen Leinenanzug, saß an der Bar von Caneel Bay und trank Mint Julep, als Algaro hereinkam. Der Chauffeur trug ein schwarzes T-Shirt und einen weit geschnittenen, ausgebeulten schwarzen Anzug, der ihn ziemlich unheimlich aussehen ließ.

»Alles in Ordnung?« erkundigte sich Santiago.

»Natürlich. Ich habe Peilsender in beiden Booten Carneys versteckt. Nun können wir ihm überallhin folgen, ohne bemerkt zu werden. Ferguson traf kurz nach sechs im Hotel ein. Dillon hat einen Tisch für zwei Personen im Turtle Bay Dining Room reservieren lassen.«

»Gut«, nickte Santiago. »Es könnte amüsant sein, wenn man ihm dabei Gesellschaft leistet.«

In diesem Moment kam Kapitän Serra herein. »Haben Sie noch weitere Befehle, Señor?«

»Wenn Dillon das gleiche tut wie schon vorher, besucht er wahrscheinlich diese Bar, *Jenny's Place*«, sagte Santiago. »Möglich, daß ich sogar selbst mal dorthin gehe.«

»Also bringe ich die Barkasse rüber zur Cruz Bay, Señor, um Sie dort abzuholen?«

Santiago lächelte. »Ich habe eine bessere Idee. Kehren Sie zur *Maria Blanco* zurück, nehmen Sie ein paar Leute von der Mannschaft mit, und bringen Sie sie nach Cruz. Sie bekommen von mir später ein paar Drinks spendiert und können ein wenig Dampf ablassen, wenn Sie verstehen, was ich meine.«

»Aber sicher, Señor.« Serra lächelte und ging hinaus.

Es war kurz nach Mitternacht, und Jenny Grant, die schon früh zu Bett gegangen war, konnte nicht schlafen. Sie stand auf, kramte nach ihren Zigaretten, zündete sich eine an, setzte sich auf die gepolsterte Fensterbank und blickte hinaus in den strömenden Regen. Im Büro von Schwester Maria Baker brannte immer noch Licht. Seltsam, daß Henry ihre Existenz immer geheimgehalten hatte. Fast schien es, als hätte er sich ihrer geschämt. Vielleicht wegen ihrer tiefen Religiosität ... Das hatte er irgendwie nie richtig verarbeiten können.

Jenny fühlte sich schon viel besser als bei ihrer Ankunft. Sie war ausgeruhter und gelassener, verspürte aber gleichzeitig eine wachsende Unruhe in sich. Sie fragte sich, was wohl in St. John geschah und wie Dillon vorwärtskam.

Sie legte sich wieder ins Bett, knipste das Licht aus, begann zu dösen und hatte einen halbwachen Traum von einem U-Boot in dunklen Gewässern und von Henry, der in diese Tiefen vordrang. Wie dumm von ihm, dort hinunterzugehen, wo es so gefährlich, so fremd war und wohin normale Menschen sich niemals verirrten. Aber es hatte wohl so sein müssen.

Sie war plötzlich hellwach. »O mein Gott! Natürlich! Und so einfach!«

Sie schlüpfte aus dem Bett und ging zurück zum Fenster. Noch immer brannte das Licht im Büro der Mutter Oberin. Hastig streifte sie sich Jeans und Pullover über und eilte durch den Regen über den Klosterhof.

Als sie eintrat, saß Schwester Maria Baker an ihrem Schreibtisch und arbeitete. Überrascht blickte sie hoch. »Jenny, was ist los? Können Sie nicht schlafen?«

»Ich reise morgen ab, Schwester. Ich wollte Ihnen nur deshalb Bescheid sagen. Ich kehre nach St. John zurück.«

»So bald schon, Jenny? Aber weshalb?«

»Es geht um die Lage des Unterseeboots, das Henry gefunden hat und nach dem Dillon gerade sucht – ich glaube, ich kann ihm den entscheidenden Tip geben. Es ist mir gerade eingefallen, kurz vor dem Einschlafen.«

Ferguson saß auf der Terrasse des Turtle Bay Dining Rooms und blickte hinüber zum Sir Francis Drake Channel. Die dort verstreut liegenden Inseln erschienen wie schwarze Schattenrisse vor dem dunklen Himmel, der orangefarben schimmerte, während die Sonne unterging.

»Wirklich ganz außergewöhnlich«, sagte der Brigadier, während er einen Schluck von seinem Früchtepunsch trank.

»Schön ist der Tod bei Sonnenuntergang, hat mal irgendein Dichter gesagt«, murmelte Dillon.

Die Zikaden sangen unermüdlich ihr vielstimmiges Lied, und Nachtvögel meldeten sich mit ihren Rufen. Dillon erhob sich und trat an den Terrassenrand. Ferguson schüttelte belustigt den Kopf. »Donnerwetter, ich wußte ja gar nicht, daß Sie eine literarische Ader haben, alter Junge.«

Dillon ließ sein Feuerzeug aufflackern und zündete sich eine Zigarette an. Er grinste. »Nun, ich hab den Hamlet an der Königlichen Akademie gespielt. Und ich kann mich sogar noch an den größten Teil des Textes erinnern.« Seine Stimme veränderte sich plötzlich und war der von Marlon Brando täuschend ähnlich. »Was hätte ich alles werden, welchen Preis erringen können.«

»Jetzt werden Sie auf Ihre alten Tage nur nicht rührselig, Dillon. Es zahlt sich nie aus, wehmütig zurückzuschauen, denn man kann sowieso nichts ändern. Und Sie haben mit dem Kampf für Ihre Sache schon viel zuviel Zeit vergeudet. Ich glaube, das ist Ihnen selbst klar. Aber um wieder auf die Gegenwart zurückzukommen – was mich im Augenblick am meisten beschäftigt, ist die Frage, wie es kommt, daß dieser verdammte Santiago so gut informiert ist.«

»Meinen Sie, ich würde das nicht auch gerne wissen?« sagte Dillon.

In diesem Augenblick erschien Santiago im gewölbten Durchgang zur Terrasse, Algaro dicht hinter ihm. Er sah sich suchend um, entdeckte Dillon und Ferguson und kam zu ihnen herüber. »Mr. Dillon? Gestatten, Max Santiago.«

»Ich weiß, wer Sie sind, Señor«, erwiderte Dillon in perfektem Spanisch.

Santiago hob überrascht die Augenbrauen. »Ich muß Ihnen gratulieren, Señor«, erwiderte er in der gleichen Sprache. »Daß ein Fremder unsere Sprache so fließend beherrscht, findet man äußerst selten.« Er wandte sich an Ferguson und fügte auf englisch hinzu: »Ich freue mich, Sie ebenfalls hier in Caneel Bay zu sehen, Brigadier. Genießen Sie Ihre Mahlzeit, meine Herren.« Er entfernte sich, gefolgt von Algaro.

»Er wußte, wer Sie sind, und er wußte genau, daß Sie hier sind«, stellte Dillon fest.

»Das habe ich sehr wohl bemerkt.« Ferguson stand auf. »Gehen wir essen, ich sterbe fast vor Hunger.«

Das Essen war hervorragend, und Ferguson genoß es sichtlich. Sie bestellten sich eine Flasche Louis-Roederer-Crystal-Champagner und begannen die Mahlzeit mit gegrillten Seemuscheln in einer Sauce aus rotem Pfeffer und Safran, gefolgt von einem gebratenen Fasan. Ferguson, der sich eine Serviette in den Hemdkragen geklemmt hatte, speiste mit großem Appetit.

»Um ganz ehrlich zu sein, eigentlich bevorzuge ich Schonkost, aber man muß auch mal sündigen.«

»Schon wieder der Engländer auf Reisen?« fragte Dillon.

»Ich brauche Ihnen wohl kaum zu erklären, daß Ferguson der schottischste aller schottischen Namen ist, Dillon, und wie ich Ihnen bereits andeutete, war meine Mutter Irin.«

»Ja, aber irgendwann wurde das Ganze von Eton, Sandhurst und den Grenadier Guards ein wenig zugeschüttet, oder?«

Ferguson ging darauf nicht ein, sondern schenkte sich von dem Champagner nach. »Eine hübsche Flasche. Man kann richtig hindurchschauen. Sehr ungewöhnlich.«

»Zar Nikolaus hat sie selbst entworfen«, klärte Dillon ihn auf. »Er sagte, er wolle den Champagner sehen.«

»Interessant. Das wußte ich gar nicht.«

»Es hat ihm auch nichts genutzt, als die Bolschewiken ihn ermordeten.«

»Es freut mich, daß Sie von Mord reden, Dillon. Es gibt also doch noch Hoffnung für Sie. Was treibt unser Freund Santiago?«

»Er speist am Rand des Gartens hinter Ihnen zu Abend. Dieses Monster in seiner Begleitung heißt übrigens Algaro. Ist wohl sein Leibwächter und für Spezialaufträge zuständig. Er war es, der mich von der Straße gedrängt und auf mich geschossen hat.«

»Mein Gott, auf keinen Fall jetzt so was.« Ferguson bat den Kellner, ihm anstelle des Kaffees ein Kännchen Tee zu bringen. »Was schlagen Sie als nächste Aktion vor? Santiago hat es offenbar eilig und will, daß wir das wissen.«

»Ich glaube, ich muß noch mal mit Carney reden. Wenn überhaupt jemand irgendwelche Vorstellungen haben könnte, wo das U-Boot liegt, dann ist er es.«

»Aus Ihnen spricht eher die Hoffnung als die Gewißheit, mein Lieber, aber es leuchtet ein. Wissen Sie, wo man ihn antreffen kann?«

»Natürlich.«

»Na prima.« Ferguson stand auf und griff nach seinem Panamahut und dem Malakkastock. »Dann nichts wie los.«

Dillon stellte den Wagen in Moongoose Junction auf dem Parkplatz ab und holte die belgische Automatik mitsamt dem Halfter aus seiner Jackettasche.

»Was um alles in der Welt ist denn das?« wollte Ferguson wissen.

»Ein zusätzlicher Trumpf. Ich hänge das Ding unters Armaturenbrett.«

»Für mich sieht das aus wie eine Damenpistole.«

»Tut aber ihren Dienst, Brigadier, also seien Sie nicht zu sexistisch.« Dillon deponierte die Waffe neben der Lenksäule. »Okay, suchen wir unseren Freund Carney.«

Sie gingen zu Fuß durch das Hafenviertel bis zu *Jenny's Place.* Der Gastraum war nur halbvoll; Billy Jones stand hinter der Bar, Mary und eine der Serviererinnen versorgten die wenigen Gäste gerade mit Essen. Nur vier Tische waren besetzt, und Carney saß an einem von ihnen.

Kapitän Serra und drei Mitglieder der *Maria-Blanco*-Mannschaft besetzten einen Tisch in einer Ecke. Guerra, der Maat, war bei ihnen. Dillon erkannte ihn von seinem ersten Abend, obgleich die Tatsache, daß Guerra auf spanisch »Da ist er« sagte und alle verstummten, eine ausreichende Bestätigung war.

»Hallo.« Mary Jones kam auf sie zu, und Dillon lächelte. »Wir setzen uns zu Bob Carney. Bringen Sie uns eine Flasche Champagner. Was Sie gerade dahaben.«

»Und zwei Gläser.« Ferguson zog höflich seinen Hut.

Carney verzehrte gerade ein Steak mit Pommes frites und trank dazu Bier. Er stellte das Glas wieder neben den Teller und sah ihnen entgegen.

»Das ist ein Freund von mir, Brigadier Charles Ferguson«, stellte Dillon seinen Begleiter vor. »Dürfen wir uns zu Ihnen setzen?«

Carney lächelte. »Ich bin beeindruckt, aber ich sollte Sie warnen, Brigadier, ich habe es nur bis zum Corporal geschafft, und das auch nur bei den Marines.«

»Ich war bei den Grenadier Guards«, informierte Ferguson ihn. »Das macht Ihnen doch nichts aus, oder?«

»Aber nein, ich denke, wir Elitejungs müssen zusammenhalten. Setzen Sie sich.« Während sie sich einen dritten Stuhl besorgten, widmete Carney sich wieder seinem Steak und sagte zu Dillon: »Waren Sie in der Armee?«

»Nicht ganz«, antwortete Dillon.

»Zum Teufel, was heißt denn das? Von der irischen Armee hört man sowieso so gut wie nichts, außer daß sie irgendwo in Beirut oder Angola oder wer weiß wo für die Vereinten Nationen im Einsatz ist. Natürlich gibt es da noch diesen anderen Haufen, die IRA.« Er hielt einen Augenblick inne, dann sprach er weiter: »Aber nein, das kommt doch wohl nicht in Frage, oder, Dillon?«

Er lächelte, und Ferguson sprang in die Bresche. »Mein lieber Freund, für was sollte sich ausgerechnet die IRA hier interessieren? Und ich erst? Was habe ich hier zu suchen?«

»Das weiß ich nicht, Brigadier. Ich weiß nur, daß Dillon mir ein Rätsel ist, und Rätsel muß ich immer lösen.«

Santiago kam mit Algaro im Schlepptau herein, und Kapitän

Serra und die anderen drei Männer erhoben sich. »Wir haben Gesellschaft bekommen«, teilte Dillon Ferguson mit.

Der Brigadier drehte sich um. »O Gott«, murmelte er.

Bob Carney schob den Teller von sich. »Nur um Ihnen Fragen zu ersparen – Santiago kennen Sie und diesen Widerling Algaro ebenfalls. Der mit dem Bart ist der Kapitän der *Maria Blanco,* Serra mit Namen. Die anderen dürften zur Mannschaft gehören.«

Billy Jones brachte ihnen eine Flasche Pol Roget in einem Kühler, öffnete sie, dann ging er hinüber, um Santiagos Bestellung aufzunehmen. Dillon schenkte Champagner ein, hob sein Glas und sagte auf gälisch etwas zu Carney.

»Mein Gott«, erwiderte Carney. »Was zum Teufel reden Sie da, Dillon?«

»Das war Gälisch, die Sprache der Könige. Ein sehr alter Trinkspruch. ›Möge der Wind immer von hinten wehen.‹ Der beste Wunsch für einen Schiffskapitän. Das heißt, Sie haben doch unter anderem auch ein solches Patent, oder?«

Carney sah ihn stirnrunzelnd an, dann wandte er sich an Ferguson. »Mal sehen, ob ich alles richtig zusammenbekomme. Arbeitet er für Sie?«

»So könnte man es ausdrücken.«

In diesem Moment hörten sie die Stimme einer Frau. »Bitte, unterlassen Sie das«, sagte sie.

Die Serviererin, die die Getränke an Santiagos Tisch gebracht hatte, war noch ein Mädchen, sehr hübsch, sehr blond und sehr verletzlich. Algaro strich mit der Hand über ihr Gesäß und begann, ihre Beine zu streicheln.

»Das sehe ich nicht so gerne«, sagte Carney, und seine Miene verhärtete sich.

Dillon pflichtete ihm bei. »Ganz meine Meinung. Wenn man sagen würde, daß er aus irgendeinem Stall kommt, wäre das eine Beleidigung für alle Pferde.«

Das Mädchen machte sich los, die Männer lachten, und Santiago blickte herüber. Sein Blick traf sich mit dem von Dillon. Er lächelte, drehte sich zur Seite und flüsterte mit Algaro. Dieser nickte und erhob sich.

»Nur nicht nervös werden«, zischte Ferguson.

Algaro schlenderte hinüber zur Bar und setzte sich auf einen freien Hocker. Als das Mädchen an ihm vorbeiging, legte er einen Arm um ihre Taille und flüsterte ihr etwas ins Ohr. Ihr Gesicht lief rot an, und sie war den Tränen nahe.

»Lassen Sie mich in Ruhe«, sagte sie und wehrte sich gegen die Umarmung.

Dillon schaute hinüber. Santiago hob sein Glas und prostete ihm zu. Ein angedeutetes Grinsen lag auf seinem Gesicht, während Algaro dem Mädchen eine Hand unter den Rock schob. Billy Jones bediente gerade einen Gast am anderen Ende der Bar und drehte den Kopf, um zu sehen, was im Gange war. Ruhig stand Carney auf, nahm sein Glas, ging zur Theke, legte einen Arm um die Schultern des Mädchens und zog es sanft weg. Dann schüttete er den Rest Bier, der sich noch im Glas befand, in Algaros Schoß.

»Oh, entschuldigen Sie«, sagte er. »Ich hab Sie völlig übersehen.« Damit wandte er sich ab und kehrte an den Tisch zurück.

Alle Gespräche im Gastraum erstarben, und Dillon nahm die Champagnerflasche aus dem Kühler und füllte das Glas des Brigadier wieder auf. Algaro stand da und starrte ungläubig auf seine Hose. »Hey, du miese kleine Ratte, dafür breche ich dir den Arm!«

Er kam schnell zum Tisch herüber, die Arme ausgestreckt, und Carney fuhr herum, um sich zu verteidigen, aber es war Dillon, der zuerst zuschlug. Er wechselte den Griff um die Champagnerflasche und schmetterte sie nicht nur einmal seitlich gegen Algaros Schädel, sondern zweimal. Die Flasche zerschellte, und Champagner spritzte durch die Luft. Algaro zog sich hoch, klammerte die Hände um die Tischkante, und Dillon, der noch immer saß, trat ihm von der Seite gegen eine Kniescheibe. Algaro brüllte vor Schmerz auf und kippte zur Seite. Sekundenlang lag er reglos da, dann kämpfte er sich auf ein Knie hoch.

Dillon sprang auf und rammte ihm ein Knie ins ungeschützte Gesicht. »Du hast es nie gelernt, wie man sich richtig hinlegt, oder?« zischte er.

Inzwischen waren die anderen Mannschaftsmitglieder der *Maria Blanco* aufgesprungen. Einer von ihnen hatte einen Stuhl gepackt. Billy Jones kam hinter der Bar hervor, hielt in den Fäusten einen Baseballschläger. »Hört auf, oder ich rufe die Polizei. Er hat es darauf angelegt und bekommen, was er verdient. Schafft ihn schnellstens raus.«

Sie blieben abrupt stehen, aber nicht so sehr wegen Billy als vielmehr auf Santiagos Befehl, der auf spanisch sagte: »Keinen Ärger. Schnappt ihn euch und verschwindet.«

Kapitän Serra nickte, und Guerra und Pinto halfen Algaro auf die Füße. Er war benommen, Blut rann über sein Gesicht, und sie führten ihn hinaus. Die anderen Männer folgten ihnen. Santiago stand auf, erhob das Glas, leerte es und ging ebenfalls hinaus.

Die Gespräche setzten wieder ein, und Mary holte einen Besen und eine Kehrschaufel, um die Scherben wegzufegen. Billy nickte Dillon zu. »Ich konnte nicht so schnell kommen. Vielen Dank, Leute. Wie wäre es mit einer Flasche Champagner auf Kosten des Hauses?«

»Nicht für mich, Billy«, sagte Carney. »Setz das Essen auf meine Rechnung. Ich bin wohl doch schon etwas zu alt für derartige Aufregungen. Ich gehe nach Hause und lege mich ins Bett.« Er erhob sich. »Brigadier, es war wirklich ein interessanter Abend.«

Er ging zur Tür, und Dillon fiel noch etwas ein. »Carney, ich möchte morgen vormittag noch mal tauchen. Ist Ihnen das recht?«

»Halb zehn«, gab Carney zurück. »Am Pier. Seien Sie pünktlich.« Danach verschwand er nach draußen.

Sein Jeep stand auf dem Parkplatz in Moongoose Junction. Als er gerade die Tür aufschließen wollte, legte sich eine Hand auf seine Schulter. Noch während er sich umdrehte, hämmerte Guerra ihm eine Faust ins Gesicht.

»Paß mal auf, du Bastard, jetzt bringen wir dir Manieren bei.«

Serra stand knapp einen Meter entfernt und stützte Algaro. Santiago stand daneben. Carney wich dem ersten Schlag aus, aber dann war der Rest der Schiffscrew bei ihm. Sie hielten ihn fest, während Algaro heranschlurfte.

»Dann wollen wir mal . . .«, sagte er schleppend.

Genau in diesem Moment bogen Dillon und Ferguson, die auf die Flasche Champagner ebenfalls verzichtet hatten, um die Ecke. Der Ire sprintete los, schleuderte Algaro beiseite und versetzte dem nächsten Mann seitlich einen Kinnhaken. Carney war bereits wieder auf den Füßen. Von Algaro war nichts zu befürchten, aber als Kapitän Serra sich näherte, um den anderen drei zu helfen, verschoben sich die Chancen. Dillon und Carney bauten sich vor dem Jeep auf und gingen in Kampfstellung. Plötzlich erklang ein Schuß. Es war ein trockener Knall in der warmen Nachtluft. Alle erstarrten, drehten sich langsam um und erblickten Ferguson, der an Dillons Jeep lehnte und die belgische Automatik im Anschlag hielt.

»Und jetzt hören wir auf mit dem albernen Räuber-und-Gendarm-Spiel, nicht wahr«, sagte er lächelnd.

Stille trat ein, und Santiago zischte auf spanisch: »Zurück zur Barkasse.« Die Mannschaft trollte sich widerwillig, wobei Serra und Guerra Algaro mehr trugen als führten.

»Wir sehen uns wieder, Brigadier«, versprach Santiago auf englisch und folgte seinen Männern.

Carney wischte sich ein paar Blutstropfen mit einem Taschentuch vom Mund ab. »Würde mal jemand so freundlich sein und mir verraten, was das Ganze überhaupt soll?«

»Ich denke, wir sollten uns unterhalten, Captain Carney«, sagte Ferguson aufgeräumt. »Je eher, desto besser.«

»Okay, ich gebe mich geschlagen.« Carney lächelte verkniffen. »Kommen Sie, wir gehen zu mir. Es ist nicht weit.«

Carney schüttelte ungläubig den Kopf. »Das ist die verrückteste Geschichte, die ich je gehört habe.«

»Aber Sie glauben, daß sie der Wahrheit entspricht?« fragte Ferguson. »Ich habe eine Kopie der Übersetzung in meinem Aktenkoffer in Caneel, und ich würde Sie Ihnen gerne zeigen.«

»Diese U-Boot-Sache ist durchaus möglich«, sagte Carney.

»Sie haben während des Zweiten Weltkriegs in dieser Gegend operiert, das ist bekannt. Es gibt sogar noch Einheimische, die erzählen, daß sie manchmal nachts an Land kamen.« Er schüttelte den Kopf. »Hitler im Bunker, Martin Bormann – ich habe viele Bücher darüber gelesen, und es ist ein interessanter Gedanke. Wenn Bormann tatsächlich nach Samson Cay kam und nicht mit dem U-Boot versank, dann würde das immerhin erklären, weshalb er seit dem Krieg angeblich so oft in Südamerika gesehen wurde.«

»Gut«, sagte Dillon. »Sie gehen also von der Existenz von U 180 aus, aber wo könnte das Boot liegen?«

»Ich hole mal eine Karte.« Carney verließ das Zimmer und kam wenig später mit einem großen Blatt zurück, das er auf dem Tisch ausbreitete. Es war eine Seekarte von den Antillen, die das Gebiet von St. Thomas bis nach Virgin Gorda zeigte. »Da haben wir Samson Cay, südlich von Norman Island in den britischen Antillen. Wenn der Hurrikan seine Marschrichtung geändert hat, was gelegentlich vorkommt, und sich von Osten näherte, dürfte das U-Boot nach Westen abgetrieben worden sein und müßte südlich von St. John liegen.«

»Wo genau?« fragte Ferguson.

»An keinem der üblichen Orte. Damit meine ich nirgendwo, wo mehr oder weniger regelmäßig getaucht wird, und ich sage Ihnen noch etwas. Es dürfte nicht tiefer liegen als dreißig Meter.«

»Wie kommen Sie darauf?« fragte Dillon.

»Henry war ein Freizeittaucher, das heißt, bei ihm war keine Dekompressionsphase nötig. Vierzig Meter sind die maximale Tiefe für diese Art des Sporttauchens, und dort konnte er sich höchstens zehn Minuten aufhalten, ehe er wieder nach oben zurück mußte. Zehn Minuten, um das U-Boot zu untersuchen und das Tagebuch zu finden.« Carney schüttelte den Kopf. »Das wäre niemals möglich gewesen, und Henry war immerhin schon dreiundsechzig Jahre alt. Er kannte seine Grenzen.«

»Also, was meinen Sie?«

»Um das Wrack zu entdecken, einzudringen, herumzusuchen und das Tagebuch zu finden.« Carney zuckte die Achseln.

»Ich schätze, dreißig Minuten Tauchzeit. Demnach dürfte er nicht tiefer als dreißig, fünfunddreißig Meter gekommen sein. Kein Tauchlehrer nimmt Touristen so tief mit runter. Daher meinte ich, daß das Boot an einem eher ungewöhnlichen Ort liegen müßte.«

Er dachte stirnrunzelnd nach, und Ferguson sagte: »Sie scheinen irgendeine Idee zu haben.«

»Der Morgen, an dem Henry seine Entdeckung machte, müßte der Tag gewesen sein, nach dem der Hurrikan sich ausgetobt hatte. Er war schon so früh draußen, daß er gegen halb zehn zurückkam, während ich gerade mit einer Tauchgruppe auslief. Wir begegneten einander und unterhielten uns kurz.«

»Was hat er gesagt?« wollte Dillon wissen.

»Ich fragte ihn, wo er gewesen sei. Er antwortete, am French Cap. Er erzählte, dort wäre es so ruhig wie in einem Ententeich gewesen.«

»Dann ist es dort«, sagte Ferguson. »Kann das sein?«

Carney schüttelte den Kopf. »Ich selbst bin oft am French Cap. Das Wasser ist dort besonders klar. Ein sehr schönes Tauchgebiet. Ich bin sogar an diesem Morgen, nachdem ich Henry traf, mit meinen Kunden hingefahren, und er hatte recht, es war ungewöhnlich ruhig. Die Sicht war phantastisch.« Er schüttelte den Kopf. »Nein, wenn es wirklich dort läge, hätte man es schon viel früher gefunden.«

»Können Sie sich einen anderen Ort vorstellen?«

Carney runzelte die Stirn. »Da ist auch noch der South Drop, das ist noch weiter draußen.«

»Tauchen Sie dort?« fragte Ferguson.

»Nur manchmal, denn bei rauher See ist die Anfahrt mühsam und unangenehm, aber das könnte so eine Stelle sein. Ein langer Felsgrat, der auf einer Seite bis sechzig Meter hinabreicht und auf der anderen bis knapp siebenhundert.«

»Können wir uns an diesen Stellen mal umsehen?« fragte Ferguson.

Carney schüttelte den Kopf und inspizierte erneut die Karte. »Ich weiß nicht.«

»Ich würde Sie sehr gut bezahlen, Captain Carney.«

»Das ist es nicht«, sagte Carney. »Strenggenommen liegt das Ding in amerikanischen Hoheitsgewässern.«

»Hören Sie«, sagte Ferguson. »Wir tun hier nichts Böses. In U 180 gibt es einige Dokumente, so glauben wir zumindest, die meiner Regierung großen Anlaß zur Sorge geben könnten. Wir wollen sie so schnell wie möglich bergen und in Sicherheit bringen und sonst nichts.«

»Und was hat Santiago mit dieser Angelegenheit zu tun?«

»Er ist offensichtlich hinter derselben Sache her«, sagte Ferguson. »Weshalb, das weiß ich im Augenblick noch nicht, aber ich werde es schon herausbekommen, das verspreche ich Ihnen.«

»Sie gehen doch schon mal ins Kino, Carney«, sagte Dillon. »Santiago und seine Leute sind die Bösen. Die Übeltäter.«

»Und ich bin der Gute?« Carney lachte schallend. »Sehen Sie zu, daß Sie schnellstens verschwinden, damit ich noch etwas Schlaf bekomme. Ich erwarte Sie um neun am Pier.«

Santiago stand am Heck der *Maria Blanco* und blickte zu Cottage 7 hinüber. In beiden Apartments war soeben das Licht angeknipst worden.

»Demnach sind sie also zurück«, sagte er zu Serra, der neben ihm stand.

»Nachdem sie sich mit Carney unterhalten haben, werden sie sicherlich morgen irgend etwas unternehmen«, sagte Serra.

»Dank der Wanzen können Sie ihnen natürlich in sicherer Entfernung mit der Barkasse folgen, ganz gleich, welches Boot sie benutzen.«

»Soll ich die Taucher mitnehmen?«

»Wenn Sie wollen, aber ich bezweifle, daß es Sinn hat. Carney weiß nicht, wo U 180 liegt, Serra, davon bin ich überzeugt. Nehmen Sie das Tauchverzeichnis für diese Region mit. Wenn sie an einer Stelle tauchen, die in dem Buch verzeichnet ist, dann können Sie wohl davon ausgehen, daß jede Suche dort vergeudete Zeit ist.« Santiago schüttelte den Kopf. »Viel eher glaube ich, daß die junge Frau die Antwort kennt. Wir müssen nur auf ihre Rückkehr warten. Übrigens, falls wir das U-Boot tatsächlich finden sollten und uns einen Weg hineinsprengen müssen, kommen Noval und Pinto damit zurecht?«

»Ganz sicher, Señor. Wir haben genug C4-Sprengstoff sowie alle notwendigen Utensilien reichlich an Bord.«

»Hervorragend«, sagte Santiago. »Dann wünsche ich Ihnen für morgen Glück. Gute Nacht, Captain.«

Serra zog sich zurück, und Algaro tauchte aus der Dunkelheit auf. »Kann ich morgen früh auf der Barkasse mitfahren?«

»Ach, du sinnst auf Rache?« Santiago lachte. »Warum nicht? Genieße es ruhig, solange du noch kannst, Algaro.« Und er lachte noch immer, als er in seinen Salon hinunterstieg.

11. Kapitel

Es war ein wundervoller Morgen, als Dillon und Ferguson zum Pier hinuntergingen, wo die *Sea Raider* vertäut lag. Niemand war zu sehen. Und die *Privateer* steuerte, mit vier Personen im Heck, aufs offene Meer zu.

»Vielleicht haben wir irgend etwas falsch verstanden.« Dillon runzelte die Stirn.

»Das bezweifle ich«, sagte Ferguson. »Nicht bei so einem Mann.«

In diesem Moment erschien Carney am Ende des Piers und kam auf sie zu. Er schob einen Karren vor sich her, der mit Preßluftflaschen beladen war. »Guten Morgen!« rief er.

»Ich dachte schon, Sie hätten uns im Stich gelassen«, sagte Dillon und blickte zur *Privateer* hinaus.

»Aber nein, das ist nur einer von meinen Leuten, der ein paar Taucher nach St. James hinausbringt. Ich wollte heute die *Sea Raider* nehmen, denn wir haben einen erheblich weiteren Weg vor uns.« Er wandte sich an Ferguson. »Sind Sie ein guter Seemann, Brigadier?«

»Mein lieber Freund, ich habe mir gerade Tabletten gegen Seekrankheit besorgt. Und davon habe ich gleich zwei Stück geschluckt.«

Er ging an Bord und stieg die Leiter zur Laufbrücke hinauf, wo er schließlich in einsamer Pracht auf einem der Drehsessel thronte, während Dillon und Carney die Preßluftflaschen verstauten. Als das erledigt war, ging Carney zu Ferguson hinauf und ließ die Maschinen an. Während sie sich vom Pier entfernten, suchte Dillon die Kajüte auf. Am Morgen hatte er die Taucherausrüstung nicht in den Gerätesack aus Netzgewebe gesteckt, sondern in die olivgrüne Armeetasche, die Stacey ihm in St. Thomas mitgegeben hatte, und unter der Taucherausrüstung lag das AK Sturmgewehr mit abmontierter Schulterstütze und einem fertig geladenen und eingeschobenen Magazin mit dreißig Schuß und einem Reservemagazin. Dort befand sich auch seine zusätzliche belgische Automatik, die er eigens für diese Fahrt aus dem Jeep geholt hatte. Wie bei allen Sport-Fisherman-Booten gab es neben dem Ruder auf der Laufbrücke ein Ruder in der Kajüte, so daß das Schiff bei schlechtem Wetter auch von dort aus gesteuert werden konnte. Dillon tastete unter der Instrumententafel herum, bis er eine metallene Oberfläche fand, wo er das Holster mit der Waffe befestigte.

Dann gesellte er sich zu den beiden anderen Männern. »Welchen Kurs nehmen wir?«

»Erst einmal nach Süden durch den Pillsbury Sound und dann nach Südwesten in Richtung French Cap.« Carney grinste über Ferguson, der hin und her schwankte, als das Boot über die Wellen aufs offene Meer hinaustanzte. »Geht es Ihnen gut, Brigadier?«

»Ich sage Ihnen Bescheid, wenn es schlimmer wird. Ich nehme an, Sie würden es begrüßen, wenn unsere Freunde von der *Maria Blanco* uns folgen würden, oder?«

»Ich habe Ausschau gehalten, aber bisher noch nichts entdeckt. Die *Maria Blanco* selbst ist nirgendwo zu sehen, aber es ist möglich, daß sie die weiße Barkasse benutzen. Ein gutes Boot, macht sicherlich seine fünfundzwanzig bis sechsundzwanzig Knoten. Aus dieser Kiste hier hole ich nicht mehr als zwanzig heraus.« Er gab Dillon ein Zeichen. »Im Spind liegt ein Fernglas, für den Fall, daß Sie ein wachsames Auge auf die Umgebung haben wollen.«

Dillon holte es heraus, stellte es scharf und suchte das Meer hinter ihnen ab. Er sah wohl eine Reihe Yachten und eine kleine Autofähre, die mit Lastwagen an Bord von St. Thomas kam, aber keine Barkasse. »Nichts zu sehen«, meldete er.

»Seltsam«, sagte Ferguson nachdenklich.

»Sie machen sich zu viele Sorgen, Brigadier«, sagte Carney. »Sehen wir lieber zu, daß wir vorankommen.« Mit diesen Worten gab er Gas und lenkte die *Sea Raider* hinaus ins freie Wasser.

Die Barkasse war natürlich da, aber eine gute Meile hinter ihnen. Serra stand am Ruder, und sein Blick wanderte gelegentlich zu dem dunklen Schirm mit dem Lichtpunkt, der die Position der Sea Raider anzeigte. Algaro stand neben ihm, und Noval und Pinto bereiteten im Heck ihre Taucherausrüstung vor. Algaro sah nicht sehr gut aus. Er hatte ein fast schwarz verfärbtes Auge, und seine Lippen waren geschwollen und aufgesprungen.

»Besteht keine Gefahr, sie zu verlieren?«

»Überhaupt nicht«, sagte Serra. »Ich zeige es dir.« Ein ständiges, monotones Piepgeräusch drang aus dem Lautsprecher des Suchschirms. Sobald Serra das Ruder drehte und vom eingeschlagenen Kurs abkam, wurde das Piepen lauter und hektischer. »Siehst du, damit wird uns mitgeteilt, daß wir unseren Freunden nicht mehr genau folgen.« Er brachte die Barkasse auf den alten Kurs und hielt ihn, als das Piepzeichen wieder die alte Tonhöhe und Frequenz hatte. Dabei achtete er auf den Kompaß und kontrollierte den Kurs.

»Sehr schön«, lobte Algaro.

»Und wie fühlst du dich?« fragte Serra.

»Nun«, antwortete Algaro, »ich würde mich schon viel besser fühlen, wenn ich mit diesen Schweinen abgerechnet hätte. Vor allem mit diesem Dillon.« Er wandte sich ab und ging nach hinten zu den Tauchern.

Lange breite Wogen sorgten für eine starke Dünung, als sie sich French Cap näherten. Dillon ging an den Bug, um den Anker zu werfen, während Carney das Boot lenkte und sich aus der Laufbrücke lehnte, um seine Instruktionen zu geben.

»Hier drunter befindet sich eine Formation, die wir Pinnacle nennen«, erklärte er. »Die Spitze befindet sich etwa fünfzehn Meter unter der Wasseroberfläche. Wir versuchen sie zum Ankern zu benutzen.« Nach einer Weile nickte er. »Erwischt!« rief er und unterbrach die Zündung.

»Was tun wir jetzt?« fragte Dillon, während er den Reißverschluß seiner Taucherkombination schloß.

»Viel können wir nicht unternehmen«, erwiderte Carney,

während er seinen Gewichtsgürtel anschnallte. »Die Tiefe beträgt höchstens dreißig Meter und verringert sich stellenweise bis auf fünfzehn. Wir können uns den Felssockel und das Riffgebiet ansehen. Die Sicht ist unglaublich. Etwas Besseres finden Sie nirgendwo. Deshalb glaube ich nicht, daß dies die richtige Stelle ist. Das U-Boot wäre schon lange entdeckt worden. Übrigens, Sie haben wohl gestern irrtümlich meine Taucherhandschuhe eingepackt und ich die Ihren.« Er wühlte in Dillons Tasche herum und ertastete das Gewehr. »Mein Gott«, stieß er hervor und nahm es heraus. »Was ist denn das?«

»Unsere Rückversicherung«, erwiderte Dillon, während er die Schwimmflossen überstreifte.

»Eine AK47 ist doch wohl eine ganze Menge mehr als das.« Carney ließ die Schulterstütze einrasten und überprüfte ihren Sitz.

»Ich möchte Sie daran erinnern, Mr. Carney, daß es unsere Freunde waren, die den ersten Schuß abfeuerten«, meinte Ferguson. »Können Sie mit dieser Waffe umgehen?«

»Ich war in Vietnam, Brigadier, ich habe so ein Ding mal im Einsatz benutzt. Machen einen ganz schlimmen Lärm. Ich hoffe, daß ich nie mehr hören muß, wie so ein Ding abgefeuert wird.«

Carney nahm die Schulterstütze ab, verstaute das AK wieder in der Tasche und legte letzte Hand an seine Taucherausrüstung. Unbeholfen kletterte er auf die Tauchplattform am Bootsende und wandte sich um. »Wir sehen uns unten«, sagte er zu Dillon, steckte sich das Mundstück zwischen die Zähne und ließ sich nach hinten fallen.

Serra beobachtete sie aus einer Entfernung von einer Viertelmeile durch ein altes Fernglas, Noval und Pinto standen in ihren Tauchermonturen bereit. Algaro war ungeduldig. »Was tun Sie gerade?«

»Sie sind vor Anker gegangen, und Dillon und Carney tauchen. Nur noch der Brigadier ist an Deck.«

»Was sollen wir tun?« wollte Noval wissen.

»Wir folgen ihnen jetzt sehr schnell, aber ich werfe keinen Anker. Wir überraschen sie, also haltet euch bereit.«

Er beschleunigte die Barkasse auf fünfundzwanzig Knoten, und während sie losrauschte, beendeten Noval und Pinto ihre Tauchvorbereitungen.

Carney hatte nicht übertrieben. Hier unten gab es Korallen, Stiel- und Röhrenschwämme in allen Farben und Fische aller Art, aber es war eigentlich die ungeheuer klare Sicht, die einem den Atem raubte. Das Wasser hatte eine tiefblaue Tönung, die sich bis in die Unendlichkeit erstreckte. Ein Schwarm Ährenfische tauchte über ihnen auf, während Dillon hinter Carney herschwamm und zwei Rochen über den sandigen Abhang zur Seite davonschossen.

Aber Carney hatte mit seiner Bemerkung über das U-Boot recht gehabt. Dillon folgte ihm am Riff entlang und zur Basis der Felsformation, bis Carney sich umwandte und die Arme ausbreitete. Dillon deutete die Geste richtig und machte kehrt, um zum Boot zurückzuschwimmen. Dabei entdeckte er Noval und Pinto vor und etwa sieben Meter über ihnen. Er und Carney verharrten im Wasser, beobachteten die beiden fremden Taucher. Schließlich deutete der Amerikaner voraus und schlug die Richtung zum Ankertau ein. Dort warteten sie wieder und schauten hoch. Sie sahen den Rumpf der Barkasse einen weiten Kreis beschreiben. Carney begann sich am Ankertau nach oben zu ziehen, und Dillon machte es ihm nach. Schließlich tauchten beide Männer am Heck der *Sea Raider* auf.

»Wann sind die denn angekommen?« wollte Dillon von Ferguson wissen, während er sich aus seiner Weste schlängelte.

»Etwa zehn Minuten nachdem Sie runtergingen. Sie kamen mit voller Fahrt angerauscht, haben nicht mal den Anker geworfen, sondern lediglich zwei Taucher abgesetzt.«

»Wir haben sie gesehen.« Dillon schälte sich aus dem Taucheranzug und sah zur Barkasse hinüber. »Da drüben ist Serra, der Kapitän, und neben ihm steht unser Freund Algaro und hegt Mordgedanken.«

»Daß sie uns bis hierher gefolgt sind, ist saubere Arbeit, das muß ich ihnen lassen«, sagte Carney. »Aber wie dem auch sei, wir wollen weiter.«

»Sollen wir es immer noch an diesem South Drop versuchen?« fragte Dillon.

»Ich bin dafür, wenn Sie es sind. Holen Sie den Anker hoch.«

Noval und Pinto tauchten neben der Barkasse auf und kletterten hinein, während Dillon zum Bug ging und anfing, am Ankertau zu ziehen. Aber es rührte sich nicht. »Ich starte mal den Motor und versuche es mit einem leichten Ruck«, sagte Carney.

Die Wirkung war aber gleich Null, und Dillon sah zur Brücke. »Wir hängen fest.«

»Okay.« Carney nickte. »Einer von uns wird runtergehen müssen, um das Tau freizuziehen.«

»Das bin ja wohl ich.« Dillon griff nach seiner Weste mit der Preßluftflasche. »Sie müssen sich hier oben um das Schiff kümmern.«

»Haben Sie noch genug Luft in dem Ding?« fragte Ferguson.

Dillon sah auf die Anzeige. »Fünfhundert. Das reicht völlig.«

»Jetzt sind Sie an der Reihe, Brigadier«, sagte Carney. »Gehen Sie zum Bug, und ziehen Sie den Anker in dem Moment hoch, in dem er frei ist, und heben Sie sich keinen Bruch.«

»Ich werde mir Mühe geben, mein Freund.«

»Eine Sache noch, Dillon!« rief Carney. »Halten Sie sich nicht am Tau fest. Da unten herrschen etwa ein oder zwei Knoten Strömung, deshalb werden Sie wohl ein Stück vom Boot entfernt auftauchen. Blasen Sie einfach Ihre Weste auf, und warten Sie, bis ich Sie hole.«

Während Dillon sich vom Schiffsheck ins Wasser fallen ließ, fragte Algaro: »Was ist denn da drüben los?«

»Wahrscheinlich hängt der Anker fest«, sagte Noval.

Genau in diesem Moment hatte Dillon den Anker erreicht, der unverrückbar in einem tiefen Felsspalt eingeklemmt war. Über ihm manövrierte Carney mit dem Schiff bei minimalster Motorleistung, und als das Tau schlaff wurde, zog Dillon den Anker frei. Er schleifte ein Stück über die Korallenbank, dann begann er hochzuschweben. Dillon versuchte ihm zu folgen, spürte jedoch, wie die Strömung ihn zur Seite drückte, und wehrte sich nicht dagegen. Langsam ließ er sich nach oben steigen und tauchte schließlich etwa fünfzig Meter von der *Sea Raider* entfernt auf. Er löste die Aufblasvorrichtung seiner Weste aus und tanzte mit jeder durchrollenden Welle auf und nieder.

Der Brigadier hatte soeben den Anker ins Schiff gewuchtet, und Noval war der erste, der Dillon entdeckte. »Da ist er!«

»Wunderbar.« Algaro schubste Serra beiseite und übernahm das Ruder. »Jetzt zeige ich es ihm!«

Er schob den Gashebel nach vorne, und die Barkasse rauschte auf Dillon zu, der verzweifelt versuchte, zur Seite auszuweichen. Im letzten Moment schaffte er es, dem Schiffsrumpf zu entgehen. Carney brüllte eine Warnung, schwang die *Sea Raider* mit dem Bug herum, wobei Ferguson beinahe ins Meer gestürzt wäre. Dillon hatte die linke Hand erhoben. Darin hielt er den Schlauch, durch den er Luft aus seiner Schwimmweste herauslassen konnte. Die Barkasse kam erneut auf ihn zugerast und drängte ihn mit der Bugwelle zur Seite ab. Algaro lachte wie ein Geisteskranker – sein Gegacker war deutlich über den Wellen zu hören – und beschrieb einen weiten Kreis, um erneut auf sein Opfer zuzusteuern.

Der Brigadier hatte das AK aus der Tasche geholt und fingerte daran herum, als Carney die Leiter heruntergestürmt kam. »Ich weiß, wie man mit solchen Dingern umgeht, Brigadier.«

Er stellte den Hebel auf Automatik und jagte einen Feuerstoß über die Barkasse hinweg. Serra rang jetzt verbissen mit Algaro, während Noval und Pinto sich flach aufs Deck geworfen hatten. Carney gab einen zweiten, genau gezielten Feuerstoß ab und zerfetzte einige Holzlatten am Bug. Mittlerweile war Dillon verschwunden, und Serra hatte wieder die Gewalt über das Ruder übernommen. Er fuhr einen weiten Halbkreis und entfernte sich dann mit voller Kraft.

Ferguson suchte nervös das Gebiet ab. »Ist er untergegangen?«

Dillon tauchte ein kleines Stück entfernt auf, und Carney legte das AK beiseite, trat in die Kajüte und manövrierte mit dem unteren Ruder das Schiff an Dillon heran. Dillon kletterte über die Heckleiter ins Boot, und Carney beeilte sich, ihn von seiner Weste und der Preßluftflasche zu befreien.

»Mein Gott, das war aber knapp«, sagte Dillon, als er auf Deck erschien. »Was ist passiert?«

»Algaro hatte die Absicht, Sie über den Haufen zu fahren«, informierte ihn der Brigadier.

Dillon griff nach einem Handtuch und sah das AK. »Ich dachte, ich hätte Gewehrfeuer gehört.« Er sah Carney an. »Sie?«

»Zum Teufel, die haben mich in Rage gebracht«, sagte Carney. »Wollen Sie es immer noch am South Drop versuchen?«

»Warum nicht?« Ferguson sah der kleiner werdenden Barkasse nach. »Ich glaube nicht, daß sie uns noch mal belästigen.«

»Das ist nicht wahrscheinlich.« Carney deutete nach Süden. »Regenwolken ziehen auf, und das ist gut, denn ich weiß, wohin ich jetzt verschwinden muß, aber sie wissen es nicht.« Er stieg schnell zur Laufbrücke hinauf.

Die Barkasse verlangsamte nach einer halben Meile die Fahrt, und Serra griff zum Fernglas. Er beobachtete, wie die *Sea Raider* in dem Vorhang aus Regen und Dunst verschwand. Er warf einen Blick auf den Schirm. »Sie laufen nach Süden.«

»Wohin wollen sie? Hast du eine Idee?« fragte Algaro.

Serra nahm den Tauchführer von der Ablage, schlug ihn auf und sah auf der Karte nach. »Das war French Cap. Die einzige markierte Stelle weiter nach Süden ist South Drop.« Er blätterte im Buch. »Da haben wir es. Es gibt dort in ungefähr fünfundzwanzig Metern Tiefe einen Felsrücken. Auf der einen Seite fällt er ab bis fünfundfünfzig Meter, und auf der anderen geht es immerhin bis knapp siebenhundert Meter hinunter.«

»Könnte das die Stelle sein?«

»Das bezweifle ich. Allein die Tatsache, daß der Ort im Buch aufgeführt wird, beweist, daß dort ziemlich häufig getaucht wird.«

»Es ist doch ganz einfach«, meldete Noval sich zu Wort. »Tauchlehrer bringen ihre Kunden nur bei gutem Wetter so weit raus. Wenn die Anfahrt zu weit und wenn die See zu rauh ist, wird den Leuten am Ende schlecht.« Er zuckte die Achseln. »Daher wird an einer Stelle wie South Drop nicht sehr oft getaucht, aber Captain Serra hat recht. Die Tatsache, daß die

Stelle im Buch genannt wird, macht es eher unwahrscheinlich, daß dort das gesuchte U-Boot liegt. Andernfalls hätten irgendwelche Taucher es schon vor Jahren entdeckt.«

»Soweit die Meinung eines Experten«, sagte Serra. »Ich denken, Señor Santiago hat recht. Carney weiß gar nichts. Er bringt sie nur zu dem einen oder anderen möglichst weit draußen liegenden Ort, weil ihm nichts Besseres einfällt. Señor Santiago denkt, daß das Girl unsere einzige Chance ist, deshalb müssen wir wohl oder übel auf ihre Rückkehr warten.«

»Ich würde dennoch diesem Schwein liebend gerne eine Lektion erteilen«, sagte Algaro.

»Und beschossen werden.«

»Das war ein AK, mit dem Carney geschossen hat, ich hab den Klang erkannt. Er hätte uns alle zu den Fischen schicken können.« Algaro zuckte die Achseln. »Er hat es nicht getan und wird es auch nicht tun.«

Pinto las die Beschreibung von South Drop im Tauchführer. »Es scheint ein recht lohnendes Gebiet zu sein«, sagte er zu Noval, »bis auf eine Sache. Hier steht, daß dort Riffhaie beobachtet wurden.«

»Sind die gefährlich?« wollte Algaro wissen.

»Es kommt auf die Situation an. Wenn sie sich gestört fühlen oder sonstwie aufgescheucht werden, können sie richtig unangenehm werden.«

Algaros Lächeln war bösartig. »Habt ihr noch etwas von diesem widerlichen Zeug in dem Eimer, mit dem ihr gestern von der Barkasse aus geangelt habt?« wollte er von Noval wissen.

»Du meinst die Köder?« Noval sah Pinto fragend an. »Ist noch was übrig?«

Pinto ging zum Heck, holte einen großen Plastikeimer hervor und nahm den Deckel ab. Der Gestank war überwältigend. Alle möglichen zerkleinerten Fische befanden sich darin, vermischt mit Innereien, fauligem Fleisch und ranzigem Öl.

»Ich wette, die Haie sind ganz wild darauf«, sagte Algaro. »Das lockt sie meilenweit an.«

Noval verzog entsetzt das Gesicht. »Das bringt sie zur Raserei.«

»Gut, dann machen wir es folgendermaßen...« Algaro wandte sich an Serra. »Sobald sie anhalten, schleichen wir uns durch den Nebel an. Das müßte doch mit dieser elektronischen Apparatur sehr leicht gehen, oder?«

Serra verzog besorgt das Gesicht. »Ja, aber...«

»Ich will jetzt kein Aber hören. Wir warten, lassen ihnen Zeit, um ins Wasser zu gehen, dann geben wir Gas, rasen hin, werfen den Mist über Bord und sehen zu, daß wir schnellstens verschwinden.« Ein Ausdruck teuflischer Freude ließ sein finsteres Gesicht erstrahlen. »Mit ein wenig Glück verliert Dillon dabei ein Bein!«

Die *Sea Raider* hatte den Anker geworfen und wiegte sich in einer schweren Dünung. Ferguson saß im Deckhaus und verfolgte, wie die beiden anderen Männer sich fertig machten. Carney öffnete den Deckspind und holte eine lange Röhre mit einem Griff an einem Ende heraus.

»Ist das eine Unterwasserharpune?« fragte Ferguson.

»Nein, ein Sprenggewehr.« Carney öffnete eine Schachtel mit Munition. »Wir nennen das Ding einen Sprengkopf. Einige Leute benutzen eine Schrotpatrone, ich bevorzuge eine .45er CP. Sie wird hinten in die Kammer geschoben, die dann dicht geschlossen wird. Em Ende befindet sich ein Abzugsdorn. Wenn ich damit gegen das Ziel stoße, wird die Patrone abgefeuert. Die Kugel fliegt glatt hindurch, aber die Explosionsgase reißen ein Loch so groß wie eine Hand.«

Dillon streifte sich die Weste mit der Preßluftflasche über. »Wollen Sie irgendwelche Fische erlegen?«

»Eigentlich nicht. Aber als ich das letzte Mal hier war, bin ich auf einige Riffhaie gestoßen, und einer wurde etwas zudringlich. Ich bin nur vorsichtig.«

Dillon ging als erster ins Wasser, ließ sich rücklings von der Tauchplattform fallen, schwamm zum Ankertau und tauchte schnell hinab. Am Anker wartete er und drehte sich um. Carney folgte ihm, den Sprengkopf in der Hand. Er blieb etwa fünf Meter über Dillon im Wasser stehen, winkte und schwamm am Bergrücken entlang. Am Rand des Abgrunds hielt er inne.

Das Wasser war so klar wie Gin, und Dillon konnte sehr weit sehen. Unter ihm verlor die Felswand sich in der Dunkelheit der Tiefe. Carney winkte erneut und schickte sich an, das Riff zu überqueren und zur seichteren Seite zu schwimmen. Dort segelte ein Adlerrochen in einiger Entfernung vorbei. Plötzlich kreuzte ein Riffhai seinen Weg und schwamm in knapper Distanz an ihnen vorüber. Carney drehte sich um, machte eine wegwerfende Handbewegung, und Dillon folgte ihm auf die andere Seite.

Ferguson floh vor dem Regen in die Kajüte, fand die Thermosflasche mit dem heißen Kaffee und schenkte sich eine Tasse voll ein. Plötzlich glaubte er, irgend etwas zu hören, ein gedämpftes Brummen. Er ging zum Heck und lauschte in den Nebel.

Das Brummen ging schlagartig in ein lautes Röhren über, als Serra Vollgas gab. Die Barkasse brach durch den Regenvorhang und jagte dicht an der *Sea Raider* vorbei. Ferguson stieß einen Fluch aus, ging in die Kajüte zurück und wühlte in der Armeetasche nach dem AK Gewehr. Dabei sah er aus dem Augenwinkel die Männer an Deck der Barkasse und den Eimer, der ins Wasser geleert wurde. Als er das AK endlich hervorgekramt hatte, waren sie verschwunden, und das Röhren des Motors wurde vom Regen ertränkt.

Dillon bemerkte, daß über ihnen irgend etwas geschah. Er schaute hoch, sah den Rumpf der Barkasse schnell durch das Wasser pflügen und dann die Köderbrocken, die im Wasser herabsanken. Reglos blieb er auf seinem Platz und beobachtete, wie blitzartig ein Barrakuda heranschoß und sich ein Stück Fleisch abriß.

Er spürte, daß etwas seinen Knöchel berührte, blickte nach unten und sah Carney, der ihm ein Zeichen gab, ihm zum Grund zu folgen. Der Amerikaner lag flach auf dem Meeresboden, als Dillon ihn erreichte. Über ihnen entstand eine plötzliche Turbulenz im Wasser, hervorgerufen durch einen Hai, der wie ein Torpedo heranraste. Wie Carney lag Dillon auf dem Rücken und blickte nach oben, während ein weiterer Hai mit gierig aufgerissenem Maul erschien. Dann tauchte zu seinem Schrecken ein drittes Tier auf. Sie schienen untereinander um die besten Brocken zu kämpfen. Einer von ihnen schnappte nach dem Barrakuda, verschlang seinen gesamten Körper; nur der Kopf blieb übrig und sank langsam nach unten.

Carney gab Dillon ein Zeichen, deutete über den Felsrücken zum Ankertau, bedeutete ihm in Zeichensprache, sich dicht am Grund zu halten, und schwamm voraus. Dillon folgte ihm, spürte um sich herum die Unruhe im Wasser, schaute zurück und sah die Haie nun umeinander kreisen; der größte Teil des Köders war verschwunden. Er hielt sich in Carneys nächster Nähe und blieb so dicht über dem Meeresgrund, daß sein Bauch über den rauhen Fels scheuerte. Erst als sie das Ankertau erreicht hatten, richtete er sich auf.

Da stieß ihn etwas mit enormer Wucht zur Seite. Er fuhr herum und sah, wie einer der Haie an ihm vorbeistrich, kehrtmachte und sich von vorne wieder näherte. Carney, der sich über Dillon befand und sich am Ankertau festhielt, stieß mit dem Sprengkopf zu. Eine Explosion erfolgte, der Hai taumelte davon und zog eine Blutfahne hinter sich her.

Die anderen beiden Haie umkreisten ihren Artgenossen lauernd, dann wagte einer sich vor und riß das Maul weit auf. Carney zog an Dillons Arm und begann am Ankertau mit dem Aufstieg. Auf etwa halbem Weg blickte Dillon nach unten. Der dritte Hai beteiligte sich jetzt an dem Festmahl, attackierte das verwundete Tier. Das Blut trieb wie eine Wolke im Wasser. Danach schaute Dillon sich nicht mehr um, tauchte gemeinsam mit Carney neben der Tauchplattform auf und zog sich an Bord.

Dort blieb er erst einmal sitzen und lachte nervös. »Passiert so etwas häufiger?«

»Es gibt für alles ein erstes Mal.« Carney nahm seine Preßluftflasche ab. »So etwas hat bisher mit mir noch niemand versucht.« Er wandte sich an Ferguson. »Ich nehme an, das war die Barkasse, oder? Vermutlich schlich sich das Schwein mit minimalem Tempo an und gab dann in letzter Sekunde Vollgas.«

»Genauso war es. Als ich das AK endlich draußen hatte, waren sie längst weg«, erzählte Ferguson.

Carney trocknete sich ab und streifte sich ein T-Shirt über. »Ich möchte bloß wissen, wie sie es geschafft haben, uns zu folgen, vor allem bei diesem Regen und Nebel.«

Er ging nach vorne und holte den Anker ein. Währenddessen sagte Dillon: »Ich hätte es Ihnen eigentlich verraten sollen, Brigadier, ich habe da unten meine spezielle Trumpfkarte deponiert. Vielleicht wären Sie an die etwas schneller herangekommen.«

Er faßte unter die Instrumententafel, um danach zu suchen, und seine Finger streiften den Peilsender. Er löste sie von der Platte und zeigte ihn Ferguson. »Sieh mal an«, sagte der Brigadier, »jetzt müssen wir uns sogar schon damit herumschlagen.«

»Was zum Teufel haben Sie da?« wollte Carney wissen, als er vom Bug nach hinten kam.

Dillon zeigte es ihm. »Es hing mit einem Magnet unter der Instrumententafel. Wir waren verwanzt, kein Wunder, daß sie uns so leicht und schnell fanden. Das gleiche haben sie wahrscheinlich auch mit der *Privateer* getan, für den Fall, daß wir sie benutzt hätten.«

Carney schüttelte den Kopf. »Wissen Sie, ich glaube, ich sollte mir diese Leute mal ernsthaft vorknöpfen.« Kopfschüttelnd kletterte er die Leiter zur Laufbrücke hinauf.

Auf der Rückfahrt nach St. John fegte ein weiterer heftiger Regenschauer über das Meer. Die Barkasse war aber schneller, legte neben der *Maria Blanco* an, und Serra und Algaro stiegen über die Leiter an Bord der Yacht und fanden Santiago im Heck unter der Markise.

»Du siehst so zufrieden aus«, sagte er zu Algaro. »Hast du schon wieder jemanden umgebracht?«

»Ich hoffe es.« Algaro lieferte eine knappe Schilderung der Ereignisse des Vormittags.

Als er geendet hatte, schüttelte Santiago den Kopf. »Ich bezweifle, daß Dillon irgendwelche bleibenden Schäden davongetragen hat. Dieser Carney beherrscht sein Geschäft viel zu gut.« Er seufzte. »Wir vergeuden unsere Zeit. Es gibt nichts zu tun, bevor das Girl zurückkommt. Wir fahren rüber nach Samson Cay, mir reicht es hier. Wie lange werden wir brauchen, Serra?«

»Zwei Stunden, Señor, vielleicht etwas weniger. Hinterm Pillsbury Sound steht ein Gewitter, aber das dürfte sich bald verzogen haben.«

»Gut, wir brechen sofort auf. Geben Sie Prieto Bescheid, daß wir kommen.« Serra wandte sich zum Gehen, und Santiago fügte hinzu: »Ach ja, und rufen Sie einen Ihrer Fischerfreunde in Cruz Bay an. Ich möchte sofort informiert werden, sobald die Frau auftaucht.«

Das Gewitter war sehr heftig. Peitschende Regenschauer bildeten die Vorhut, jedoch hatten die Wasserfluten eine seltsam glättende Wirkung auf die Meeresoberfläche. Carney stellte den Motor ab, turnte die Leiter hinunter und kam zu Ferguson und Dillon ins Deckhaus.

»Am besten warten wir, bis das Schlimmste vorbei ist. Lange wird es nicht dauern.« Er grinste. »Normalerweise habe ich keinen Alkohol an Bord, aber dies ist schließlich eine private Charter.«

Er öffnete die Kühlbox und zauberte drei Dosen Bier hervor. Ferguson öffnete seine Dose und trank ein paar Schlucke. »Mein Gott, tut das gut.«

»Es gibt Zeiten, in denen ein eiskaltes Bier das absolut Größte und einzige ist«, sagte Carney. »Einmal in Vietnam war ich bei einer Einheit, die heftigst beschossen wurde. Ich habe sogar heute noch in Armen und Beinen einige Splitter, die zu klein waren, als daß es sich gelohnt hätte, sie herauszufischen. Ich saß im Regen auf einer Kiste und aß ein Sandwich, während ein Sanitäter mich zusammenflickte. Ihm war übrigens das Morphium ausgegangen. Ich war so froh, noch am Leben zu sein, daß ich nicht das geringste spürte. Dann gab mir jemand eine Dose Bier, natürlich warmes Bier.«

»Aber nichts hat wahrscheinlich jemals so gut geschmeckt, nicht wahr?« sagte Dillon.

»Bis der Qualm sich verzog und ich einen Kumpel an einem Baum lehnen sah. Er hatte beide Beine verloren.« Carney schüttelte den Kopf. »Mein Gott, wie habe ich diesen Krieg gehaßt. Nach meiner Dienstzeit ging ich mit einem Stipendium der Marines an die Georgia State University. Als Nixon kam und die Polizei aufzog, um die Antikriegsdemonstranten zu verprügeln, trugen alle Veteranen weiße T-Shirts, an die wir unsere Orden und Medaillen geheftet hatten, um sie zu beschämen.«

Er lachte, und Ferguson sagte: »Der Hook in Korea war fast genauso. Mehr Leichen, als man zählen konnte, die absolute Hölle, und am Ende hat man sich gefragt, was man dort überhaupt zu suchen hatte.«

»Heidegger hat einmal gesagt, um richtig zu leben und das Leben angemessen würdigen zu können, muß man mit dem Tod konfrontiert werden«, bemerkte Dillon.

Carney lachte rauh. »Ich kenne die Werke Heideggers, ich habe an der Georgia State Philosophie studiert, und ich kann Ihnen eins versichern: Als Heidegger das schrieb, saß er im Arbeitszimmer an seinem Schreibtisch.«

Ferguson lachte. »Sehr treffend ausgedrückt.«

»Wie dem auch sei, Dillon, was wissen Sie denn davon? In welchem Krieg haben Sie gekämpft?« wollte Carney wissen.

Dillon räusperte sich. »Ich habe mein ganzes Leben lang nur Krieg gehabt.« Er stand auf, zündete sich eine Zigarette an und stieg zur Laufbrücke hinauf.

Carney blickte ihm stirnrunzelnd nach. »Moment mal, Brigadier, wir haben uns doch in *Jenny's Place* gestern abend über die irische Armee unterhalten. Dabei machte ich eine Bemerkung zur IRA. Ist er etwa einer dieser Attentäter, von denen man immer in den Zeitungen liest?«

»Das war er wohl, aber diese Leute nennen sich lieber Soldaten der Irisch-Republikanischen Armee. Sein Vater kam im Kreuzfeuer britischer Soldaten in Belfast ums Leben, als Dillon noch ziemlich jung war. Daher hat er sich der ruhmreichen Bewegung angeschlossen.«

»Und jetzt?«

»Ich gewinne zunehmend den Eindruck, als habe seine Sympathie für das heilige Anliegen der IRA erheblich abgenommen. Seien wir höflich und sagen wir, daß er eine Art Söldner ist. Belassen wir es dabei.«

»Ich würde meinen, daß er seine Fähigkeiten nutzlos vergeudet.«

»Es ist sein Leben«, sagte Ferguson.

»Da haben Sie wohl recht.« Carney erhob sich. »Es klart auf. Wir sollten besser losfahren.«

Als er auf die Brücke kam, saß Dillon in einem Drehsessel und rauchte schweigend. Carney ließ die Maschinen an und nahm mit der *Sea Raider* Kurs auf St. John.

Zehn Minuten später erkannte Carney, daß die Motorjacht, die zu ihnen auflief, die *Maria Blanco* war. »Also ich will verdammt sein«, murmelte er. »Unser alter Freund Santiago. Sie sind offenbar unterwegs nach Samson Cay.«

Ferguson stieg zur Laufbrücke hoch, und Carney lenkte die *Sea Raider* so nahe heran, daß sie Santiago und Algaro im Heck erkennen konnten.

Carney beugte sich über die Reling und rief: »Einen schönen Tag wünsche ich!« Ferguson schwenkte seinen Panamahut.

Santiago hob sein Glas und prostete ihnen zu. Er sah Algaro spöttisch an. »Was habe ich dir gesagt, du Narr. Den Haien ist es wahrscheinlich schlecht ergangen.«

In diesem Moment erschien Serra aus dem Funkraum und reichte ihm das drahtlose Telefon. »Ein Gespräch aus London, Señor. Sir Francis.«

»Francis«, sagte Santiago in die Sprechmuschel. »Wie geht es Ihnen?«

»Ich wollte mich mal erkundigen, ob Sie schon einen entscheidenden Durchbruch erzielt haben?«

»Nein, aber es besteht kein Grund zur Sorge. Alles ist unter Kontrolle.«

»Mir ist eine Sache eingefallen. Ich kann mir nicht erklären, weshalb ich nicht schon früher daran gedacht habe. Die Hausmeister des alten Hotels in Samson Cay während des Kriegs waren ein schwarzes Ehepaar aus Tortola und hießen May und Joseph Jackson. Die Frau ist vor einigen Jahren gestorben, aber er lebt noch. Müßte jetzt um die zweiundsiebzig Jahre alt sein. Als ich ihn das letzte Mal sah, fuhr er auf Cay ein Taxi.«

»Verstehe«, sagte Santiago.

»Ich meine, er war dabei, als meine Mutter dort ankam und später Bormann. Sie verstehen, was ich meine. Tut mir leid, ich hätte eher darauf kommen sollen.«

»Hätten Sie, Francis, aber es ist nicht so schlimm. Ich kümmere mich darum.« Santiago unterbrach die Verbindung und legte das Telefon beiseite. Er sah Algaro an. »Es gibt wieder einen Job für dich, aber der hat keine Eile. Ich lege mich ein wenig hin. Ruf mich, wenn wir da sind.«

Später am Nachmittag sonnte sich Dillon auf der Terrasse, als Ferguson erschien.

»Ich hatte gerade eine Idee«, sagte der Brigadier. »Dieses Millionärsparadies in Samson Cay – es wäre doch ganz lustig, dort mal zu dinieren. Sozusagen dem Löwen in seinem eigenen Käfig den Bart zu kraulen.«

»Klingt gut«, sagte Dillon. »Wir können rüberfliegen, wenn Sie wollen. Es gibt dort einen Flugplatz. Ich habe ihn auf dem Weg hierher überflogen, und meine Cessna kann genausogut auf dem Land wie auf dem Wasser landen.«

»Meinen Sie, wir können Carney überreden, uns zu begleiten? Rufen Sie die Rezeption an, lassen Sie sich die Telefonnummer geben, und fragen Sie nach dem Namen des Direktors.«

Was Dillon sofort tat. Er schrieb schnell die erhaltenen Informationen auf. »Da haben wir es, Carlos Prieto.«

Innerhalb von zwei Minuten hatte Ferguson den Betreffenden am Apparat. »Mr. Prieto? Hier spricht Brigadier Charles Ferguson. Ich bin in Caneel abgestiegen. Aber einer meiner Freunde ist mit einem Wasserflugzeug hier, und wir dachten, es wäre doch sicher ganz nett, mal rüberzufliegen und bei Ihnen zu Abend zu essen. Die Maschine könnte auf Ihrem Flugplatz landen. Wir kämen zu dritt.«

»Bedaure, Brigadier, aber Speisesaal und Küche sind ausschließlich für unsere Hausgäste reserviert.«

»Das ist aber schade. Mr. Santiago wird sicherlich zutiefst enttäuscht sein.«

Eine kurze Pause trat ein. »Mr. Santiago erwartet Sie?«

»Fragen Sie bei ihm nach.«

»Einen Moment, Brigadier.« Prieto rief die *Maria Blanco* an, denn Santiago zog es immer vor, auf seiner Yacht zu wohnen, wenn er in Samson Cay war. »Es tut mir leid, wenn ich Sie störe, Señor, aber sagt Ihnen der Name Ferguson etwas?«

»Brigadier Charles Ferguson?«

»Er ruft aus Caneel an. Er möchte mit einem Wasserflugzeug herüberkommen, insgesamt drei Personen, zum Dinner.«

Santiago lachte schallend. »Wunderbar, Prieto, herrlich, das möchte ich um keinen Preis versäumen.«

Also sagte Prieto: »Wir freuen uns auf Ihren Besuch, Brigadier. Um welche Zeit dürfen wir mit Ihnen rechnen?«

»Zwischen sechs Uhr dreißig und sieben.«

»Sehr schön.«

Ferguson gab Dillon das drahtlose Telefon zurück. »Sehen Sie zu, daß Sie Carney erreichen, und bestellen Sie ihm, er soll uns gegen sechs in *Jenny's Place* erwarten. Er soll seinen besten Anzug aus dem Schrank holen. Wir nehmen einen Cocktail und starten dann nach Samson Cay. Es wird sicherlich ein fröhlicher Abend.« Er nickte zufrieden und ging hinaus.

12. Kapitel

Es war sieben Uhr abends, als Jenny Grant den Flughafen Charles de Gaulle erreichte. Sie gab den Mietwagen zurück, ging zum Reservierungsschalter der British Airways und buchte den nächsten Flug nach London. Es war schon zu spät für einen Anschlußflug nach Antigua noch am gleichen Tag, aber am folgenden Morgen war in der Maschine um neun Uhr ab Gatwick noch Platz. Sie würde um kurz nach zwei in Antigua landen, und man buchte für sie sogar einen Anschlußflug nach St. Thomas mit einer der Maschinen des Liat-Inselservice. Mit etwas Glück wäre sie am frühen Abend in St. John.

Sie wartete auf ihre Tickets, checkte sich dann sofort für den Flug nach London ein, setzte sich an eine der Bars und bestellte ein Glas Wein. Am besten übernachtete sie in Gatwick in einem der Flughafenhotels. Zum erstenmal seit der Nachricht von Henrys Tod fühlte sie sich wieder richtig wohl. Sie war aufgeregt und konnte es kaum erwarten, nach St. John zurückzukehren, um sich zu vergewissern, ob sie recht hatte. Sie besorgte sich in einem der Zeitungskioske eine Telefonkarte, suchte einen öffentlichen Fernsprecher und wählte die Nummer von *Jenny's Place* in Cruz Bay. Am anderen Ende meldete sich Billy Jones.

»Billy? Ich bin's – Jenny.«

»Du liebe Güte, Miss Jenny, wo sind Sie?«

»In Paris. Auf dem Flughafen. Hier ist es fast halb acht Uhr abends. Ich komme morgen zurück, Billy, über Antigua und dann mit Liat weiter nach St. Thomas. Ich dürfte gegen sechs bei euch sein.«

»Das ist ja herrlich. Mary freut sich bestimmt.«

»Billy, war jemand namens Sean Dillon bei euch? Ich habe ihm geraten, sich mal blicken zu lassen.«

»Er war hier. Er ist mit Bob Carney unterwegs, er und ein gewisser Brigadier Ferguson. Ich habe übrigens gerade mit Bob gesprochen. Er erzählte, sie seien zu dritt hier verabredet, um sechs Uhr, auf einen Drink.«

»Gut. Dann bestellen Sie Dillon etwas von mir. Sagen Sie ihm, ich sei auf dem Heimweg und wüßte wahrscheinlich, wo es ist.«

»Wo ist was?« wollte Billy wissen.

»Unwichtig. Bestellen Sie ihm nur, was ich gesagt habe. Aber nicht vergessen.«

Sie hängte den Hörer ein, nahm ihr Handgepäck und konnte ihre Aufregung kaum zügeln. Beschwingt ging sie durch die Sicherheitskontrolle in den internationalen Warteraum.

Ferguson und Dillon parkten den Jeep auf dem Parkplatz von Moongoose Junction und schlenderten hinüber zu *Jenny's Place.* In seinem Blazer und der Guards-Krawatte, den Panamahut in einem leicht verwegenen Winkel auf dem Kopf, gab der Brigadier eine eindrucksvolle Figur ab. Dillon trug einen marineblauen Seidenanzug und ein weißes Baumwollhemd. Als sie *Jenny's Place* betraten, war die Bar bereits halbvoll. Bob Carney, in weißer Leinenhose und einem blauen Oberhemd, lehnte an der Bar. Auf dem Hocker neben ihm lag ein Blazer.

Er wandte sich um und stieß einen Pfiff aus. »Die reinste Modenschau. Gott sei Dank habe ich mich auch ein wenig aufgemöbelt.«

»Nun ja, wir treffen sozusagen den Teufel persönlich.« Ferguson legte seinen Malakkastock auf die Bar. »Unter den gegebenen Umständen sollte man sich wohl nicht lumpen lassen. Bitte Champagner«, sagte er zu Billy.

»Ich hatte mir schon gedacht, daß Sie so etwas wünschen, und eine Flasche Pol Roget auf Eis gelegt.« Billy holte sie unter der Bar hervor und drückte den Korken mit dem Daumen heraus. »Und jetzt die große Überraschung.«

»Als da wäre?« fragte Carney.

»Miss Jenny hat aus Paris, Frankreich, angerufen. Sie kommt heim. Morgen um diese Zeit müßte sie schon da sein.«

»Wunderbar«, sagte Carney.

Billy füllte drei Gläser. »Und sie bat mich, Ihnen etwas zu bestellen, Mr. Dillon.«

»Ach, und das wäre?« fragte Dillon.

»Sie sagte, es sei wichtig. Ich soll Ihnen mitteilen, sie käme zurück, weil sie wahrscheinlich weiß, wo es ist. Ergibt das für Sie einen Sinn, denn ich weiß verdammt noch mal nicht, was ich damit anfangen soll.«

»Und was für einen Sinn das ergibt.« Ferguson hob das Glas und prostete den anderen zu. »Auf die Frauen im allgemeinen, Gentlemen, und auf Jenny Grant ganz speziell.« Er leerte sein Glas. »Und jetzt: Auf in den Kampf.« Damit wandte er sich um und marschierte hinaus.

Der bärtige Fischer, der hinter ihnen an der Bar gesessen und gelauscht hatte, erhob sich und ging ebenfalls hinaus. Er lief zu einem Münzfernsprecher am Hafenkai hinüber, holte ein Stück Papier aus der Tasche, das Serra ihm gegeben hatte, und wählte die Nummer der *Maria Blanco.* Santiago hielt sich in seiner Kabine auf und bereitete sich auf den Abend vor, als Serra mit dem Telefon in der Hand hereinstürzte.

»Was zum Teufel ist denn los?« wollte Santiago ungehalten wissen.

»Mein Informant in St. John. Er hat gerade ein Gespräch zwischen Dillon und seinen Freunden in *Jenny's Place* belauscht. Offenbar hat sie aus Paris angerufen. Morgen abend will sie in St. John ankommen.«

»Interessant«, sagte Santiago.

»Das ist noch nicht alles, Señor, sie hat Dillon noch etwas ausrichten lassen, nämlich daß sie zurückkomme, weil sie zu wissen glaubt, wo es ist.«

Santiago erbleichte, und er riß dem Mann das Telefon aus der Hand. »Hier ist Santiago. Wiederholen Sie Ihre Geschichte noch mal.« Er hörte zu und sagte schließlich: »Sie haben Ihre Sache gutgemacht, mein Freund, Sie erhalten Ihre Belohnung. Halten Sie weiterhin die Augen offen.«

Er gab Serra das tragbare Telefon zurück. »Sie sehen, man

braucht nur Geduld zu haben, dann erreicht man am Ende, was man will.« Damit wandte er sich wieder zum Spiegel um und betrachtete zufrieden sein Ebenbild.

Ferguson, Dillon und Carney folgten dem Weg nach Lind Point und fuhren zur Rampe für die Wasserflugzeuge. Ferguson nickte anerkennend. »Ziemlich praktisch, so eine Rampe in der Nähe.«

»Wir haben sogar zeitweise einen regelmäßigen Wasserflugzeug-Service«, erzählte Carney. »Wenn der in Betrieb ist, kann man nach St. Thomas oder St. Croix fliegen. Sogar direkt bis nach San Juan auf Puerto Rico.«

Sie erreichten die Cessna, und Dillon umrundete sie, überprüfte sie flüchtig und zog die Bremsklötze vor den Rädern weg. Dann öffnete er die hintere Tür. »Okay, Freunde, hinein mit euch.«

Ferguson stieg als erster ein, gefolgt von Carney. Dillon öffnete die andere Tür, zwängte sich in den Pilotensitz, zog die Tür zu und verriegelte sie. Dann schnallte er sich an. Er löste die Bremsen, und das Flugzeug rollte auf der Rampe ins Wasser hinunter und trieb mit der Strömung vom Land weg.

Ferguson blickte über die Bucht ins sinkende Tageslicht. »Ein wunderschöner Abend, aber ich mache mir so meine Gedanken. Wir werden bei völliger Dunkelheit zurückfliegen.«

»Nein, heute haben wir Vollmond, Brigadier«, informierte ihn Carney.

»Ich habe mir den Wetterbericht durchgeben lassen«, fügte Dillon hinzu. »Eine klare, kühle Nacht, perfekte Bedingungen. Der Flug dürfte nicht länger als eine Viertelstunde dauern. Bitte anschnallen. Die Schwimmwesten befinden sich unter den Sitzen.«

Er schaltete die Zündung ein, der Motor erwachte hustend zum Leben, der Propeller begann sich zu drehen. Er glitt aus dem Hafen und überzeugte sich, daß in der Nähe kein Boot unterwegs war. Dann drehte er in den Wind und gab Gas. Sie lösten sich von der Wasserfläche, schwebten ein Stück dicht über dem Wasser dahin und begannen dann zu steigen. In tausend Fuß Höhe richtete Dillon die Maschine aus. Sie überflogen den südlichen Rand von St. John, dann Reef Bay und schließlich Ram Head, ehe sie das freie Meer unter sich hatten und Kurs auf Norman Island nahmen. Samson Cay lag etwa vier Meilen südlich davon. Es war ein völlig ereignisloser Flug, und genau fünfzehn Minuten nach dem Start in Cruz Bay erreichte er die Insel. Die *Maria Blanco* lag unter ihm im Hafen, etwa dreihundert Meter vom Ufer entfernt und neben zahlreichen anderen Yachten. Im sinkenden Licht waren am Strand noch immer einige Leute zu erkennen.

»Ein richtiges Versteck für reiche Leute«, sagte Bob Carney.

»Meinen Sie wirklich?« Ferguson war unbeeindruckt. »Ich hoffe nur, daß sie eine anständige Küche haben, das ist im Augenblick das einzige, was mich interessiert.«

Carlos Prieto trat aus dem Eingang und blickte zum Himmel, als die Cessna vorüberflog. Ein altersschwacher Ford Kombi parkte am Fuß der Treppe, ein älterer Farbiger lehnte sich dagegen.

Prieto nickte dem Mann zu. »Das sind sie, Joseph, fahr zum Flugplatz und hol sie ab.«

»Wird gemacht, Sir.« Joseph rutschte hinter das Lenkrad und fuhr davon.

Während Prieto sich anschickte, wieder ins Haus zu gehen, erschien Algaro. »Ah, da sind Sie ja, ich habe Sie schon gesucht. Gibt es hier irgendwo einen alten Neger namens Jackson? Joseph Jackson?«

»Ja. Er ist der Chauffeur des Kombi, der gerade abgefahren ist. Er holt Brigadier Ferguson und die anderen vom Flugplatz ab. Brauchen Sie ihn für etwas Wichtiges?«

»Das kann warten«, erwiderte Algaro und verschwand wieder im Hotel.

Die Landung war perfekt. »Nicht schlecht, Dillon«, lobte Ferguson. »Sie können wirklich mit einem Flugzeug umgehen, das muß ich Ihnen lassen.«

»Sie glauben ja gar nicht, wie gut mir das tut«, grinste Dillon.

Sie stiegen aus, und Joseph Jackson kam ihnen entgegen. »Der Wagen steht da drüben, meine Herren, ich bringe Sie zum Restaurant. Ich heiße Joseph, Joseph Jackson. Wenn Sie was brauchen, dann melden Sie sich. Ich bin schon länger auf dieser Insel als jeder andere.«

»Tatsächlich?« fragte Ferguson. »Aber doch nicht während des Krieges, oder? Soweit ich weiß, war die Insel in dieser Zeit nicht bewohnt.«

»Das stimmt nicht«, sagte Jackson. »Ein altes Hotel stand hier. Es gehörte einer amerikanischen Familie, den Herberts. Während des Krieges war das Hotel nicht in Betrieb, aber ich und meine Frau, May, wir kamen regelmäßig von Tortola herüber, um nach dem Rechten zu sehen.«

Sie hatten den Kombiwagen erreicht, und Ferguson sagte: »Herbert, sagen Sie, waren die Eigentümer?«

»Ja, aber Miss Herberts Vater machte es ihr zum Hochzeitsgeschenk. Damals heiratete sie einen Mr. Vail.« Jackson öffnete die hintere Tür, damit Ferguson einsteigen konnte. »Dann bekamen sie eine Tochter.«

Dillon nahm neben Ferguson Platz, und Carney setzte sich auf den Beifahrersitz neben Jackson. Der alte Knabe taute richtig auf.

»Also, Miss Herbert wurde Mrs. Vail, und diese hatte eine Tochter, Miss Vail, richtig?« faßte Dillon zusammen.

Jackson startete den Motor und lachte gackernd. »Nur wurde aus Miss Vail schließlich Lady Pamer. Wie finden Sie denn das? Eine richtige englische Lady, genau wie im Kino.«

»Machen Sie mal den Motor aus!« befahl Ferguson.

Jackson drehte sich verwirrt um. »Habe ich irgendwas Falsches gesagt?«

Bob Carney griff nach rechts und drehte den Zündschlüssel herum. Ferguson beugte sich vor. »Miss Vail wurde Lady Pamer, sind Sie sich da ganz sicher?«

»Ich kannte sie doch. Sie kam gegen Ende des Krieges hierher. Mit ihrem Baby, dem kleinen Francis. Das muß im April fünfundvierzig gewesen sein.«

Stille trat ein. Dillon hatte nun eine Frage. »War in der Zeit noch jemand anderer hier?«

»Ein Deutscher namens Strasser. War eines Tages einfach da. Ich glaube, er hat sich von einem Fischerboot von Tortola herbringen lassen, aber Lady Pamer hat ihn offenbar schon erwartet...«

»Und Sir Joseph?«

»Er kam erst im Juni aus England herüber. Mr. Strasser reiste dann ab. Und die Pamers verließen danach die Insel und gingen zurück nach England. Sir Joseph kam immer mal wieder her, aber das liegt schon Jahre zurück, als das Hotel gerade erbaut worden war.«

»Und Sir Francis Pamer?« hakte Ferguson nach.

»Der kleine Francis?« Jackson lachte. »Er ist ein richtig großer Junge geworden. Ich hab ihn oft hier gesehen. Können wir jetzt fahren, Leute?«

»Natürlich«, sagte Ferguson.

Jackson fuhr los. Dillon zündete sich eine Zigarette an, und niemand sagte ein Wort, bis sie vor dem Hoteleingang stoppten. Ferguson fischte eine Zehnpfundnote aus seiner Brieftasche und reichte sie dem Schwarzen. »Vielen Dank.«

»Auch ich bedanke mich«, erwiderte Jackson. »Ich bin jederzeit bereit, wenn Sie wieder zurückgebracht werden wollen.«

Die drei Männer blieben am Fuß der Treppe kurz stehen. Dillon nickte nachdenklich. »Damit wissen wir endlich, woher Santiago seine Informationen bezieht.«

»Herrgott im Himmel«, sagte Ferguson. »Ein Minister der Krone und eine der ältesten Familien Englands.«

»Sehr viele dieser Leute waren in den dreißiger Jahren der Meinung, daß Hitler die richtigen Ideen vertritt«, sagte Dillon. »Es paßt, Brigadier, es paßt nahtlos. Was ist mit Carter?«

»Der britische Secret Service hatte das große Pech, den lieben alten Kim Philby sowie Burgess und MacLean und all die anderen zu beschäftigen, die für den KGB gearbeitet und uns ohne mit der Wimper zu zucken an den Kommunismus verhökert haben. Seitdem hatten wir Blunt sowie Gerüchte über einen fünften, sogar einen sechsten Mann.« Ferguson seufzte. »Obgleich Simon Carter mich einen Dreck interessiert und ich für ihn überhaupt nichts übrig habe, muß ich zugeben, daß ich ihn für einen altmodischen Patrioten halte und daß er absolut ehrlich ist.«

In diesem Moment erschien Carlos Prieto auf der obersten Treppenstufe. »Brigadier Ferguson, es ist mir eine Ehre. Señor Santiago erwartet Sie in der Bar. Er ist gerade von der *Maria Blanco* herübergekommen. Er wohnt nämlich am liebsten auf seiner Yacht, wenn er sich hier aufhält.«

In der Bar herrschte lebhafter Betrieb. Die Reichen und Berühmten gaben sich hier ein Stelldichein, wie man es an einem solchen Ort durchaus erwarten kann, aber die Gäste gehörten eher den älteren Semestern an als der fortgeschrittenen Jugend. Vor allem die Männer, vorwiegend Amerikaner, befanden sich offensichtlich am Ende ihres Berufslebens oder zumindest kurz davor. Vorherrschend waren Hosen in nachgemachtem Schottenkaro unter schwellenden Bäuchen und weiße Smokings.

»Gott bewahre«, sagte Dillon. »Ich habe noch nie so viele Männer auf einmal gesehen, die aussehen wie Tanzkapellenleiter vor der Pensionierung.«

Ferguson lachte schallend, und Santiago, der in einer Nische unweit der Bar saß, drehte sich zu ihnen um. Algaro, der sich über ihn gebeugt hatte, richtete sich auf. Santiago erhob sich und streckte mit jovialem Lächeln eine Hand aus. »Mein lieber Brigadier Ferguson, es ist mir ein ausgesprochenes Vergnügen.«

»Señor Santiago«, antwortete Ferguson betont formell. »Auf diese Begegnung habe ich schon lange mit Spannung gewartet.« Er deutete mit seinem Malakkastock kurz auf Algaro. »Aber könnte dieser ... Herr ... nicht rausgehen und die Fische füttern oder sonstwas tun?«

Es war Algaro anzusehen, daß er dem Sprecher am liebsten an die Gurgel gegangen wäre, aber Santiago lachte belustigt auf. »Der arme Algaro, immer wird er herumgestoßen.«

»Er ist ein kleiner Teufel.« Dillon drohte Algaro mit dem Finger wie ein Oberlehrer. »Und jetzt hau ab und such dir einen Knochen, bist ein braver Hund.«

Santiago sah seinen Helfer beschwörend an und sagte auf spanisch: »Du wirst deine Gelegenheit noch bekommen, und jetzt geh und tu, was ich dir befohlen habe.«

Algaro verließ die Bar, und Ferguson rieb sich die Hände. »Da wären wir also. Und was nun?«

»Ein Glas Champagner vielleicht?« Santiago winkte Prieto, der mit einem Fingerschnippen einen Kellner zu sich rief und mit ihm zum Tisch kam. Sie brachten eine Flasche Krug in einem Eiskübel. »Es ist nie ein Fehler, wenn man beweist, daß man auch zivilisiert miteinander umgehen kann, nicht wahr?«

»Das meine ich aber auch.« Dillon inspizierte das Etikett. »Ein Dreiundachtziger. Nicht übel, Señor.«

»Ich bewundere Ihre Urteilskraft.« Der Kellner füllte die Gläser, und Santiago hob seins zu einem Toast. »Auf Sie, Brigadier Ferguson, auf die Sportplätze von Eton und den anhaltenden Erfolg der Gruppe Vier.«

»Sie sind aber wirklich gut informiert«, sagte der Brigadier anerkennend.

»Und Sie, Captain Carney, sind ebenfalls ein bemerkenswerter Mann. Kriegsheld, Seekapitän, Taucher mit legendären Fähigkeiten. Wer um alles in der Welt könnte Sie in einem Film darstellen?«

»Ich glaube, ich müßte es selbst tun«, erwiderte Carney.

»Und Mr. Dillon. Was kann ich über einen Mann erzählen, dessen einziger ernstzunehmender Rivale Carlos war?«

»Sie wissen also über uns Bescheid«, sagte Ferguson. »Sehr beeindruckend. Ich gehe davon aus, daß Sie das, was in dem U-Boot ist, dringend haben wollen.«

»Legen wir einfach unsere Karten auf den Tisch, Brigadier. Sie wollen etwas, das wahrscheinlich noch in der Kapitänskabine liegt, nämlich den Aktenkoffer von Martin Bormann mit dem persönlichen Befehl des Führers sowie dem Blauen Buch und dem Windsor-Protokoll.«

Eine Pause entstand. Es war Carney, der das Schweigen brach. »Sehr interessant – Sie haben ihn nicht Hitler, sondern den Führer genannt.«

Santiagos Gesicht verhärtete sich. »Ein großer Mann, ein sehr großer Mann, der eine Vision von der Welt hatte, wie sie sein sollte, und nicht wie sie sich schließlich entwickelt hat.«

»Tatsächlich?« Ferguson zog eine Augenbraue hoch. »Ich habe immer angenommen, daß Juden, Zigeuner, Russen und die Gefallenen aus den verschiedenen Ländern – zusammengenommen alles in allem etwa fünfundzwanzig Millionen Menschen – gestorben sind, um ihm seinen Irrtum nachzuweisen.«

»Wir, Sie und ich, wollen dasselbe«, stellte Santiago fest, »nämlich den Inhalt dieses Koffers. Sie wollen nicht, daß er in falsche Hände gerät. Die alte Geschichte würde vielen Menschen schaden, auch dem Herzog von Windsor. Die königliche Familie stünde schon wieder mal im Mittelpunkt eines Skandals. Die Medien würden sich darauf stürzen. Wie ich schon sagte, wir beide wollen dasselbe. Ich möchte nämlich auch nicht, daß alles herauskommt.«

»Demnach geht die Arbeit also weiter«, stellte Ferguson fest. »Das Kameradenwerk, nicht wahr? Wie viele Namen stehen auf dieser Liste, berühmte Namen, alte Namen, die seit dem Krieg zu Reichtum und Ansehen gelangt sind – und alles mit Hilfe von Nazi-Geldern?«

»Mein Gott«, sagte Dillon. »Daneben ist die Mafia der reinste Pfadfinderverein.«

»Ich bitte Sie«, sagte Santiago. »Ist das denn nach all den Jahren immer noch so wichtig?«

»Das muß es wohl sein, entweder für Sie oder Ihre Freunde«, sagte Carney. »Warum sonst treiben Sie einen solchen Aufwand?«

»Aber es ist wichtig, Mr. Carney«, sagte Ferguson. »Das ist der Punkt. Wenn das Netz im Laufe der Jahre bestehen bleibt, wenn Söhne hinzukommen, Enkel, Leute in hohen Stellungen, Politiker zum Beispiel.« Er trank von seinem Champagner. »Stellen Sie sich nur mal vor, jemand von denen sitzt irgendwo auf einem hohen Posten in der Regierung. Wie nützlich das wäre. Aber nach all den Jahren könnte ein Skandal dies alles zunichte machen.«

Santiago gab dem Kellner ein Zeichen, Champagner nachzuschenken. »Ich hatte angenommen, daß Sie vielleicht vernünftig sind, aber ich sehe mich getäuscht. Ich brauche Sie nicht, Brigadier, oder Sie, Mr. Carney. Ich habe meine eigenen Taucher.«

»Den Kasten zu finden, reicht nicht ganz«, sagte Carney. »Sie müssen auch in diese Blechbüchse hineinkommen, und dazu brauchen sie Erfahrung und Können.«

»Ich habe Taucher, Mr. Carney, ausreichende Mengen C4, und ich beschäftige ausschließlich Leute, die genau wissen, was sie tun.« Er lächelte. »Aber das bringt uns nicht weiter.« Er stand auf. »Wenigstens sollten wir gemeinsam speisen wie zivilisierte Menschen. Bitte, Gentlemen, seien Sie meine Gäste.«

Der Ford Kombi stoppte neben dem Rollfeld. Algaro saß hinter Joseph Jackson auf der Rückbank. »Ist das die Stelle, wo Sie hinwollten, Mister?«

»Ich glaube schon«, erwiderte Algaro. »Diese Leute, die du vom Flugzeug abgeholt hast, wie waren die denn so?«

»Sehr freundliche Gentlemen«, antwortete Jackson.

»Nein, ich meine, waren sie neugierig? Haben sie irgendwelche Fragen gestellt?«

Jackson begann sich unbehaglich zu fühlen. »Was für Fragen meinen Sie, Mister?«

»Versuchen wir es mal andersrum«, sagte Algaro. »Sie haben geredet und du hast geredet. Worüber?«

»Nun, der englische Gentleman interessierte sich für die alten Zeiten. Ich habe ihm erzählt, daß ich während des Weltkriegs mit meiner Frau auf das Haus von diesem Herbert aufgepaßt habe.«

»Und was hast du ihnen sonst noch erzählt?«

»Nichts, Mister, das schwöre ich.« Jackson hatte jetzt richtige Angst.

Algaro legte ihm von hinten eine Hand um den Hals und drückte zu. »Los, erzähl, verdammt noch mal!«

»Es war nicht viel, Mister.« Jackson bäumte sich auf, um sich aus dem Griff zu befreien. »Von den Pamers.«

»Den Pamers?«

»Ja, von Lady Pamer und wie sie am Ende des Krieges herkam.«

»Erzähl«, verlangte Algaro. »Aber alles.« Er tätschelte ihm die Wange. »Ist schon gut, aber sag die Wahrheit.«

Was Jackson auch tat, und als er geendet hatte, nickte Algaro zufrieden. »Na siehst du, das war doch gar nicht so schlimm, oder?«

Er schlang einen Arm um Jacksons Hals, legte die andere Hand auf seinen Kopf und drehte ruckartig. Der alte Mann war auf der Stelle tot. Danach ging er um den Wagen herum, öffnete die Tür und zog die Leiche heraus. Er legte sie so auf den Erdboden, daß der Kopf sich unter dem Wagen und direkt beim Hinterrad befand, holte ein Schnappmesser heraus, klappte es auf und bohrte die Spitze in die Vorderseite des Reifens, so daß die Luft entwich. Danach pumpte er den Wagen mit dem hydraulischen Wagenheber hoch. Dabei pfiff er eine Melodie.

Schnell löste er die Radmutter, nahm das Rad ab, machte einen Schritt zurück und trat gegen den Wagenheber. Das Heck des Kombiwagens sackte zu einer Seite ab und landete auf Jackson. Er holte das Reserverad aus dem Kofferraum und legte es neben das defekte Rad. Dann ging er hinüber zur Cessna und betrachtete sie eine Zeitlang nachdenklich.

Das Essen war hervorragend. Da niemand ein Dessert wünschte, fragte Santiago: »Kaffee?«

»Ich möchte lieber Tee«, sagte Dillon.

»Wie irisch von Ihnen.«

»Das war alles, was ich mir als Jugendlicher erlauben konnte.«

»Ich leiste Ihnen Gesellschaft«, sagte Ferguson. In diesem Moment erschien Algaro im Eingang zum Restaurant.

»Sie müssen mich für einen Moment entschuldigen, Gentlemen.« Santiago erhob sich und ging zu Algaro hinüber. »Was ist los?«

»Ich habe diesen Jackson gefunden, diesen alten Idioten, der das Taxi gefahren hat.«

»Und was ist passiert?«

Algaro erzählte es ihm in knappen Worten, und Santiago hörte aufmerksam zu. Dabei beobachtete er, wie der Kellner an ihrem Tisch Tee und Kaffee servierte.

»Aber das heißt, daß unsere Freunde jetzt wissen, daß Sir Francis in diese Angelegenheit verwickelt ist.«

»Das ist gar nicht schlimm, Señor. Uns ist bekannt, daß die junge Frau morgen zurückkommt, und wir wissen auch, daß sie den Lageplatz des U-Boots zu kennen glaubt. Wer also braucht diese Leute noch?«

»Algaro«, sagte Santiago mit gespielter Entrüstung. »Was hast du getan?«

Als Santiago an den Tisch zurückkehrte, leerte Ferguson seine Teetasse und stand auf. »Ein wirklich exquisites Essen, Mr. Santiago, aber wir müssen leider jetzt aufbrechen.«

»Wie schade. Es war ein interessanter Abend.«

»Nicht wahr? Übrigens, ich habe noch zwei Präsente für Sie.« Ferguson holte die beiden Minisender aus der Tasche und legte sie auf den Tisch. »Die gehören Ihnen, nehme ich an. Grüßen Sie Sir Francis von mir, wenn Sie das nächste Mal mit ihm reden, aber ich könnte ihm ja auch Grüße von Ihnen ausrichten.«

»Wie nett von Ihnen«, sagte Santiago und setzte sich.

Sie kamen zum Haupteingang und trafen dort Prieto, der auf der Treppe stand und aufgeregt Ausschau hielt. »Es tut mir sehr leid, Gentlemen, aber ich habe keine Ahnung, wo das Taxi bleibt.«

»Das ist nicht schlimm«, sagte Ferguson. »Wir gehen zu Fuß. Es ist ja nicht weiter als fünf oder sechs Minuten. Gute Nacht. Das Essen war übrigens ein Gedicht.« Damit ging er die Treppe hinunter.

Es war Carney, der den Kombiwagen als erster entdeckte, als sie zum Rollfeld kamen. »Warum steht denn der da drüben?« sagte er verblüfft und rief: »Jackson?«

Er bekam keine Antwort. Sie gingen über das Rollfeld und sahen sofort den reglosen Körper. Dillon kniete sich hin, kroch so weit es ging unter den Wagen und untersuchte das Gesicht des Schwarzen. Dann stand er wieder auf und klopfte sich die Hose ab. »Schon einige Zeit tot.«

»Der arme Teufel«, sagte Carney. »Wahrscheinlich ist der Wagenheber abgerutscht.«

»Ein erstaunlicher Zufall«, sagte Ferguson.

»Genau.« Dillon nickte. »Erst erzählt er uns alles mögliche über Francis Pamer, und schon ist er tot.«

»Moment mal«, meldete Carney sich zu Wort. »Wenn Santiago von der Existenz des alten Mannes wußte, weshalb hat er bis jetzt gewartet? Ich würde doch annehmen, daß er ihn schon viel früher beseitigt hätte.«

»Was er aber nicht tun konnte, wenn er keine Ahnung von seiner Existenz hatte«, gab Ferguson zu bedenken.

Dillon nickte. »Bis jemand ihn davon informierte, und zwar jemand, der ihm auch alle anderen Informationen liefert, die er braucht.«

»Sie meinen, es war dieser Pamer?« fragte Carney.

»Ja, und das ist das Furchtbare«, sagte Ferguson. »Es beweist, daß man heutzutage niemandem mehr über den Weg trauen kann. Und jetzt lassen Sie uns schnell von hier verschwinden.«

Er und Carney setzten sich auf die hinteren Sitze und schnallten sich an. Dillon holte eine Taschenlampe aus dem Kartenfach und führte eine flüchtige Inspektion der Maschine durch. Er kam zurück, kletterte in den Pilotensitz und schloß die Kabinentür. »Scheint alles in Ordnung zu sein.«

»Ich glaube nicht, daß er uns jetzt schon umbringen will«, sagte Ferguson. »All die anderen Streiche waren zwar lästig, aber er braucht uns noch, um ihn zu dem U-Boot zu führen, also starten wir, Dillon, seien Sie so freundlich.«

Dillon schaltete die Zündung ein. Der Motor röhrte los, und

der Propeller setzte sich in Bewegung. Dillon überprüfte aufmerksam die beleuchteten Anzeigen auf der Instrumententafel. »Treibstoff, Öl, Druck.« Er murmelte die Werte halblaut vor sich hin. »Alles bestens. Auf geht's.«

Er lenkte die Cessna die Rollbahn hinunter, stieg hinauf in die Nacht und schwebte dem Meer entgegen.

Es war eine wundervolle Nacht. Sterne funkelten am Himmel, das Meer und die Inseln unter ihnen wurden vom kalten weißen Licht des Mondes übergossen. St. John ragte vor ihnen auf. Sie überquerten Ram Head und flogen an der Südküste entlang. Und da geschah es: Der Motor setzte aus, hustete und spuckte.

»Was ist los?« erkundigte sich Ferguson.

»Keine Ahnung«, sagte Dillon und warf dann einen Blick auf die Anzeigen. Er sah sofort, was nicht stimmte – der Öldruck.

»Wir haben ein Problem«, verkündete er. »Ziehen Sie lieber die Schwimmwesten an.«

Carney holte die des Brigadier unter seinem Sitz hervor und half ihm, sie anzulegen. »Aber das Gute an der Sache ist doch, daß man nicht abstürzen muß, sondern auf dem Meer landen kann«, sagte Ferguson, um sich zu beruhigen.

»In der Theorie«, klärte Dillon ihn auf. In diesem Moment verstummte der Motor ganz, und der Propeller blieb zitternd stehen.

Sie befanden sich in neunhundert Fuß Höhe, und er ließ die Maschine in einen steilen Sinkflug übergehen. »Reef Bay liegt genau vor uns«, sagte Carney.

»Schön, und jetzt aufgepaßt«, sagte Dillon ganz ruhig. »Wenn wir Glück haben, gleiten wir ganz einfach nach unten und landen auf dem Wasser. Wenn die Wellen zu hoch sind, könnte es sein, daß wir kippen, daher sofort aussteigen. Wie tief ist es da unten, Carney?«

»Etwa vierzehn Meter.«

»Na schön, das wäre dann die dritte Alternative, Brigadier, und die sieht so aus, daß wir direkt untergehen.«

»Sie haben mir gerade richtig Hoffnung gemacht«, gestand ihm Ferguson mit einem freudlosen Grinsen.

»Wenn es dazu kommt, dann vertrauen Sie auf Carney, er kümmert sich um Sie. Aber vergeuden Sie keine Zeit mit dem Versuch, während des Absinkens die Tür zu öffnen. Sie bleibt so lange zu, bis die Maschine auf dem Grund aufgesetzt hat und genug Wasser eingedrungen ist, um den Druck auszugleichen.«

»Vielen Dank«, sagte Ferguson sarkastisch.

»Na schön, dann wollen wir mal.«

Die Oberfläche der Bucht lag jetzt nicht mehr weit unter ihnen, und sie sah nicht sehr bewegt aus. Dillon brachte die Cessna zu einer seiner Meinung nach perfekten Landung nach unten, aber irgend etwas ging schief. Das Flugzeug hüpfte hoch, setzte träge erneut auf, ließ sich nicht mehr dirigieren und kippte, um sofort unter Wasser zu verschwinden.

Das Wasser war wie schwarzes Glas, und sie sanken schnell. In der Kabine befand sich aber noch reichlich Luft. Die Instrumente leuchteten auf dem Armaturenbrett. Dillon spürte, wie das Wasser an seinen Unterschenkeln hochstieg. Plötzlich erreichte es seine Taille, und die Instrumentenbeleuchtung erlosch.

»Allmächtiger Gott!« brüllte Ferguson.

Carney sagte: »Ich habe Ihren Sicherheitsgurt gelöst. Halten Sie sich bereit, es geht gleich nach oben.«

Die Cessna, die immer noch mit der Nase voraus zum Meeresgrund sank, berührte in diesem Moment eine freie Sandfläche auf dem Grund der Bucht, stieg leicht hoch und legte sich dann auf eine Seite, wobei die Tragfläche an Backbord knirschend über einen Korallengrat schrammte. Das Mondlicht drang bis tief ins Wasser; Dillon, der durch das Cockpitfenster blickte, während der Wasserspiegel seinen Hals erreichte, war überrascht, wie weit er sehen konnte.

Er hörte Carneys Ratschläge. »Tief Luft holen, Brigadier, ich öffne jetzt die Tür. Schwimmen Sie einfach hindurch, und wir steigen gemeinsam auf.«

Dillon machte selbst einen tiefen Atemzug und öffnete die Tür, während das Wasser über seinem Kopf zusammenfloß. Er streckte die Hand nach einer Tragflächenstrebe aus und zog sich nach draußen. Er wandte sich um, die Hand immer noch um die Strebe, und sah, wie Carney den Ärmel des Brigadier packte und sich dann von der Tragfläche abstieß. Zusammen entschwebten die beiden Männer nach oben.

Wenn man zu schnell aufstieg, ohne unterwegs langsam die Luft auszublasen, konnte man sich einen Lungenriß zuziehen, aber in einer solchen Situation blieb kein Raum für kühle Überlegungen, und Dillon sah zu, daß er schnellstens nach oben gelangte. Das Mondlicht umfloß ihn, und er hatte den vagen Eindruck, daß Carney und der Brigadier sich links über ihm befanden. Alles geschah wie in Zeitlupe, seltsam traumhaft, und dann brach er durch die Wasseroberfläche und inhalierte eine Lunge voll salziger Luft.

Carney und Dillon trieben ein paar Meter von ihm entfernt. Dillon schwamm auf sie zu. »Alles in Ordnung?«

»Dillon . . .« Ferguson schnappte mühsam nach Luft. »Dafür schulde ich Ihnen ein Abendessen. Ihnen beiden.«

»Ich komme darauf zurück«, versprach Dillon. »Sie können mich gerne wieder in den Garrick mitnehmen.«

»Wo Sie wollen. Aber jetzt etwas anderes – meinen Sie, wir können irgendwie von hier wegkommen?«

Sie schwammen auf den Strand zu, wobei Carney und Dillon den älteren Mann in die Mitte nahmen. Zusammen stolperten sie aus dem Wasser, ließen sich in den Sand fallen und erholten sich allmählich.

»Nicht weit von hier steht ein Haus«, sagte Carney schließlich. »Ich kenne die Leute dort ganz gut. Sie bringen uns sicher in die Stadt.«

»Und das Flugzeug?«

»In St. Thomas gibt es eine Bergungsfirma. Ich rufe noch heute den Chef an. Wahrscheinlich kümmern sie sich gleich morgen darum. Sie verfügen über ein Bergungsschiff mit einem Kran, der unser Baby einfach vom Meeresgrund hochhievt.« Er wandte sich an Dillon. »Was ist denn schiefgelaufen?«

»Der Öldruck ist ganz plötzlich abgefallen, und das hat der Motor nicht überlebt.«

»Ich muß schon sagen, Ihre Landetechnik läßt aber erheblich zu wünschen übrig«, bemerkte Ferguson und stand schwerfällig auf.

»Es war eine gute Landung«, widersprach Dillon. »Erst im letzten Moment klappte es nicht mehr richtig, und dafür muß es einen Grund geben. Ich meine, wenn eine Sache defekt ist, dann nenne ich das Pech, aber gleich zwei finde ich schon verdächtig.«

»Ich bin mal gespannt, was diese Bergungsleute finden«, meinte Carney nachdenklich.

Während sie über den Strand stapften, sagte Dillon: »Erinnern Sie sich noch, wie ich das Flugzeug auf Samson überprüfte, Brigadier, und wie Sie sagten, er würde uns noch nicht umbringen wollen?«

»Na und?« erwiderte Ferguson. »Was wollen Sie damit andeuten?«

»Nun, ich denke, er hat es gerade versucht.«

Der Mann, den Carney in dem Haus in der Nähe kannte, holte seinen Lastwagen heraus und brachte sie nach Moongoose, wo sich ihre Wege trennten. Beim Abschied versprach Carney, die Bergung des Flugzeugs zu veranlassen und sich am nächsten Morgen bei ihnen zu melden.

Im Cottage in Caneel duschte Dillon erst einmal so heiß wie möglich und dachte über die letzten Ereignisse nach. Schließlich schenkte er sich ein Glas Champagner ein, ging hinaus auf die Terrasse und genoß die milde Nachtluft.

Er hörte, wie die Tür seines Apartments aufging und Ferguson hereinkam. »Ah, da sind Sie ja.« Auch er trug einen Bademantel, hatte sich aber auch noch ein Handtuch um den Hals geschlungen. »Ich nehme auch ein Glas davon, mein Lieber, und das Telefon. Wie spät ist es?«

»Kurz vor Mitternacht.«

»Also in London fünf Uhr morgens, Zeit zum Aufstehen.« Und Ferguson wählte die Nummer der Wohnung von Detective Inspector Jack Lane.

Lane wachte stöhnend auf, knipste die Nachttischlampe an und nahm den Telefonhörer ab. »Lane hier.«

»Ich bin's, Jack«, meldete sich Ferguson. »Immer noch im Bett?«

»Um Gottes willen, Sir. Es ist erst fünf Uhr!«

»Was hat das damit zu tun? Ich habe Arbeit für Sie, Jack. Ich habe herausbekommen, wie unser Freund Santiago es schafft, immer auf dem laufenden zu sein.«

»Tatsächlich, Sir?« Lane wurde allmählich wach.

»Durch Sir Francis Pamer ... Unglaublich, nicht wahr?«

»Du meine Güte!« Lane warf die Bettdecke zurück und richtete sich auf. »Aber weshalb?«

Ferguson lieferte ihm eine kurze Zusammenfassung dessen, was bisher geschehen war und in den Enthüllungen des alten Joseph Jackson und dem Flugzeugabsturz gipfelte.

Lane war skeptisch. »Es fällt mir schwer, das zu glauben.«

»Nicht wahr? Wie dem auch sei, nehmen Sie sich die Pamers vor, Jack, und zwar streng nach Vorschrift und mit allem Drum und Dran. Woher kommt das Geld des alten Joseph, wie schafft Sir Francis es, zu leben wie ein Prinz und so weiter. Zapfen Sie alle verfügbaren Quellen an.«

»Was ist mit dem stellvertretenden Direktor, Sir, soll ich ihn in irgendeiner Form unterrichten?«

»Simon Carter?« Ferguson lachte laut auf. »Der geht doch glatt durch die Decke. Es würde doch mindestens eine Woche dauern, bevor er sich dazu durchringen würde, die Geschichte zu glauben.«

»Na gut, Sir. Dann werde ich mich mal gleich in die Arbeit stürzen.«

Ferguson legte das Telefon auf den Terrassentisch. »So, das wäre erledigt.«

»Ich habe nachgedacht«, sagte Dillon. »Sie hatten recht, als Sie vorher meinten, Santiago wolle uns gar nicht schon jetzt töten, weil er uns noch braucht. Aber angenommen, der Absturz war kein Unfall ... was hat ihn dazu gebracht, es sich anders zu überlegen.«

»Ich habe keine Ahnung, mein Junge, aber ich bin sicher, daß wir es herausbekommen.« Ferguson griff erneut zum Telefon und wählte eine Nummer. »Ach ja, Samson Cay? Bin ich mit dem Hotel verbunden? Mr. Prieto, bitte.«

Einen Augenblick später meldete sich eine Stimme. »Hier ist Prieto.«

»Charles Ferguson aus Caneel. Ein schöner Abend und ein köstliches Essen. Richten Sie Mr. Santiago meinen Dank aus.«

»Aber natürlich, Brigadier, sehr nett von Ihnen, daß Sie anrufen.«

Ferguson legte den Hörer auf. »Das wird diesem Bastard einiges Kopfzerbrechen bereiten. Geben Sie mir noch einen Schluck Champagner, und dann verschwinde ich ins Bett.«

Dillon füllte sein Glas. »Aber nicht, ehe Sie mir etwas verraten haben.«

Ferguson leerte sein Glas zur Hälfte. »Und das wäre?«

»Sie wußten von Anfang an, daß ich nach St. John kommen würde. Sie haben Ihr Zimmer zur gleichen Zeit gebucht wie meins, und zwar bevor ich überhaupt hier war, bevor klar war, daß Santiago meinen Namen kannte und den Grund meines Herkommens.«

»Und das bedeutet für Sie?«

Dillon legte die Stirn in Falten. »Sie wußten, noch bevor ich London verließ, daß Pamer nichts Gutes im Schilde führte.«

»Stimmt«, gab Ferguson zu. »Ich hatte nur noch keinen Beweis.«

»Aber woher wußten Sie es?«

»Durch einen einfachen Eliminierungsprozeß, mein Freund. Wer wußte denn schon von dieser Affäre? Henry Baker, seine Freundin, Admiral Travers, ich selbst, Jack Lane, Sie, der Premierminister. Aber jeder von Ihnen konnte gleich wieder gestrichen werden.«

»Wodurch nur noch Carter und Pamer übrigblieben.«

»Das klingt wie eine gute alte Varietenummer, nicht wahr? Carter, wie ich Ihnen schon mal verraten habe und wie ich aus eigenen Erfahrungen weiß, ist völlig ehrlich.«

»Damit war nur noch Sir Francis da?«

»Genau, und das erschien mir absurd. Wie ich auch schon mal bemerkt habe, ein Baronet, eine der ältesten Familien Englands, ein Minister.« Er trank seinen Champagner und stellte das Glas ab. »Aber, wie der gute alte Sherlock Holmes mal gesagt haben soll, wenn man alle Möglichkeiten erschöpft hat, dann muß das Unmögliche die Lösung sein.« Er lächelte. »Gute Nacht, mein Lieber, wir sehen uns morgen früh.«

13. Kapitel

Am nächsten Morgen nahm Santiago ein Bad im Meer, setzte sich danach im Heck seiner Yacht unter das Sonnensegel, frühstückte und dachte über seine nächsten Schritte nach. Algaro stand an der Reling, wartete geduldig und schwieg.

»Ich frage mich, was da schiefgelaufen ist«, sagte Santiago. »Es wäre immerhin sehr ungewöhnlich, wenn du einen Fehler gemacht hättest, Algaro.«

»Ich kenne mich in meinem Gewerbe aus. Ich hab getan, was nötig war, Señor, glauben Sie mir.«

In diesem Moment erschien Kapitän Serra. »Ich hatte gerade einen Anruf von einem Mann in Cruz Bay, Señor. Es scheint so, als sei die Cessna gestern abend in Reef Bay an der Südküste von St. John abgestürzt. Die Maschine ist gesunken, aber Ferguson, Carney und Dillon konnten sich retten.«

»Verdammter Mist!« stieß Algaro wütend hervor.

»Das kann man wohl sagen.« Santiago machte ein finsteres Gesicht.

»Haben Sie irgendwelche Anweisungen, Señor?« fragte Serra.

»Ja.« Santiago wandte sich an Algaro. »Nach dem Abendessen nimmst du die Barkasse und fährst mit Guerra nach St. John. Das Mädchen müßte gegen sechs Uhr dort eintreffen.«

»Wollen Sie, daß wir sie zu Ihnen bringen, Señor?«

»Das wird nicht nötig sein. Bringt nur in Erfahrung, was sie weiß. Ich bin sicher, daß dies eure Fähigkeiten nicht übersteigt.«

Algaros Grinsen war bösartig. »Zu Befehl, Señor«, sagte er und ging.

Serra wartete geduldig, während Santiago sich Kaffee nachschenkte. »Wie lange braucht die Barkasse voraussichtlich bis nach Cruz Bay?« erkundigte Santiago sich.

»Das hängt vom Wetter ab, aber nicht länger als zwei bis zweieinhalb Stunden, Señor.«

»Etwa genausoviel, wie die *Maria Blanco* brauchen würde.«

»Ja, Señor.«

Santiago nickte. »Es ist möglich, daß ich irgendwann heute an unsere Anlegestelle vor Paradise zurückkehren möchte. Ob und wann, weiß ich noch nicht genau. Es hängt vom Gang der Ereignisse ab. Verbinden Sie mich auf jeden Fall mit Sir Francis in London.«

Serra brauchte zwanzig Minuten, um Pamer aufzustöbern, und er fand ihn schließlich bei einer gesellschaftlichen Veranstaltung im Dorchester. Es klang ziemlich ungehalten, als er ans Telefon kam. »Wer ist da? Ich hoffe nur, daß es etwas Wichtiges ist, denn ich muß gleich eine Rede halten.«

»Sie werden Ihre Sache gewiß sehr gut machen, Francis.«

Eine kurze Pause entstand, und Pamer erwiderte: »Oh, Sie sind es, Max, wie stehen die Dinge?«

»Wir konnten diesen alten Mann, Jackson, den Sie erwähnten, ausfindig machen. Ganz schön auf Draht. Sehr bemerkenswert. Er konnte sich bis ins kleinste Detail an alles erinnern, was 1945 geschah.«

»O mein Gott«, sagte Pamer.

Santiago, der niemals einen Sinn darin gesehen hatte, den notwendigen Tatsachen in gewissen Situationen auszuweichen, fuhr fort: »Zu Ihrem Glück hatte er einen Unfall, als er ein defektes Rad an seinem Wagen wechseln wollte. Er weilt nun an einem besseren Ort.«

»Bitte, Max, ich möchte davon nichts wissen.«

»Stellen Sie sich nicht so an, Francis, behalten Sie lieber die Nerven, zumal der alte Knabe alles, was er wußte, Ferguson erzählte, bevor mein Mann ihm zu seiner Reise in andere Gefilde verhalf. Ein großes Pech.«

»Ferguson weiß Bescheid?« Pamer hatte plötzlich das Gefühl, als müßte er ersticken, und zerrte an seiner Krawatte. »Über meine Mutter und meinen Vater? Über Samson Cay? Martin Bormann?«

»Ich fürchte ja.«

»Aber was tun wir jetzt?«

»Wir schaffen Ferguson beiseite und Dillon und Carney dazu. Die junge Frau kommt heute abend an, und meine Informationen besagen, daß sie weiß, wo das U-Boot ist. Nachher wird sie uns natürlich nicht mehr von Nutzen sein.«

»Um Gottes willen, nein«, flehte Pamer, und plötzlich wurde ihm eiskalt. »Mir ist gerade etwas eingefallen. Meine Sekretärin hat mich heute morgen gefragt, ob irgend etwas mit meinen Finanzen nicht in Ordnung sei. Als ich wissen wollte, weshalb sie frage, erzählte sie mir, sie habe festgestellt, daß per Computer eine Überprüfung stattgefunden habe. Ich dachte mir nichts dabei. Wissen Sie, wenn man Minister ist, dann sind solche Maßnahmen völlig normal, schon zum eigenen Schutz.«

»Stimmt«, sagte Santiago, »lassen Sie sofort feststellen, wer die Überprüfung hat durchführen lassen, und dann geben Sie mir Bescheid.«

Er reichte Serra das Telefon. »Wissen Sie, Serra«, sagte er, »es ist für mich geradezu ein Phänomen, wie oft ich in letzter Zeit mit absolut dummen Menschen zu tun habe.«

Als Ferguson, Dillon und Carney in Carneys Jeep zur Reef Bay hinunterfuhren, konnten sie die Cessna an einem Kran hängen sehen. Dieser befand sich am Heck des Bergungsschiffes und hatte das Flugzeug soeben aus dem Wasser gehievt. Drei Männer in Taucheranzügen und einer in Jeans und Jeanshemd befanden sich an Bord des Schiffes. Carney stieß einen Pfiff aus, der Mann in den Jeans wandte sich um, winkte ihnen zu, sprang in ein Schlauchboot, das an der Seite des Schiffs lag, startete den Außenbordmotor und steuerte auf das Ufer zu.

Er kam über den Strand auf sie zu und hielt Fergusons Malakkastock hoch. »Gehört der jemandem?« fragte er Carney.

Ferguson griff danach. »Ich bin Ihnen zu großem Dank verpflichtet. Ein Andenken. Er bedeutet mir sehr viel.«

Carney machte die beiden Männer miteinander bekannt. »Wie sieht es aus? Hast du dir schon Klarheit verschaffen können?«

»Nun, es ist klar und wieder nicht so klar«, sagte der Bergungskapitän und wandte sich an Dillon. »Bob erzählte mir, Ihre Öldruckanzeige habe verrückt gespielt?«

»Genau.«

»Kein Wunder. Die Verschlußkappe ist weggesprengt worden. Ein derartiger Druck entsteht eigentlich nur dann, wenn sich eine erhebliche Menge Wasser im Öl befindet. Die Maschine läuft heiß, das Wasser verwandelt sich in Dampf, und schon ist es passiert.«

»Meinst du nicht, daß es ein wenig sonderbar ist, wenn wirklich soviel Wasser ins Öl geraten ist?« fragte Carney.

»Dazu kann ich nichts sagen. Sicher ist, daß irgendein Vandale oder sonst wer Ihnen irgendwie schaden wollte. Dabei hat er Ihren Tod in Kauf genommen. Jemand hat sich mit einer Axt an den Schwimmern zu schaffen gemacht. Deshalb ging die Landung ein wenig schief. Sobald die Maschine auf dem Wasser aufsetzte, drang Wasser in diese Schwimmer ein.« Er zuckte die Achseln.

»Den Rest kennen Sie ja alle. Wie dem auch sei, wir schaffen die Kiste zurück nach St. Thomas. Ich veranlasse die Reparaturen und halte dich auf dem laufenden.« Er schüttelte den Kopf. »Ihr hattet wirklich Glück.« Danach bestieg er wieder das Schlauchboot und kehrte zum Bergungsschiff zurück.

Sie saßen in einer Nische in *Jenny's Place*, und Mary Jones servierte ihnen Muschelsuppe und Baguette. Billy brachte das Bier, natürlich eiskalt.

Nachdem sich Billy entfernt hatte, sagte Dillon: »Sie haben sich also geirrt, Brigadier, er hat doch versucht, uns töten zu lassen. Weshalb?«

»Vielleicht hatte es mit dem zu tun, was der alte Mann, dieser Jackson, uns erzählt hat«, äußerte Carney.

»Ja, zum Teil wird das sicherlich so sein, aber es überrascht mich trotzdem«, sagte Ferguson. »Ich dachte immer noch, daß wir ihm nützlich sein könnten.«

»Nun, das sind wir auch, wenn Jenny zurück ist«, sagte Carney.

»Wir wollen es hoffen.« Der Brigadier hob die Hand und

winkte. »Bringen Sie uns noch ein Bier, Billy. Es ist wirklich köstlich.«

Als Pamer sich wieder bei Santiago meldete, war es in London sechs Uhr abends.

»Es könnte nicht schlimmer sein«, erzählte er. »Diese Computerüberprüfung wurde von einem Detective Inspector Lane veranlaßt. Er ist gegenwärtig Fergusons direkter Assistent und zur Zeit von der Special Branch abkommandiert. Die Überprüfung erstreckt sich auf den finanziellen Status meiner Familie, Max. Sie nehmen sich unsere Vergangenheit vor. Ich bin wohl am Ende.«

»Seien Sie kein Narr, bleiben Sie ganz ruhig. Wenn Sie davon ausgehen, daß Ferguson Sie entlarvt haben sollte, dann kann er bisher höchstens mit Lane darüber gesprochen und ihm den Auftrag gegeben haben, mit dem Graben anzufangen.«

»Aber wenn er auch schon mit Simon Carter oder dem P. M. gesprochen hat?«

»Wenn er es getan hätte, dann wüßten Sie es längst, und weshalb sollte er auch? Ferguson agiert in dieser Sache ziemlich zurückhaltend, und so wird er auch weiterhin verfahren.«

»Aber was ist mit Lane?«

»Um den wird man sich kümmern.«

»Lieber Himmel, bitte nicht«, stöhnte Pamer. »Es darf keine weiteren Morde geben.«

»Versuchen Sie ab und zu mal, sich wie ein Mann zu benehmen«, riet ihm Santiago. »Sie haben außerdem einen Trost. Sobald wir die Bormann-Papiere in Händen haben, dürfte das Windsor-Protokoll sich als sehr nützlich erweisen. Sicherlich gibt es ein Reihe Leute, deren Väter und Großväter in dem Blauen Buch aufgeführt werden und die alles dafür hergeben würden, um zu verhindern, daß diese Tatsache bekannt wird.« Er lachte. »Machen Sie sich keine Sorgen, Francis, wir werden mit den Dokumenten noch eine Menge Spaß haben.«

Er unterbrach das Gespräch, überlegte einige Sekunden lang, dann wählte eine andere Londoner Telefonnummer. Er meldete sich auf spanisch. »Santiago hier. Ich muß einen wichtigen

Eliminierungsauftrag erteilen, der bis spätestens Mitternacht ausgeführt werden sollte. Es geht um einen gewissen Detective Inspector Lane von der Special Branch. Die Adresse können Sie sicherlich feststellen lassen.« Er reichte Algaro das Telefon. »Und nun, mein Freund, solltest du mit Guerra nach St. John aufbrechen.«

Es war halb sechs, als Jenny mit der Fähre nach Cruz Bay kam. Von der Anlegestelle waren es nur wenige hundert Meter bis zu *Jenny's Place*, und als sie eintrat, saßen bereits ein paar Leute an der Bar. Billy Jones, der hinter der Theke stand, kam heraus, um sie zu begrüßen.

»Hallo, Miss Jenny, es tut richtig gut, Sie wiederzusehen.«

»Ist Mary da?«

»Natürlich. Sie bereitet in der Küche alles für den Abend vor. Gehen Sie ruhig durch.«

»Gleich. Haben Sie mit Dillon gesprochen? Ihm bestellt, worum ich Sie bat?«

»Habe ich. Er und sein Freund und Bob Carney waren in den letzten Tagen unzertrennlich. Ich weiß nicht, was das bedeutet, aber irgend etwas ist im Gange.«

»Demnach sind Dillon und Brigadier Ferguson immer noch in Caneel?«

»Aber ja. Wollen Sie ihn sprechen?«

»So bald wie möglich.«

»Wie Sie wissen, gibt es in den Cottages keine Telefone, aber Dillon hat einen drahtlosen Apparat. Er hat mir die Nummer gegeben.« Er kehrte hinter die Theke zurück, öffnete die Schublade der Registrierkasse und holte einen Notizzettel heraus. »Da ist sie.«

Mary kam in diesem Moment aus der Küche und blieb in der Tür stehen. »Jenny, Sie sind wieder da!« Sie gab ihr einen Kuß auf die Wange und trat dann einen Schritt zurück. »Sie sehen schrecklich aus, Liebes, was haben Sie getrieben?«

»Nicht viel.« Jenny lächelte sie müde an. »Ich bin nur durch halb Frankreich gefahren, nach London geflogen, von dort nach Antigua und mit einer dritten Maschine weiter nach St. Thomas. Ich war in meinem ganzen Leben noch nie so müde und erschlagen.«

»Sie brauchen erst mal was Warmes zu essen, ein erfrischendes Bad und schließlich ein paar Stunden Schlaf.«

»Das ist eine gute Idee, Mary, aber ich habe einiges zu erledigen. Eine Tasse Kaffee würde mir vorerst reichen. Bringen Sie sie in mein Büro, ich muß sofort telefonieren.«

Algaro und Guerra hatten sich die Adresse des Hauses in Gallows Point von dem Fischer geben lassen, der als Kapitän Serras Kontaktmann in Cruz Bay fungierte. Nachdem sie sich dort umgeschaut hatten, kehrten sie zum Hafen zurück und verfolgten, wie die Fähre von St. Thomas anlegte. Von den rund zwanzig Passagieren, die an Land gingen, waren nur fünf weißhäutig, und drei davon waren Männer. Da die andere Frau mindestens sechzig Jahre alt war, gab es kaum Zweifel, wer die jüngere mit dem Koffer sein mußte. Sie folgten ihr in sicherem Abstand und sahen sie ins Café gehen.

»Was tun wir jetzt?« fragte Guerra.

»Warten«, erwiderte Algaro. »Früher oder später wird sie das Haus aufsuchen.«

Guerra zuckte die Achseln und zündete sich eine Zigarette an. Dann setzten die beiden Männer sich auf eine Bank an der Hafenpromenade.

Dillon schwamm eine Runde vor Paradise Beach, als er sein Telefon, das er auf einem Liegestuhl am Strand zurückgelassen hatte, piepen hörte. So schnell er konnte, schwamm er zurück zum Strand.

»Dillon hier.«

»Hier ist Jenny.«

»Wo sind Sie?«

»In der Bar, ich bin gerade angekommen. Wie ist es bisher gelaufen?«

»Na ja, sagen wir mal, es war ziemlich lebhaft. Mehr möchte ich jetzt nicht erzählen. Als ich hier ankam, wurde ich bereits von einigen Leuten erwartet, Jenny, ziemlich üblen Leuten. Es gibt hier einen gewissen Santiago, der den Einbruch in der Lord North Street veranlaßt hat und der diese beiden Gauner an der Themse auf Sie gehetzt hat. Er treibt sich hier mit seiner Motoryacht, der *Maria Blanco,* herum und verursacht eine Menge Verdruß.«

»Weshalb?«

»Er ist hinter Bormanns Koffer her, mehr nicht.«

»Aber wie hat er denn von der Existenz des U-Boots erfahren?«

»Es gab in London eine undichte Stelle. Übrigens, mit Bob Carney hatten Sie recht. Er ist ein prima Kerl, aber bis jetzt hat er mir auch nicht viel weiterhelfen können. Glauben Sie wirklich, daß Sie es können, Jenny?«

»Es ist nur ein Gedanke, und der ist so simpel, daß ich fast Angst habe, ihn zu äußern. Warten wir damit, bis wir uns sehen.« Sie warf einen Blick auf die Uhr. »Es ist jetzt sechs. Ich muß jetzt erst mal duschen. Ich denke, wir können uns hier gegen halb acht treffen, und bringen Sie Bob mit, ja?«

»Ist mir recht.«

Dillon legte den Hörer auf, trocknete sich ab, dann wählte er die Nummer von Carneys Haus im Chocolate Hole. Es dauerte eine Weile, ehe er sich meldete. »Hallo, Bob, hier ist Dillon.«

»Ich war unter der Dusche.«

»Wir sind wieder im Geschäft. Jenny hat mich gerade aus der Bar angerufen. Sie ist soeben angekommen.«

»Hat sie Ihnen verraten, wo es liegt?«

»Nein, sie tut ein wenig geheimnisvoll. Sie möchte sich mit uns um halb acht in der Bar treffen.«

»Ich komme hin.«

Dillon legte auf und eilte dann den Strand hinauf zum Cottage, um Ferguson Bescheid zu sagen.

Als Jenny aus dem Büro herauskam, stand Mary am Ende der Bar und redete mit ihrem Mann. »Sie sehen immer noch ziemlich schlecht aus, meine Liebe«, meinte er besorgt.

»Ich weiß. Ich gehe zum Haus, stelle mich unter die Dusche, ziehe ein paar frische Kleider an und komme wieder zurück. Ich habe mich um halb acht mit Dillon, Brigadier Ferguson und Bob Carney verabredet.«

»Sie gehen nirgendwohin. Billy, fahr sie im Jeep hin und sieh erst mal im Haus nach. Vergewissere dich, daß alles in Ordnung ist, und komm nachher wieder mit ihr zurück. Ich hole Annie aus der Küche, damit sie sich um die Bar kümmert, solange du weg bist.«

»Das ist doch nicht nötig, Mary«, widersprach Jenny.

»Es ist alles entschieden. Widersprechen Sie nicht, Kindchen. Und jetzt fahrt endlich los.«

Als Jenny die Bar verließ, folgte Billy Jones ihr mit ihrem Koffer. Algaro und Guerra beobachteten sie aus einiger Entfernung, sahen, wie sie in den Jeep auf dem Parkplatz von Moongoose Junction stiegen und losfuhren.

»Ich wette, er bringt sie zu ihrem Haus«, sagte Guerra.

Algaro nickte. »Wir gehen zu Fuß, so weit ist es ja nicht. Bis wir dort sind, ist er längst wieder abgefahren. Dann schnappen wir sie uns.«

Guerra sah sich um. »Von Dillon oder den anderen beiden ist nichts zu sehen. Das heißt, daß sie noch nicht mit ihnen geredet hat.«

»Wahrscheinlich wird sie das auch nie mehr tun«, bemerkte Algaro.

Guerra sah ihn unsicher an und befeuchtete nervös seine Lippen. »Paß mal auf, ich möchte mit so etwas nichts zu tun haben, schon gar nicht, wenn eine Frau dabei ist. Das bringt Unglück.«

»Halt die Klappe und tu, was man von dir verlangt«, fuhr Algaro ihn an. »Und jetzt müssen wir uns auf den Weg machen.«

Kurz vor Mitternacht brannte hinter den Fenstern von Fergusons Büro, die zur Horse Guards Avenue hinausgingen, immer noch Licht, und Jack Lane saß in die ersten Computerangaben über die Familie Pamer vertieft. Es war eine sehr interessante Lektüre, doch er hatte für diesen Tag genug gearbeitet. Seufzend verstaute er die Ausdrucke in seinem Aktenkoffer, legte diesen in die Safeschublade seines Schreibtisches, holte seinen Regenmantel, knipste das Licht aus und verließ das Büro.

Er trat aus dem Eingang in der Horse Guards Avenue und schlug den Weg zu seinem Apartment ein. Der junge Mann, der hinter dem Lenkrad des gestohlenen Jaguars auf der gegenüberliegenden Straßenseite saß, warf mit Hilfe einer Taschenlampe einen Blick auf das Foto neben sich auf dem Beifahrersitz, um ganz sicher zu sein, dann schob er es wieder zurück in eine Tasche.

Er ließ den Motor an, beobachtete, wie Lane die Straße überquerte und den Whitehall Court hinunterging. Lane war müde und dachte noch immer über die Pamer-Affäre nach, blickte beiläufig nach rechts, sah wohl den Jaguar, hatte aber noch genügend Zeit, um die Straße zu überqueren. Plötzlich heulte der Motor auf. Lane drehte sich halb um, aber zu spät. Der Jaguar erwischte ihn und schleuderte ihn zur Seite. Lane lag da, versuchte sich aufzurichten und bemerkte entsetzt, daß der Jaguar rückwärts fuhr. Der hintere Kotflügel zertrümmerte ihm den Schädel und tötete ihn auf der Stelle, dann überrollte der Wagen seinen Körper.

Der junge Mann stieg aus und ging nach vorne, um sich zu vergewissern, daß der Inspektor wirklich tot war. Die Straße war menschenleer, nur der Regen prasselte auf den Asphalt, als er wieder in den Jaguar stieg, einen Bogen um Lanes Leiche beschrieb und sich entfernte. Fünf Minuten später ließ er den Jaguar in einer Nebenstraße stehen und suchte zu Fuß das Weite.

In Gallows Point nahm Jenny eine ausgiebige Dusche und wusch ihre Haare, während Billy im Parterre die Fensterläden öffnete, um die Zimmer zu lüften, einen Besen holte und die Vorderveranda fegte. Algaro und Guerra beobachteten ihn aus einem Gebüsch in der Nähe.

»Verdammt noch mal, warum haut er nicht endlich ab?« schimpfte Algaro.

»Ich weiß es nicht, aber ich würde empfehlen, sich mit dem

Burschen nicht anzulegen«, sagte Guerra. »Ich habe gehört, er sei mal Schwergewichtschampion der Karibik gewesen.«

»Ich fall gleich tot um vor Angst«, knurrte Algaro.

Nach einer Weile kam Jenny zu Billy heraus auf die Veranda. Sie trug eine weiße Leinenhose und sah frisch und erholt aus.

»Schon besser«, sagte Billy.

»Ja, jetzt fühle ich mich wieder etwas menschlicher«, sagte sie. »Wir können wieder zurückfahren, Billy.«

Sie stiegen in den Jeep und fuhren los. Die beiden Beobachter traten aus ihrem Versteck. »Was nun?« wollte Guerra wissen.

»Kein Problem«, sagte Algaro. »Wir schnappen sie uns später. Im Augenblick sollten wir wieder zur Bar zurückkehren.«

Es war fast vollständig dunkel, als Bob Carney *Jenny's Place* betrat und sie hinter der Bar antraf, wo sie Billy beim Servieren half. Sie kam heraus und begrüßte ihn herzlich mit einem Kuß und zog ihn hinter sich her zu einer Nische.

»Es tut richtig gut, Sie wiederzusehen, Jenny.« Er legte eine Hand auf die ihre. »Das mit Henry tut mir aufrichtig leid. Ich weiß, was er Ihnen bedeutet hat.«

»Er war ein guter Mann, Bob, anständig und immer freundlich.«

»Ich habe ihn an jenem letzten Morgen noch gesehen«, erzählte Carney ihr. »Er kam gerade rein, als ich mit einer Tauchgruppe hinausfuhr. Er muß schon ziemlich früh draußen gewesen sein. Ich fragte ihn, wo er gewesen sei, und er antwortete, am French Cap.« Er schüttelte den Kopf. »Das stimmt nicht, Jenny. Dillon und ich haben am French Cap nachgesehen, wir waren sogar draußen am South Drop.«

»Aber dort tauchen doch auch viele andere Leute, Bob. Das U-Boot hätte wohl kaum jahrelang dort liegen können, ohne von jemandem entdeckt worden zu sein.«

In diesem Moment kamen Dillon und Ferguson herein. Ferguson zog seinen Hut. »Miss Grant.«

Sie streckte Dillon eine Hand entgegen. Er ergriff sie, und für einen kurzen Moment sahen sie einander verlegen an. »Ist alles wunschgemäß verlaufen?«

»O ja, ich habe Henrys Schwester besucht. Meine Geheimniskrämerei tut mir leid. Sie lebt nämlich in einem Kloster, ist sogar die Mutter Oberin.«

»Davon hatte ich keine Ahnung«, sagte Carney.

»Nein, Henry hat nie über sie gesprochen, er war ja Atheist, wissen Sie. Er war der Meinung, daß sie sich ohne triftigen Grund vergrub. Das riß zwischen ihnen eine Kluft auf.«

In diesem Moment trat Billy an ihren Tisch. »Kann ich euch etwas zu trinken bringen?«

»Später, Billy«, erwiderte Jenny. »Wir haben erst einmal etwas Wichtiges zu besprechen.«

Er zog sich zurück, und Ferguson sagte: »Ja, wir sind alle ganz Ohr. Ich hoffe, Sie verraten uns jetzt den genauen Fundort von U180.«

Bob Carney wurde ganz aufgeregt. »Wo liegt es?«

»Die kurze Antwort lautet, ich weiß es nicht«, sagte sie mit schlichter Offenheit.

Ferguson blickte einigermaßen konsterniert drein. »Sie wissen es nicht? Aber ich dachte, Sie hätten eine Ahnung.«

Dillon legte dem Brigadier besänftigend eine Hand auf den Arm. »Lassen Sie sie doch mal ausreden.«

»Ich will es einmal anders erklären«, sagte Jenny. »Ich glaube, ich weiß vielleicht, wo man diese Information finden könnte, aber es ist so absurd einfach.« Sie holte tief Luft. »Na schön, fangen wir damit an.« Sie wandte sich an Carney. »Bob, die *Rhoda* liegt doch immer noch im Hafen, nicht wahr? Können Sie uns dorthin bringen?«

»Na klar, Jenny.«

Carney erhob sich, und Ferguson musterte ihn fragend: »Die *Rhoda*?«

Carney lieferte die Erklärung. »Henrys Boot, mit dem er an jenem Tag draußen war. Kommen Sie, gehen wir.«

Sie gingen hinaus und marschierten zügig über die Hafenpromenade zum Pier. Algaro und Guerra konnten verfolgen, wie sie dort in ein Schlauchboot stiegen. Carney suchte sich einen Platz im Heck, startete den Außenbordmotor und lenkte das Boot hinaus in den Hafen.

»Und jetzt?« wollte Guerra wissen.

»Abwarten und sie nach Möglichkeit im Auge behalten«, erwiderte Algaro.

Carney knipste die Beleuchtung der Kajüte an, und sie drängten sich alle hinein. »Nun, Miss Grant«, ergriff wieder Ferguson das Wort. »Wir sind alle da, also was haben Sie uns zu erzählen?«

»Es ist eigentlich nur ein Gedanke.« Sie wandte sich an Carney. »Bob, was tun Taucher, nachdem sie unten waren?«

»Nun, sie überprüfen ihre Ausrüstung . . .«

Sie unterbrach ihn kopfschüttelnd. »Nein, ich meine etwas noch Grundlegenderes. Ich denke da an einen ganz bestimmten Teil des Tauchgangs.«

Carney schlug sich vor die Stirn. »Aber natürlich!«

»Auf was um alles in der Welt will sie hinaus?« erkundigte Ferguson sich ungeduldig.

»Ich glaube, ich verstehe«, sagte Dillon. »Genauso wie Piloten führen viele Taucher so etwas wie Logbücher. Dort tragen sie alle Einzelheiten jeder Tauchfahrt ein, die sie unternommen haben. Das ist allgemein üblich.«

»Henry war darin sehr genau«, erzählte sie weiter. »Gewöhnlich war es das erste, was er tat, nachdem er an Bord zurückkehrte und sich abtrocknete. Gewöhnlich bewahrte er das Buch da drin auf.« Sie öffnete ein kleines Ablagefach neben dem Ruder, griff hinein und fand das Gesuchte sofort. Das Buch hatte einen roten Einband, und Bakers Name stand in goldenen Lettern darauf. Sie reichte es Dillon. »Ich habe Angst, daß ich mich vielleicht geirrt habe. Lesen Sie es.«

Dillon zögerte einen Moment, dann schlug er das Buch auf, blätterte bis zur letzten beschriebenen Seite und las laut vor. »Hier steht, daß er an einer Stelle namens Thunder Point fünfundzwanzig bis dreißig Meter tief getaucht ist.«

»Thunder Point?« wiederholte Carney. »Das hätte ich niemals erwartet. An so etwas hätte niemand gedacht.«

»Seine letzten Eintragungen lauten: Ritterfische in großer Zahl, gelbe Zackenbarsche, Engels- und Papageienfische und ein deutsches Unterseeboot vom Typ U 180 auf einem Vorsprung am Osthang.«

»Gott sei Dank«, sagte Jenny. »Ich hatte also recht.«

Alle schwiegen, während Dillon das Logbuch zuklappte. Dann sagte Ferguson: »Jetzt könnte ich wirklich einen Drink gebrauchen.«

Algaro und Guerra sahen sie zurückkehren, und Algaro meinte: »Sie hat ihnen etwas erzählt, dessen bin ich mir sicher. Bleib du hier und behalte alles im Auge, während ich zur Telefonzelle laufe und Meldung erstatte.«

In der Bar setzten sich Jenny, Dillon, Ferguson und Carney in die gleiche Nische, und als Billy erschien, sagte Ferguson: »Diesmal kann es nichts anderes geben als Champagner.« Er rieb sich die Hände. »Jetzt können wir endlich richtig zur Sache kommen.«

Dillon sah Carney prüfend an. »Sie schienen überrascht zu sein – ich meine wegen des Fundorts, diesem Thunder Point. Weshalb?«

»Der Ort liegt etwa zwölf Meilen draußen. Ziemlich am Rande des Tauchgebiets. Ich selbst bin dort noch nie getaucht. Niemand verirrt sich dorthin. Es ist das gefährlichste Riff in diesem Teil der Welt. Wenn die See rauh ist, dann ist alleine die Fahrt dorthin schon eine Strapaze, und wenn man dort ist, hat man es mit einer heftigen Strömung zu tun, die einen völlig durcheinanderwirbeln kann.«

»Woher wissen Sie das alles, wenn Sie niemals dort getaucht sind?« fragte Dillon.

»Vor ein paar Jahren gab es hier einen Taucher, den alten Tom Poole. Er ist schon tot. Er ist hier immer allein getaucht, und er erzählte mir, daß er durch Zufall einmal so weit hinausgeraten ist und dabei feststellte, daß es ruhiger war als üblich. Nach seiner Beschreibung ist es dort so ähnlich wie am South Drop. Ein Riff von etwa fünfundzwanzig Meter Länge, auf der einen Seite rund sechzig Meter tief, auf der anderen knapp siebenhundert Meter. Obgleich das Wetter nicht schlecht war, verlor der alte Knabe beinahe sein Leben. Er hat es nie wieder riskiert.«

»Weshalb hat er das U-Boot nicht gesehen?« wollte Ferguson wissen.

»Vielleicht ist er gar nicht so tief runtergekommen, vielleicht hat es seitdem auch seine Lage verändert«, erklärte Carney ihm.

»Ich frage mich immer wieder, weshalb Henry einen solchen Tauchgang überhaupt versucht hat«, sagte Jenny.

»Sie wissen ja, wie Henry war«, erwiderte Carney. »Er tauchte immer allein, wenn er es lieber nicht hätte tun sollen, und an jenem Morgen, nach dem Hurrikan, war das Meer ruhiger, als ich es je erlebt hatte. Ich denke, er fuhr einfach aus reinem Vergnügen so weit hinaus, erkannte dann, wo er war, und sah, daß die Bedingungen außergewöhnlich günstig waren. Unter solchen Umständen hat er auf dem Riff wahrscheinlich den Anker geworfen und sich schnellstens ins Wasser gestürzt.«

»Nun«, sagte Dillon, »laut Friemels Tagebuch benutzte Bormann die Kabine des Kapitäns, nur war es eigentlich keine richtige Kabine, sondern hatte lediglich einen Vorhang. Sie befand sich an Backbord gegenüber dem Funkraum, also im vorderen Teil des Bootes, so daß der Kapitän von dort aus direkten Zugang zum Kontrollraum hatte.«

»Das erscheint mir durchaus einleuchtend«, sagte Carney.

»Ja, aber der einzige Zugang vom Kontrollraum führt durch das vordere wasserdichte Schott, und Baker berichtete Travers, daß es völlig korrodiert und so gut wie unüberwindbar sei.«

»Okay.« Carney nickte. »Dann müssen wir es eben sprengen. Am besten mit C4, dem Zeug, über das Santiago redete, als wir in Samson waren.«

»Da bin ich Ihnen schon voraus«, klärte Dillon ihn auf. »An C4 konnte ich nicht herankommen, aber ich dachte mir, daß Semtex ein annehmbarer Ersatz sei. Ich habe außerdem chemische Zündstifte besorgt.«

»Gibt es irgendwas, das Sie vielleicht vergessen haben?« fragte Carney mit ironischem Unterton.

»Ich hoffe nicht.«

»Wann fahren wir raus?« fragte Ferguson.

Dillon deutete mit einem Kopfnicken auf den Tauchlehrer.

»Das hängt von Carney ab, würde ich meinen, er ist der Fachmann.«

Carney nickte leicht geistesabwesend. »Ich denke gerade nach.« Er runzelte die Stirn. »So wie ich es sehe, sollten wir rausfahren und wieder zurück sein, bevor Santiago überhaupt ahnt, was vor sich geht.«

»Das klingt einleuchtend«, stimmte Ferguson ihm zu.

»Sie können uns nicht mehr verfolgen, weil wir die Minisender in beiden Booten gefunden haben. Daraus könnten wir unseren Nutzen ziehen, indem wir die Fahrt im Schutz der Dunkelheit unternehmen. Der Tag graut zwischen fünf und halb sechs. Wir könnten beim ersten Licht runtergehen.«

»Finde ich in Ordnung«, sagte Dillon.

»Schön. Ich habe die *Sea Raider* heute abend in Caneel Bay festgemacht, daher können wir von dort starten. Sie müssen nur noch das Semtex holen, von dem Sie gerade sprachen. Was wir sonst noch brauchen, kann ich aus dem Laden mitnehmen.«

»Aber doch nicht sofort«, sagte Ferguson. »Jetzt essen wir erst einmal. Diese ganze Aufregung hat mich richtig hungrig gemacht.«

Es begann leicht zu regnen, und Algaro und Guerra suchten Schutz unter einem Baum. »Heilige Mutter Gottes, dauert das denn die ganze Nacht?« fragte Guerra ungehalten.

»Es dauert so lange, wie es dauert«, erklärte ihm Algaro.

In der Bar hatten sie sich an Marys bester Muschelsuppe und anschließend an gegrilltem Barschfilet gelabt und tranken jetzt Kaffee, als Dillons tragbares Telefon piepte. Er nahm den Hörer ab, lauschte kurz, dann reichte er ihn an Ferguson weiter. »Für Sie. Jemand von der Special Branch in London.«

Der Brigadier nahm den Hörer und meldete sich. »Ferguson hier.« Er lauschte und erbleichte plötzlich. Seine Schultern sackten herab. »Einen Moment«, sagte er betroffen und stand auf. »Entschuldigen Sie mich. Ich bin gleich zurück.« Er ging hinaus.

»Was zum Teufel hat das zu bedeuten?« wollte Carney wissen.

»Nun, es ist nichts Gutes, was immer es ist«, sagte Dillon. In diesem Moment kam Ferguson zurück und setzte sich.

»Jack Lane, mein Assistent, ist tot.«

»O nein«, stöhnte Jenny.

»Ein Unfall mit Fahrerflucht gegen Mitternacht. Er hat länger gearbeitet. Die Polizei fand den betreffenden Wagen in einer Seitenstraße. Voller Blut. Und natürlich gestohlen.«

»Wieder so ein erstaunlicher Zufall«, meinte Dillon. »Sie geben ihm den Auftrag, Pamer zu überprüfen, und schon liegt er tot in einer Londoner Nebenstraße.«

Es war das erste Mal, daß er aufrichtige Wut im Gesicht Fergusons sah. Irgend etwas blitzte in den Augen des Brigadier. »Das ist mir nicht entgangen, Dillon. Diese Rechnung wird bis zum letzten Penny bezahlt, das können Sie mir glauben.«

Er atmete tief durch und erhob sich. »Okay, dann mal los. Begleiten Sie uns, meine Liebe?«

»Ich glaube nicht«, entgegnete Jenny. »Eine solche Bootsfahrt ist das letzte, was ich nach dem, was ich durchgemacht habe, brauchen kann. Aber ich komme mit zum Hafen und winke Ihnen zum Abschied. Ich fahre im Jeep hinter Ihnen her. Machen Sie sich ruhig auf den Weg, ich hole Sie ein, vorher muß ich noch mit Mary reden.«

Sie verschwand in der Küche, und Dillon winkte Billy ans Ende der Bar. »Meinen Sie, daß Sie und Mary die Nacht in Jennys Haus verbringen können?«

»Glauben Sie, es könnte Probleme geben?«

»Für meinen Geschmack waren es einige Zufälle zuviel«, sagte Ferguson.

Dillon zog die belgische Automatik aus der Tasche. »Nehmen Sie dies.«

»So schlimm?« fragte Billy.

»Wenn nicht noch schlimmer.«

»Dann ist das hier besser.« Billy holte einen .45er Colt Automatik unter der Theke hervor.

»Prima.« Dillon ließ die belgische Pistole wieder in seiner Tasche verschwinden. »Passen Sie gut auf. Wir sehen uns morgen früh.«

In der Küche stand Mary am Herd. »Was haben Sie jetzt vor, Kindchen?«

»Ich muß nach Caneel, Mary. Carney fährt mit dem Brigadier und Mr. Dillon raus. Ich will ihnen auf Wiedersehen sagen.«

»Sie sollten sich lieber ins Bett legen.«

»Ich weiß. Das tue ich auch bald.«

Sie ging durch die Bar hinaus und lief die Treppe hinunter. Algaro stieß seinen Kumpan an. »Da ist sie. Los, hinterher.«

Aber Jenny begann zu rennen und holte Ferguson, Dillon und Carney bei Moongoose Junction ein. Algaro und Guerra verfolgten, wie ihre Beute in ihren Jeep stieg. Als sie den Parkplatz verließen, saß Carney neben ihr; Dillon und Ferguson folgten in ihrem eigenen Fahrzeug.

»In Ordnung«, sagte Algaro. »Mal sehen, wo sie hinwollen.« Er sprintete zu ihrem eigenen Fahrzeug.

Im Cottage öffnete Dillon die olivgrüne Armeetasche und packte sie aus: das Semtex und die Zünder, das AK-Gewehr, die Walther und den Schalldämpfer sowie die belgische Automatik mit dem Spezialholster. Als er die Tasche geleert hatte, kam Ferguson herein. Er trug eine Cordhose, Wildlederschuhe und einen dicken Pullover.

»Ziehen wir wieder in den Krieg?« fragte er.

Dillon packte alles wieder zurück in die Tasche. »Ich hoffe nicht. Carney und ich haben genug mit der Taucherei zu tun, aber Sie wissen jetzt, wo alles ist, falls Sie etwas brauchen.«

»Sie meinen, Sie können die Sache durchziehen?«

»Wir werden sehen.« Dillon suchte das Oberteil seines Trainingsanzugs. »Das mit Lane tut mir leid, Brigadier.«

»Mir auch.« Ferguson blickte betrübt vor sich hin. »Aber wir werden auch zum Zug kommen, Dillon, das verspreche ich Ihnen. Und jetzt sollten wir endlich starten.«

Auf dem Weg zur Tür bückte sich Dillon und öffnete den Barschrank. Er holte eine kleine Flasche Brandy heraus und steckte sie in die Armeetasche. »Nur zur medizinischen Anwendung«, sagte er und hielt die Tür auf. »Um diese Uhrzeit dürfte es draußen auf dem Meer verdammt kalt sein.«

Carney hatte die *Sea Raider* am Ende des Piers in Caneel festgemacht. Jenny saß auf einer Bank und blickte auf das Boot hinunter, während er die Preßluftflaschen überprüfte. Musikfetzen und Gelächter hallten über das Wasser. Ferguson und Dillon kamen die Promenade entlang und über den Pier. Ferguson kletterte ins Boot hinunter, und Dillon reichte ihm die Armeetasche.

Er wandte sich zu Jenny um. »Alles in Ordnung?«

»Bestens«, sagte sie.

»Jetzt dauert es nicht mehr lange«, sagte Dillon zu ihr. »Dann sind die Zweifel dahin, ist die Leidenschaft verbraucht, wie ein Dichter es mal formuliert hat.«

»Und was werden Sie dann tun?« fragte sie.

Dillon hauchte ihr einen Kuß auf die Wange. »Mein Gott, Mädchen, wollen Sie einem alten Mann nicht mal die Chance zum Luftholen geben?«

Er zog die belgische Automatik aus der Tasche. »Nehmen Sie die an sich, und erzählen Sie mir nicht, daß Sie nicht wissen, wie man damit umgeht. Ziehen Sie einfach am Schlitten, dann zielen und schießen Sie.«

Sie nahm die Waffe zögernd in die Hand. »Meinen Sie, das ist nötig?«

»Man kann nie wissen. Santiago war uns schon zu oft voraus. Wenn Sie in die Bar zurückkommen, werden Sie feststellen, daß Billy und Mary die Absicht haben, bei Ihnen zu übernachten.«

»Sie denken einfach an alles, nicht wahr?«

»Ich versuche es. Man muß schon ziemlich gut sein, um mit Billy fertig zu werden.«

Er kletterte an Bord, und Carney winkte ihnen von der Brücke aus zu. »Machen Sie doch bitte die Leinen los, Jenny!«

Er startete die Maschinen, sie löste die Heckleine, reichte sie Dillon, ging nach vorn und erledigte das gleiche am Bug. Das Boot trieb vom Pier weg, dann drehte es sich langsam.

»Passen Sie auf sich auf!« rief Ferguson der jungen Frau zu.

Sie hob einen Arm, winkte, während die *Sea Raider* aufs offene Meer zusteuerte. Dillon drehte sich um und sah, wie

Jenny noch für einen kurzen Moment am Ende des Piers stehenblieb und dann davonging.

Sie bog auf den Weg ein, der am Sugar-Mill-Restaurant vorbei zum Parkplatz führte, wo gewöhnlich die Taxis warteten. Algaro und Guerra hatten die Abfahrt des Bootes aus dem Schatten beobachtet und verfolgten nun die Frau.

»Was sollen wir tun?« fragte Guerra flüsternd.

»Früher oder später wird sie nach Hause gehen«, sagte Algaro. »Das ist wohl der beste Ort, um sich mit ihr zu beschäftigen. Dort ist es still und ungestört, und wir brauchen sie nicht einmal zu verfolgen.«

Jenny stieg in den Jeep und ließ den Motor an. Die beiden Männer warteten, bis sie losfuhr, ehe sie zu ihrem eigenen Fahrzeug hinüberrannten.

In der Bar hielten sich noch immer ein paar Leute auf. Mary half einer der Serviererinnen beim Abräumen und Säubern der Tische.

»Sind sie gut weggekommen?« erkundigte sich Billy bei Jenny.

»Ich denke schon.«

»Werden wir denn irgendwann erfahren, was los ist, Miss Jenny? Alle tun so furchtbar geheimnisvoll.«

»Irgendwann ganz bestimmt, Billy, aber nicht jetzt.«

Sie gähnte, fühlte sich plötzlich schrecklich müde, und Mary meinte: »Jetzt halt sie nicht mit irgendwelchen dämlichen Fragen auf, sie braucht Schlaf.« Sie wandte sich an Jenny. »Mr. Dillon hat uns gebeten, bei Ihnen zu übernachten, und das werden wir auch tun.«

»In Ordnung«, sagte Jenny. »Ich gehe schon vor zum Haus.«

»Vielleicht sollten Sie lieber auf uns warten, Miss Jenny«, riet Billy ihr. »Wir brauchen nur noch fünf Minuten, um die Bar zu schließen.«

Sie öffnete ihre Handtasche und holte die Pistole hervor. »Ich habe dies hier, Billy, und ich weiß, wie man das Ding benutzt. Mir passiert schon nichts. Wir sehen uns gleich.«

Sie hatte den Jeep am Fuß der Treppe geparkt, glitt hinter das Lenkrad, ließ den Motor an und fuhr los. Dabei war sie so müde, daß sie sogar kurz vergaß, die Scheinwerfer einzuschalten. Die Straßen waren einigermaßen ruhig, als sie nach Gallows Point hinausfuhr. Nach fünf Minuten war sie zu Hause. Sie parkte in der Auffahrt, stieg die Treppe hinauf, suchte den Schlüssel, schloß die Haustür auf, knipste die Beleuchtung der Vorderveranda an, ging ins Haus und verriegelte die Tür hinter sich.

Mein Gott, war sie müde, so müde, wie sie es noch nie gewesen war. Schwerfällig ging sie die Treppe in den ersten Stock hinauf und öffnete ihre Schlafzimmertür. Es war heiß, sehr heiß, trotz des Deckenventilators, und sie ging weiter zur Glastür, die auf den Balkon führte, und öffnete sie. Ein heftiger Regenschauer entlud sich unvermittelt, und ein plötzlicher kalter Wind kam auf, wie es nachts um diese Jahreszeit in diesen Breiten häufiger vorkam. Jenny blieb einige Sekunden lang in der offenen Balkontür stehen und genoß die angenehme Kühle. Dann wandte sie sich um und sah sich Algaro und Guerra gegenüber, die durch den Raum auf sie zukamen.

Ihr war, als träumte sie, doch das furchtbare Gesicht bewies ihr das Gegenteil. Überdeutlich sah sie das kurzgeschorene Haar, die Narbe vom Auge zum Mund. Der Mann lachte plötzlich und sagte auf spanisch: »Das wird sicherlich sehr interessant.«

Und Jenny, trotz ihrer Müdigkeit, überraschte sogar sich selbst, indem sie zur Tür stürzte. Sie schaffte es beinahe, aber Guerra erwischte ihren rechten Arm, packte zu und riß sie herum. Algaro schlug ihr brutal ins Gesicht, dann schleuderte er sie rücklings auf ihr Bett. Sie versuchte, die Pistole aus ihrer Handtasche herauszuholen. Er nahm sie ihr ab, drehte sie auf den Bauch, zog den linken Arm hoch, verrenkte ihn und übte einen heftigen Druck auf ihn aus. Vor Schmerz schrie sie auf.

»Das gefällt dir, nicht wahr?« Algaro genoß die Situation und warf die Pistole quer durchs Zimmer. »Vielleicht darf's noch ein wenig mehr sein.«

Und diesmal war der Schmerz schlimmer als alles, was sie je ertragen hatte, und sie kreischte mit überkippender Stimme auf. Er warf sie herum auf den Rücken, schlug ihr wieder ins Gesicht und holte ein Schnappmesser aus der Tasche. Als er die Klinge herausspringen ließ, sah sie, daß sie rasiermesserscharf war. Er raffte mit einer Hand ihr Haar zusammen und riß es hoch.

»Ich werde dir jetzt ein paar Fragen stellen.« Er fuhr mit der Klinge über ihre Wange und stach mit der Spitze sacht hinein, so daß ein Blutstropfen austrat. »Wenn du nicht antworten willst, dann schlitze ich dir die Nase auf, und das ist dann erst der Anfang.«

Sie war vor Angst außer sich. »Ich tue alles, was Sie verlangen«, flehte sie.

»Schön. Wo liegt das Wrack von U 180?«

»Bei Thunder Point«, stieß sie hervor.

»Und wo ist das?«

»Es ist auf der Karte eingezeichnet. Etwa zehn oder zwölf Meilen südlich von St. John. Das ist alles, was ich weiß.«

»Dillon, der Brigadier und Carney, die haben wir in Caneel Bay mit dem Boot abfahren sehen. Sie sind unterwegs nach Thunder Point, um nach dem U-Boot zu tauchen, nicht wahr?« Sie antwortete nicht sofort, und er schlug sie erneut. »Ich will wissen, ob meine Vermutung stimmt!«

»Ja«, wimmerte sie. »Sie tauchen in aller Herrgottsfrühe.«

Er tätschelte ihr Gesicht, klappte das Messer zusammen und gab Guerra ein Zeichen. »Schließ die Tür ab.«

Guerra starrte ihn verwirrt an. »Weshalb?«

»Ich habe gesagt, du sollst die Tür abschließen, du Idiot.«

Algaro ging an ihm vorbei und warf sie ins Schloß. Dann drehte er den Schlüssel herum. Er machte kehrt, und sein Grinsen war das grausamste, was Jenny je gesehen hatte. »Du hast gesagt, du würdest alles tun?« fragte er lauernd, während er sich anschickte, seine Jacke auszuziehen.

Sie schrie erneut auf, nun völlig hysterisch, sprang auf, wirbelte herum und rannte in heilloser Panik hinaus auf den Balkon. Sie prallte gegen das Geländer, bekam das Übergewicht, kippte hinüber und stürzte durch den strömenden Regen hinunter in den Garten.

Guerra kniete neben ihr im Regen und tastete nach ihrem Hals. Er schüttelte den Kopf. »Die ist wohl tot.«

»Na schön, dann laß sie liegen«, sagte Algaro. »So sieht es wenigstens wie ein Unfall aus. Und jetzt laß uns von hier verschwinden.«

Das Brummen ihres Jeeps verhallte in der Nacht. Fünf Minuten später bogen Billy und Mary mit ihrem Jeep in die Auffahrt ein und fanden Jenny sofort, denn sie lag halb auf dem Fahrweg und halb auf der Wiese. »Mein Gott!« Mary warf sich neben sie auf den Erdboden und berührte Jennys Gesicht. »Sie ist eiskalt.«

»Sieht so aus, als sei sie vom Balkon gestürzt«, sagte Billy.

In diesem Moment stöhnte Jenny auf und bewegte leicht den Kopf. Mary atmete auf. »Gott sei Dank, sie lebt. Trag sie ins Haus, Billy, ich telefoniere nach dem Arzt.« Danach stürmte sie die Treppe hinauf.

14. Kapitel

Algaro rief Santiago von einem öffentlichen Fernsprecher im Hafen aus an. Santiago hörte sich aufmerksam an, was er zu erzählen hatte. »Die junge Frau ist demnach tot? Das ist Pech.«

»Nicht schlimm«, beruhigte Algaro ihn. »Nur ein Unfall, so sieht es jedenfalls aus. Was geschieht nun?«

»Bleib, wo du bist, und ruf mich in fünf Minuten noch mal an.«

Santiago legte den Hörer auf und wandte sich an Serra. »Thunder Point, etwa zehn bis zwölf Meilen südlich von St. John.«

»Das müssen wir uns erst mal auf der Karte ansehen, Señor.« Santiago folgte ihm zur Brücke, und Serra knipste die Beleuchtung über dem Kartentisch an. »Ah ja, da haben wir es.«

Santiago betrachtete die Stelle und runzelte leicht die Stirn. »Dillon und seine Begleitung sind gerade auf dem Weg dorthin. Sie wollen sofort bei Tagesanbruch tauchen. Gibt es irgendeine Chance, ihnen zuvorzukommen, wenn wir jetzt gleich aufbrechen würden?«

»Das bezweifle ich, Señor, und außerdem ist da draußen weites Meer. Sie würden die *Maria Blanco* schon aus mehreren Meilen Entfernung bemerken.«

»Das stimmt«, sagte Santiago. »Außerdem sind sie bewaffnet.« Er betrachete erneut die Karte und nickte. »Nein, ich denke, wir lassen sie die ganze Arbeit für uns erledigen. Wenn sie erfolgreich sind, kommen sie sich vor wie die Sieger. Sie kehren glücklich und zufrieden nach St. John zurück, sind vielleicht sogar ein wenig nachlässig, was ihre Wachsamkeit betrifft, weil sie denken, sie haben das Spiel gewonnen.«

»Und dann, Señor?«

»Nehmen wir sie uns vor, wenn sie nach Caneel zurückkommen. Möglicherweise in ihrem Cottage. Wir werden sehen.«

»Wie lauten also Ihre Befehle?«

»Wir kehren nach St. John zurück und gehen wieder vor Paradise vor Anker.« Das Telefon im Funkraum klingelte. »Das ist sicher Algaro, der wissen will, wie's weitergeht.« Santiago entfernte sich, um das Gespräch anzunehmen.

Algaro hängte den Hörer ein und wandte sich zu Guerra um. »Sie wollen diese Bastarde weitermachen lassen. Sie sollen praktisch für uns arbeiten. Wenn sie dann zurückkehren, schnappen wir sie uns.«

»Wie bitte, nur du und ich?«

»Nein, du Blödmann, die *Maria Blanco* liegt am Morgen wieder vor Paradise Beach. Dort treffen wir mit ihnen zusammen. Bis dahin verziehen wir uns auf die Barkasse und versuchen, noch ein wenig zu schlafen.«

Jennys Kopf lag zur Seite gedreht auf einem Kissen. Die junge Frau sah sehr blaß aus und rührte sich nicht, nicht einmal, als der Arzt ihr eine Injektion gab. Mary blickte besorgt. »Was meinen Sie, Doktor?«

»Nun, zu diesem Zeitpunkt läßt sich noch keine zuverlässige Diagnose stellen. Die Tatsache, daß sie das Bewußtsein noch nicht wiedererlangt hat, muß nicht unbedingt ein schlimmes Zeichen sein. Es gibt keine Anzeichen für einen Knochenbruch, aber Haarrisse sind natürlich immer möglich. Mal abwarten bis morgen früh. Möglicherweise ist sie dann wieder bei Bewußtsein.« Er schüttelte den Kopf. »Es war ein tiefer Sturz. Ich lasse sie ins St. Thomas Hospital überführen. Dort kann man sie eingehender untersuchen. Bleiben Sie heute nacht bei ihr?«

»Ich und Billy rühren uns nicht von der Stelle«, erklärte Mary mit Nachdruck.

»Sehr gut.« Der Arzt klappte seinen Koffer zu. »Sobald sich irgend etwas verändert, rufen Sie mich sofort an.«

Billy brachte ihn nach draußen und kam dann ins Schlafzimmer zurück. »Kann ich dir irgend etwas besorgen, Liebling?«

»Nein, leg dich lieber hin, Billy. Ich bleibe noch bei ihr sitzen«, antwortete Mary.

»Wie du meinst.«

Billy ging hinaus, und Mary schob sich einen Stuhl ans Bett, setzte sich und ergriff Jennys Hand. »Du erholst dich sicher, Baby«, flüsterte sie leise. »Bald geht es dir wieder gut. Mary läßt dich nicht im Stich.«

Gegen drei Uhr gerieten sie in ein heftiges Unwetter. Regentropfen verirrten sich sogar unter das Dach der Laufbrücke und schmerzten auf der Haut wie kleine Geschoßkugeln. Carney schaltete den Motor aus. »Es wäre besser, sich für einige Zeit nach unten zu verziehen.«

Dillon folgte ihm die Leiter hinunter, und sie gingen in die Kajüte, wo Ferguson auf einer der Sitzbänke lag, bei ihrem Eintreten sich aber aufrichtete und gähnte. »Gibt es ein Problem?«

Die *Sea Raider* schwang nach Backbord herum und wurde von Wind und Regen gebeutelt. »Nur ein kurzer Schauer«, erklärte Carney. »In einer halben Stunde ist alles vorüber. Ich könnte sowieso eine Kaffeepause gut vertragen.«

»Eine glänzende Idee.«

Dillon suchte die Isolierkanne und einige Tassen, und Carney zauberte Schinken- und Käsebrote hervor. Danach saßen sie für eine Weile schweigend da und verzehrten ihren Proviant, während der Regen aufs Dach trommelte.

»Ich denke, es wird allmählich Zeit, daß wir überlegen, wie wir an das Problem herangehen«, sagte Carney zu Dillon. »Wenn wir ohne Dekompressionspause bis dreißig Meter tauchen, haben wir vierzig Minuten Zeit.«

»Wäre ein zweiter Tauchgang unter Umständen gefährlich?«

Ferguson blickte etwas ratlos drein. »Ich kenne mich in diesen technischen Einzelheiten nicht aus. Würde mir jemand vielleicht eine Erklärung geben?«

»Unsere Atemluft besteht aus Sauerstoff und Stickstoff«, sagte Carney. »Wenn man taucht, sorgt der Druck dafür, daß der Stickstoff vom Körpergewebe aufgenommen wird. Je tiefer man hinuntergeht, desto mehr Stickstoff wird durch den zunehmenden Druck absorbiert. Wenn man zu lange unten bleibt oder zu schnell wieder auftaucht, können sich in Blut und

Gewebe kleine Bläschen bilden, so, als schüttelte man eine Flasche Sprudelwasser. Das Endergebnis ist dann die Caisson-Krankheit, im Volksmund Taucherkrankheit.«

»Und wie kann man die vermeiden?«

»Zuerst einmal, indem man die Zeit, die man unten bleibt, begrenzt, speziell während des ersten Tauchgangs. Wenn wir das zweite Mal runtergehen, müssen wir vielleicht in fünf Metern Tiefe einen Sicherheitsstopp einlegen.«

»Und wie sieht der aus?« fragte Ferguson.

»Wir steigen bis zu diesem Punkt auf und verharren dort für eine Weile, um den Körper an den geringeren Druck zu gewöhnen, um für eine Dekompression zu sorgen.«

»Wie lange?«

»Kommt darauf an.«

Dillon zündete sich eine Zigarette an. Sein Zippo-Feuerzeug flackerte in der Dunkelheit. »Erst einmal müssen wir so schnell wie möglich das U-Boot finden.«

»Und gleich beim ersten Tauchgang die Sprengladung anbringen«, sagte Carney.

»Baker zufolge liegt es auf einem Vorsprung am Osthang.«

Carney leerte seine Kaffeetasse und stand auf. »Wenn wir Glück haben, gehen wir runter, dringen bis in den Kontrollraum vor und deponieren das Semtex.« Er grinste. »Zum Teufel, das Ganze ließe sich leicht innerhalb von zwanzig Minuten erledigen.«

»Dann hätten wir beim zweiten Tauchgang erheblich mehr Zeit«, sagte Dillon.

»Das würde ich wohl meinen.« Der Regen hatte aufgehört, das Meer lag wieder ruhig da, und Carney schaute auf die Uhr. »Zeit, um die Fahrt fortzusetzen, meine Herren.« Er kletterte die Leiter zur Brücke hoch.

In London war es neun Uhr morgens, und Francis Pamer beendete gerade sein opulentes Frühstück aus gebratenem Speck und Rührei, als das Telefon klingelte. Er nahm den Hörer ab. »Pamer hier.«

»Simon Carter.«

»Guten Morgen, Simon«, sagte Pamer. »Gibt es was Neues von Ferguson?«

»Nein, aber es ist etwas Schlimmes passiert, das Ferguson indirekt betrifft.«

»Was denn?«

»Sie kennen doch seinen Assistenten, den er sich von der Special Branch ausgeliehen hat, diesen Detective Inspector Lane, oder?«

Pamer verschluckte sich beinahe an dem Stück Toast, das er gerade kaute. »Ja, natürlich«, brachte er mühsam hervor.

»Er kam gestern abend ums Leben, als er gegen Mitternacht das Verteidigungsministerium verließ. Ein Unfall mit Fahrerflucht. Offensichtlich mit einem gestohlenen Fahrzeug, das die Polizei kurz danach gefunden hat.«

»Wie schrecklich.«

»Der Punkt ist, daß die Special Branch ziemlichen Wirbel veranstaltet. Anscheinend hat man festgestellt, daß er gleich zweimal überfahren wurde. Das könnte natürlich bedeuten, daß der Fahrer in Panik geriet und zurückgesetzt hat oder so. Andererseits darf man nicht vergessen, daß Lane eine ganze Reihe von Leuten ins Gefängnis geschickt hat. Es gibt sicherlich viele, die es ihm gerne heimzahlen würden.«

»Ich verstehe«, sagte Pamer. »Demnach führt die Special Branch Ermittlungen durch.«

»O ja, Sie wissen doch, wie die Polizei reagiert, wenn es einen von den eigenen Leuten erwischt. Haben Sie Zeit, heute mittag mit mir zu essen?«

»Ja, natürlich« erwiderte Pamer. »Aber wir müßten uns im Parlament treffen. Ich nehme an der Debatte über die Kroatien-Krise teil.«

»Das macht nichts. Ich bin gegen halb eins auf der Terrasse.«

Pamer legte den Hörer auf die Gabel. Seine Hand zitterte, als er auf die Uhr schaute. Es hätte keinen Sinn, Santiago anzurufen. Da unten war es gerade vier Uhr morgens. Damit würde er wohl warten müssen. Er schob den Teller mit dem Rest seines Frühstücks zurück. Der Appetit war ihm vergangen, er hatte einen bitteren Geschmack im Mund. Wenn er ganz ehrlich war, mußte er zugeben, daß er noch nie in seinem Leben eine derartig panische Angst verspürt hatte.

Im Osten ging bereits die Sonne auf, als die *Sea Raider* sich behutsam Thunder Point näherte, wobei Carney das Echolot beobachtete. »Da haben wir es«, sagte er, als er die gelbgesäumten zackigen Linien auf dem schwarzen Schirm erblickte. »Gehen Sie an den Anker«, bat er Dillon. »Ich muß noch ein wenig herummanövrieren, damit Sie das Riff in fünfundzwanzig Meter Tiefe treffen.«

Es herrschte eine schwere Dünung. Das Boot hielt mit gedrosselter Maschine gerade eben seine Position. Dillon spürte, wie der Anker Halt fand, und gab Carney auf der Brücke ein Zeichen. Sofort schaltete der Amerikaner die Maschinen ab.

Dann rutschte er die Leiter herunter und blickte über die Reling ins Wasser. »Hier gibt es eine ziemlich starke Strömung. Ich schätze, mindestens drei Knoten.«

Ferguson blickte ebenfalls ins Wasser. »Ich muß schon sagen«, stellte er fest, »das Meer ist ungewöhnlich klar. Man kann bis zum Riff hinunterblicken.«

»Das liegt daran, daß wir so weit vom Festland entfernt sind«, sagte Carney. »Es gibt hier nur geringe Mengen an Schwebeteilchen im Wasser. Aber das bringt mich auf eine Idee.«

»Und die wäre?« fragte Dillon.

Carney zog seine Jeans und das T-Shirt aus. »Das Wasser ist so klar, daß ich mal auf die Pirsch gehen kann. Das heißt, ich bleibe in höchstens drei Meter Tiefe und suche die Kante des Riffs ab. Wenn ich Glück habe und das Wasser da unten genauso klar ist, wie es von hier oben erscheint, dann finde ich auf diese Art und Weise vielleicht sogar das U-Boot.«

Er zog den Reißverschluß seines Taucheranzugs zu, und Dillon half ihm dabei, sich die Preßluftflasche auf den Rücken zu packen. »Wollen Sie eine Leine mitnehmen?«

Carney schüttelte den Kopf. »Ich glaube, das ist nicht nötig.«

Er rückte die Maske zurecht, setzte sich auf den Bootsrand und wartete ab, bis ihn die Dünung hochhob, und ließ sich dann nach hinten fallen. Das Wasser war so klar, daß man von oben seinen weiteren Weg verfolgen konnte.

»Welchen Sinn hat denn das Ganze?« wollte Ferguson wissen.

»Nun, wenn man nicht so tief hinuntergeht, hat das keine nachteilige Wirkung auf die späteren Tauchgänge. Es spart Zeit, und Zeit ist in diesem Fall der entscheidende Faktor, Brigadier. Wenn wir zuviel davon vergeuden, können wir nachher nicht lange genug tauchen und müssen unter Umständen sogar mehrere Stunden lang warten.«

Carney erschien in etwa hundert Metern Entfernung wieder an der Wasseroberfläche und winkte. Ferguson holte das alte Fernglas hervor und stellte es scharf. »Er scheint etwas entdeckt zu haben.

Carneys Stimme hallte schwach über das Wasser. »Hier drüben!«

Dillon startete die Maschinen von der Kajüte aus und ließ sie langsam laufen. »Versuchen Sie den Anker einzuholen, Brigadier, ich sehe zu, daß ich Ihnen von hier ein wenig helfe.«

Ferguson turnte zum Bug und zog am Tau, während Dillon mit dem Boot manövrierte, um den Zug am Tau zu verringern. Endlich klappte es, und der Brigadier stieß einen triumphierenden Schrei aus und holte das Tau ein. Dillon steuerte das Boot langsam auf Carney zu.

Als sie auf ihn zutrieben, gab der Amerikaner ihnen ein Zeichen. »Lassen Sie den Anker genau hier fallen!«

Ferguson gehorchte, und Dillon schaltete die Maschinen ab. Carney kraulte zur Tauchplattform, schlüpfte aus seiner Weste und kletterte an Bord.

»Das ist das klarste Wasser, das ich je gesehen habe«, sagte er. »Wir stehen genau über dem Klippenrand. Es gibt dort ziemlich große Schäden an den Korallen, wahrscheinlich eine Folge des Hurrikans, aber ich glaube, auf einem Vorsprung etwas entdeckt zu haben.«

»Sind Sie sicher?« fragte Ferguson.

»Na ja, im richtigen Leben ist nichts ganz sicher, Brigadier, aber wenn es ein U-Boot ist, können wir schnurstracks runtergehen und sind innerhalb weniger Minuten drin. Und das könnte entscheidend sein. Mal sehen, was Sie in Ihrer Tasche haben, Dillon.«

Dillon holte das Semtex heraus. »Es entfaltet eine größere Wirkung, wenn man es zu einem Strang rollt und rund um den Rahmen des Schotts befestigt.«

»Sie scheinen sich aber auch in allem auszukennen«, bemerkte Carney.

»Ich habe schon früher mit diesem Zeug gearbeitet.«

»Okay, dann werfen wir mal einen Blick auf diese chemischen Zündstifte.« Dillon reichte sie ihm, und Carney inspizierte sie. »Die sind gut. Ich habe sie selbst schon mal benutzt. Zehn oder dreißig Minuten Verzögerung. Wir nehmen die Zehner.«

Dillon war bereits in seinen Taucheranzug geschlüpft. Nun schnitt er ein großes Stück von dem Semtexwürfel ab und knetete und rollte es zu mehreren langen Würsten. Diese verstaute er zusammen mit den Zündstiften in seinem Gerätesack.

»Ich bin bereit.«

Carney half ihm in seine Weste mit der Preßluftflasche und reichte ihm dann einen Unterwasserscheinwerfer. »Wir treffen uns am Anker, Dillon, und vergessen Sie eins nicht: Tempo bedeutet jetzt alles, und nehmen Sie sich vor der Strömung in acht.«

Dillon nickte und setzte sich, wie vorher Carney, auf den Bootsrand, wartete auf einen Wellenberg und verschwand rückwärts im Wasser.

Das Wasser war erstaunlich klar und sehr blau. Der Felsrücken unter ihnen war mit Hornkorallen und großen Korbschwämmen in allen möglichen Orangeschattierungen bedeckt. Während er am Anker wartete, zog über ihm ein ganzer Schwarm barrakudaähnlicher Fische vorbei. Ihnen folgten einige Ritterfische.

Die Strömung war stark, und zwar so heftig, daß sein Körper zu einer Seite gezogen wurde, als er sich am Ankertau festhielt. Er blickte wieder nach oben. Carney kam zu ihm herunter, verharrte einen kurzen Augenblick, trieb dabei bereits seitlich ab und winkte ihm zu. Dillon folgte ihm, schaute auf seinen Tauchcomputer und stellte fest, daß er inzwischen zirka zweiundzwanzig Meter Tiefe erreicht hatte. Er schwamm hinter Carney her über den Klippenrand und sah hinab in die blaue Unendlichkeit. Links erkannte er die große Narbe, wo der Korallenverbund weggebrochen war, und darunter auf einer Felsplatte den Rumpf von U180. Der Bug ragte über den Rand des Vorsprungs hinaus.

Sie stiegen ab zum Kommandoturm, hielten sich an der Brükkenreling fest und schwammen dann von der Geschützplattform zu dem gezackten fünf Meter langen Riß im Rumpf unterhalb des Kommandoturms hinunter. Dillon hielt seine Position, während Carney ins Boot vordrang. Er blickte auf seinen Tauchcomputer und sah, daß sieben Minuten seit Verlassen der *Sea Raider* vergangen waren. Er knipste seinen Scheinwerfer an und folgte dem Amerikaner.

Es war dunkel und gespenstisch. Der Lichtkegel von Carneys Lampe fiel auf ein Gewirr verbogener Stahlteile und -leitungen. Er kauerte neben dem vorderen Schott und versuchte erfolglos, das Verriegelungsrad zu bewegen.

Dillon öffnete seinen Utensiliensack, holte das Semtex heraus und reichte Carney eine Wurst. Sie arbeiteten nun gemeinsam, wobei Dillon die obere Hälfte des Rahmens übernahm, Carney die untere. Als der Kreis geschlossen war, streckte Carney eine behandschuhte Hand aus, und Dillon reichte ihm zwei der chemischen Zündstifte. Carney wartete einen Moment, als müsse er Mut fassen, dann zerbrach er einen Stift und bohrte ihn in den oberen Teil des Sprengstoffwulstes. Kleine Bläschen stiegen auf. Carney tat mit dem zweiten Stift das gleiche im unteren Teil des Schottrahmens.

Dillon kontrollierte seinen Computer. Siebzehn Minuten. Carney nickte, und Dillon wandte sich um, schwamm durch den Riß und stieg gleich weiter hoch zum Klippenrand. Dann schwamm er direkt auf den Anker zu und zog sich am Tau nach oben. Carney war dicht hinter ihm. Als sie das Tau in fünf Meter Wassertiefe losließen und unter dem Bootsrumpf durchschwammen, sah Dillon erneut auf den Computer. Einundzwanzig Minuten. Er brach durch die Wasseroberfläche, streifte die Weste ab und kletterte auf die Tauchplattform.

»Haben Sie es gefunden?« fragte Ferguson in drängendem Ton.

»Genauso wie Baker es beschrieben hat«, erklärte Dillon ihm. »Wir gingen zügig rein und kamen gleich wieder heraus. Zwanzig Minuten haben wir gebraucht, nicht mehr als zwanzig Minuten!«

Carney tauschte die leeren Flaschen gegen frische aus. »Lieber Gott, so etwas habe ich noch nie gesehen. Ich tauche nun schon seit zwanzig Jahren oder länger, und ich muß gestehen, etwas Tolleres ist mir noch nicht begegnet.«

Dillon zündete sich mit seinem Zippo eine Zigarette an. »Santiago würde wer weiß was dafür geben.«

»Ich würde ihn gern mal mit hinunternehmen, ihm ein paar Bleigewichte um den Hals hängen und einfach im U-Boot zurücklassen«, sagte Carney. »Nur wäre das eine Beleidigung für alle braven Seeleute, die da unten gestorben sind.«

Die Wasseroberfläche wölbte sich hoch, wurde zerrissen, und Gischt sprühte in den Wind. Schnell breiteten sich konzentrische Schaumkämme aus. Sie standen an der Reling und verfolgten das Geschehen, bis das Wasser sich wieder etwas beruhigt hatte.

Schließlich gab sich Carney einen Ruck. »Das war's wohl. Gehen wir an die Arbeit.«

Sie legten wieder ihre Tauchermonturen an. Dillon hatte eine Frage. »Was geschieht denn jetzt? Ich meine, wieviel Zeit bleibt uns?«

»Wenn wir Glück haben und auf Anhieb finden, was wir suchen, dann gibt es keine Probleme. Der ganze vordere Teil des U-Boots war in all den Jahren hermetisch verschlossen.« Carney zurrte seinen Bleigurt fest. »Das heißt, kein Sand, wenig Ablagerungen. Menschliche Überreste dürften sich schon vor Jahren aufgelöst haben. Höchstens ein paar Knochen könnten vorhanden sein. Mit anderen Worten, das Wasser müßte einigermaßen klar sein.« Er hockte sich auf den Bootsrand und zog die Schwimmflossen an. »Wenn ich meine, wir sollten auf dem Rückweg einen Dekostopp einlegen, dann gebe ich Ihnen ein Zeichen und bleibe am Ankertau hängen.«

Als Dillon ihm nach unten folgte, spürte er die Bewegung des Wassers recht deutlich. Es war eine Strömung ähnlich wie Schockwellen, die vorher nicht dagewesen waren. Carney verharrte über dem Klippenrand, und als Dillon zu ihm kam, erkannte er sofort das Problem: Die Explosionswucht hatte das U-Boot aus seiner Ruhelage geschoben, das Heck hatte sich gehoben, und der Bug, der über siebenhundert Meter Wasser hinausragte, begann bereits langsam zu sinken.

Sie hielten sich hinter der Bordkanone am Geländer fest, und Dillon spürte deutlich, wie das Boot sich bewegte. Er sah zu dem Amerikaner, und dieser schüttelte den Kopf. Er hatte natürlich recht. Sobald das Heck ein wenig höher gestiegen war, würde U 180 direkt ins Nichts abrutschen, aber damit wollte Dillon sich nicht abfinden.

Als er sich umwandte und Anstalten machte, hinunterzugehen, spürte er Carneys Hand, die ihn zurückhalten wollte. Er riß sich los und steuerte auf den Riß im Rumpf zu, zog sich vor bis in den Kontrollraum. Alles bewegte sich, schwankte als Folge der Explosion und der Eigenbewegung des Bootes hin und her. Er knipste seinen Scheinwerfer an, drang weiter vor und fand das große, gezackte Loch, wo das Schott sich einmal befunden hatte.

Dahinter war es dunkel, weitaus trüber, als er erwartet hatte, auch dies eine Wirkung der Explosion. Er leuchtete mit dem Scheinwerfer hinein, und während er sich durch die Öffnung schlängelte, hörte er ein unheimliches, gespenstisches Geräusch, als stöhne ein lebendiges Wesen vor Schmerzen auf. Gleichzeitig spürte er, wie das Boot ein Schauer durchlief und es sachte vorwärtsruckte. Es war bereits zu spät, um den Rückzug anzutreten, und seine eigene Sturheit verbot es ihm sowieso. Der Funkraum befand sich auf der rechten Seite, das Quartier des Kapitäns gegenüber auf der linken. Von dem Vorhang war nichts mehr zu sehen. Es gab ein Stahlspind, dessen Tür halb offen stand, und die Reste einer Koje. Er ließ den Lichtstrahl herumwandern und entdeckte das Gesuchte in der Ecke: ein metallener Aktenkoffer mit Griff, der genauso aussah wie der, den Baker mit nach London gebracht hatte.

Dillon strich mit der Hand darüber, ein matter silberner Glanz entstand, und dann sackte der Boden in eine gefährliche Schräglage ab. Alles schien sich plötzlich zu bewegen. Dillon prallte gegen den Innenrumpf, ließ den Koffer los, schnappte wieder danach, machte kehrt und schob sich durch die Schottöffnung. Sein Taucheranzug blieb an irgend etwas hängen. Er drehte sich hektisch hin und her, merkte deutlich, wie das Boot immer weiter abkippte, und dann tauchte Carney vor ihm auf, streckte eine Hand aus, um ihn zu befreien.

Der Amerikaner drehte sich um und schwamm auf den Riß zu. Dillon folgte ihm. Das Boot neigte sich immer steiler abwärts und rutschte, stöhnte. Ein seltsames Knurren und Ächzen hallte durch den Rumpf, Stahl scharrte über Felsen, und dann war Carney draußen, ließ sich nach oben treiben, und Dillon holte ihn ein. Beide verharrten am Klippenrand. Als sie sich umwandten, um an der Felswand hinabzuschauen, rutschte gerade der große, walähnliche Rumpf von U 180 vollends von seinem Vorsprung herunter und versank in der unergründlichen Tiefe.

Carney machte das Okayzeichen, Dillon antwortete, dann schwammen die beiden Taucher über das Riff zum Ankertau. Dillon warf einen Blick auf den Computer. Auch diesmal nur zwanzig Minuten, was durchaus in Ordnung war. Langsam stieg er am Tau empor, aber Carney ging kein Risiko ein. In fünf Metern Wassertiefe stoppte er und schaute nach unten. Dillon nickte, schwamm langsam bis in seine Höhe und hob den Aktenkoffer mit der rechten Hand hoch. Er konnte erkennen, daß Carney grinste.

Sie warteten dort fünf Minuten lang, dann tauchten sie hinter dem Bootsheck auf, wo Ferguson sich bereits nervös über die Reling lehnte. »Lieber Himmel, ich dachte schon, die Welt geht unter«, sagte er.

Sie verstauten die Ausrüstung und schufen auf dem Schiff Ordnung. Carney zog wieder seine Jeans und sein T-Shirt an, Dillon seinen Trainingsanzug. Ferguson holte die Thermoskanne hervor, schenkte Kaffee ein und fügte jeweils einen kräftigen Schuß aus der Brandyflasche hinzu.

»Das ganze verdammte Meer ist explodiert«, erzählte er. »So etwas habe ich noch nie gesehen. Als würde etwas überkochen. Was ist passiert?«

»Das Boot lag auf einem Felsvorsprung, Brigadier, soviel wußten Sie ja schon«, erzählte Carney. »Es ragte ziemlich weit über die Kante hinweg. Durch die Explosionswucht ist es ins Rutschen geraten.«

»Gütiger Himmel.«

Carney trank einen Schluck Kaffee. »Teufel, das tut gut. Auf jeden Fall hat dieser Idiot dort entschieden, trotzdem reinzugehen.«

»Ich hatte schon immer den Verdacht, daß Sie ein kompletter Narr sind, Dillon«, sagte Ferguson.

»Ich hab den Koffer geborgen, oder etwa nicht? Er lag in der Ecke der Kapitänskabine auf dem Boden. Am Ende wollte das verdammte U-Boot mich mitsamt meinem Fund in die Tiefe mitnehmen, weil ich hängenblieb, als ich durch das Schott verschwinden wollte.«

»Was ist passiert?«

»Irgendein verrückter Heini namens Bob Carney tauchte auf. Er hatte sich entschlossen, mir zu folgen, und zog mich raus.«

Carney beugte sich über die Reling und leerte seine Kaffeetasse. »Die Kiste hat einen langen, langen Weg bis nach unten. Heute haben wir U 180 wohl zum letztenmal gesehen. Es ist so, als hätte es niemals existiert.«

»O doch, es hat das Boot sehr wohl gegeben«, sagte Ferguson. »Wir haben schließlich das hier, um es zu beweisen.« Er hielt den Aktenkoffer hoch.«

Dieser hatte in der langen Zeit unter Wasser kaum gelitten. Carney holte eine kleine Drahtbürste aus dem Werkzeugkasten sowie ein altes Handtuch. Die Kofferhülle ließ sich erstaunlich gut reinigen. Das Emblem der Kriegsmarine, in der rechten

Ecke eingraviert, war deutlich erkennbar. Carney öffnete die beiden Schlösser und versuchte, den Deckel aufzuklappen, aber er rührte sich nicht.

»Soll ich es mit Gewalt versuchen, Brigadier?«

»Na los doch«, befahl Ferguson, und sein Gesicht war bleich vor Erregung.

Carney schob über dem Schloß eine dünne Messerklinge unter den Deckelrand und benutzte das Messer als Hebel. Ein Knacken ertönte, und der Deckel rührte sich. Im gleichen Moment begann es zu regnen. Ferguson trug den Aktenkoffer in die Kajüte, setzte sich hin, legte ihn auf seine Knie und öffnete ihn.

Die Dokumente befanden sich in versiegelten Umschlägen. Ferguson öffnete den ersten, nahm einen Brief heraus und faltete ihn auseinander. Er reichte ihn Dillon. »Mein Deutsch ist ein wenig eingerostet. Sie sind doch hier der Sprachexperte.«

Dillon las laut vor. »Vom Führer und Reichskanzler. Reichsleiter Martin Bormann handelt in meinem Namen in einer Angelegenheit von höchster und entscheidender Bedeutung für Deutschland. Er ist einzig und allein mir verantwortlich. Alle Personen, sowohl in militärischer wie in ziviler Funktion und ungeachtet des jeweiligen Rangs, haben ihm in jeder Hinsicht behilflich zu sein, die er für angemessen und notwendig erachtet.« Dillon gab den Brief zurück. »Unterzeichnet ist das Schriftstück mit ›Adolf Hitler‹.«

»Tatsächlich?« Ferguson faltete das Papier zusammen und schob es wieder in den Umschlag. »Der würde bei einer Auktion bei Christie's sicherlich einige tausend Pfund bringen.« Er gab einen anderen, diesmal größeren Umschlag weiter. »Versuchen Sie es mal damit.«

Dillon öffnete den Umschlag und holte einen dicken Schnellhefter heraus. Er blätterte mehrere Seiten durch. »Das dürfte das Blaue Buch sein, eine alphabetische Liste von Namen, Adressen, unter jedem ein Text, eine Art Kurzbeschreibung der betreffenden Person.«

»Sehen Sie mal nach, ob auch Pamer dabei ist.«

Dillon überflog die Liste schnell. »Ja, Major, Sir Joseph Pamer, Military Cross, Member of Parliament, Hatherley Court, Hampshire. Dann folgt eine Adresse in Mayfair. In den Bemerkungen steht, daß er ein Partner von Sir Oswald Mosley, politisch vernünftig und zuverlässig ist und sich völlig dem Anliegen des Nationalsozialismus verschrieben hat.«

»Tatsächlich?« sagte Ferguson trocken.

Dillon sah sich ein paar weitere Seiten an und stieß einen leisen Pfiff aus. »Mein Gott, Brigadier, ich weiß, daß ich nur ein kleiner irischer Bauer bin, aber einige der Namen hier drin würden Sie nicht für möglich halten. Die Creme von England. Und Amerikaner sind auch dabei.«

Ferguson nahm ihm den Ordner aus der Hand, sah sich zwei Seiten an, und sein Gesicht wurde ernst. »Wer hätte das gedacht?« Er ließ den Schnellhefter wieder in seinem Umschlag verschwinden und gab einen anderen weiter. »Nehmen Sie dies mal.«

Mehrere Dokumente befanden sich darin, und Dillon betrachtete sie kurz. »Das sind Angaben über geheime Nummernkonten in der Schweiz, in verschiedenen südamerikanischen Ländern und in den Vereinigten Staaten.« Er gab die Unterlagen zurück. »Sonst noch etwas?«

»Nur dies hier.« Ferguson reichte ihm den besagten Umschlag. »Und was das ist, wissen wir – das Windsor-Protokoll.«

Dillon nahm das Schriftstück heraus und faltete es auseinander. Der handschriftliche Text stand auf einem Stück Papier von höchster Qualität. Das Papier war so dick und steif wie Pergament, und der Text war in Englisch abgefaßt. Dillon überflog ihn schnell und gab ihn weiter. »Er wurde im Juli 1940 in Portugal geschrieben. Adressiert ist er an Hitler, und die Unterschrift scheint die des Herzogs von Windsor zu sein.«

»Und was steht drin?« fragte Carney.

»Etwas ganz Simples. Der Herzog äußert, daß auf beiden Seiten schon viel zu viele Opfer zu beklagen sind, daß dieser Krieg sinnlos ist und so bald wie möglich beendet werden sollte. Er erklärt sich bereit, im Fall einer erfolgreichen deutschen Invasion den englischen Thron zu besteigen.«

»Mein Gott!« sagte Carney. »Wenn dieses Dokument echt ist, dann ist es das reinste Dynamit.«

»Genau.« Ferguson faltete das Dokument zusammen und verstaute es wieder in seinem Umschlag. »Falls dieser Brief echt ist. Die Nazis waren als Fälscher wahre Meister.« Aber seine Miene war betrübt, und er klappte den Koffer zu.

»Und jetzt?« erkundigte Carney sich.

»Wir kehren nach St. John zurück, wo Dillon und ich unsere Sachen packen werden, um nach London zurückzukehren. In St. Thomas steht ein Learjet und wartet auf meine Anweisungen.« Er hielt den Koffer hoch und lächelte düster. »Der Premierminister ist ein Mensch, der schlechte Neuigkeiten so bald wie möglich erfahren möchte.«

Die *Maria Blanco* war im Lauf des Vormittags vor Paradise Beach vor Anker gegangen, und Algaro und Guerra waren wenig später mit der Barkasse hinzugestoßen. Santiago, der hinter seinem imposanten Schreibtisch im Salon thronte, hörte aufmerksam zu, als sie die Ereignisse des vorangegangenen Tages und Abends schilderten. Danach wandte er sich an Serra, der neben ihm stand.

»Dann verraten Sie mir mal, Kapitän, wie Sie die augenblickliche Lage beurteilen.«

»Die Fahrt dorthin ist ziemlich lang, Señor. Etwa zweieinhalb Stunden werden sie für den Rückweg brauchen, weil sie ständig gegen den Wind fahren. Ich würde annehmen, daß sie schon bald wieder zurück sein werden, wahrscheinlich noch vor Mittag.«

»Also was tun wir? Uns heute abend an sie heranmachen?« fragte Algaro.

»Nein.« Santiago schüttelte den Kopf. »Ich gehe davon aus, daß Ferguson so bald wie möglich nach London zurückkehrt. Laut unseren Informationen steht auf St. Thomas ständig ein Learjet für ihn bereit.« Er schüttelte noch einmal den Kopf. »Nein, wir reagieren auf der Stelle.«

»Wie lauten demnach Ihre Befehle?« wollte Algaro wissen.

»Der direkte Angriff ist immer der beste. Du und Guerra geht mit dem Schlauchboot und als Touristen verkleidet an Land. Laßt das Schlauchboot am Paradise Beach genau unterhalb von Cottage sieben liegen, wo Ferguson und Dillon wohnen. Serra gibt jedem von euch ein Walkie-talkie, damit ihr untereinander und mit dem Schiff Kontakt halten könnt. Du, Algaro, hältst dich in nächster Nähe des Cottage auf. Setz dich an den Strand, lies ein Buch, genieße die Sonne, versuch einfach normal auszusehen, wenn das überhaupt möglich ist.«

»Und ich?« fragte Guerra.

»Du gehst runter nach Caneel Beach und wartest. Sobald Carneys Boot erscheint, gib Algaro Bescheid. Ferguson und Dillon müssen ins Cottage zurück, um sich umzuziehen und ihre Sachen zu packen. In diesem Augenblick schlagt ihr zu. Sobald ihr den Bormann-Koffer an euch gebracht habt, kommt ihr mit dem Schlauchboot zurück, und wir verschwinden von hier. Denkt daran, daß der Aktenkoffer unverwechselbar aussieht. Er besteht aus Aluminium und glänzt silbern.«

»Kehren wir nach San Juan zurück, Señor?« wollte Serra wissen.

»Nein.« Santiago schüttelte den Kopf. »Nach Samson Cay. Ich möchte genügend Zeit haben, um meine nächsten Schritte zu überdenken. Der Inhalt dieses Koffers dürfte mehr als interessant sein, Serra, er könnte meinem Leben einen ganz neuen Sinn geben.« Er öffnete eine Schublade rechts neben sich. Eine Reihe Handfeuerwaffen lag darin. Er wählte eine Browning Hi-Power und warf sie Algaro zu. »Enttäusch mich nicht.«

»Ganz bestimmt nicht«, versprach Algaro. »Wenn sie diesen Koffer tatsächlich haben, dann hole ich ihn für Sie.«

»Oh, haben werden sie ihn ganz bestimmt.« Santiago lächelte. »Zu unserem Freund Dillon habe ich vollstes Vertrauen. Er hat meistens das Glück und den Erfolg gepachtet.«

Als die *Sea Raider* sich zwischen all den festgemachten Yachten am Pier von Caneel Bay hindurchschob, stand die Sonne fast im Zenit. In der Bucht kreuzten zahlreiche Windsurfer herum, und der Strand war mit Sonnenanbetern bevölkert. Guerra war einer von ihnen. Bekleidet mit geblümtem Hemd und Bermudashorts saß er auf einem Klappstuhl und verfolgte, wie Dillon auf den Pier sprang, um eine Leine festzumachen. Danach kehrte er an Bord zurück, kam dann wieder an Land und trug eine olivgrüne Armeetasche in einer Hand. Ferguson folgte ihm mit dem Aktenkoffer, Carney war der Dritte im Bunde.

Guerra setzte einen weichen weißen Sonnenhut, dessen heruntergeklappte Krempe sein Gesicht teilweise verdeckte, sowie eine dunkle Sonnenbrille auf und schlenderte über den Strand zur Vorderseite des Restaurants, wo der Weg zum Pier endete. Er erreichte den Punkt beinahe im gleichen Moment wie die drei Männer. Gleichzeitig erschien eine junge Farbige von der Hotelrezeption.

»Captain Carney, ich sah Sie gerade ankommen. Ich habe eine dringende Nachricht für Sie.«

»Was ist denn los?« fragte Carney.

»Ein Billy Jones war am Apparat. Ich soll Ihnen mitteilen, daß Jenny Grant gestern in ihrem Haus in Gallows Point vom Balkon gestürzt ist. Sie ist noch dort, nachdem ihr Erste Hilfe geleistet wurde, aber sie soll schon bald ins Krankenhaus von St. Thomas transportiert werden.«

»Mein Gott!« sagte Carney erschrocken und nickte der jungen Frau zu. »Vielen Dank, ich kümmere mich darum.«

»Schon wieder ein schlimmer Unfall«, sagte Dillon bitter und reichte Ferguson die Armeetasche. »Ich fahre hin.«

»Ja, natürlich, mein Junge«, erwiderte Ferguson. »Ich kehre zum Cottage zurück, dusche und packe schon mal.«

»Bis später.« Dillon sah Carney auffordernd an. »Kommen Sie?«

»Natürlich«, erwiderte Carney, und gemeinsam liefen sie zum Parkplatz hinüber.

Mit der Armeetasche in der rechten Hand und dem Aktenkoffer in der linken entfernte sich Ferguson. Guerra hielt sich im Schutz eines Gebüschs und rief per Walkie-talkie Algaro, der am Strand in Paradise saß und sofort antwortete.

»Ja, ich höre.«

»Ferguson ist auf dem Weg und allein. Die anderen sind unterwegs zu der Frau.«

»Wohin sind sie?« Algaro war perplex, aber er fing sich schnell. »Na schön, ich erwarte dich unterhalb des Cottage.«

Guerra schaltete sein Gerät aus und wandte sich um. Ferguson hatte knapp zweihundert Meter Vorsprung, und er lief hinter ihm her.

Ferguson legte den Aktenkoffer aufs Bett, dann zog er den Pullover aus. Eigentlich müßte er sich wie ein Sieger fühlen, sagte er sich, während er den Koffer betrachtete, aber zuviel war mittlerweile passiert. Joseph Jackson in Samson Cay, ein armer alter Mann, der niemandem je in seinem Leben etwas zuleide getan hatte, und Jack. Er seufzte, öffnete den Barschrank und fand eine kleine Flasche Whisky. Er leerte sie in ein Glas aus, gab Wasser hinzu und trank langsam. Jack Lane, der beste Polizist, mit dem er je zusammengearbeitet hatte. Und jetzt Jenny Grant. Ihr sogenannter Unfall war sicher kein Zufall. Santiago würde einige Fragen beantworten müssen. Er nahm den Koffer vom Bett und stellte ihn neben den kleinen Schreibtisch, sah nach, ob die Apartmenttür abgeschlossen war, begab sich dann ins Bad und drehte die Dusche auf.

Guerra und Algaro gingen die Treppe hinauf und betraten die Vorhalle. Sehr vorsichtig versuchte Guerra sein Glück an der Tür. Er schüttelte den Kopf. »Abgeschlossen.«

Algaro winkte ihm zu, ging nach draußen und die Treppe wieder hinunter. Es war sehr still, niemand war zu sehen, und der Garten, der das Cottage umgab, wucherte üppig und bildete einen guten Sichtschutz. Über ihren Köpfen ragte eine breite Terrasse hinaus, ein Weg führte daran vorbei, einige Stufen, dann folgte eine niedrige Mauer, und daneben stand ein kleiner Baum.

»Ganz einfach«, sagte Algaro. »Steig auf die Mauer, halte dich am Baum fest, und ich mache dir mit den Händen eine kleine Leiter. Damit gelangst du auf die Terrasse. Ich warte an der Tür.« Er reichte ihm die Browning. »Nimm das.«

Guerra stand innerhalb von Sekunden auf der Terrasse. Die Jalousien vor den Fenstern waren teilweise heruntergelassen, aber er konnte durch die schmalen Spalten ins Innere schauen. Von Ferguson war nichts zu sehen. Ganz behutsam drückte er auf die Klinke der Terrassentür, die sich leicht öffnen ließ. Er zückte die Browning, hörte das Rauschen der Dusche, sah sich in dem Raum um, entdeckte den Aktenkoffer nicht sofort und huschte zur Apartmenttür und öffnete sie.

Algaro kam herein und nahm ihm die Browning aus der Hand. »Er ist unter der Dusche, nicht wahr?«

»Ja, aber ich kann den Koffer nirgends sehen«, flüsterte Guerra.

Aber Algaro erspähte ihn sofort, trat schnell zum Schreibtisch und hob ihn triumphierend hoch. »Da ist er ja. Nichts wie weg.«

Während sie sich der Apartmenttür zuwandten, erschien Ferguson aus dem Badezimmer und knotete sich den Gürtel seines Frotteebademantels zu. Sein Gesicht verzog sich zornig, aber er vergeudete keine Zeit mit irgendwelchen Fragen, sondern stürzte sich einfach auf die Eindringlinge. Algaro schmetterte ihm den Lauf der Browning gegen die Schläfe. Als Ferguson auf ein Knie sank, schleuderte Algaro ihn mit einem Tritt gegen die Wand.

»Na los doch!« brüllte Algaro seinen Kumpan an, riß die Tür auf und rannte die Treppe hinunter.

Ferguson schaffte es, wieder hochzukommen. Er war völlig benommen, und sein Schädel schmerzte teuflisch. Er stolperte durch das Zimmer, riß die Terrassentür auf und gelangte rechtzeitig nach draußen, um sehen zu können, wie Algaro und Guerra zu dem kleinen Strand am Ende des Grashangs hinunterrannten, ein Schlauchboot ins Wasser schoben, den Außenbordmotor anwarfen und sich vom Ufer entfernten. Erst in diesem Moment erkannte Ferguson, daß draußen die *Maria Blanco* ankerte.

Er hatte sich in seinem ganzen Leben noch nie so machtlos gefühlt. Er taumelte ins Badezimmer, tauchte ein Handtuch in kaltes Wasser, legte es sich auf die Schläfe, holte das Fernglas und richtete es auf die Yacht. Er sah, wie Algaro und Guerra die

Leiter hochkletterten und zum Heck gingen, wo Santiago unter einem Sonnensegel saß. Kapitän Serra war bei ihm. Algaro legte den Aktenkoffer auf den Tisch. Santiago streichelte ihn, dann drehte er den Kopf zur Seite und sagte etwas zu Serra. Der Kapitän stand auf und begab sich auf die Brücke. Sekunden später lichteten sie den Anker, und die *Maria Blanco* setzte sich in Bewegung.

Und dann geschah etwas Seltsames. Als sei ihm bewußt, daß er beobachtet wurde, hob Santiago den Aktenkoffer mit einer Hand hoch, winkte mit der anderen und verschwand anschließend im Salon.

Billy öffnete die Tür des Hauses in Gallows Point, um Dillon und Bob Carney einzulassen. »Ich bin froh, daß Sie gekommen sind«, sagte er.

»Wie geht es ihr?« wollte Carney wissen.

»Nicht sehr gut. So wie es aussieht, ist sie vom Balkon ihres Schlafzimmers gestürzt. Mary und ich, wir kamen um kurz nach zwei hierher und sahen Licht brennen. Als wir sie fanden, muß sie schon einige Zeit im Regen gelegen haben. Wir haben sofort einen Arzt benachrichtigt. Er will sie nach St. Thomas ins Krankenhaus bringen lassen, um sie gründlich zu untersuchen. Sie wird in einer Stunde abgeholt.«

»Kann sie reden?« fragte Dillon, während er nach oben ging.

»Sie ist vor einer Stunde zu sich gekommen. Sie hat zuerst nach Ihnen gefragt, Mr. Dillon«, sagte Mary.

»Hat sie erzählt, wie es passiert ist?«

»Nein. Sie hat überhaupt nicht viel geredet. Hören Sie, ich gehe mal Kaffee kochen, während Sie bei ihr Wache halten. Komm schon, Billy«, bat sie ihren Mann und ging hinaus.

Carney zog eine bedenkliche Miene. »Ihr Gesicht sieht schlimm aus.«

»Ich weiß«, sagte Dillon grimmig. »Aber das hat sie nicht von dem Unfall. Wenn sie aus dieser Höhe aufs Gesicht gestürzt wäre, dann wäre es nicht mehr zu erkennen.« Er ergriff ihre Hand, und sie schlug die Augen auf. »Dillon?«

»Ich bin hier, Jenny.«

»Es tut mir leid, Dillon, ich hab Sie enttäuscht.«

»Sie haben uns nicht enttäuscht, Jenny. Wir haben das U-Boot gefunden. Carney und ich waren unten.«

Carney beugte sich vor. »Wir haben ein Loch hineingesprengt und haben schließlich den Koffer gefunden.«

Sie wußte nicht, was sie redete, aber sie fuhr fort: »Ich hab's ihm gesagt, Dillon, ich sagte ihm, Sie müßten nach Thunder Point.«

»Wem haben Sie es gesagt, Jenny?«

»Dem Mann mit der Narbe, mit diesem Streifen von seinem Auge bis hinunter zum Mund.«

»Algaro«, sagte Carney.

Sie drückte sanft Dillons Hand. »Er hat mir weh getan, Dillon, ganz schlimm. Niemand hat mir je solche Schmerzen zugefügt.« Danach fielen ihre Augen zu, und sie versank wieder in einen leichten Schlaf.

Als Dillon sich umwandte, war sein Gesicht wutverzerrt. »Algaro ist ein toter Mann, darauf gebe ich Ihnen mein Wort.« Er drängte sich an Carney vorbei und ging nach unten.

Die Haustür war offen. Billy saß auf der Veranda, und Mary schenkte Kaffee ein. »Wollen Sie welchen?«

»Eine Tasse auf die schnelle«, sagte Dillon.

»Wie geht es ihr?«

»Sie ist wieder eingeschlafen«, berichtete Carney.

Dillon nickte ihm zu und ging zum anderen Ende der Veranda. »Überdenken wir mal die Lage. Es muß gegen Mitternacht gewesen sein, als Algaro Jenny bearbeitete und erfuhr, daß wir nach Thunder Point ausgelaufen waren.«

»Und?«

»Weder dort noch auf dem Rückweg ist irgendwer von der Gegenseite aufgetaucht. Ist Max Santiago vielleicht der Typ Mensch, der an diesem Punkt aufgeben würde?«

»Gewiß nicht«, sagte Carney.

»Das denke ich auch. Ich halte es für viel wahrscheinlicher, daß er sich entschlossen hat, uns Bormanns Aktenkoffer bei der nächstbesten Gelegenheit abzujagen.«

»Genauso stelle ich es mir auch vor.«

»Gut.« Dillon trank seinen schwarzen Kaffee und stellte die Tasse ab. »Wir müssen schnellstens zurück nach Caneel. Halten Sie im Hafen und in der Umgebung Ausschau. Ich hole Ferguson ab. Wir treffen uns später in der Bar.«

Sie kehrten zu Mary und Billy zurück. »Wollen Sie schon wieder gehen?« erkundigte sich Mary.

»Wir müssen«, sagte Dillon. »Und was tun Sie?«

»Billy kümmert sich unten um die Bar, aber ich fahre mit Jenny nach St. Thomas.«

»Bestellen Sie ihr, ich käme sie wieder besuchen«, sagte Dillon, »und vergessen Sie es nicht.« Danach rannte er die Treppe hinunter, gefolgt von Carney.

Als Dillon gegen die Tür von 7D hämmerte, wurde sie von Ferguson geöffnet, der sich ein mit Eiswürfeln gefülltes Handtuch gegen die Schläfe preßte.

»Was ist passiert?« wollte Dillon wissen.

»Algaro ist passiert. Ich habe geduscht, und die Tür war abgeschlossen. Gott weiß, wie er reingekommen ist, aber ich kam aus dem Badezimmer, und da war er mit einem seiner Männer. Ich hab getan, was ich konnte, Dillon, aber das Schwein hatte eine Browning. Er schlug mir damit über den Schädel.«

»Lassen Sie mal sehen.« Dillon untersuchte seinen Kopf. »Es hätte schlimmer sein können.«

»Sie hatten ein Schlauchboot am Strand und sind damit zur *Maria Blanco* rübergefahren. Sie lag draußen vor Anker.«

Dillon zog die Jalousie vor einem der Fenster hoch. »Jetzt ist sie natürlich nicht mehr da.«

»Ich möchte bloß wissen, wohin er will. Vielleicht nach San Juan.« Ferguson blickte finster drein. »Ich sah ihn durchs Fernglas am Heck des Schiffes. Ich konnte beobachten, wie Algaro ihm den Koffer übergab. Er schien genau zu wissen, daß ich ihn beobachtete, denn er zeigte mir triumphierend seinen Koffer und winkte mit der anderen Hand.« Ferguson schüttelte den Kopf. »Dieser freche Hund.«

»Ich habe Carney Bescheid gesagt, wir kämen in die Bar«,

sagte Dillon. »Dann los, überbringen wir ihm die schlechte Nachricht und überlegen uns dann, was zu tun ist.«

Ferguson und Dillon saßen in der dunkelsten Ecke der Bar; der Brigadier hatte sich einen großzügigen Scotch bestellt und ließ darin die Eiswürfel klirren, während Dillon sich mit einem Glas Evian-Wasser und einer Zigarette begnügte. Als Carney erschien, kam er sofort zu ihnen und gab der Serviererin ein Zeichen. »Mir nur ein kaltes Bier!« rief er ihr zu.

»Und?«

»Ich habe einen Freund getroffen, der heute zum Angeln draußen war. Sie haben ihn passiert und waren nach Südosten unterwegs. Das heißt, daß Samson Cay ihr Ziel sein dürfte.«

Dillon lachte tatsächlich. »Richtig, du verdammter Hund, jetzt habe ich dich.«

»Was meinen Sie?« wollte Ferguson wissen.

»Die *Maria Blanco* dürfte heute vor Samson ankern. Vielleicht erinnert ihr euch noch daran, daß der Direktor, Prieto, uns erklärt hat, daß Santiago stets an Bord bleibt, wenn er sich dort aufhält. Es ist doch ganz einfach. Wir schleichen uns im Schutz der Dunkelheit an, und ich hole den Aktenkoffer zurück, aber natürlich nur, wenn Carney uns mit der *Sea Raider* hinbringt.«

»Wer will mich davon abhalten?« fragte Carney grinsend.

Ferguson schüttelte verwundert den Kopf. »Sie geben niemals auf, nicht wahr, Dillon?«

»Davon habe ich noch nie etwas gehalten.« Dillon schenkte sich Evian-Wasser nach und prostete den beiden anderen Männern zu.

15. Kapitel

Es war schon Abend, als Dillon und Ferguson am Pier von Caneel Bay auf einer Bank saßen und warteten. Die olivgrüne Armeetasche stand auf dem Boden zwischen ihnen.

»Ich glaube, da kommt er«, sagte Ferguson und deutete aufs Meer hinaus. Dillon sah die *Sea Raider* hereinkommen und sich langsam einen Weg zwischen den anderen Yachten suchen. Am Strand tummelten sich noch immer Menschen. Einige schwammen in der Abendsonne, und über das Wasser schallte Gelächter.

Ferguson runzelte die Stirn. »So wie ich Santiago einschätze, ist er sicherlich darauf vorbereitet, irgendwelche Eindringlinge auf seinem Schiff gebührend zu empfangen. Meinen Sie wirklich, daß ein solches Unternehmen erfolgreich sein kann?«

»Alles ist möglich, Brigadier.« Dillon hob die Schultern. »Sie brauchen nicht mitzukommen, wissen Sie. Ich hätte Verständnis dafür.«

»Diesmal will ich die Beleidigung überhören«, erwiderte Ferguson kühl. »Aber sagen Sie nie mehr etwas Derartiges zu mir, Dillon.«

Dillon grinste. »Lächeln, Brigadier, immer nur lächeln. Ich habe nicht die Absicht, an einem Ort namens Samson Cay zu sterben. Schließlich wartet auf mich ja noch ein feudales Abendessen im Garrick Club.«

Er stand auf und trat auf den Pier, während die *Sea Raider* heranglitt. Er winkte Carney zu, sprang an Bord, brachte die Fender aus und warf dem Brigadier eine Leine zu. Carney schaltete die Maschine aus und kam die Leiter von der Brücke herunter, während sie die letzte Leine am Poller festmachten.

»Ich habe getankt. Wir können jederzeit aufbrechen.«

Ferguson reichte Dillon die Armeetasche aufs Schiff und

kam ebenfalls herüber, während Dillon die Tasche ins Deckhaus schleppte und auf eine der Sitzbänke stellte.

In diesem Moment erschien die junge Angestellte von der Rezeption, die ihnen die Nachricht von Jennys Unfall überbracht hatte, im Hoteleingang und kam über den Pier auf sie zu. »Eine Mary Jones hat soeben aus dem Krankenhaus in St. Thomas angerufen, Mr. Dillon. Sie möchten Sie bitte zurückrufen.«

»Ich komme mit«, sagte Carney spontan.

Der Brigadier nickte. »Gehen Sie nur, ich warte hier und drücke die Daumen.«

Dillon kletterte auf den Pier und eilte mit Carney zum Hotel.

»Sie wird sich vollständig erholen«, berichtete Mary. »Aber es war sehr gut, daß sie gründlich untersucht wurde. Sie hat das, was man einen Haarriß nennt, im Schädel. Aber der Spezialist meint, sie brauche keine Angst zu haben, diese Sache heile völlig aus.«

»Prima«, sagte Dillon. »Vergessen Sie nicht, ihr zu bestellen, daß ich bald nach ihr sehen werde.«

Carney blickte ihn fragend an. »Haarriß an der Schädelbasis«, teilte Dillon ihm mit, während er den Hörer einhängte. »Aber sie kommt wieder hoch.«

»Nun, das ist wenigstens mal eine gute Nachricht«, sagte Carney, während sie zum Pier zurückgingen.

»So kann man es auch betrachten«, sagte Dillon. »Aber trotzdem werden Algaro und Santiago uns verdammt viel erklären müssen. Von diesem Schwein Pamer ganz zu schweigen.«

Ferguson trat aus der Kajüte, als sie in die *Sea Raider* hineinsprangen, und war sichtlich erleichtert, als sie ihm die Nachricht überbrachten. »Gott sei Dank«, meinte er. »Dann sollten wir jetzt zusehen, daß wir uns auf den Weg machen.«

Carney nickte. »Klar, sicher, aber ich würde schon gerne erfahren, wie wir jetzt vorgehen sollen. Selbst bei Dunkelheit können wir die *Sea Raider* nur auf eine bestimmte Entfernung heranbringen, ohne entdeckt zu werden.«

»Mir scheint, es wäre am klügsten, uns unter Wasser anzuschleichen«, sagte Dillon. »Nur ist dann nicht mehr von ›uns‹

oder ›wir‹ die Rede, Carney. Ich habe Ihnen ja schon mal erklärt, daß Sie einer von den Guten sind. Santiago und seine Leute, das sind die Bösen, und irgendwie bin ich das selbst auch. Ein Böser, meine ich. Fragen Sie den Brigadier, er wird es Ihnen bestätigen. Deshalb hat er mich ja auch für diesen Job angeheuert. Mit so etwas verdiene ich meinen Lebensunterhalt, und es ist immer ein Einmannunternehmen.«

»Hören Sie«, protestierte Carney. »Ich kenne mich ebenfalls in solchen Einsätzen aus.«

»Das weiß ich, aber Vietnam war etwas ganz anderes. Sie steckten in einem verdammten Krieg, der Sie eigentlich gar nichts anging, und haben nur versucht, irgendwie am Leben zu bleiben.«

»Und ich hab's geschafft. Ich bin da, oder etwa nicht?«

»Erinnern Sie sich noch, wie Sie und der Brigadier sich gegenseitig Erlebnisse aus Vietnam und Korea erzählt haben? Sie haben mich bei dieser Gelegenheit gefragt, ob ich über den Krieg Bescheid wisse, und ich antwortete, daß ich mein ganzes Leben lang Krieg geführt habe.«

»Und?«

»In einem Alter, als ich eigentlich mit Mädchen hätte zum Tanzen gehen sollen, kämpfte ich in einem Krieg, dessen Schlachtfelder Hausdächer und finstere Gassen waren. Ich habe englische Soldaten in die Kanalisation in der Falls Road in Belfast gelockt und wurde von der SAS durch ganz South Armagh gehetzt. Glauben Sie mir, dieser Haufen ist wirklich der beste von allen.«

»Was wollen Sie mir damit sagen?« fragte Carney.

»Daß ich, wenn ich über die Reling der *Maria Blanco* steige, um den Koffer zu holen, ohne zu zögern jeden töte, der mir in die Quere kommt.« Dillon zuckte die Achseln. »Ich kann das ohne mit der Wimper zu zucken tun, denn ich bin ein Böser, aber ich glaube nicht, daß Sie dazu fähig sind, und danken Sie Gott dafür.«

Die Männer schwiegen. Carney sah Ferguson fragend an, und der Brigadier nickte. »Ich fürchte, er hat recht.«

»Okay«, sagte Carney widerstrebend, »dann machen wir es

folgendermaßen. Ich schleiche mich so nahe wie möglich an die *Maria Blanco* heran und werfe den Anker. Dann bringe ich Sie mit einem Schlauchboot rüber.« Dillon wollte etwas sagen, aber Carney schnitt ihm mit einer Handbewegung das Wort ab. »Kein aber, so wird es laufen. Ich habe draußen an der Boje neben der *Privateer* ein Schlauchboot liegen. Wir nehmen es auf dem Weg mit.«

»In Ordnung«, gab Dillon sich geschlagen. »Wie Sie wollen.«

»Und ich greife ein, Dillon, wenn irgend etwas schiefläuft. Ich bin da.«

»Wie die Kavallerie, womöglich mit wehenden Fahnen, oder?« Dillon lachte. »Soll der Süden wieder aufstehen? Ihr habt euch bis heute noch nicht damit abgefunden, daß der Süden den Bürgerkrieg verloren hat, nicht wahr?«

»Es gab keinen Bürgerkrieg.« Carney stieg zur Brücke hinauf. »Sie meinen sicherlich den Krieg um die Unabhängigkeit der Konföderierten. Und jetzt müssen wir los.«

Er startete die Maschinen, und Sekunden später glitten sie auf die Bucht hinaus.

In der Bucht von Samson Cay saß Santiago im Salon der *Maria Blanco* und las die Dokumente aus Bormanns Aktenkoffer zum drittenmal. Noch nie in seinem ganzen Leben war er so fasziniert gewesen. Er inspizierte den persönlichen Befehl Adolf Hitlers, die Unterschrift, dann las er noch einmal das Windsor-Protokoll. Am interessantesten war jedoch das Blaue Buch: All diese Namen von Parlamentsmitgliedern, Adligen und Personen in den höchsten gesellschaftlichen Schichten, die die Idee des Nationalsozialismus unterstützt hatten. Aber das überraschte eigentlich kaum, denn im England der großen Wirtschaftskrise, als an die vier Millonen Menschen arbeitslos waren, hatten sicherlich viele auf Deutschland geblickt und gedacht, daß Hitler die richtigen Ideen hatte und den richtigen Weg beschritt.

Santiago stand auf, ging zur Bar und schenkte sich ein Glas trockenen Sherry ein. Dann kehrte er an seinen Schreibtisch zurück, griff nach dem Telefonhörer und rief den Funkraum. »Verbinden Sie mich mit Sir Francis Pamer in London.«

Die Uhr zeigte zwei Uhr nachmittags, und Pamer saß allein am Schreibtisch seines Büros im Unterhaus, als das Telefon klingelte.

»Francis? Hier ist Max.«

Pamers Nervosität flackerte sofort auf. »Ist etwas passiert?«

»Das kann man wohl sagen. Ich habe ihn, Francis, Bormanns Aktenkoffer liegt vor mir auf dem Tisch, und Korvettenkapitän Paul Friemel hatte recht. Der Reichsleiter hatte keinen Unsinn geredet, als er betrunken war. Es ist alles da, Francis. Hitlers persönlicher Befehl, die näheren Angaben zu den Nummernkonten, das Windsor-Protokoll. Ein eindrucksvoll aussehendes Dokument. Wenn sie es gefälscht haben, dann muß ich zugeben, daß sie Tolles geleistet haben.«

»Mein Gott!« stieß Pamer hervor.

»Und das Blaue Buch, Francis, eine absolut faszinierende Lektüre. Berühmte Namen und zu jedem ein wenig Hintergrundinformation. Hier ist ein besonders interessanter Eintrag. Ich lese es Ihnen einmal vor. Major Sir Joseph Pamer, Military Cross, Member of Parliament, Hatherley Court, Hampshire, ein Mitarbeiter von Sir Oswald Mosley, politisch zuverlässig, dem Anliegen des Nationalsozialismus treu ergeben.«

»Nein.« Pamer stöhnte gequält, und sein Gesicht war plötzlich schweißnaß. »Das kann ich nicht glauben.«

»Ich frage mich, was Ihre örtliche Conservative Association dazu sagen würde? Dennoch, Ende gut, alles gut, wie es so schön heißt. Nur gut, daß ich das Buch habe und niemand anderer.«

»Sie vernichten es doch, oder?« fragte Pamer. »Ich meine, Sie werden doch wohl alles verschwinden lassen, nicht wahr?«

»Überlassen Sie das ruhig mir, Francis, ich kümmere mich schon um alles«, sagte Santiago. »So wie ich es immer tue. Ich melde mich in Kürze wieder.«

Er legte den Hörer zurück und brach in schallendes Gelächter aus. Er lachte noch immer, als Kapitän Serra hereinkam. »Irgendwelche Anweisungen, Señor?«

Santiago blickte auf die Uhr. Kurz nach sieben. »Ja, ich gehe für zwei Stunden an Land und esse im Restaurant.«

»Sehr wohl, Señor.«

»Sorgen Sie dafür, daß die ganze Nacht eine Wache an Deck steht, Serra. Nur für den Fall, daß unsere Freunde uns einen Besuch abstatten wollen.«

»Ich glaube, wir brauchen uns keine Sorgen zu machen, Señor, sie werden größte Mühe haben, sich uns zu nähern, ohne entdeckt zu werden. Aber wir werden jede Vorsichtsmaßnahme ergreifen.«

»Gut, dann bereiten Sie die Barkasse vor, ich komme gleich.« Santiago suchte seine Schlafkabine auf und nahm den Aktenkoffer dorthin mit.

Die *Sea Raider* schlich zur westlichen Seite von Samson Cay und fuhr langsam um die Landzunge gegenüber dem Hotel und dem Hauptankerplatz herum. Schließlich unterbrach Carney die Zündung der Motoren und kam die Leiter herunter, während Dillon zum Bug ging und den Anker ins Wasser ließ.

»Sie nennen dies hier Shunt Bay«, erklärte Carney. »Ich war früher schon mal hier, vor ziemlich langer Zeit. Tiefe nur vier oder fünf Faden, glatter Sandboden. Man kommt wegen der hohen Klippen nicht hierher. Wenn Gäste unbedingt hier baden wollen, werden sie mit dem Boot vom Hotel hierhergebracht. Um diese Uhrzeit sind wir hier relativ sicher und ungestört.«

Ferguson warf einen Blick auf seine Uhr. »Es ist schon zehn. Wann wollen Sie aufbrechen?«

»In einer Stunde vielleicht. Mal sehen.« Dillon verschwand im Deckhaus, öffnete die Armeetasche, zog das AK Sturmgewehr heraus und reichte es Ferguson. »Nur für den Fall des Falles.«

»Hoffentlich nicht.« Ferguson legte die Waffe auf die Sitzbank.

Dillon nahm nun die Walther aus der Tasche, überprüfte sie und legte sie zusammen mit dem Carswell-Schalldämpfer in seinen Tauchersack. Dann fügte er den Rest Semtex und zwei Zündstifte hinzu.

»Sie ziehen tatsächlich in den Krieg«, meinte Ferguson trokken.

»So ist es.« Dillon verstaute auch das Nachtsichtgerät in dem Sack.

Carney nickte ihm zu. »Ich bringe Sie so nahe wie möglich im Schlauchboot heran und hoffe, Sie auf dem Rückweg heil aus dem Wasser zu fischen.«

»Prima.« Dillon grinste. »Holen Sie die Thermosflasche raus, Brigadier. Wir sollten noch in aller Ruhe einen Kaffee trinken, und dann geht's los.«

Santiago hatte hervorragend gegessen und dazu eine Flasche Château Palmer 1966 getrunken. Nun fühlte er sich wunderbar, denn es gefiel ihm, wenn alles glattging, und die Bormann-Affäre war sehr glattgegangen. Die in den Dokumenten enthaltenen Informationen waren so erstaunlich, daß die sich daraus ergebenden Möglichkeiten nicht zu übersehen waren.

Er bestellte eine Zigarre, eine Havanna natürlich, wie in den guten alten Zeiten, bevor dieser Irre namens Castro alles ruiniert hatte. Prieto brachte ihm eine Romeo und Julietta, schnitt das Ende ab und wärmte sie für ihn an.

»War das Essen zufriedenstellend, Señor Santiago?«

»Das Essen war verdammt gut, Prieto.« Santiago klopfte ihm auf die Schulter. »Wir sehen uns morgen.« Er stand auf, hob den Bormann-Koffer vom Fußboden neben dem Tisch hoch und ging zur Tür, wo Algaro auf ihn wartete. »Wir kehren jetzt aufs Schiff zurück, Algaro.«

»Wie Sie wünschen, Señor.«

Santiago ging die Treppe hinunter und schritt über den Pier zur Barkasse, genoß dabei die Nachtluft und den Duft seiner Zigarre. Ja, das Leben konnte wirklich sehr schön sein.

Carney lenkte das Schlauchboot um die Landspitze. Der Außenbordmotor tuckerte leise vor sich hin. Das Brummen war nicht mehr als ein leises Murmeln in der Nacht. In der Bucht lagen zahlreiche Yachten vor Anker sowie einige kleinere Boote. Die *Maria Blanco*, die dreihundert Meter vom Ufer entfernt ankerte, war bei weitem das größte Schiff.

Carney stellte den Motor ab und nahm zwei Holzruder vom

Boden hoch. »Den restlichen Weg schaffen wir nur mit Muskelkraft«, kommentierte er trocken. »Soweit ich es überblicken kann, müßten wir mit Hilfe der anderen Boote, die uns Deckung geben, bis auf fünfzig Meter herankommen, ohne entdeckt zu werden.«

»Hervorragend.«

Dillon trug bereits seine Weste mit der Preßluftflasche und einen schwarzen Tauchanzug, den Carney für ihn ausgesucht hatte. Nun nahm er die Walther aus dem Utensiliensack, schraubte den Carswell-Schalldämpfer auf und verstaute die Waffe in seiner Taucherweste.

»Beten Sie lieber, daß das Ding nicht versagt«, riet Carney ihm, während er ruderte. »Das Wasser kann mit Pistolen zuweilen ganz verrückte Dinge anstellen. Das habe ich in Vietnam in diesen verdammten Reisfeldern feststellen müssen.«

»Mit einer Walther gibt es keine Probleme. Sie ist so was wie der Rolls-Royce unter den Handfeuerwaffen«, beruhigte ihn Dillon.

Inzwischen konnten sie einander nicht mehr deutlich erkennen; ihre Gesichter waren nicht mehr als helle Flecken in der Dunkelheit. Carney räusperte sich. »Täusche ich mich, oder machen Ihnen solche Unternehmungen Spaß?«

»Ich weiß nicht, ob Spaß das richtige Wort ist.«

»Ich habe Typen wie Sie in Vietnam erlebt, vorwiegend bei den Special Forces. Sie bekamen einen schwierigen Auftrag nach dem anderen, und dann passierte etwas Seltsames. Sie wollten immer mehr, konnten gar nicht genug bekommen. Fühlen Sie sich etwa genauso, Dillon?«

»Es gibt ein Gedicht von Browning«, erzählte ihm Dillon. »Es erzählt von unserem Interesse vor allem an den gefährlichen Aspekten einer Sache. Als ich noch jung und dumm war in jenen ersten Tagen der IRA, und als die SAS hinter mir her war und mich durch South Armagh scheuchte, habe ich ebenfalls etwas Seltsames festgestellt: Es gefiel mir besser als alles andere, was ich je kennengelernt hatte. Damals lebte ich an einem einzigen Tag mehr, schneller, intensiver als in einem ganzen Jahr in London.«

»Das verstehe ich«, gab Carney zu. »Es ist wie eine Droge, aber das Ganze kann eigentlich nur auf eine einzige Art und Weise enden: daß Sie in irgendeiner Straße von Belfast in der Gosse verbluten.«

»Ach, deshalb brauchen Sie sich keine Sorgen zu machen«, klärte Dillon ihn auf. »Diese Zeiten sind vorbei. Dorthin kehre ich nie wieder zurück.«

Carney sog schnüffelnd die Luft ein. »Ich glaube, ich rieche Zigarrenrauch.«

Sie trieben durch die Dunkelheit, und die Barkasse tauchte hinter zwei größeren Yachten auf und steuerte auf das Ende der Stahltreppe zu, die an der Seite der *Maria Blanco* herabhing. Serra war an Deck und schaute hinab. Guerra fing die Leine auf und beeilte sich, sie festzumachen, während Santiago und Algaro zum Deck hinaufstiegen.

»Er scheint den Aktenkoffer bei sich zu haben«, flüsterte Carney.

Dillon holte das Nachtsichtgerät aus dem Utensiliensack und stellte es scharf. »Sie haben recht. Vermutlich hat er Angst, ihn unbeaufsichtigt zu lassen.«

»Was nun?« fragte Carney.

»Wir warten hier eine Weile und geben ihnen Gelegenheit, zu Bett zu gehen.«

Santiago und Serra stiegen von der Brücke aufs Deck hinunter. Guerra und Solona standen am Fuß der Leiter, jeder mit einem M16-Gewehr bewaffnet. Algaro lehnte an der Reling.

»Zwei Stunden Wache und vier Stunden frei. Wir lösen uns während der Nacht ab und lassen die Scheinwerfer brennen.«

»Das reicht voll und ganz, würde ich meinen. Dann können wir jetzt schlafen gehen«, sagte Santiago. »Gute Nacht, Captain.«

Er ging zum Salon, und Algaro folgte ihm. »Brauchen Sie mich heute noch, Señor?«

»Ich glaube nicht, Algaro, du kannst auch zu Bett gehen.«

Algaro entfernte sich, und Santiago legte den Aktenkoffer auf den Schreibtisch. Dann schlüpfte er aus seinem Jackett und schenkte sich einen Kognak ein. Er kehrte an den Schreibtisch zurück, setzte sich, trank von seinem Kognak und betrachtete den Aktenkoffer. Schließlich gab er dem unwiderstehlichen Drang nach und öffnete ihn, um sich die Dokumente ein weiteres Mal anzusehen.

Als Dillon durch das Nachtsichtgerät schaute, entdeckte er Solona im Schatten in der Nähe des Rettungsboots am Bug. Guerra, der am Heck Posten bezogen hatte, machte sich nicht die Mühe, sich zu verstecken, sondern saß in einem der Sessel unter der Markise und rauchte eine Zigarette. Das Gewehr hatte er auf den Tisch gelegt.

Dillon reichte Carney das Nachtsichtgerät. »Hier, ich mache mich auf den Weg.«

Er rollte sich über den Wulst des Schlauchboots, ließ sich bis auf drei Meter Wassertiefe absinken und steuerte dann auf das Schiff zu. Am Heck der Barkasse, das am Ende der Stahltreppe festgemacht war, tauchte er auf. Plötzlich erschien Solona oben auf der Plattform. Dillon ging vorsichtig auf Tauchstation und hörte, daß Schritte die Leiter herunterkamen. Auf halbem Weg hielt Solona inne und zündete eine Zigarette an; das Streichholz flackerte zwischen gewölbten Händen auf. Dillon tauchte leise am Heck der Barkasse wieder aus dem Wasser hoch, holte die Walther aus seiner Taucherweste und streckte den Arm aus.

»Hier drüben«, flüsterte er auf spanisch.

Solona blickte hoch, das brennende Streichholz zwischen den Fingern, und die schallgedämpfte Walther hustete einmal, als Dillon dem Mann zwischen die Augen schoß. Solona kippte nach hinten zur Seite, rutschte über das Geländer und stürzte drei Meter tief ins Wasser.

Es gab kein allzu lautes Geräusch, aber Guerra hörte es trotzdem und sprang auf. »Hey, Solona, warst du das?«

»Ja«, antwortete Dillon auf spanisch. »Es ist nichts passiert.«

Er hörte Guerra oben an Deck näher kommen, tauchte ab und schwamm zum Anker. Er öffnete seine Weste, zog den Reißverschluß seiner Taucherkombination auf und schob die Walther hinein. Dann schlüpfte er aus der Weste mit dem Tragegeschirr der Preßluftflasche, hängte beides an das Ankertau und hangelte sich daran empor. Durch das Ankerluk drang er ins Schiff ein.

Algaro hatte sich auf seine Koje gelegt. Er war nur mit einer Boxershorts bekleidet, weil die Hitze so drückend war. Aus diesem Grund hatte er auch das Bullauge geöffnet und hörte, wie Guerra nach Solona rief. Dann folgte Dillons Antwort. Er stand auf, ging zum Bullauge und lauschte stirnrunzelnd.

Guerra wiederholte seinen Ruf halblaut: »Wo bist du, Solona?«

Algaro griff nach dem Revolver auf dem Nachtschränkchen und ging an Deck.

Guerra rief erneut: »Wo bist du, Solona?« Langsam ging er zum Vorderdeck, das M16 im Anschlag.

»Hier drüben, Amigo«, antwortete Dillon. Während Guerra sich zu ihm umdrehte, schoß er ihm zweimal mitten ins Herz. Dann schlich er lautlos weiter. Er beugte sich gerade über Guerra, um nachzusehen, ob er wirklich tot war, als er in seinem Nacken die Revolvermündung spürte.

»Na also, du Schwein, jetzt hab ich dich.« Algaro griff um ihn herum und nahm ihm die Walther ab. »Sieh mal an, eine richtige Profikanone. Das gefällt mir. Ich finde sie sogar so gut, daß ich sie behalte.« Er schleuderte den Revolver über die Reling ins Meer. »Und jetzt dreh dich um. Du bekommst von mir zwei Kugeln in den Bauch, damit es schön lange dauert und du mehr davon hast.«

Durch das Nachtsichtgerät hatte Bob Carney die Vorgänge beobachtet, hatte gesehen, wie Algaro sich anschlich, und noch nie in seinem Leben war er so frustriert über seine eigene Hilflosigkeit gewesen. Aber auch nachher konnte er nicht mehr sagen, was überhaupt passiert war, denn alles geschah unglaublich schnell.

Dillon drehte sich blitzschnell zur Seite, sein linker Arm wischte Algaros rechte Hand zur Seite. Dabei ging die Walther los und jagte eine Kugel ins Bootsdeck. Dann stürzte sich Dillon auf Algaro, und einen Moment lang rangen sie miteinander. »Warum schreist du nicht um Hilfe?« zischte Dillon.

»Weil ich dich jetzt mit bloßen Händen umbringe«, stieß Algaro mit zusammengebissenen Zähnen hervor. »Zu meinem eigenen Vergnügen.«

»Wenn es darum geht, Frauen zu quälen, bist du ja offenbar ein großer Meister«, keuchte Dillon. »Wie nimmst du es denn mit einem Mann auf?«

Algaro drehte sich um, nahm alle Kraft zusammen und stieß Dillon gegen die Bugreling. Das war sein letzter Fehler, denn Dillon ließ sich einfach über die Reling kippen und riß Algaro mit; das Meer war Dillons Element und nicht das von Algaro.

Als sie versanken, ließ Algaro die Walther los und begann sich zu wehren, aber Dillon hielt ihn fest, zog ihn immer tiefer hinunter und spürte das Ankertau in seinem Rücken. Er packte es und legte einen Unterarm um Algaros Hals. Zuerst bäumte der Mann sich noch auf, trat mit den Füßen um sich, aber seine Bewegungen wurden schnell langsamer und matter. Schließlich rührte er sich nicht mehr. Dillon, dessen eigene Lunge beinahe zu platzen schien, löste mit einer Hand seinen Bleigurt, schlang ihn um Algaros Hals, schloß die Schnalle und band seinen Gegner an das Ankertau.

Er tauchte auf und sog gierig die Nachtluft ein. Dabei kam ihm in den Sinn, daß Carney die Vorgänge sicherlich durch das Nachtsichtgerät verfolgt hatte, und er drehte sich halb um und hob winkend einen Arm. Dann hangelte er sich wieder am Ankertau empor.

Er hielt sich möglichst im Schatten, bis er den großen Salon erreicht hatte, schaute durch ein Bullauge und sah Santiago am Schreibtisch sitzen und lesen. Vor ihm lag der aufgeklappte Aktenkoffer. Nach kurzer Überlegung traf Dillon seine Entscheidung. Er nahm den Rest Semtex aus seinem Utensiliensack, bohrte die beiden Dreißigminutenzündstifte hinein und warf das Päckchen in einen der Luftschächte des Maschinenraums. Dann schlich er zurück und schaute wieder durch das Bullauge.

Santiago hatte seinen Platz am Schreibtisch nicht verlassen, doch nun legte er die Schriftstücke zurück in den Aktenkoffer und klappte diesen zu. Er gähnte ausgiebig, erhob sich und suchte seine Schlafkabine auf. Ohne zu zögern, huschte Dillon durch den Laufgang, öffnete die Salontür und eilte zum Schreibtisch. Gerade als er den Aktenkoffer an sich nahm, kehrte Santiago in den Salon zurück.

Der Schrei, der aus seinem Mund drang, war wie ein Heulen ohnmächtiger Wut. »Nein!« brüllte er, und Dillon machte kehrt und rannte zur Tür. Santiago riß die Schreibtischschublade auf, fischte eine Smith & Wesson heraus und feuerte blindlings.

Aber Dillon war längst draußen im Gang und stürmte an Deck. Mittlerweile war das ganze Schiff erwacht, und Serra trat auf der Rückseite der Brücke mit einer Pistole in der Faust aus seiner Kabine.

»Was geht hier vor?« schrie er.

»Halten Sie ihn auf!« kreischte Santiago. »Es ist Dillon!«

Dillon rannte zum Heck und sprang über die Reling. Er ließ sich so tief wie möglich sinken, aber der Aktenkoffer behinderte ihn erheblich. Er kam wieder hoch, bemerkte, daß auf ihn geschossen wurde, und schwamm, so schnell es ging, in Richtung Dunkelheit. Am Ende war es Carney, der ihn rettete, indem er mit dem Schlauchboot aus der Nacht herangerast kam und ihm eine Leine zuwarf.

»Halten Sie sich fest, damit wir endlich von hier verschwinden können!« rief er. Er gab Gas und tauchte in die sichere Finsternis ein.

»Guerra ist tot«, meldete Serra. »Seine Leiche ist noch da, aber von Solona und Algaro fehlt jede Spur.«

»Vergessen Sie's«, erwiderte Santiago. »Dillon und Carney haben nicht den ganzen Weg von St. John im Schlauchboot zurückgelegt. Carneys Sport Fisherman muß hier irgendwo in der Nähe liegen.«

»Richtig«, nickte Serra. »Und sie werden sofort den Anker lichten und die Rückfahrt antreten.«

»Und sobald sie starten, können Sie sie auf dem Radarschirm orten, stimmt's? Sicher verläßt heute nacht kein anderes Schiff Samson Cay, um aufs offene Meer hinauszufahren.«

»Auch das ist richtig, Señor.«

»Dann ziehen Sie endlich den Anker hoch.«

Serra betätigte den auf der Brücke installierten Schalter für die elektrische Ankerwinde, aber der Motor begann zu jaulen. »Was ist los?« fragte Santiago ungehalten.

Die drei restlichen Mitglieder der Mannschaft, Pinto, Noval und Mugica, befanden sich unten auf dem Vorderdeck. Serra lehnte sich über die Brückenreling. »Das Ankertau klemmt. Seht mal nach.«

Mugica ging zum Bug, lehnte sich nach draußen, dann wandte er sich um. »Da ist Algaro. Irgend jemand hat ihn ans Ankertau gebunden.«

Santiago und Serra eilten die Leiter hinunter, gingen zum Bug und sahen sich die Bescherung an. Algaro hing am Tau und hatte den Bleigurt um den Hals geschlungen. »Heilige Mutter Gottes!« stammelte Santiago. »Zieht ihn hoch, verdammt noch mal!« Er gab Serra ein Zeichen. »Und jetzt fahren wir hoffentlich los, oder?«

»Keine Sorge, Señor«, beruhigte ihn Serra. »Wir sind schneller als die. Sie schaffen es niemals bis St. John, ohne daß wir sie unterwegs überholen.« Er ging wieder zur Leiter und kletterte zur Brücke hoch, während Noval und Mugica Algaros Leiche durch die Ankerklüse hereinholten.

In Shunt Bay erwartete Ferguson sie am Heck der *Sea Raider* bereits ungeduldig.

»Was ist geschehen?« fragte er.

Dillon reichte ihm den Bormann-Koffer. »Das ist geschehen. Und jetzt sollten wir schnellstens von hier verschwinden.«

Er kletterte auf die Tauchplattform und band das Schlauchboot an der *Sea Raider* fest. Danach begab er sich zum Bug, um den Anker einzuholen, der sich problemlos vom sandigen Boden löste. Hinter ihm hatte Carney längst die Laufbrücke erklommen und startete die Maschinen.

Ferguson leistete ihm Gesellschaft. »Wie ist es gelaufen?«

»Er macht wirklich keine Gefangenen, das muß ich ihm lassen«, sagte Carney. »Aber nichts wie weg von hier. Wir haben weiß Gott keine Zeit zu vergeuden.«

Die *Sea Raider* pflügte durch die Nacht. Ferguson saß auf dem Drehsessel, und Dillon lehnte neben Carney an der Brückenreling.

»Sie sind schneller als wir, das wissen Sie sicherlich«, sagte Carney nach längerem Schweigen. »Er wird uns ganz bestimmt verfolgen und einholen.«

»Ich weiß.« Dillon nickte nachdenklich. »Er kann und will nicht verlieren.«

»Nun, ich kann auf keinen Fall noch mehr aus meinem Dampfer rausholen. Wir machen jetzt schon an die zweiundzwanzig Knoten, und das ist das Äußerste.«

Es war Ferguson, der die *Maria Blanco* als erster sichtete. »Hinter uns ist Licht zu erkennen. Das ist sie bestimmt.«

Carney drehte sich um. »Ja, Sie haben recht, das sind sie. Wer sollte es sonst sein.«

Dillon schaute durch das Nachtsichtgerät. »Ja, es ist die *Maria Blanco*.«

»Er hat Radar«, meinte Carney. »Damit können wir ihn unmöglich abschütteln.«

»Ach, einige Möglichkeiten gibt es schon«, widersprach Dillon. »Halten Sie nur Ihren Kurs, und geben Sie weiterhin Gas.«

Serra stand auf der Brücke der *Maria Blanco* und blickte durch ein Nachtglas. »Ich hab sie«, meldete er und reichte Santiago das Fernglas.

Santiago schaute in die angegebene Richtung und erkannte die Umrisse der *Sea Raider*. »Na endlich, ihr Bastarde.« Er lehnte sich über die Brückenreling und sah zu Mugica, Noval und Pinto hinunter, die auf dem Vorderdeck kauerten und M16-Gewehre bereithielten. »Wir haben sie gesichtet. Es geht gleich los.«

Serra steigerte das Tempo, und die *Maria Blanco* flog geradezu über die Wellen. Santiago hielt das Glas wieder an die Augen, sah die vertrauten Decksaufbauten der *Sea Raider* und grinste böse. »Gleich, Dillon, gleich«, murmelte er.

Die Explosion geschah völlig unerwartet. Schlagartig wurde dem Schiff die gesamte Unterseite weggesprengt. Die Wirkung der Explosion war derart katastrophal, daß weder Santiago, Kapitän Serra noch die drei anderen Mannschaftsangehörigen Zeit hatten, zu begreifen, was überhaupt geschah. Die ganze Welt um sie herum schien sich plötzlich in ihre Bestandteile aufzulösen, und die *Maria Blanco* wurde hochgehoben, tauchte dann in die Wellen ein und versank wie ein Stein.

Auf der Laufbrücke der *Sea Raider* sahen sie zuerst nur einen hellen, orangefarbenen Feuerblitz; erst eine oder zwei Sekunden später war der dumpfe Explosionsknall über das Wasser zu hören. Dann verschwand das Feuer, wurde vom Meer verschluckt, und zurück blieb nichts als Dunkelheit. Bob Carney stoppte sofort die Maschinen.

Es war sehr still. Nach einigen Sekunden murmelte Ferguson: »Bis nach unten ist es ein weiter Weg.«

Dillon betrachtete die Stelle durch das Nachtsichtgerät. »U 180 hatte einen noch weiteren Weg«, meinte er und verstaute das Nachtsichtgerät im Ablagefach unter der Instrumententafel. »Er hat doch gesagt, daß sie Sprengstoff an Bord hätten, erinnern Sie sich?«

Carney nickte. »Aber wir sollten zurückfahren, vielleicht gibt es Überlebende.«

»Glauben Sie das nach dieser Explosion wirklich?« fragte Dillon leise. »St. John liegt in dieser Richtung.«

Carney warf wieder die Motoren an, und während sie durch die Nacht rauschten, stieg Dillon zur Kajüte hinunter, streifte seinen Taucheranzug ab, schlüpfte in seinen Trainingsanzug, suchte seine Zigaretten und stellte sich an die Reling.

Ferguson kam die Leiter herunter und trat neben ihn. »Mein Gott«, sagte er leise.

»Ich glaube nicht, daß Gott in irgendeiner Form an dieser Sache beteiligt war, Brigadier«, meinte Dillon und zündete sich eine Zigarette an. Das Zippo flackerte dabei kurz auf und erlosch gleich wieder.

Am nächsten Morgen kurz nach zehn ließ eine Krankenschwester die drei Männer in ein Einzelzimmer auf der Privatstation im Krankenhaus in St. Thomas eintreten. Dillon trug eine schwarze Cordhose, das Jeanshemd und die schwarze Fliegerjacke, worin er wenige Tage zuvor angekommen war. Ferguson war mit einem Panamahut, dem Blazer und der Guards-Krawatte wie immer eine äußerst elegante Erscheinung.

Jenny saß mit einem Kopfverband im Bett. Mary, die neben ihr saß und strickte, erhob sich. »Ich überlasse Sie Ihrem Besuch, aber ich möchte die Herren bitten, die Kranke nicht zu überanstrengen.« Sie verließ das Zimmer, und Jenny brachte ein müdes Lächeln zustande. »Meine drei Musketiere.«

Bob Carney ergriff ihre Hand. »Wie geht es Ihnen?«

»Ich habe manchmal das Gefühl, als lebte ich in einem Traum, als sei ich gar nicht richtig anwesend.«

»Das geht sicher bald vorbei, meine Liebe«, beruhigte Ferguson sie. »Und machen Sie sich keine Sorgen um Ihre Sicherheit, ich habe schon mit dem Polizeichef gesprochen. Es wird für alles gesorgt.«

»Vielen Dank, Brigadier.«

Sie wandte sich zu Dillon um, sah ihn stumm an. Bob Carney begriff sofort und verabschiedete sich. »Ich komme später noch mal her, Jenny. Halten Sie die Ohren steif.«

Er sah Ferguson auffordernd an. Der Brigadier nickte, und die beiden Männer gingen hinaus.

Dillon ließ sich auf die Bettkante sinken und nahm ihre Hand in die seine. »Sie sehen furchtbar aus.«

»Ich weiß. Wie geht es Ihnen?«

»Gut.«

»Wie ist es gelaufen?«

»Wir haben den Aktenkoffer Martin Bormanns zurückgeholt. Der Learjet des Brigadier steht startbereit auf dem Flugplatz. Wir bringen den Koffer nach London.«

»So wie Sie es ausdrücken, klingt es, als wäre alles ganz einfach gewesen.«

»Es hätte schlimmer sein können. Zerbrechen Sie sich nicht mehr den Kopf darüber, Jenny, es hat überhaupt keinen Zweck. Santiago und seine Freunde, vor allem dieses Tier namens Algaro, werden Sie nie mehr belästigen.«

»Kann man sich da ganz sicher sein?«

»So sicher wie ein Sarg, der zugenagelt wurde«, sagte er düster.

Ein Ausdruck des Schmerzes stahl sich in ihr Gesicht. Sie schloß die Augen, schlug sie wieder auf. »Die Menschen ändern sich eigentlich niemals, oder?«

»Ich bin, was ich bin, Jenny«, sagte er einfach. »Aber das wußten Sie längst.«

»Sehen wir uns noch einmal wieder?«

»Ich glaube nicht, daß das sehr wahrscheinlich ist.« Er hauchte einen Kuß auf ihren Handrücken, stand auf, ging zur Tür und öffnete sie.

»Dillon«, sagte sie.

Er wandte sich um. »Ja, Jenny?«

»Gott schütze Sie, und passen Sie auf sich auf.«

Die Tür fiel leise ins Schloß. Sie schloß die Augen und ließ sich in einen leichten Schlaf hinübertreiben.

Man gestattete Carney, sie aufs Flugfeld hinaus bis zum Learjet zu begleiten. Ein Träger folgte ihnen mit dem Gepäck. Einer der beiden Piloten erwartete sie bereits und half dem Träger, das Gepäck zu verstauen. Währenddessen standen Dillon, Ferguson und Carney am Fuß der Treppe.

Der Brigadier hielt den Aktenkoffer hoch. »Vielen Dank für dies hier, Captain Carney. Vielleicht brauchen Sie irgendwann einmal Hilfe, oder ich kann mich bei Ihnen revanchieren.« Sie reichten sich die Hände. »Passen Sie auf sich auf, mein Freund.« Er machte kehrt und stieg die Treppe hinauf.

Carney sah ihm nachdenklich hinterher. »Was geschieht denn nun weiter? In London, meine ich?«

»Das hängt allein vom Premierminister ab«, erwiderte Dillon. »Kommt darauf an, was er mit diesen Dokumenten vorhat.«

»Das Ganze liegt doch eine halbe Ewigkeit zurück«, sagte Carney.

»Ein durchaus legitimer Standpunkt.«

Carney zögerte, dann gab er sich einen Ruck. »Ich denke an diesen Pamer, was wird denn mit ihm passieren?«

»Darüber habe ich mir noch nicht den Kopf zerbrochen«, erwiderte Dillon ruhig.

»O doch, das haben Sie.« Carney schüttelte den Kopf. »Gott helfe Ihnen, Dillon, denn Sie werden sich niemals ändern . . .« Damit wandte er sich um und ging davon.

Dillon betrat die Kabine des Learjet, ließ sich neben Ferguson auf seinen Sitz sinken und schnallte sich an. »Ein guter Mann«, stellte Ferguson anerkennend fest.

Dillon nickte. »Der Beste.«

Der zweite Pilot zog die Treppe hoch, schloß die Tür und ging durch die Maschine nach vorn zu seinem Kollegen im Cockpit. Nach einer Weile wurden die Turbinen angelassen, und sie rollten an. Dann dauerte es nicht mehr lange, bis die Unebenheiten der Piste hinter ihnen zurückblieben, das Vibrieren der Maschine aufhörte und sie sich in den blauen Himmel hinaufschraubten. Unter ihnen breitete sich nahezu endlos das Meer aus.

Ferguson schaute nach unten. »Da drüben ist St. John.«

»Ja«, sagte Dillon.

Ferguson seufzte. »Ich glaube, wir sollten uns mal darüber unterhalten, was geschehen soll, wenn wir zurückkommen.«

»Aber nicht jetzt, Brigadier.« Dillon schloß die Augen. »Ich bin müde. Dazu haben wir später immer noch Zeit.«

Das Haus in Chocolate Hole war ihm noch niemals so leer vorgekommen. Carney wanderte ein wenig ziellos von Zimmer zu Zimmer, dann landete er in der Küche und holte sich ein Bier aus dem Kühlschrank. Während er durch die Diele ins Wohnzimmer ging, hörte er das Klingeln des Telefons.

Er nahm den Hörer ab. Es war seine Frau, Karye. »Hi, Honey, wie geht es dir?«

»Prima, ganz prima. Mir geht es gut. Was ist mit den Kindern?«

»Die sind so lebhaft wie eh und je. Sie vermissen dich. Das ist übrigens ein ganz spontaner Anruf. Wir sind gerade an einer Tankstelle in der Nähe von Orlando. Ich habe nur angehalten, um zu tanken.«

»Ich freue mich schon jetzt darauf, daß du bald wieder hiersein wirst.«

»Es dauert ja nicht mehr lange«, sagte sie. »Ich weiß, daß es für dich ziemlich einsam war. Ist irgend etwas Interessantes passiert?«

Ein Lächeln breitete sich auf Carneys Gesicht aus, und er holte tief Luft. »Nicht, daß ich wüßte. Es ist doch immer dieselbe alte Routine.«

»Dann mach's gut, Liebling, ich muß Schluß machen.«

Er legte den Hörer auf die Gabel, trank ein paar Schlucke von seinem Bier und ging hinaus auf die Veranda. Es war ein wunderschöner klarer Nachmittag, und er konnte die Inseln auf der anderen Seite des Pillsbury Sound und sogar noch weiter sehen. Eine weite Strecke, aber noch lange nicht so weit wie die Strecke, die Max Santiago zurückgelegt hatte.

16. Kapitel

Kurz nach sechs am darauffolgenden Abend saß Simon Carter bleich in Fergusons Büro im Verteidigungsministerium. Ferguson hatte soeben seinen Bericht beendet.

»Was soll nun mit dem guten Sir Francis geschehen?« fragte Ferguson. »Ein Minister der Krone, der sich nicht nur unehrenhaft verhalten hat, sondern in einer Weise, die man nur als kriminell bezeichnen kann.«

Dillon, der in einem dunkelblauen Trenchcoat am Fenster stand, zündete sich eine Zigarette an.

»Muß er unbedingt dabeisein?« fragte Carter nervös.

»Niemand weiß besser über diese ganze Affäre Bescheid als Dillon. Ich kann ihn jetzt nicht einfach aussperren.«

Carter griff nach dem Blauen Buch, einem im Grunde harmlos aussehenden Schnellhefter. Dann legte er ihn auf den Tisch zurück, faltete noch einmal das Windsor-Protokoll auseinander und las es. »Ich kann es nicht glauben, daß das echt ist.«

»Das vielleicht nicht, aber alles andere.« Ferguson griff über den Tisch nach den Dokumenten, legte sie in den Aktenkoffer zurück und schloß ihn. »Der Premierminister erwartet uns um acht Uhr in der Downing Street. Natürlich habe ich Sir Francis zu dieser Unterredung nicht eingeladen. Wir sehen uns dort.«

Carter stand auf. »Na schön.«

Er ging zur Tür und streckte gerade die Hand nach der Klinke aus, als Ferguson noch sagte: »Ach, bevor ich es vergesse, Carter . . .«

»Ja, bitte?«

»Tun Sie nichts Törichtes wie zum Beispiel Pamer anrufen. Ich würde mich an Ihrer Stelle von ihm so fern wie möglich halten.«

Carters Gesicht wurde grau. Er wandte sich schwerfällig um und ging hinaus.

Es war zehn Minuten später, und Sir Francis Pamer war gerade damit beschäftigt, seinen Schreibtisch aufzuräumen, um Feierabend zu machen, als das Telefon klingelte. »Pamer hier«, meldete er sich.

»Charles Ferguson.«

»Aha, Sie sind zurück, Brigadier«, sagte Pamer wachsam.

»Wir müssen uns treffen«, erklärte Ferguson ihm.

»Das ist heute abend völlig unmöglich. Ich bin zu einem äußerst wichtigen Anlaß eingeladen, nämlich zum Abendessen mit dem Bürgermeister von London. Dem kann ich unmöglich fernbleiben.«

»Max Santiago ist tot«, sagte Ferguson. »Und vor mir, auf dem Schreibtisch, liegt der Aktenkoffer von Martin Bormann. Das Blaue Buch bietet eine überaus interessante Lektüre. Sicherlich interessiert es Sie, daß sogar Ihr Vater auf Seite achtzehn namentlich und ausführlich erwähnt wird.«

»O mein Gott!« Pamer sackte auf seinem Schreibtischsessel zusammen.

»Ich würde an Ihrer Stelle über diese Sache nicht mit Simon Carter reden«, warnte Ferguson. »Das wäre für Sie in keiner Weise von Vorteil.«

»Natürlich nicht, ganz wie Sie meinen.« Pamer zögerte. »Demnach haben Sie noch nicht mit dem Premierminister gesprochen?«

»Nein, ich hielt es für besser, zuerst mit Ihnen zu reden.«

»Dafür bin ich Ihnen sehr dankbar, Brigadier. Ich bin sicher, wir können uns irgendwie einigen.«

»Sie kennen die Charing Cross Pier?«

»Natürlich.«

»Einer der Flußdampfer, die *Queen of Denmark*, legt um Viertel vor sieben ab. Ich treffe Sie an Bord. Sie brauchen übrigens einen Regenschirm. Es regnet ziemlich heftig.«

Ferguson legte den Hörer auf und wandte sich zu Dillon um, der immer noch am Fenster stand. »Das war's dann wohl.«

»Wie klang er?« fragte Dillon.

»Geschockt und verängstigt.« Ferguson stand auf, ging zu

der altmodischen Garderobe in der Ecke, nahm seinen Mantel und schlüpfte hinein. »Aber wer wäre das nicht an seiner Stelle. So ein armes Schwein.«

»Erwarten Sie nicht von mir, daß ich Mitleid mit ihm habe.« Dillon nahm den Aktenkoffer vom Tisch. »Kommen Sie, bringen wir es hinter uns.« Damit öffnete er die Tür und ging hinaus auf den Flur.

Als Pamer am Charing Cross Pier eintraf, war der Nebel so dicht, daß er kaum das andere Themseufer erkennen konnte. Er hatte sein Ticket bei einem Schiffssteward am Ende der Gangway gekauft. Die *Queen of Denmark* sollte am Westminster Pier und schließlich am Cadogan Pier am Chelsea Embankment anlegen – eine beliebte Fahrt an einem schönen Sommerabend, aber an einem Tag wie diesem waren nur wenige Passagiere unterwegs.

Pamer sah im unteren Salon nach, wo ein halbes Dutzend Leute herumsaßen. Dann stieg er zum oberen Salon hinauf und traf dort nur zwei ältliche Damen an, die sich flüsternd miteinander unterhielten. Er öffnete eine Glastür, trat hinaus und blickte nach unten. Jemand stand an der Heckreling, geschützt durch einen Regenschirm. Pamer ging wieder hinein, eilte durch den Laufgang nach unten und trat hinaus aufs Deck, wo er den Schirm zum Schutz vor dem strömenden Regen öffnete.

»Sind Sie das, Ferguson?«

Er trat zögernd vor, schloß die Hand um den Kolben der Pistole in seiner rechten Manteltasche. Es war eine sehr seltene Waffe aus der Sammlung von Waffen aus dem Zweiten Weltkrieg, die sein Vater ihm vererbt hatte, eine Volka, speziell konstruiert für die Verwendung durch den ungarischen Geheimdienst und so gut schallgedämpft, wie eine Pistole es sein konnte. Er hatte sie schon seit Jahren in der Schublade seines Schreibtisches im Unterhaus liegen. Die *Queen of Denmark* löste sich jetzt vom Pier und begann ihre Fahrt flußaufwärts. Nebelschwaden tanzten über die Wasseroberfläche, das Licht aus dem Salon auf dem Oberdeck war gelb und trübe. Der untere Salon hatte keine Fenster, die nach hinten hinausgingen. Sie waren völlig allein und unbeobachtet.

Ferguson wandte sich an der Reling um. »Ah, da sind Sie ja.« Er hielt den Koffer hoch. »Nun, da ist er. Der Premierminister sieht ihn sich um acht Uhr an.«

»Bitte, Ferguson«, flehte Pamer. »Tun Sie mir das nicht an. Es ist doch nicht meine Schuld, daß mein Vater Faschist war.«

»Sehr richtig. Es ist auch nicht Ihre Schuld, daß der unermeßliche Reichtum, den Ihr Vater nach dem Krieg angehäuft hat, aus seiner Verbindung mit der nationalsozialistischen Bewegung stammte, aus dem Kameradenwerk. Ich kann sogar die Art und Weise entschuldigen, wie Sie jahrelang glücklich und zufrieden mit und von den Einnahmen der Samson Cay Holding haben leben können, mit Geld also, das durch Max Santiagos mehr als zweifelhafte Unternehmungen verdient wurde. Ich denke zum Beispiel an Drogenhandel.«

»Hören Sie doch mal zu«, begann Pamer.

»Geben Sie sich nicht die Mühe, es zu leugnen. Ich hatte Jack Lane gebeten, sich die Finanzen Ihrer Familie eingehend anzusehen, ohne zu ahnen, daß ich damit sein Todesurteil aussprach. Er hatte tatsächlich große Fortschritte gemacht, bevor er getötet wurde, oder soll ich lieber sagen: ›Ermordet‹? Ich habe seine Aufzeichnungen erst heute in seinem Schreibtisch gefunden.«

»Es war alles nicht meine Schuld«, beteuerte Pamer hektisch. »Die Schuld liegt nur bei meinem Vater und seiner verrückten Liebe zu Hitler. Ich mußte an den Namen meiner Familie denken, Ferguson, an meine Position in der Regierung.«

»O ja«, sagte Ferguson. »Ziemlich selbstsüchtig von Ihnen, aber durchaus verständlich. Was ich Ihnen jedoch nicht verzeihen kann, ist die Tatsache, daß sie sich von Anfang an wie Santiagos Schoßhund verhalten haben, daß sie ihm jede Information zukommen ließen, derer Sie habhaft werden konnten. Sie haben mich verraten, Sie haben Dillon verraten, haben unser Leben in Gefahr gebracht. Es waren Ihre Aktivitäten, die dazu führten, daß Jennifer Grant zweimal angegriffen wurde, einmal in London, wo wer weiß was hätte passieren können, wenn Dillon nicht eingeschritten wäre. Das zweite Mal in St. John, wo sie schwerverletzt wurde und beinahe gestorben wäre. Sie liegt jetzt im Krankenhaus.«

»Von all dem hatte ich keine Ahnung, das schwöre ich!«

»Oh, alles wurde allein von Santiago arrangiert, das gebe ich allerdings zu. Was ich jedoch meine, ist das, was man Verantwortung nennt. Auf Samson Cay wurde ein armer alter Mann namens Joseph Jackson, der mir einen ersten Hinweis auf den wahren Hintergrund der ganzen Affäre lieferte, der Mann, der 1945 als Hausmeister im alten Herbert-Hotel arbeitete, kurz nachdem er mit mir gesprochen hatte, brutal ermordet. Das war ganz eindeutig das Werk von Santiagos Leuten. Aber woher wußte Santiago von der Existenz des alten Mannes? Wer hat ihn darauf aufmerksam gemacht? Das waren doch wohl ganz eindeutig Sie.«

»Das können Sie nicht beweisen. Sie können eigentlich gar nichts beweisen.«

»Richtig, genauso wie ich nicht beweisen kann, was wirklich mit Jack Lane geschehen ist, aber ich stelle durchaus plausible Vermutungen an. In seinem Schreibtisch habe ich Computerausdrucke gefunden. Das heißt, daß er eine Computerüberprüfung Ihrer Familie durchgeführt hatte. Ich nehme an, eine Ihrer Angestellten hat das bemerkt. Normalerweise hätte Sie das überhaupt nicht gestört, so etwas geschieht bei Ministern immer wieder, aber im Licht der jüngsten Ereignisse sind Sie in Panik geraten und haben das Schlimmste befürchtet. Und dann haben Sie Santiago angerufen, der die Angelegenheit für Sie geregelt hat.« Ferguson seufzte. »Sehr oft denke ich, daß diese Telefondirektwahl ein Fluch ist. In den alten Zeiten hätte die Fernvermittlung mindestens vier Stunden gebraucht, um Sie mit einem Ort wie den Antillen zu verbinden. Heutzutage braucht man nur einige Nummern einzutasten.«

Pamer holte tief Luft und straffte sich. »Was die Geschäfte meiner Familie und die verschiedenen Beteiligungen betrifft, so waren das Angelegenheiten meines Vaters und nicht meine. Ich schütze einfach Nichtwissen vor, falls Sie diese Sache bekanntmachen. Ich kenne die Gesetze, Ferguson, und Sie scheinen vergessen zu haben, daß ich einige Zeit als Anwalt bei Gericht gearbeitet habe.«

»Das hatte ich tatsächlich vergessen«, gab Ferguson zu.

»Nachdem Santiago tot ist, bleibt Ihnen als einziger Beweis die Erwähnung meines Vaters in dem Blauen Buch. Das ist wohl kaum mir anzulasten.« Er schien seine alte Frechheit wiedergefunden zu haben. »Sie können überhaupt nichts beweisen. Ich habe gründlich darüber nachgedacht, Ferguson.«

Ferguson wandte sich ab und blickte über den Fluß. »Wie ich schon sagte, ich könnte verstehen, daß Sie in Panik geraten sind, daß Sie Angst hatten, daß ein alter Name befleckt würde, daß Ihre politische Karriere gefährdet war, aber die Angriffe gegen die junge Frau, der Tod des alten Mannes, der kaltblütige Mord an Inspector Lane – in diesen Punkten tragen Sie mindestens genausoviel Schuld wie die Männer, die die Taten direkt begangen haben.«

»Beweisen Sie es«, sagte Pamer und umklammerte seinen Regenschirm mit beiden Händen.

»Leben Sie wohl, Sir Francis«, sagte Charles Ferguson, drehte sich um und ging davon.

Pamer zitterte. Er hatte die Volka in seiner Manteltasche völlig vergessen. Es war jetzt zu spät für irgendwelche wilden Aktionen, wie zum Beispiel den Versuch, Ferguson den Aktenkoffer mit vorgehaltener Pistole abzunehmen. Er atmete tief durch und hustete, als der Nebel in seinem Hals kratzte, suchte nach seinem Zigarettenetui, schob sich eine Zigarette zwischen die Lippen und griff dann in die Tasche, um sein Feuerzeug herauszuholen.

Leise Schritte erklangen, und Dillons Feuerzeug flammte auf. »Bitte schön, bedienen Sie sich.«

Pamers Augen weiteten sich erschreckt. »Dillon, was wollen Sie?«

»Nur ein Wort.« Dillon legte einen Arm um Pamers Schultern und zog ihn mit sich zur Heckreling. »Als ich Sie und Simon Carter das erste Mal auf der Terrasse des Unterhauses traf, machte ich einen Scherz über die Sicherheitsmaßnahmen und den Fluß, und Sie sagten, Sie könnten nicht schwimmen. Stimmt's?«

»Nun, ja.« Pamers Augen bekamen einen gehetzten Ausdruck, als er zu begreifen begann. Er zog die Volka aus der Manteltasche, aber Dillon, der dicht neben ihm stand, stieß seinen Arm weg. Die Waffe hustete gedämpft, und die Kugel schlug in den Schiffsrumpf.

Der Ire packte Pamers rechtes Handgelenk, ließ es wuchtig auf die Reling krachen, so daß Pamer aufbrüllte und die Pistole in den Fluß fallen ließ.

»Danke, alter Junge«, sagte Dillon. »Sie haben es mir gerade erheblich leichter gemacht.«

Er schwang Pamer herum und versetzte ihm einen heftigen Stoß zwischen die Schulterblätter, so daß er gegen die Heckreling kippte. Dann bückte sich Dillon, packte den Mann bei den Fußgelenken und hievte ihn hoch und über die Reling. Der Regenschirm trieb umgedreht auf dem Wasser. Pamer tauchte auf, hob verzweifelt einen Arm. Ein erstickter Schrei ertönte, als er wieder unterging, und der Nebel tanzte über die Wasseroberfläche der Themse, die alles zudeckte.

Fünf Minuten später legte die *Queen of Denmark* am Westminster Pier direkt neben der Brücke an. Ferguson war als einer der ersten auf der Gangway und wartete unter einem Baum auf Dillon. »Alles erledigt?«

»Ich denke, so könnte man es ausdrücken«, sagte Dillon.

»Gut. Ich habe jetzt meine Verabredung in der Downing Street. Ich kann von hier aus zu Fuß gehen. Ich sehe Sie dann in meiner Wohnung am Cavendish Square und erzähle Ihnen, was weiter geschehen ist und geschieht.«

Dillon schaute ihm nach, dann setzte er sich in die entgegengesetzte Richtung in Bewegung und verschmolz mit dem Regen und dem Nebel.

Als Ferguson das Haus in der Downing Street betrat, war er fünfzehn Minuten zu früh. Jemand nahm ihm den Mantel und den Regenschirm ab, und einer der Assistenten des Premierministers kam in diesem Moment die Treppe herunter. »Aha, da sind Sie ja bereits, Brigadier.«

»Ein wenig zu früh, fürchte ich.«

»Kein Problem. Der Premierminister ist sicherlich durchaus erfreut über die Gelegenheit, das fragliche Material selbst in Augenschein zu nehmen. Ist es das?«

»Ja.« Ferguson reichte ihm den Aktenkoffer.

»Machen Sie es sich doch bequem. Ich bin sicher, daß er Sie nicht lange warten läßt.«

Ferguson nahm in der Halle Platz und fröstelte ein wenig. Der Portier an der Tür, der dies bemerkte, sagte: »Es gibt hier keine Zentralheizung, Brigadier. Aber heute sind die Arbeiter hier eingefallen wie die Vandalen, um das neue Sicherheitssystem zu installieren.«

»Ach, wurde das endlich in Angriff genommen?«

»Ja, aber es ist ein verdammt kalter Abend. Wir mußten sogar im Zimmer des Premierministers den Kamin anzünden. Das erste Mal seit Jahren.«

»Tatsächlich?«

Ein paar Sekunden später klopfte es an der Tür. Der Portier öffnete und ließ Carter eintreten. »Brigadier«, sagte Carter betont förmlich.

Der Portier nahm ihm den Mantel und den Regenschirm ab, und in diesem Moment erschien auch der Assistent wieder auf der Treppe. »Bitte hier entlang, Gentlemen.«

Der Premierminister, der an seinem Schreibtisch saß und den Aktenkoffer vor sich liegen hatte, las gerade im Blauen Buch und schaute kurz hoch. »Setzen Sie sich doch, Gentlemen, ich habe gleich Zeit für Sie.«

Das Feuer loderte hell in dem viktorianischen Kamin. Es war sehr still in dem Zimmer, nur gelegentlich prasselten schauerartige Regengüsse gegen die Fenster.

Schließlich lehnte der Premierminister sich zurück und blickte seine Besucher an. »Einige der Namen hier sind völlig unglaublich. Sir Joseph Pamer, zum Beispiel, auf Seite achtzehn. Ich nehme an, das ist der Grund, weshalb Sie Sir Francis nicht zu unserem Gespräch eingeladen haben, oder, Brigadier?«

»Ich hatte den Eindruck, daß seine Anwesenheit unter den

gegebenen Umständen nicht gerade angemessen gewesen wäre, Herr Premierminister, und Sir Francis sah das auch so.«

Carter fuhr herum und musterte ihn prüfend. Der Premierminister erwiderte: »Demnach haben Sie ihn davon informiert, daß sein Vater in diesem Blauen Buch aufgeführt ist?«

»Ja, Sir, das habe ich.«

»Ich begrüße Sir Francis' Taktgefühl in dieser Angelegenheit. Andrerseits ist die Tatsache, daß sein Vater in all den Jahren Faschist war, wohl kaum seine Schuld. Wir übertragen nun mal nicht die Sünden der Väter auf die Kinder.« Der Premierminister schaute auf das Blaue Buch, dann hob er wieder den Kopf. »Es sei denn, Sie haben mir noch etwas anderes zu berichten, Brigadier?« Ein seltsam angespannter Ausdruck erschien auf seinem Gesicht, so als wolle er Ferguson zu irgend etwas herausfordern.

Carter musterte Ferguson leicht verwirrt von der Seite. Sein Gesicht war bleich. Aber Ferguson schüttelte den Kopf. »Nein, Herr Premierminister.«

»Gut. Dann kommen wir jetzt zum Windsor-Protokoll.« Der Premierminister faltete es auseinander. »Meine Herren, halten Sie dieses Schreiben für echt?«

»Man kann sich dessen nicht ganz sicher sein«, sagte Carter. »Die Nazis haben während des Krieges einige erstaunliche Fälschungen hergestellt und in Umlauf gebracht, daran ist nicht zu zweifeln.«

»Es ist allgemein bekannt, daß der Herzog von Windsor auf ein schnelles Kriegsende gehofft hat«, sagte Ferguson. »Das soll auf keinen Fall heißen, daß er in irgendeiner Weise unloyal war, aber er hat die zahlreichen Toten auf beiden Seiten zutiefst bedauert und wollte, daß das Töten ein Ende hatte.«

»Sei es, wie es sei, die Klatschpresse würde sich bei diesen Dingen das Maul zerreißen, und die Auswirkungen auf die königliche Familie wären katastrophal, und das will ich nicht«, sagte der Premierminister. »Sie haben mir das Original des Tagebuchs von Korvettenkapitän Friemel sowie die Übersetzung ausgehändigt, wie ich es von Ihnen erbeten hatte. Sind das alle Kopien?«

»Ja, Sir«, versicherte Ferguson ihm.

»Gut.« Der Premierminister raffte den Stapel Dokumente zusammen, stand auf und ging damit zum Kamin. Er legte das Windsor-Protokoll zuerst in die lodernden Flammen. »Eine uralte Geschichte, Gentlemen, die weit, weit zurückliegt.«

Das Protokoll fing Feuer und rollte sich zu Asche zusammen. Als nächstes wanderte der Hitler-Befehl in die Flammen, dann die Liste der Nummernkonten und Bankverbindungen, dann das Blaue Buch und schließlich das Tagebuch Paul Friemels.

Der Premierminister wandte sich um. »All das ist nicht passiert, Gentlemen, nichts davon.«

Carter stand auf und brachte ein mattes Lächeln zustande. »Eine weise Entscheidung, Herr Premierminister.«

»Im Angesicht dessen sieht es doch so aus, als sei der Einsatz dieses Dillon durchaus erfolgreich gewesen, oder, Brigadier?«

»Wir haben allein dank Dillons Einsatz die Sache zu einem erfolgreichen Abschluß bringen können, Sir.«

Der Premierminister kam um seinen Schreibtisch herum, um Ferguson die Hand zu schütteln. Er lächelte. »Ich bin sicher, daß es eine interessante Geschichte ist. Sie müssen sie mir irgendwann mal ausführlich erzählen, Brigadier. Aber nun müssen Sie mich entschuldigen.«

Wie durch ein Wunder ging die Tür hinter ihnen lautlos auf, und der Assistent tauchte auf, um sie hinauszubegleiten.

In der Halle half der Portier ihnen in die Mäntel. »Ein zufriedenstellender Abschluß, rundum, würde ich meinen«, bemerkte Carter.

»Meinen Sie das ernst?« fragte Ferguson.

Der Portier öffnete die Tür, und in diesem Moment tauchte der Assistent aus dem Büro im Parterre auf. Er hatte es offenbar schrecklich eilig. »Einen Moment, Gentlemen, wir hatten soeben einen sehr traurigen Anruf von der Flußpolizei. Man hat die Leiche von Sir Francis Pamer vor kurzer Zeit aus der Themse gezogen. Ich soll den Premierminister informieren, aber ich dachte, daß Sie sicherlich auch gerne Bescheid wissen wollen.«

Carter war wie vom Donner gerührt, und Ferguson sagte:

»Wie traurig. Danke, daß Sie uns informiert haben.« Er ging an dem Polizisten vor dem Hauseingang vorbei, spannte den Schirm auf und marschierte durch die Downing Street in Richtung Whitehall.

Er ging sehr schnell und hatte die Sicherheitssperre schon fast erreicht, als Carter ihn einholte und ihn am Arm zurückhielt. »Was haben Sie zu ihm gesagt, Ferguson, ich will es wissen! Hier und jetzt!«

»Ich habe ihm alle Fakten genannt«, antwortete Ferguson. »Sie sind sich doch über die Rolle im klaren, die er in dieser Affäre von Anfang an gespielt hat. Daran habe ich ihn erinnert. Ich kann mir nur vorstellen, daß er sich entschlossen hatte, die anständigste Lösung zu wählen.«

»Sehr bequem.«

»Ja, nicht wahr?« Sie waren jetzt auf der Whitehall. »Soll ich Sie mit dem Taxi mitnehmen?«

»Sie verdammter Hund, Ferguson!« zischte Carter und entfernte sich eilig.

Ferguson blieb einen kurzen Moment stehen. Der Regen spritzte von seinem Regenschirm hoch, und ein schwarzes Taxi blieb am Bordstein stehen. Der Fahrer, der eine tief ins Gesicht gezogene Schiebermütze trug, fragte in perfektem Cockneyslang: »Wolln se 'n Taxi, Guv'nor?«

»Vielen Dank.« Ferguson stieg ein, und der Wagen fuhr an.

Dillon nahm die Mütze ab und grinste Ferguson im Rückspiegel an. »Wie ist es gelaufen?«

Ferguson schüttelte den Kopf. »Haben Sie die Kiste etwa geklaut?«

»Nein, der Wagen gehört einem guten Freund.«

»Einem London-Iren, vermute ich mal.«

»Richtig. Eigentlich ist der Wagen gar nicht als Taxi registriert, aber da jedermann es dafür hält, hat man beim Parken keine Probleme. Was war denn nun beim Premierminister?«

»Er hat alles ins Feuer geworfen. Er sagte, es sei eine alte Geschichte, und äußerte sich sogar sehr verständnisvoll und wohlwollend über Francis Pamer.«

»Haben Sie ihm die Augen geöffnet?«

»Ich sah keinen Sinn mehr darin.«

»Und wie hat Carter es aufgenommen?«

»Ziemlich schlecht. Gerade als wir gehen wollten, erhielt das Büro des Premierministers von der Flußpolizei die Meldung, daß Pamers Leiche gefunden worden war.«

»Und Carter glaubt, er habe wegen des Drucks von Ihnen Selbstmord begangen?«

»Ich weiß nicht, was er denkt, und es interessiert mich auch nicht. Das einzige, was mir Sorgen macht, ist Carters Kompetenz. Er haßt mich so sehr, daß dadurch seine Urteilskraft erheblich getrübt wird. Zum Beispiel regt er sich derart über Sir Joseph Pamers Erwähnung im Blauen Buch auf Seite achtzehn auf, daß er den Gentleman auf Seite einundfünfzig völlig übersah.«

»Und wer ist das?«

»Ein Armeesergeant aus dem Ersten Weltkrieg, an der Somme schwer verwundet, ohne Pension und arbeitslos in den zwanziger Jahren. Natürlich ärgerte er sich über die Regierung und war ein weiterer Helfer von Sir Oswald Mosley. Er ging später in die Politik und starb vor etwa zehn Jahren.«

»Von wem ist denn die Rede?«

»Vom Onkel des Premierministers mütterlicherseits.«

»Heilige Mutter Gottes!« sagte Dillon. »Und Sie glauben, er wußte es, der Premierminister, meine ich?«

»Daß ich Bescheid wußte? Aber ja.« Ferguson nickte. »Doch wie er schon vorher gesagt hatte, war das eine uralte Geschichte, und der Beweis dafür ist sowieso in Rauch aufgegangen. Deshalb kann ich es mir erlauben, Ihnen alles zu erzählen, Dillon. Nach all Ihren Bemühungen und Aktivitäten in dieser Affäre haben Sie meines Erachtens ein Recht darauf, es zu wissen.«

»Sehr freundlich von Ihnen«, stellte Dillon fest.

»Nein, der Premierminister hatte recht, wir können die Sünden der Väter nicht auf die Kinder übertragen. Das mit Pamer war etwas anderes. Wohin fahren wir überhaupt?«

»Ich denke, zu Ihrer Wohnung«, sagte Dillon.

Ferguson öffnete das Fenster ein wenig und ließ ein paar Regentropfen hereinwehen. »Ich habe nachgedacht, Dillon, meine Abteilung steht im Augenblick unter erheblichem Druck. Neben den üblichen Angelegenheiten ist da der Krieg in Jugoslawien, dann diese Neonazi-Sache in Berlin und in Ostdeutschland. Daß ich Jack Lane verloren habe, ist ein schwerer Schlag für mich.«

»Ich verstehe«, sagte Dillon.

Ferguson beugte sich vor. »Was ich mir überlegt habe, liegt genau auf Ihrer Linie. Denken Sie mal darüber nach, Dillon.«

Dillon kurbelte das Lenkrad, wendete auf der Straße und fuhr in die andere Richtung.

Ferguson wurde ins Polster zurückgeworfen. »Was tun Sie da, um Gottes willen?«

Dillon grinste in den Rückspiegel. »Sie haben doch gerade von dem Abendessen im Garrick Club gesprochen, oder etwa nicht?«

Jack Higgins

Die Lerche fliegt im Morgengrauen

Roman

Aus dem Englischen von Michael Kubiak
352 Seiten.

Am Morgen des 7. Februar 1991 um Punkt zehn Uhr – der britische Premierminister John Major hatte sein Kriegskabinett einberufen – geschah das Unfaßliche: Drei Raketen schlugen in unmittelbarer Nähe von Downing Street 10 ein. Wie durch ein Wunder überlebten die Politiker den Anschlag, über dessen Hintergründe sich der britische Geheimdienst bis heute ausschweigt.
Bei seiner eigenen Spurensuche ist Bestsellerautor Jack Higgins auf ein unbekanntes Detail gestoßen, das Ausgangspunkt wurde für seinen neuen hochexplosiven Thriller. Einen Monat vor dem Attentat setzte Radio Bagdad eine verschlüsselte Botschaft ab: »Die himmlischen Winde wehen. Der Tisch ist gedeckt. Möge Allah mit Euch sein.«
Diese Nachricht erreicht auch den in Paris lebenden Kaufmann Michael Aroun. Er will beweisen, daß sein Heimatland noch immer zuschlagen kann, wo es will und wann es will. Über eine alte KGB-Verbindung heuert er Sean Dillon an, den der Tod des Vaters einstmals in die Reihen der IRA trieb. Sein geplantes Attentat auf Margaret Thatcher wird in letzter Minute aufgedeckt. Doch die Kaltblütigkeit des Plans läßt bei Franzosen und Engländern keinen Zweifel aufkommen: die Gefahr ist noch nicht vorüber! Ein irisches Volkslied verrät schließlich den geheimnisvollen Unbekannten. Ein Lied, das ein Freund, der zum Feind wurde, wiedererkennt. Die Jagd auf Sean Dillon führt über Belfast mitten ins Herz der englischen Hauptstadt – und sie hat ein überraschendes Ende.
Nach dem weltweiten Erfolg seines letzten Romans »Der Adler ist entkommen« ist Jack Higgins auf Anhieb wieder ein raffiniert erzählter Thriller gelungen. Die Spannung ist bis zur letzten Seite garantiert.

Jack Higgins

Der Adler ist entkommen

Roman

Aus dem Englischen von Michael Kubiak
320 Seiten.

In einer regenkalten Novembernacht in London erfährt Jack Higgins, daß er und die mehr als 15 Millionen Leser seines Weltbestsellers »Der Adler ist gelandet« einem raffinierten Täuschungsmanöver erlegen sind: Oberstleutnant Kurt Steiner lebt. Eine junge amerikanische Historikerin kann es beweisen. Doch sie stirbt in dieser Nacht, und die brisante Akte ist plötzlich verschwunden. Nur einer kann das bestgehütete englische Kriegsgeheimnis lüften, Liam Devlin, der schlitzohrige Ire, der Kurt Steiner bei seinen Kommando-Unternehmen begleitete. Higgins spürt ihn in Belfast auf.

London/Berlin 1943. Die englische Abwehr beschließt, Kurt Steiner als Köder einzusetzen, um die Schachzüge der deutschen Spionagedienste besser studieren zu können. Ein Doppelagent bringt die heiße Nachricht nach Berlin. Der totgeglaubte Fallschirmjäger Kurt Steiner wird im Tower gefangen gehalten.

Himmler beauftragt General Walter Schellenberg mit der Vorbereitung einer Befreiungsaktion. Er will Steiner auf einem geplanten Treffen zwischen Hitler, Rommel und Canaris präsentieren, um den Abwehrchef endgültig in Mißkredit zu bringen. Aber Schellenberg erkennt sehr bald die wahren Absichten des Reichsführers: Die SS will nicht nur Canaris und Rommel beseitigen.

In England ist man über jeden Schritt der Deutschen informiert. Steiner erhält sogar das Angebot unbehelligt fliehen zu können. Der Preis – ein Attentat auf Hitler. Aber Kurt Steiner hat seine eigenen Pläne . . .

C. Bertelsmann

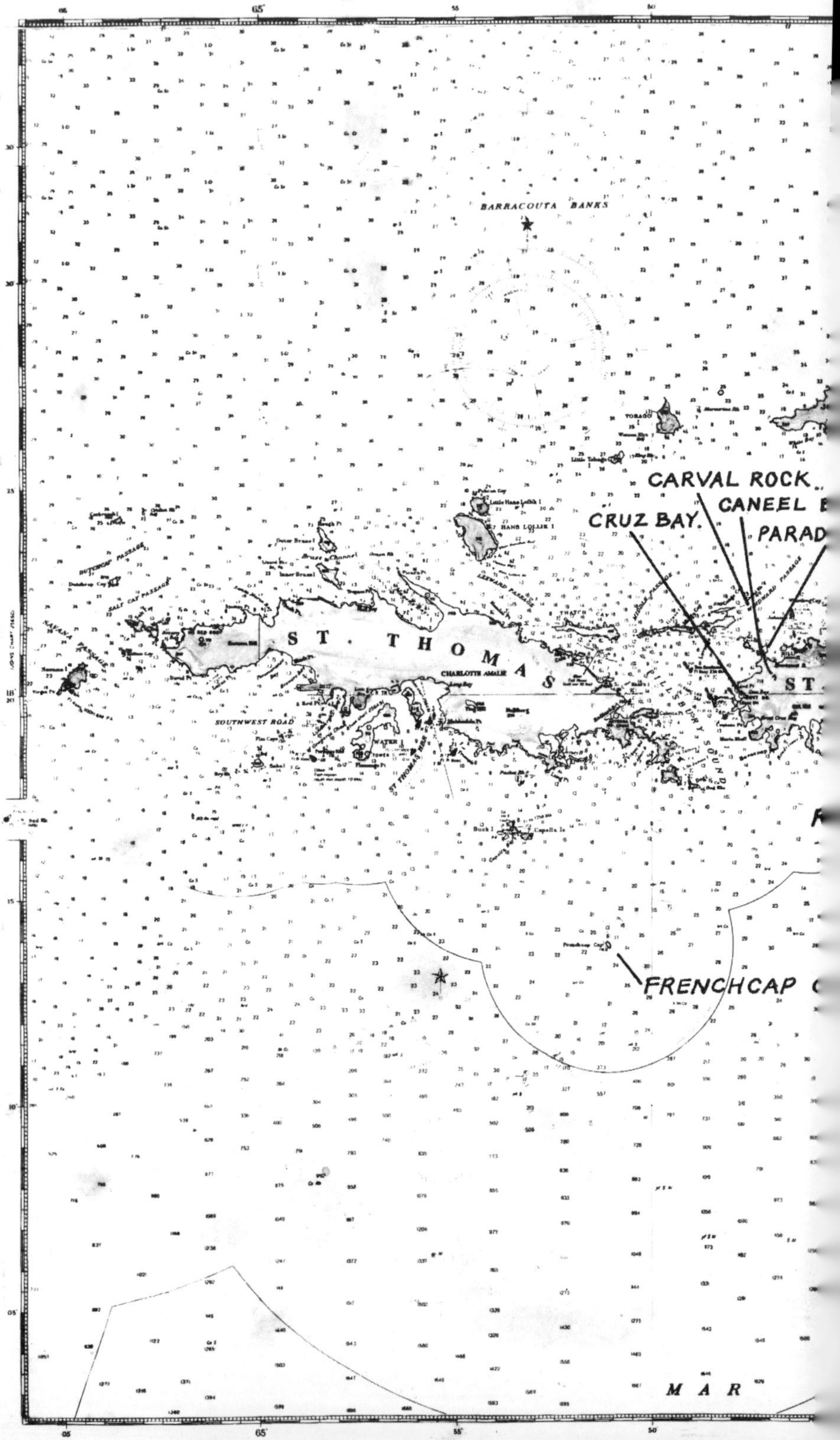

BARRACOUTA BANKS
TOBAGO
Little Tobago
CARVAL ROCK
CANEEL
CRUZ BAY.
HANS LOLLIK I
Little Hans Lollik I
LEEWARD PASSAGE
DUTCHCAP PASSAGE
SALT CAY PASSAGE
ST THOMAS
CHARLOTTE AMALIE
SOUTHWEST ROAD
WATER I
ST THOMAS HBR
PILLSBURY SOUND
Buck I
Capella Is
FRENCHCAP